人间秘境
野椒园

张建平 主编

哈尔滨出版社

图书在版编目（CIP）数据

人间秘境野椒园 / 张建平主编 . -- 哈尔滨：哈尔滨出版社，2024.3
ISBN 978-7-5484-7760-0

Ⅰ.①人… Ⅱ.①张… Ⅲ.①诗集－中国－当代②散文集－中国－当代 Ⅳ.①I217.1

中国国家版本馆 CIP 数据核字 (2024) 第 054962 号

书　　名：人间秘境野椒园
　　　　　RENJIAN MIJING YEJIAOYUAN

作　　者：张建平　主编
责任编辑：李维娜　赵海燕
封面设计：悟阅文化

出版发行：哈尔滨出版社（Harbin Publishing House）
社　　址：哈尔滨市香坊区泰山路82—9号　邮编：150090
经　　销：全国新华书店
印　　刷：三河市华东印刷有限公司
网　　址：www.hrbcbs.com
E－mail：hrbcbs@yeah.net
编辑版权热线：（0451）87900271　87900272
销售热线：（0451）87900202　87900203

开　　本：787mm×1092mm　1/16　印张：21.75　字数：370千字
版　　次：2024年3月第1版
印　　次：2024年3月第1次印刷
书　　号：ISBN 978-7-5484-7760-0
定　　价：89.00元

凡购本社图书发现印装错误，请与本社印制部联系调换。
服务热线：（0451）87900279

《人间秘境野椒园》编委会

顾　　问：张如学　胡　平
编委主任：刘　斌
副 主 任：邓　斌　王大菊

主　　编：张建平
副 主 编：罗民健
编　　辑：吴明清　张永耀　田长英　杨继练
　　　　　胡佑飞　卢舒闻　谌　姗

内容简介

本书描绘了鄂西南恩施自治州宣恩县人间秘境野椒园侗寨景区神奇的自然风光，展示了野椒园侗寨独具特色的天井式吊脚楼群和浓郁的民族人文风情，系统梳理了富有个性的侗家民族民间民俗文化，记载了当地"薅草锣鼓"及传统造纸、侗族歌谣等国家非物质文化，是研究中国南方少数民族建筑文化、历史文化、民俗文化、族群文化、生态文化、语言习俗的良好范本。

野椒园云海（张永耀摄）

云海奇观（张永耀摄）

云海虹桥（张永耀摄）

云上人家（张建平摄）

关口（吴明清摄）

河包田遗址（张建平摄）

红色古道龙巅上（吴明清摄）

阳光透过白岩沟大裂谷（吴明清摄）

碧水荡舟（吴明清摄）

水入碧潭（张永耀摄）

从崖底看裂谷（吴明清摄）

野椒园千年红豆树（张建平摄）

翠绿的茶园（张永耀摄）

横跨红江峡谷的恩黔高速龙桥特大桥(张永耀摄)

鼓楼（张建平摄）

风雨桥外观（张永耀摄）

风雨桥内景（张建平摄）

11

野椒园张氏侗寨（张永耀摄）

野椒园侗寨外景（张永耀摄）

野椒园侗寨幺房天井（张永耀摄）

张氏侗寨三房天井（张永耀摄）

张氏侗寨大房天井里的文艺表演（张永耀摄）

野椒园红豆溪边的杨氏侗寨（张永耀摄）

杨氏侗寨一角（张永耀摄）

坪地坝侗寨（张永耀摄）

野椒园新侗寨（张永耀摄）

喝拦门酒（张建平摄）

合拢宴上菜（张永耀摄）

16

合拢宴（张永耀摄）

侗家庆"六月六"（张永耀摄）

薅草锣鼓（吴明清摄）

表演竹筒舞（张永耀摄）

表演芦笙舞（张永耀摄）

唱侗族大歌（张永耀摄）

看文艺演出(张永耀摄)

州巴文化研究会专家考察期间的短暂休憩(张永耀摄)

专家教授调查传统造纸作坊(张建平摄)

专家了解传统造纸工艺(张建平摄)

编撰组调查走访杨顺朋老人（吴明清摄）

编撰组入户采访（吴明清摄）

与村民座谈(吴明清摄)

考察神秘的银江洞(吴明清摄)

向采访组介绍造纸的石碾（吴明清摄）

州巴文化研究会专家考察留影（张永耀摄）

恩施市作家来野椒园采风（张永耀摄）

晓关侗族乡侗族大歌艺术团合影（张永耀摄）

编撰组与驻村工作队调查走访（张永耀摄）

编撰组与驻村工作队及村干部留影（吴明清摄）

序

鄂西南贡水河（亦称忠建河）是我国长江中上游清江的最长支流，碧水蓝天、云蒸霞蔚、四季分明的贡水河北岸野椒园就是我的家乡。它和贡水河亲切相依，紧密相连。野椒园犹如闪耀在贡水河畔的一颗璀璨明珠，熠熠生辉，更是一片古老而年轻的深厚沃土，充满勃勃生机。

喝着清纯的山泉水，听着晨昏的鸟鸣声，欣赏着"落霞与孤鹜齐飞，秋水共长天一色"美景长大的我，心里怀着对贡水河深深的眷念之情。虽常年漂泊在外，但依然情系故土，心念家乡。对野椒园的自然风光、古寨建筑、人文风情更是情有独钟。

传统村落是指形成较早，拥有较丰富的传统资源，有着独特的物质文化遗产和丰富的非物质文化遗产的村落。野椒园村为国家传统村落，野椒园侗寨历经200余年，为湖北省文物保护单位，具有一定的历史、文化、科学、艺术、社会、经济价值，承载着我国传统文化，拥有农耕文明时代不可再生的文化遗产，被称为"活着的文物""有生命的历史"。因为它存储着大量的历史文化信息，寄寓着村民世代相传的丰富情感和理想，沉淀着民族民间的精神和理念，形象地表达了审美价值观。它是人类的精神家园，也是珍藏传统文化与精神的富矿。

野椒园侗寨为历经百年的古侗寨。听父亲讲，祖辈们很早就在来到贡水河畔，伐木开田，生存繁衍，男人种地，女人绩麻，忠孝廉学，耕读传家。其建筑的传统习俗，来源于人类基于生存需要而产生的趋吉避凶心理，也来源于千百年来人们重视、关心建筑环境所获取的代代相传并不断丰富的生活经验。膜拜天地、尊崇自然的情感，成为野椒园侗寨建筑及其装饰遵从的艺术法则。为避免建筑造型的尖硬冷峻，飞檐翘角的处理，鸟兽等装饰构件，构成了丰富变化的曲线，让呆板的屋顶因此变得轻盈灵动，仿佛有翩翩欲飞之感；为了不让木柱与地面直角冲撞，房屋木柱均有磉磴支撑，既使二者之间有了柔和的过渡，又显现出紧贴大地的稳重与温存。

野椒园侗寨既有入世出世的人间情怀，又有优雅、诗意的生存格调。它钟情于由青山碧水、茂林修竹构成的村落环境，是人们追求现实生活中理想环境的反映。这种追求幽雅脱俗、富有诗情画意、闪烁理想光彩的环境观，也是中国古代先民追求安定、隐居世外桃源理想的反映。为防外族入侵、社会动荡，他们筑室于水抱山环之中，建房于隐秘僻静之地。此为人间秘境之来由。野椒园侗寨所迷恋的幽曲，生动地反映了隐逸文化对人们审美心理的深刻影响，这种影响给民间建筑留下了与生俱来的鲜明印记。相思谷的幽静隐秘，野椒园的山环水绕、修竹掩映、古木遮蔽、巷道曲屈、天井连绵，创造出曲径通幽的意境，在传统儒风盛行的历史情境中，符合人们向往宁静、幽雅、高远的人生境界和期望脱俗超凡的普遍心态。

一个数百年的古寨，往往就是一座传统文化的陈列馆。它植根于儒家文化的深厚土壤，是人们抒写心志、寄寓理想的最好载体；同时，也是彰显文化、凝聚人心的美妙形式。它是村庄的历史形象，彰显出令人自豪的文化风度，凝聚着催人进取的精神氛围。丰厚的村落文化，可以说是我们民族的根性文化，更加深入地研究传统村落，发掘珍藏于民俗大地的中华传统文化与精神的富矿，是非常必要且十分迫切的。

作为野椒园村民的一分子，在带领专家学者对野椒园传统文化与精神挖掘的同时，倾力搜集了有关野椒园的悠久历史和传奇故事，结合当地文人的心灵之作，为野椒园AAAA景区打造尽心竭力。

人间秘境野椒园，恰似一幅水墨丹青，青翠的秀竹、古老的红枫、潺潺的小溪、挺拔的山峰、绿树掩映的老屋、田边地头的话语，都在图中有了定位。这一幅水墨丹青，曾迷离了多少有情有义的人；贡水带来的乡愁，曾注入了多少奔流不息的缘分。无数日月星辰，演绎出那山、那水、那片熟悉而又陌生的风景，聚合着让人注目、让人回望的眼神。

自野椒园侗寨被发现并引起外界关注以来，热爱文学的我，不再满足自给自足的小农意识，觉得应该为家乡献一份绵薄之力。退休以后，我想把家乡的悠久历史、风土人情、山水美景，以文字的形式，集册成书，展现给子孙后代，让他们牢记历史、不忘祖先，从而更加热爱故乡，为野椒园村的进步发展增光添彩。适逢中共湖北省委军民融合发展委员会办公室驻村工作队征求对野椒园村发展的意见，故将此意托出，深得工作队的理解和鼎力支持，在这里本人深表谢意。

我编写这本《人间秘境野椒园》，以此书为引子，希望抛砖引玉，激发乡贤志士将家乡的文明史传播传承下去，让野椒园在新时代阳光下蓬勃发展，让野椒园人聪明的智慧和吃苦耐劳的精神发扬光大。家乡意重，桑梓情深！野椒园水如此温柔，家乡的土地这般深情。有道是一方水土养育一方人。我意明了，把此书作为我的薄礼奉献给家乡父老乡亲，传承文脉，生生不息。由于鄙人才疏学浅，本书尚有疏漏之处，还请方家多多指教！

  以为序。

张建平
2023 年 5 月 16 日于宣恩

（作者系宣恩县中学高级教师，恩施州巴文化研究会理事，湖北省作家协会会员，中华诗词学会会员，中国楹联学会会员，宣恩县诗词楹联学会副会长。）

目 录
CONTENTS

上篇　野椒园揭秘

第一章　神奇风光 ··· 002

　第一节　白岩沟大裂谷 ··· 002

　第二节　野椒园云海 ··· 005

　第三节　红江大峡谷 ··· 007

　第四节　古洞穴寻踪 ··· 018

　第五节　钟鼓堡赏景 ··· 020

　第六节　爱情堡观月 ··· 021

　第七节　青龙山览胜 ··· 023

　第八节　红豆树牵手 ··· 025

　第九节　枫香树许愿 ··· 027

第二章　侗寨建筑 ··· 028

　第一节　张氏侗寨 ··· 029

　第二节　杨氏侗寨 ··· 032

1

第三节　坪地坝侗寨⋯⋯⋯⋯⋯⋯⋯⋯⋯⋯⋯⋯⋯⋯⋯⋯⋯⋯⋯⋯⋯⋯⋯⋯⋯　034

　　第四节　其他侗寨⋯⋯⋯⋯⋯⋯⋯⋯⋯⋯⋯⋯⋯⋯⋯⋯⋯⋯⋯⋯⋯⋯⋯⋯⋯　034

　　第五节　半边火炉⋯⋯⋯⋯⋯⋯⋯⋯⋯⋯⋯⋯⋯⋯⋯⋯⋯⋯⋯⋯⋯⋯⋯⋯⋯　035

　　第六节　花　桥⋯⋯⋯⋯⋯⋯⋯⋯⋯⋯⋯⋯⋯⋯⋯⋯⋯⋯⋯⋯⋯⋯⋯⋯⋯⋯　036

　　第七节　鼓　楼⋯⋯⋯⋯⋯⋯⋯⋯⋯⋯⋯⋯⋯⋯⋯⋯⋯⋯⋯⋯⋯⋯⋯⋯⋯⋯　037

　　第八节　八角庙⋯⋯⋯⋯⋯⋯⋯⋯⋯⋯⋯⋯⋯⋯⋯⋯⋯⋯⋯⋯⋯⋯⋯⋯⋯⋯　038

　　第九节　古渡口⋯⋯⋯⋯⋯⋯⋯⋯⋯⋯⋯⋯⋯⋯⋯⋯⋯⋯⋯⋯⋯⋯⋯⋯⋯⋯　039

　　第十节　桥　梁⋯⋯⋯⋯⋯⋯⋯⋯⋯⋯⋯⋯⋯⋯⋯⋯⋯⋯⋯⋯⋯⋯⋯⋯⋯⋯　040

　　第十一节　学　堂⋯⋯⋯⋯⋯⋯⋯⋯⋯⋯⋯⋯⋯⋯⋯⋯⋯⋯⋯⋯⋯⋯⋯⋯⋯　040

　　第十二节　张氏古墓群⋯⋯⋯⋯⋯⋯⋯⋯⋯⋯⋯⋯⋯⋯⋯⋯⋯⋯⋯⋯⋯⋯⋯　042

第三章　物　产⋯⋯⋯⋯⋯⋯⋯⋯⋯⋯⋯⋯⋯⋯⋯⋯⋯⋯⋯⋯⋯⋯⋯⋯⋯⋯⋯⋯　043

　　第一节　粮食作物⋯⋯⋯⋯⋯⋯⋯⋯⋯⋯⋯⋯⋯⋯⋯⋯⋯⋯⋯⋯⋯⋯⋯⋯⋯　043

　　第二节　经济作物⋯⋯⋯⋯⋯⋯⋯⋯⋯⋯⋯⋯⋯⋯⋯⋯⋯⋯⋯⋯⋯⋯⋯⋯⋯　044

　　第三节　畜牧养殖⋯⋯⋯⋯⋯⋯⋯⋯⋯⋯⋯⋯⋯⋯⋯⋯⋯⋯⋯⋯⋯⋯⋯⋯⋯　046

　　第四节　生态枇杷园⋯⋯⋯⋯⋯⋯⋯⋯⋯⋯⋯⋯⋯⋯⋯⋯⋯⋯⋯⋯⋯⋯⋯⋯　047

　　第五节　动植物资源⋯⋯⋯⋯⋯⋯⋯⋯⋯⋯⋯⋯⋯⋯⋯⋯⋯⋯⋯⋯⋯⋯⋯⋯　047

第四章　传统工艺⋯⋯⋯⋯⋯⋯⋯⋯⋯⋯⋯⋯⋯⋯⋯⋯⋯⋯⋯⋯⋯⋯⋯⋯⋯⋯⋯　050

　　第一节　传统土纸制作工艺⋯⋯⋯⋯⋯⋯⋯⋯⋯⋯⋯⋯⋯⋯⋯⋯⋯⋯⋯⋯⋯　050

　　第二节　传统炮火制作工艺⋯⋯⋯⋯⋯⋯⋯⋯⋯⋯⋯⋯⋯⋯⋯⋯⋯⋯⋯⋯⋯　052

　　第三节　传统榨油工艺⋯⋯⋯⋯⋯⋯⋯⋯⋯⋯⋯⋯⋯⋯⋯⋯⋯⋯⋯⋯⋯⋯⋯　054

　　第四节　传统土硝制作工艺⋯⋯⋯⋯⋯⋯⋯⋯⋯⋯⋯⋯⋯⋯⋯⋯⋯⋯⋯⋯⋯　056

　　第五节　其他工艺⋯⋯⋯⋯⋯⋯⋯⋯⋯⋯⋯⋯⋯⋯⋯⋯⋯⋯⋯⋯⋯⋯⋯⋯⋯　057

第五章　民风民俗⋯⋯⋯⋯⋯⋯⋯⋯⋯⋯⋯⋯⋯⋯⋯⋯⋯⋯⋯⋯⋯⋯⋯⋯⋯⋯⋯　059

　　第一节　婚　嫁⋯⋯⋯⋯⋯⋯⋯⋯⋯⋯⋯⋯⋯⋯⋯⋯⋯⋯⋯⋯⋯⋯⋯⋯⋯⋯　059

　　第二节　生育习俗⋯⋯⋯⋯⋯⋯⋯⋯⋯⋯⋯⋯⋯⋯⋯⋯⋯⋯⋯⋯⋯⋯⋯⋯⋯　071

　　第三节　寿庆习俗⋯⋯⋯⋯⋯⋯⋯⋯⋯⋯⋯⋯⋯⋯⋯⋯⋯⋯⋯⋯⋯⋯⋯⋯⋯　073

　　第四节　修造习俗⋯⋯⋯⋯⋯⋯⋯⋯⋯⋯⋯⋯⋯⋯⋯⋯⋯⋯⋯⋯⋯⋯⋯⋯⋯　073

　　第五节　侗家饮食⋯⋯⋯⋯⋯⋯⋯⋯⋯⋯⋯⋯⋯⋯⋯⋯⋯⋯⋯⋯⋯⋯⋯⋯⋯　082

第六节　服　饰 ··· 086
　　第七节　家训家教家风 ··· 087
　　第八节　麻阳古语 ·· 092
　　第九节　谜语谚语歇后语拾零 ··· 094

第六章　主要节庆 ·· 105
　　第一节　小　年 ·· 105
　　第二节　除　夕 ·· 106
　　第三节　春　节 ·· 108
　　第四节　春　社 ·· 110
　　第五节　三月三赛歌节 ·· 111
　　第六节　清明节 ·· 112
　　第七节　栽秧节 ·· 112
　　第八节　端午节 ·· 114
　　第九节　六月六尝新节 ·· 115
　　第十节　中秋节 ·· 117
　　第十一节　重阳节 ··· 118

第七章　音乐歌舞 ·· 119
　　第一节　器　乐 ·· 119
　　第二节　歌与舞 ·· 121
　　第三节　侗族大歌 ··· 126
　　第四节　宣恩薅草锣鼓 ·· 127
　　第五节　其他歌谣选录 ·· 129
　　第六节　侗乡文艺宣传队 ··· 134

第八章　传说故事 ·· 135

3

中篇　野椒园写意

第一章　诗情画意 …… 144
第二章　采风纪实 …… 156
第三章　侗寨纵论 …… 219

下篇　野椒园拾遗

第一章　历史沿革 …… 260
第二章　人文地理 …… 262
第三章　人　物 …… 264
第四章　诗词辞赋选录 …… 269
　　第一节　诗　词 …… 269
　　第二节　辞　赋 …… 273
第五章　野椒园乡村建设方案 …… 278
第六章　野椒园侗寨文化展示馆展陈内容 …… 287
第七章　野椒园侗寨景区保护与开发大事记 …… 293

附录：野椒园古侗寨休闲度假旅游区资源评价 …… 300
参考文献 …… 305
后　记 …… 306

上篇

野椒园揭秘

第一章 神奇风光

第一节 白岩沟大裂谷

白岩沟大裂谷像是地壳被巨斧劈开的一条伤口，长约 10 千米，是一个人迹罕至的地方。

白岩沟大裂谷位于宣恩县晓关侗族乡野椒园村贡水河南岸，距野椒园侗寨 4 千米，距晓关乡集镇高速出口 10 千米，距宣恩县城 36 千米，距恩施州城 57 千米，有桐干公路从谷口通过。白岩沟大裂谷呈西北至东南走向，其长度是皖西大裂谷的 7 倍。裂谷右岸如刀削斧切，形成 90 度或大于 90 度的绝壁；左岸是高大的大堰塘山，由于风雨消融，多为大于 70 度的陡坡。谷底的白岩沟河源出于小高锣的众山林场，蜿蜒流入贡水河。

裂谷右岸自贡水河南岸陡然突起，向东南延伸至众山林场，全部为断裂状的悬崖峭壁，气势雄伟，异常险峻。相对高度为 300 米至 400 米不等，呈波浪状向东南延伸升高，其最高点为岩尖堡，相对高度超过 400 米，如鹰隼之尾向上翘起，在谷底望去，如在云端。整个峭壁如建筑工人砌的墙壁一般，整整齐齐，还有石缝之间的压花，一层层如波浪起伏，形成优美的波浪形曲线，真是巧夺天工。有的地方因地壳岩石层挤压，形成螺纹状、漩涡状的线条，挂在峭壁上，似画非画，似墙非墙，形成别具一格的景观。峭壁上色彩丰富，有的赭红，有的洁白，有的褐黄，有的青灰，有的深黑，有的黄白，真是色彩斑斓。若是天晴日傍晚时分，夕阳斜照在峭壁上，霞光与峭壁相映，夕阳与青山争辉，那又是另一番壮美的景色。

峭壁崖沿有的地方生长有草木，那是香獐们游玩的地方。香獐即原麝，国家一级保护动物。香獐或单独活动，或组成家族活动，一般喜在河谷附近的陡峭山崖活动，能轻快敏捷地在险峻的悬崖峭壁上行走，在密林中也常行于倒木上，并有攀登斜树的习性，极善跳跃。视、听觉发达，稍有特殊动静即迅速逃跑，遇险时常隐于悬崖石隙中。

峭壁上还有大大小小的洞穴，那是飞虎们的乐园。飞虎一般指鼯鼠，属国家一级保护动物。飞虎是对鳞尾松鼠科下一个族的物种的统称，称为鼯鼠族。全世界现存 13 属 34 种，中国有 7 属 16 种，其中中国特产的有 3 种：复齿鼯鼠、沟牙鼯鼠和低泡飞鼠。

鼯鼠习性类似蝙蝠，白天多躲在悬崖峭壁上的岩石洞穴、石隙或树洞中休息，性喜安静，多营独居生活。夜晚则外出寻食，在清晨和黄昏活动得比较频繁，行动敏捷，善于攀爬和滑翔。飞虎有"千里觅食一处便"的习性，有固定排泄粪便的地方。20 世纪 70 年代有人在白岩沟峭壁上扒飞虎屎，找五灵脂，采中草药，就是利用飞虎排便的习性采集五灵脂。用绳索悬吊在峭壁上，像荡秋千一样寻找采集中草药和五灵脂。

在峭壁上大大小小的洞穴中，以谷口不远处悬崖上的硝洞最大、最深，也最为神秘。此洞处于谷底相对高度 200 米的绝壁上，曾是明清时期人们熬制土硝的地方。熬硝人从谷底难以攀爬上去，就从悬崖顶端放绳索吊下来，进入洞中，熬制土硝。现在还残存有当年熬制土硝的灶、过滤池等遗迹。

相传洞中多蟒蛇。有一次，一个熬硝人走进洞内深处，寻找硝土，他走累了就坐在一个光滑的大石头上歇息。熬硝人掏出叶子烟卷了一支，拿出白铜烟斗，将烟装好。他拿出火镰，打火点燃烟抽起来。过了一会儿，烟抽完了，只剩下火红的烟头。熬硝人将烟斗随手在坐的石头上磕了磕，将火红的烟头烟灰磕在了石头上。突然，熬硝人坐的石头猛地动了起来。他吓了一跳，站起来仔细一看，原来自己坐在一条巨蟒身上。刚才磕烟灰时把巨蟒烫疼了，这条巨蟒不知有多长多大，前不见头，后不见尾，只见巨大的鳞甲向洞内深处移去。熬硝人吓得魂飞魄散，一路连滚带爬逃到洞外，见到同伴，已说不出话来。这个故事给人以神秘感。笔者曾于 20 世纪 70 年代与人进过此洞，带上火把走了一段，约 500 多米，发现此洞岔洞很多，未遇见什么动物，但已感觉此洞深不可测。

传说此洞中还有一种怪物，长着一副人的面孔，只有一只脚，却行动极快。它见人会呼喊你的名字，只要你一答应，它就向你吹一口气，人就顷刻化为灰烬。听起来十分恐怖。

这种怪物有点像毕方，毕方是中国古代神话中的形象。据《山海经·西山经》记载：毕方形状像鹤，只有一只脚，青色的羽毛之上有红色的斑纹，长着白色的嘴巴。毕方形象的出现表达了原始人类对火的恐惧与向往，是人们视火为神的体现。

白岩沟大裂谷底部有一条小河，叫白岩沟河。它发源于小高锣山的众山林场，在半坡脚下与南来的源于大堰塘山后柏枝树坳的子源沟河交汇，自东南向西北蜿蜒流经10千米，注入贡水河。在众山林场到半坡脚下，流经一条1000余米长的裂谷地缝，极狭窄处宽度仅为数米，高数百米，处于峭壁最高点岩尖堡悬崖之下，幽深险绝，终年不见阳光。皖西大裂谷与此相比，那真是小巫见大巫了。在两河交汇处瀑布如泻，深潭碧绿，青苔藤蔓，苍劲古朴。溪流沿谷底弯弯曲曲地流着，水流清澈，时而清流激湍，时而潺潺而下，时而碧潭回旋，时而沉静如镜。溯溪而上，变化万千，目不暇接，山风吹拂，百鸟啭鸣，如入仙境。

白岩沟大裂谷具有雄伟险峻秀丽之美。一是体积厚重，有磅礴之势。从谷口而进，两岸三山高耸，壁立千仞，绵亘数千米，山势堆垒、雄浑阔大。二是相对高度大，有巍峨之姿。比如"雄秀东南"的岩尖堡"平畴突起三千米"，近观远眺都十分雄伟。三是坡度陡峭，有险峻之态。两山对峙，悬崖峭壁，坡陡如削，加之溪流、云雾、洞穴的烘托，如杜甫"高江急峡雷霆斗，古木苍藤日月昏"，更显得雄伟壮丽。四是生态秀丽之美。裂谷人迹罕至，悬崖上，香獐飞虎，自得其乐；沟谷中，草长莺飞，各得其趣；野猪麂豹，往来林中，鹰击长空，鱼翔浅底，各得其所。

白岩沟大裂谷山势奇峻多姿，原生态动植物丰富，种类繁多；除了香獐、飞虎外，还有野猪、豹、黄麂、野鸡、锦鸡等，时有野猪伤人事件发生。这里空气清新宜人，生态环境优良，山、林、泉、洞、瀑、潭、峡、坑、缝一应俱全，旅游资源极为丰富，是一个尚未开发的原生态处女地，极具溯溪、探险、旅游、科学考察和旅游文化研究价值。迟雨有《白岩沟大裂谷》诗为证：

白岩裂谷鬼神工，云绕峰巅叠嶂雄。

飞虎万年行绝壁，香獐千丈跃长风。

茂林掩映银泉泻，夕照争辉峭壁红。

不识渔翁陶菊地，只缘生在此山中。

第二节　野椒园云海

　　在野椒园风景区,每当雨后初晴或天气晴朗的清晨,倘若你站在贡水河北岸的高山之巅,俯瞰从东到西一望无际的河谷地带,目之所及便是清波荡漾的洁白云海。凡到过野椒园风景区的游客,无论春夏与秋冬,似乎只要你来得早,大都有机会一睹这河谷云海的风采。

　　野椒园风景区贡水河谷东到恩来高速的贡水河特大桥,西至咸丰县境内的马河坝,东西绵延30多千米,宽约10千米,连接宣恩和咸丰两县,海拔在500—800米,而河谷两边的高山海拔在1000—1500米,半封闭的小环境条件形成了独特的河谷云海奇观。河谷云海的形成与降水有着密不可分的关系。野椒园风景区地处北纬30度,属中纬度北亚热带季风区,气候受地形影响,垂直变化明显,低山温暖湿润,高山夏凉冬寒,年平均降水量接近1500毫米,充沛的降水给云海的形成创造了很好的条件。

　　河谷云海是野椒园风景区重要景观之一。云海是在一定的条件下形成的云层,并且云顶高度低于山顶高度,当人们在高山之巅俯瞰河谷云层时,看到的是漫无边际的云海。如临大海之滨,波起峰涌,浪花飞溅,惊涛拍岸,故称这一现象为"云海"。日出时形成的云海五彩斑斓,也称为彩色云海,霞光与云海交相辉映,极为壮观。

　　野椒园景区河谷云海之神奇,奇在似云非云,非海似海。变幻莫测,气象万千。每当日出时,金光万道,云白霞红,斜月西挂,天蓝山青,蔚为壮观。

　　野椒园景区的关口是观赏云海的绝佳去处。驱车从晓关集镇沿232省道向南行驶2千米,便到了观赏云海的制高点——关口。关口海拔920米,在晴空万里的清晨,从这里俯瞰,西南濒宋家沟、坪地坝、白沙溪及咸丰龙坪、马河坝、人头山,西北的龙桥湾特大桥到东南的大堰塘大山脚下,都被波起云涌的云海覆盖,辽阔无际的云海一览无余。山峰、树木在云海中时起时伏,河谷两边的山脉,有的似青龙入海,有的似奔马入江,在云海中若隐若现。云起时,有的像奔马,有的像飞龙,有的似棉絮,有的似天狗,有的似山洪,有的似瀑布,将贡水河谷装点成波澜壮阔的大海。云雾在谷底汇聚,上下冷暖空气对流,呈现出"白

波九道流雪山"的壮阔景象。

野椒园景区的大垭口是野椒园观赏云海日出的好地方。从晓关集镇沿旅游路向东南行驶3千米，便到了观赏云海日出的制高点——大垭口。这里海拔1100米，东可看到长潭河乡像一对挑苞谷的直筒竹篓样的山峰，人们称它为篓子堡，西可观大堰塘山脚，东南可看大山至吴家盖山脉，形成了一个巨大的河谷盆地。

野椒园景区的马鞍山顶峰，是观赏野椒园景区云海日出与夕照的最佳地方。它集东边大垭口和西边关口观云海之长于一峰，既可观红日东升，又可赏晚霞夕照。从晓关集镇驱车行驶1.5千米，左转上堰塘公路，经过营盘，就是清朝时期为防止白莲教军队进攻恩施扎的防御工事的营盘，在上至堰塘方向至今仍有碉堡遗址。从营盘到堰塘再到马鞍山峰顶，属页层岩沙质土壤，地势平缓，植被茂盛，水源丰富，平均海拔1000米以上，是休闲、避暑、观光的绝佳之地。到堰塘下车步行约2千米，便来到马鞍山顶峰，这里海拔1214米。登上峰顶，大有"荡胸生曾云""一览众山小"的无限感慨。

马鞍山顶峰观云海，晴日清晨站在峰顶，从东北到西南，河谷两边山脉起伏，逶迤奔向苍茫的远方，形成巨大的长廊形盆地，百里云海，尽收眼底。黄昏时分，夕阳的余晖洒在贡水河两岸镶嵌在天边的连绵起伏的山峦上，渲染出闪闪的金光，与东边升起的金色云峰相媲美，显得分外壮丽，好像一幅山川秀丽的壮美图景。此时的贡水河像一条绿色青龙，自西南向东北蜿蜒游来，奔向远方。两边的山脉好像知趣地纷纷闪开，让出一条长长的廊道，让这条巨大的青龙蜿蜒通过。定睛细看，那不是青龙，是一条绿色的河流，宣恩的母亲河——贡水河，两边山上无数的小龙俯游而下，把头伸进碧水中，好似在吮吸母亲河的乳汁。

"兴来每独往""坐看云起时"。云从河中缓缓升起，慢慢地向山谷伸展。一时间，不知是云在山中，还是山在云中。云继续上升，覆盖住山峦、山梁、树木，这时的云如龙蛇伸展，若大鹏舒展，像龙马腾跃，似波峰汹涌。此时真是"望中汹涌如惊涛，天风震撼大海潮。有峰高出惊涛上，堪比仙境更缥缈"。

野椒园云海并非只在春、夏、秋三个季节出现，冬天的野椒园照样也有云海奇观。数九寒天，野椒园景区河谷两边的山上白雪皑皑，而河谷地带却温暖如春。独特的地理环境和气候，给野椒园景区增添了新的奇观。清晨的云雾覆盖着河谷，层层叠叠，似江、似湖、似海。山在云雾间游动，像画家泼墨，使原来的山变成云中之景，做成了一幅幅丹青。云在山中蔓延，山在云中舒展。山上的雪与谷中的云，分不清哪里是云，哪里是雪；不知是云在山中，还是山在云中。站在山顶远望，从东到西，望着这独特的云海、秘藏的云海、阔大的云海、美丽的云海，物我两忘，仿佛置身于仙境。

"闲云潭影日悠悠，物换星移几度秋。"到野椒园看云海，那是游客崇尚自然的一种机缘，那是稍纵即逝的一种天赐，那是人生记忆的一种浪漫。仔细想来，人生何尝不是这样，机遇说来就来，说去就去，关键看你如何把握。到野椒园看云海，那可是非常惬意的美事啊！有诗为证：

亭前山色绕危栏，亭下波涛直浸山。

波上渔舟亭上客，相看浑在画图间。

第三节　红江大峡谷

红江大峡谷地处野椒园侗寨景区西部，距晓关集镇3千米。红江大峡谷呈西北至东南走向，谷底有一条河叫宋家沟河，发源于龙桥湾姚家山悬崖峭壁海拔950米的洞穴龙口，向东南蜿蜒流入忠建河。

红江大峡谷像一幅摊开的立体巨幅画卷，它在阳光的照耀下，不同的季节变换着不同的色彩，魔幻般地吸引着无数旅游者的目光。

亿万年前，这里也同喜马拉雅山一样，曾是一片汪洋大海，造山运动使它崛起。然而经过数百万年宋家沟河的侵蚀冲刷，才形成全长10千米，平均宽度2千米，最窄处不足200米，最深处600米，平均深度超过500米，总面积为20平方千米的奇美险峻大峡谷。

宋家沟河上游为碳酸盐岩地貌，下游为页岩地貌，右岸自姚家山到海拔1200米的落山地主峰经二台坪到五爪岩的老山余脉延伸到龙强谷口；左岸自1200米董家盖顶峰到关口经马鞍山南向余脉延伸到龙强谷口，两山余脉锁谷口。宋家沟河从龙强谷口冲出，形成谷口内外两个冲积坪坝。

在宋家沟河流经2千米的地方，河道突然下切，在不足2千米的深涧，形成300米的落差。在左岸918米的悬崖峭壁上，一股如瓦缸般粗的巨大流泉从洞穴中涌出，加上晓关盆地溪水也从左岸穿山而出，蕴藏着丰富的水力资源。右岸银江洞水洞的水长年流淌，河底鱼泉水涌，把此河段切成极狭窄的深涧。早在20世纪60年代，人们在左岸悬崖修渠引水，灌溉农田，名曰红江大堰。后来人们在峡谷修建了三座梯级电站，即红江一级、红江二级和红江三级电站。红江三级电站从前池到机房落差达200米。每逢丰水季节，前池的水溢出，形成三叠式瀑

布，十分壮观。

在红江大峡谷中，有野猪、豹猫、土猪、麂、野兔、松鼠、老鼠和飞虎等哺乳动物，还有蛙类、蟾蜍等两栖和爬行动物。有鱼泉出鱼，有各种山溪中的鱼类，有二十多种鸟类生存，还有近50种数不清的昆虫和节肢类动物在此处定居。

红江大峡谷山高谷深，悬崖峭壁，洞穴神秘，流泉喷涌，瀑布飘逸，溪声轰鸣。峡内景点，择其要者略述于后。

龙桥飞虹

恩黔高速公路龙桥特大桥是一座主跨268米的上承式钢管混凝土拱桥，从陡峭的红江大峡谷上凌空飞过，橘红色的桥拱如一道彩虹落在两座青山之间，形成美丽的龙桥特大桥飞虹景观，成为摄影爱好者的打卡处。

银江洞

神秘的银江洞位于红江大峡谷西岸，银江洞入口处海拔827米，东经109度29分，北纬29度86分。

银江洞由于地处山高谷深之地，属喀斯特地貌。这里悬崖峭壁，流泉飞瀑，交通不变，人迹罕至，流传着一些传说故事。特别是洞前50米处河中有一深潭，名曰黑潭，深不见底，却是古代人们天旱求雨的地方，给银江洞披上了一层神秘的色彩。至今许多人一谈起银江洞，不禁感到惧怕，不敢前往。

相传银江洞古时候不仅能借出稻谷、碗筷等，甚至还能借出银子，故取名银江洞。相传很久以前，银江洞住着仙人，人们经常看到有纺织娘在洞口纺纱，有小猪在洞外吃草。遇到天旱饥荒时，村民们想到仙人应当是富有的，就写好借条到银江洞借粮借米，有时还借出了银子，来度过饥荒。后来有人不讲诚信，借稻谷还秕谷，从此便借不出东西来了。后来仙人们向东迁走了，在上莫慌岩和关口留下两个巨大的脚板印。20世纪70年代有人去探洞，还带着枪支，但在洞中因碰到蟾蜍跳入水中而受到惊吓，导致精神失常了。银江洞在绝壁之下，上为干洞，幽暗阴森；下为水洞，清流汹涌，凉气袭人，周围藤蔓环绕，给人以阴森恐怖之感。

走进银江洞，主洞为干洞。洞口高约 15 米，宽约 30 米，为大洞里套两个小洞的组合。大洞在上，为干洞，高 8 米，宽 20 米，是银江洞主洞；水洞在下，高 3 米，宽 6 米，一股水桶粗清流从洞中涌出，清澈见底，沿溪而下，终年不断。

进到洞中，有做硝人做硝的遗迹。有硝水过滤池，熬硝的灶等。编撰组一行还发现有疑似旧石器时代的打制石器，洞里有人工居住的痕迹。在进入银江洞之前，编撰组的人员阅读大量的洞穴知识，进行实实在在的科学考察。

银江洞背靠大山，背后大山相对高度达 400 米，巍峨雄奇。洞口处于绝壁之下，流水形成瀑布，因有流水，洞内必定结构复杂，空间容量大。经找到多人了解，得知该洞在很早时候就有人探洞。相传清乾隆嘉庆年间，有一个叫杨锦堂的人曾带人进过银江洞探秘。他们准备充分，带着大量楮蜡、竹筒石灰、绳索和食品、水等，进入洞中，三天三夜后才从洞中走出。据杨锦堂说，银江洞结构极为复杂，进洞后主洞要靠右走，至少有 48 个岔洞，里面的空间很大，有河流、沙滩，有数亩的平坝等。

另据二台坪 75 岁村民杨久长介绍，银江洞前的山林就是他家的。他 1947 年出生，十多岁就进到洞里去玩，看做硝人做硝。在洞里做硝的有四个人：杨顺满、杨顺召、杨顺坤、杨天猛等，杨顺满与杨天猛是父子。做硝人很有些规矩，未满十岁的儿童是不让进去的。他记得进洞后就不能像在洞外一样，不能乱说话。无论说什么话都要带个"子"字，譬如说，称老鼠叫"耗子"，吃饭叫"催包子"，筷子叫"滑刷子"，鼎罐叫"黑钵子"，太阳叫"闪光子"，屙尿叫"抽线子"，等等。为什么要这样说，做硝人告诉他，不这样说就做不出硝来。他们照明用的桐油灯、床铺都在洞内，白天黑夜灯都亮着。他那时十多岁，发现做硝很辛苦。每天都是找硝土、刮硝土、尝硝土、挑硝土。尝硝土味道，决定该硝土是否还可选用。入口辣的最好，其次是苦味，再是甜和酸味。还要挑水，挑水过滤硝土，一次就要挑几百挑，滤出硝水要挑去熬制，还要从洞外背柴进洞熬制，且道路十分难走，工作异常艰辛。

综合多方面的银江洞信息，总的来说，银江洞是一个复杂的洞穴系统。进洞往左走 700 多米，便是阴河水塘，不知有多深，再往里走就走不通了。左洞又叫煤炭窿子，以前采过煤，煤层不厚，30 到 40 厘米。进洞往右走，深不可测，至少有万米以上，完全是一个结构复杂的洞穴组合系统，有待专业的洞穴探险人士来揭开银江洞的神秘面纱。

银江洞峡谷在宋家沟河上游。宋家沟河属贡水河支流，发源于晓关乡黄河村龙桥湾塆头西面悬崖上的岩洞。这个岩洞当地人叫龙口。因为洞口的形状像龙张开的嘴巴，下大雨涨水时从洞中流出，形成瀑布，就极像龙从嘴里伸出的舌条；平时雨小时洞中的水就沿石隙中流下来，不形成瀑布。宋家沟河在经龙桥湾塆头平缓流出2千米后，突遇悬崖，流水经过数百万年的侵蚀切割，形成"V"字形深达数百米的峡谷——银江洞峡谷。在峡谷左岸距银江洞350米处，有一巨大水洞，一条暗河自洞中流出。人们在此修建了一级电站。在一级电站的尾水处，人们沿左岸开渠引水，在银江洞斜对面修建了二级电站。利用二级电站的尾水和银江洞的泉水，沿右岸开掘出1千米的引水渠，在神仙岩修建了三级电站。整个一、二、三级电站统称红江电站，总落差达230米，装机容量1000千瓦。

洞前的宋家沟河从龙口流出经塆头、龙桥穿越红江一、二、三级电站后，从神仙岩、河包三丘田、宋家沟到坪地坝汇入贡水河。河流全长8千米，流域面积72平方千米。流域内建有三座小型水电站。银江洞就处于二级水电站机房斜对面的悬崖下，直线距离不足150米。

在银江洞对岸，有一桩尾巴洞，原是干洞，下大雨时才有少量水流出。在2008年"5·12汶川大地震"后，可能受地震的影响，晓关下坝落水孔的水便从这里流出，在桩尾巴洞右上方100米处的原出水洞现在已不出水了。

银江洞峡谷是一个奇绝险峻、风景优美的峡谷。现在从关口到红江二级电站经银江洞口到二台坪组的公路已经打通，小车可以行走。站在红江二级电站机房外，头顶上的恩黔高速主跨为268米龙桥特大桥凌空飞越，橘红色的上承式钢管混凝土桁架拱桥像巨大的彩虹跨在云端，凤尾鸡翘岩悬在左岸的悬崖上，活灵活现。峡谷、虹桥、洞穴、流泉、瀑布、悬崖、绝壁、黑潭、电站和神秘的传说故事集于一处，让人赏心悦目之时，又有畏惧之感，加之二台坪的特色稻米、氽口洞等旅游文化资源，极具旅游观光、科学考察等开发价值。

奇险莫慌岩

莫慌岩，地名。分上莫慌岩和下莫慌岩两个村寨。这两个村寨都坐东朝西，背靠险峻的马鞍山麓，前面是自北向南流的宋家沟河，河的对岸是银江洞及洞上的悬崖绝壁，绝壁下是宋家沟河溶蚀横切的峡谷。左边是断崖，右边是陡峭的山石绝壁，右边绝壁上的山不时松动掉下一块，有时砸在屋前的院坝里，有时砸在堂屋后。千百年来，虽然这种现象极少出现，但它如同一把达摩斯剑，不知什么时候会掉下来。上莫慌岩杨氏村寨就位于两边是悬崖绝壁的坡中部，这是一个十多户的小村寨，是典型的长在悬崖上的村寨。

从恩黔高速晓关出口穿过集镇沿242国道行走4千米，便来到与莫慌岩公路的岔路口。驶上莫慌岩的公路向下行500米，便可见右上方绝壁上有一个洞穴，叫老鹰洞。洞口就在绝壁上，上下四周都是光滑的石壁，人无法接近洞口，只有老鹰在洞里居住。老鹰洞是个穿洞，另一处出口在悬崖山顶背后的一个隐秘之处，洞口极小，仅由一人勉强进入。相传清朝康熙年间，一对年轻夫妇为躲避匪难，带着干粮炊具等，从后山洞口进入洞中。生活数月后，出来回家时，妻子因怀孕而肚子太大，从后山的洞口出不来了，从悬崖上的出口也无处可攀，只得让丈夫给她送食物、衣物等。在洞中生了孩子后，才从洞中爬出来回到家中。后来人们遇到动乱或不安定时，便躲进该洞中。老鹰洞成了当地人的避难场所。

红江大堰

红江大堰于1966年冬季开工，是晓关的重大水利工程，被称为晓关的"红旗渠"。当年动员数千民工，从现在一级电站出水洞引水经过凤尾鸡翅下的绝壁，开山凿渠，工程之险绝，施工之艰难，实难想象。红江大堰经上莫慌岩、下莫慌岩、黑湾、茶园、炭场至唐家沟，绵延十多千米，其工程之浩大，人力投入之多，为晓关自新中国成立以来所罕见。后来红江大堰上半段建成，灌溉良田数千亩，也为上下莫慌岩、黑湾、茶园的村民解决了水源不足的问题，对当地水稻丰收立下不朽功劳。直到20世纪末，随着产业结构调整，原来的稻田改种了茶叶以后，红江大堰似乎才完成了它的历史使命。走在红江大堰上，看着绝壁上开凿的渠道，看着用青石板镶嵌的U形水槽，仍可以想象当年热火朝天的劳动场面，仍可窥见当年劳动人民创造的丰功伟绩。

石上的仙人脚印

沿着上莫慌岩的公路前行1200米到杨氏村寨，再向右前行300米，便到了晓关下坝落水孔消水的原出水口。在2008年"5·12汶川大地震"时，整个恩

施地区有明显的震感，晓关也不例外。地震过后晓关落水孔的水就不再从这里喷出来，而是改从离此地200米处的桩尾巴洞涌出来。原来桩尾巴洞是一个干洞，祖祖辈辈居住在上莫慌岩的人都知道那个干洞，从来不出水，"5·12大地震"后却流水不息，形成大小瀑布，实在是美哉！奇哉！

在八十多岁村民杨顺颜和其子杨天照的热心引导下，我们在出水口的红江大堰上下石头上找到了仙人脚印。有的像健壮猛男的皮鞋踩出，有的像摩登仕女的高跟鞋踏成，有的长大，如河中小船；有的短小，如三寸金莲。杨顺颜老人还介绍说，在关口上面的营盘，乾代云家中有一长方形砂石，重约一吨，砂石上留有赤脚踩踏出的脚印，深约半寸，脚掌、大小脚趾均印在石上，像人刚从石上踩过似的，十分完整、十分逼真。当我们去营盘寻访到乾代云家，村人介绍说石头是真的，脚板印也是真的，但因石头埋在乾代云砖瓦房屋下，无法得见。

夫妻岩

在出现仙人脚印位置的上方20米处，有一对夫妻岩。传说在古代，这里有一位青年长得英俊健壮，名叫山娃，靠打柴、采药为生。村里有一位姑娘，聪明伶俐、美丽绝伦，名叫水娘。有一天水娘在田野上采摘薇菜，不慎被蛇咬伤，昏迷过去，正好山娃砍柴路过，见水娘昏迷不醒，便攀上悬崖踩摘草药给水娘敷上，水娘得救了。两人从此一见钟情，深深相恋。从此山娃打柴，水娘采摘；山娃捣药，水娘陪伴。村寨里有人病了，山娃便将采来的草药给人治病，分文不取。日子一天天过去，村寨的人都十分敬重山娃。他们也看好水娘与山娃的相恋，都说是郎才女貌，天生一对！

然而好景不长。村前河对岸有一洞，洞中住着一条黑蟒，是一条恶蟒，已修炼千年，成了蛇精。一天，黑蟒从洞中溜出下来捕鱼吃，顺便在黑潭中洗澡。它从潭中窥见岸边一采薇女子美丽绝伦，顿时色心大起，想把水娘掳去洞中。黑蟒摇身一变，变成一个黑衣青年来到岸边，伸手抓住水娘就要往洞里拖。这时在不远处采药的山娃突然感到黑风一阵袭来，忙叫"不好！"向水娘方向一看，只见一黑衣人抓住水娘手臂，要把她带走。这时，山娃飞也似的奔到水娘身边，拦住黑衣人去路。黑衣人见了山娃，连忙松手，化作一阵黑风，转眼间消失不见了。

原来山娃自从水娘被蛇咬伤后，就每天把雄黄带在身上。因为蛇是最害怕雄黄的。这天黑蟒来掳水娘时，多亏山娃及时赶到，黑蟒害怕山娃身上的雄黄，不得不赶快逃走了。

黑蟒回到洞里，仍不甘心。他在夜里去村寨袭击，吞噬鸡羊，村民们非常害怕它。黑蟒还放出狂言："我娶不到水娘，让你们村寨不得安宁，要吃掉你们的鸡羊，吃掉你们的小孩。"村民们听了非常害怕，甚至有人埋怨起水娘，说这都是水娘惹的祸，让水娘嫁给黑蟒。没想到此话一出，这人就受到全村寨人的呵斥！大家忽然想起山娃应该有办法，大家一同去找山娃，推开门一看，山娃坐在屋里，正望着手里一把闪亮的短剑出神。

山娃见村民们走来，忙起身让座，村民不肯。村中寨老上前一步说："山娃，如今村里遭此劫难，每天都有鸡羊被掳，你叔叔家的儿子昨天也被黑蟒吞吃了，你有什么解救办法吗？"

"办法是有，只是……"山娃顿了一下，"我有办法铲除这条黑蟒！""你有什么需要帮忙的，只管说，我来安排！"寨老说。山娃答应了寨老的请求，村中寨老带着一群人离开了。

当天夜里，山娃到水娘处相会。明月当空，月光如泻，水娘显得更加妩媚，他们坐在院中的桂花树下相互对视着，好半天没有说话，各自想着自己的心事。水娘终于开口了："山娃哥，我决定了，嫁给黑蟒精。"山娃猛一惊，一把将水娘揽进怀里："你绝不能这样，我决定斩掉黑蟒精！"山娃斩钉截铁地说。

原来山娃三年前打柴到集上去卖，换点油盐。这天清早，他背着柴急急地沿着石板路向集镇赶去，突然在一个转弯处有一位老人依靠在一块大石头旁，闭着眼睛好像死了一样。山娃停住脚步，仔细一看，这老人身穿蓝布长袍，银须飘髯，嘴唇干裂，想是饿坏了、渴极了。山娃放下肩上的木柴，来到老人身边，取出随身装水的葫芦，把水送到老人嘴边。老人缓缓睁开眼睛，山娃给老人喝了葫芦里的水，老人慢慢缓过气来。老人说他昨天一气走了800里，又饿又累又渴，不小心坐在这里睡着了。山娃拿出玉米粑送给老人吃，老人吃了玉米粑，感觉精神好多了，脸上恢复了红润。山娃见老人恢复了精神，就要扛起柴赶集去，这时老人叫住了他。

老人说："小伙子，你等一下。我看你忠厚善良、有情有义，我这里有一把两尺短剑，锋利无比、威力无穷，能削山斩龙，赠送给你，你今后必有大用。"

山娃连忙跪下，叩头谢恩，接过短剑。老人又教了他一些短剑使用方法，特别嘱咐，短剑不能沾黑血，否则他会变成岩石，山娃一一谨记在心。

第二天，黑蟒精又化作黑衣人来村里逼婚。这时山娃和村民都从屋里冲出来，各自拿着刀枪棍棒。山娃手持短剑，忽然短剑精光四射，破空如霹雳，黑蟒精现了原形，与山娃大战一处，难解难分。一时间飞沙走石，黑风横扫，剑光四

射，突然只听咔嚓一声响，那黑蟒被斩为数段，黑血直涌。

此时风息云开，阳光灿烂，水娘和村中老少从屋里冲出，高喊着"我们的大英雄"，向山娃涌来。水娘一下子扑在山娃的怀里，将脸幸福地贴在他宽阔的胸脯上，激动的泪水在她美丽的脸颊上流淌。山娃却急忙将水娘推开："你快离开，莫靠近我，危险！"山娃急切地喊道，"你靠近我，会变成石头的！"水娘一眼瞥见山娃短剑上的黑血，正在向他的手上蔓延，山娃正在变成石头。昨天晚上，山娃曾告诉她，他的短剑如杀了黑血动物，他就会变成石头，想不到这是真的。水娘再次扑进山娃怀里，她喊道："就是变成石头，我也要同你在一起，永不分开！"

渐渐地，山娃和水娘变成了高大的岩石，立在山崖下面。为了纪念山娃和水娘，人们把它们称作夫妻岩，也叫情人岩。每年祭拜，那对面的山洞再也没有黑蟒了，人们在里面熬硝、畅游、开矿，等等。村寨里的人们过着平静而幸福的和平生活。

神仙岩

神仙岩位于宋家沟河中游西岸，原是一山间瀑布的绝壁。紧邻红江三级电站机房。电站前池的排水口的水沿山沟而下，形成三级瀑布，在最下面一级的瀑布绝壁就叫神仙岩，神斧仙工。

为什么叫神仙岩呢？有两个原因。一是这一带绝壁初看完全像人工堆砌的，其工匠手艺堪称一绝，然而细看这绝壁又是实实在在的高大山体，人工又怎么能做到呢？二是这绝壁的水是牛们最爱喝的水，牛一来了就不走，相传水中有盐，但又没有被人们证实。那到底是什么水呢？村民认为这个地方很是奇怪，就叫这里为神仙岩。

河包三丘田

宋家沟河在神仙岩下向东转一个弯，这个弯中有一小岛，岛上有三丘小田，被宋家沟河包围着。无论宋家沟河遇上多大的暴雨，涨多大的洪水，甚至连宋家沟两岸的稻田都淹了，可这河中岛上三丘田仍然安然无恙。因此叫河包田，也叫河包三丘田。

这河包三丘田可是声名远扬，湘鄂川黔渝的人大都知晓。当宋家沟人出门在外，人们谈到家住何方、家在何处时，一旦谈到你是宋家沟人时，那你一定知道河包三丘田的地名。如你说你不知道，那就认为你一定不是宋家沟人。

为什么岛上三丘田在发洪水时不被水淹呢？三丘田位于宋家沟河向左（向东）转弯的弯道上，右边是主河道，称它为外河，左边为内河。三丘田的小岛像一条鱼躺在河中，头朝上游，尾向下游，三丘田呈顺河道梯级排列，岛的分水岭我们姑且称它鱼嘴。在枯水期，由于外江河床比内江河床低，水往低处流，有七成水流入外河，三成水排向内河；在洪水期，外河水位升高，河水不断向内河分流，所以水始终涨不上去，也就淹不了岛上的田。

为什么河中会形成小岛呢？宋家沟河作为北半球的河流，在地球离心力的作用下，河水会不停地冲刷右河岸，左河岸的河水相对较少，受到的河水冲刷较少，时间一久，左河岸就会堆积更多的泥沙，这就导致河流的坡度左右不一样，更多的河水流向右边，而右边还有山挡住，河道自然而然就弯曲了。由于洪水期外河要泄走洪水，有水的冲刷，形成内河；枯水时，内河无水，中间小岛的鱼嘴坚硬，形成分水岭，久而久之，中间形成小岛，长出草木，开垦成田，形成河包田。

龙强上

龙强上是红江大峡谷的谷口，位于湘鄂川黔古盐道上，也是贺龙红军红色线路上的重要节点。1935年12月26日，为掩护红二、六军团长征，红十八师经咸丰之忠堡、龙坪，从龙强抵达宣恩晓关，在杨柳沟与敌黄百韬四十一师的一个团遭遇。樊孝竹带领五十三团一营阻击敌人，掩护主力往西北方向转移。一营几百名战士与敌人鏖战数小时，樊孝竹等五十多名指战员牺牲，余部在营长马秋德的带领下，经恩施县大集场，在咸丰麻柳溪赶上了师部。

龙强谷口两山狭峙，一水流出，旧时开有饭店，提供食宿。这里流传着神秘的草寇故事，有鲁班母亲寒城婆婆的传说，有寒城婆婆的祭祀地。过此地的人们，都怀着悲悯的情怀，折一树枝，拾一根柴，丢在寒城婆婆冻死的地方，待到柴火堆高了，就有人点燃柴火，为寒城婆婆送去温暖。千百年来，年年如是。

草寇坟的传说

  从野椒园侗寨后面的马鞍山主峰生出一条10余千米长的山脉,像一条烈龙蜿蜒经过黑湾、冷家坡伸向坪地坝,龙头匍匐在宋家沟河与水家沟河交汇处,当地人称似龙头龙颈起伏的山峰山梁为龙强上,或者方言叫龙颈(jiàng)上。

  说起龙强上这个地名,可不简单。千百年来,湘鄂川黔渝的往来客商几乎是无人不知、无人不晓。因为这里是湘鄂川黔渝的盐花大道客商往来的必经之地。从侧面看,这条龙形山脉自北而来,有龙头、龙冠、龙颈和龙身,十分形象逼真。西边是宋家沟河,东边是逼仄的水家沟河,两边的河流常年有水,从正面看,奇峰突兀,十分壮观。靠宋家沟河一侧有梯田数亩,原来开有旅店,可见行人之多。那条千年古道就从龙颈向龙身蜿蜒而上,北通晓关、恩施大吉、利川直至忠县、万州,南到咸丰龙坪、来凤、进入湖南龙山,西到贵州。

  相传古时候,有一个叫花子病死在路旁,人们便把这叫花子移葬在田角的山脚下。没想到这叫花子埋在这里后,却成了草寇坟,阴魂不散,灵魂化成了"草寇",每到晚上,就出来吃人,一副青面獠牙的形象,给过路的行人造成极大的恐慌。地方的乡绅请来地理先生,要把这"草寇"灭掉。地理先生认为这叫花子葬在了不该葬的地方,才成了"草寇"。要把"草寇"除掉,最好坟上泼洒狗血。乡绅们找来狗血,泼洒在坟的四周和龙颈上,但是却镇不住这"草寇"。"草寇"仍然十分猖獗,不时拦截路人,让来往的行人不敢从此地路过。后来人们经过研究,认为是叫花子埋在了龙脉上,只有斩断龙脉才能治这"草寇"。于是组织人在龙头后的小山坳处斩断山梁,挖出一条深约3米、宽约2米、长10多米的深壕,还用童丁把此地占了。最后终于把"草寇"治住了。于是人们路过此地时,再也不用害怕了。

  现在龙强上仍能看到当年挖的土壕。在没有公路的年代,从咸丰龙坪到晓关沿线几十里地赶场的人们都要走这里的小路,每次成群结队的路人从那座"草寇坟"旁经过时,都要指指点点地叙说这个传奇的故事。如今,公路通了,没有人再从此地步行经过了,这里成了被遗忘的角落,但是这个故事却在当地流传下来。至于什么是"草寇",为什么会有"草寇",姑且当作传说吧!但那被挖断的山梁却是值得一看。

寒城婆婆的传说

沿坪地坝龙强上去200米，有一个地方叫后槽。后槽处在一个山坳上，在山坳路旁有一个圆形的光秃秃的沙包，不大长草和树木。这里便是寒城婆婆去世的地方。当地人称寒城婆婆也叫冷死婆婆，她是在这里捡了柴取暖，柴还没有点燃就被冻死了。途经这里的人们，总是忘不了沿路顺手在路边帮寒城婆婆拾把柴，为受冻的寒城婆婆烧火取暖之用。柴越堆越高了，就有人把柴堆点着烧了，可是不久那柴又堆起来了，于是又有人再次把那堆柴烧了，就这样日复一日、年复一年地传承着。

那寒城婆婆是谁呢？她又怎么会冻死在这里呢？相传寒城婆婆是鲁班的母亲。鲁班是木匠的祖师爷，他发明了木马，木马上搁上马板，就成了木匠最早的工作平台，到现在还是这样。鲁班发明的木马是四条腿，前后两条腿之间用一圆形横杠连接，能行走，能腾云驾雾，鲁班就是乘坐木马去给人家做工的。

鲁班是位孝子，他为了尽孝道，无论走到哪里做工，都要把母亲带在一起。有一年的农历十月十六，这天天气晴朗，鲁班从外面回来，把木马放在堂屋里。因为太疲劳，早早睡了。当晚明月当空，寒城婆婆起床小解，路过堂屋，见到四只脚的木马停放在那里，不禁触景生情，想到儿子平时骑着木马去山中木场的情景，这木马多好啊！那是多么畅快的事啊！出于好奇，寒城婆婆也想试骑一下儿子的木马。想着想着，趁夜深人静，她便悄悄地骑上了木马。当她骑上马以后，木马就自动地向鲁班的木场奔去，鲁班的母亲在马背上喊停却停不了，想下也下不来，心急如焚，不知道如何是好。到了木场，木马终于停了下来。但此时，鲁班的母亲十分焦急，十月的山中寒气袭人，她找来干草、干柴和木渣等准备取暖，但自己没有带火镰，又怎么生起火呢？她十分无奈，又急又气、又羞又冷，此时山中气温急骤下降，没有火源，真是叫天天不应，叫地地不灵。在内心恐惧和严寒的双重折磨下，一命归西。此时，天亮了，东方升起了红霞，上苍显灵，大地开眼，地上、天空中升起了洁白的浓雾，将她的遗体严严实实掩盖着。

天亮以后，鲁班起床，准备骑马上木场去。他发现堂屋里木马不见了，就到屋内屋外四处寻找，均没有踪影，便想到去问问母亲。他来到母亲房前，敲门喊叫母亲，没有答应。鲁班无奈，见门虚掩着，只得推门而入，房内却没有母亲。这时鲁班来不及多想，心急火燎地往木场奔去，赶到木场，看到了木马，看到了

已逝的母亲。鲁班明白了一切，这都是木马惹的祸。母亲是误骑木马而被冻死在山中林场的。鲁班十分悲痛，也十分无奈，心里像打破了五味瓶。他找来锯子，一下锯断木马中间的横木，把木马从中间分开，原来的四只脚变成了六只脚，分成了两部分，后来的木马再也不会自己行走了，也不会腾云驾雾了。现在的木马前后变成三只脚了，鲁班在木马上架起马板，又手忙脚乱地将母亲的遗体移到木板下面，并用刨子刨出的刨叶子、斧头劈出的木渣掩盖着。至今一些木匠师傅还保留着开工时的刨叶子和木渣不让人捡拾和挪动的规矩，就是这个原因。鲁班的母亲受冻而逝的遭遇在鲁班弟子中传开，弟子们为了替鲁班尽孝，又不伤及师父的脸面，就将鲁班的母亲称为寒城婆婆，并在石木瓦匠中立下规矩，在修建道路的要道旁为寒城婆婆修庙，为寒城婆婆打柴。寒城婆婆的故事就这样流传开来。

在坪地坝龙强上的后槽地方，就是为寒城婆婆打柴的地方，千百年来，人们从此地经过都不忘为寒城婆婆折一枝丫，捡一根柴，尽一份情意，送一份善心。当地至今还保留着"寒城婆婆三日打柴一日烧"的说法。

除此之外，还有诸多景点，如二台坪既是观景点，又有盛产优质稻米的梯田；还有白沙溪的夏家院子和赵家院子的吊脚楼，大湾侗寨，富庶的坪地坝等。文短情长，不及赘述。

在峡谷中戏水漫游，时而峰回路转，时而曲径通幽，更有奇花异草，流水高山，悬崖人家，仿若世外桃源。四季有花，一步一景。春游山花浪漫，夏观飞瀑流泉，秋采果实红叶，冬赏冰瀑神奇。境内断崖突起，绝壁陡立，流瀑高悬，溪潭水碧，峰、峦、台、壁、洞、泉、峡、瀑，姿态万千，大自然鬼斧神工，雕凿出红江大峡谷这一人间胜境。

第四节 古洞穴寻踪

野椒园村大多属碳酸盐岩地貌，沟壑交错，多溶洞。除白岩沟大裂谷悬崖上的白岩洞和银江洞已在前文中做了介绍外，还有钟鼓堡下的硝坑、马上湖坳上的躲匪洞、长沙坝的躲匪洞、打鼓泉的间歇泉洞等，都具有一定的文化旅游开发价值。

硝坑洞

硝坑洞位于野椒园钟鼓堡南侧，表面看来是一个一千多平方米的圆形大天坑，但天坑下约60米有两百多平方米的平地，属于漏斗形天坑。在天坑的悬崖上有一洞穴，那是做硝人进出的地方。相传做硝人沿着洞穴往里走，走了大约3千米，来到野椒园张氏侗寨古井下，听得到野椒侗寨的鸡叫狗吠，还有人们用碓舂米、做炮火钉引子和推磨的声音，认定是到了野椒园张氏侗寨的水井之下了。野椒园侗寨的水井在寨旁古枫树的东南侧大路旁，一股泉水自石中流出，长年不干，但泉水一出来便垂下流向泉前的天坑。为了取水，村民用大石板把天坑洞口封好，再用三块大石板围成一个正方形的水池，供大家取水用。如要清洗水池，就把池中泥尘、石板洗刷干净后，将池底的小孔打开，将脏水放出。水池清干净后，再把小孔堵住。做硝人所确认的地方就是指的这个水井下。如果真如此，就可从张氏侗寨地下通道走到硝坑口出来，走进九老十八匠景区和新侗寨了。

马上湖坳上洞

坳上洞位于牛形山的牛背上。地处隐蔽，洞口较小，但洞穴深邃。这洞进去分两边走，进去向右走有两千余米长，里面空间相对宽阔。进去向左走，属主洞，空间较为阔大，没有人走到过终点。杨氏侗寨人们遇兵荒马乱时，便躲进此洞避难，此洞具有一定的开发价值。

长沙坝避险洞

长沙坝躲匪洞位于长沙坝河东侧，与竹子坳相对。该洞洞口很高，约20米，宽约10米，洞口有石砌的石墙，内有做饭用的灶等。原是张氏侗寨人兵荒马乱时避险的地方。

打鼓泉牛尾巴洞

此洞位于平地坝大桥北头桥下,即红豆溪与唐家沟河相交的牛形山脚,是出水洞。此洞神奇的是间歇性出浑水,且水量较大,沿河道流出约 50 米,注入贡水河。天晴时,人们在贡水河洗澡,把衣物脱掉放在沙滩上,就会因间歇泉洞突出大水把衣物冲走,这种情况当地人多次碰到。桐子营电站水库修成后,这里接近洪水位,人们到打鼓泉游玩得少了,但间歇泉依然如故,村民对此百思不解。曾有人见过有大蛇在洞前游玩,因而对此洞有恐惧之感。

爹口洞

爹口洞位于二台坪组,该洞长约 600 米,有进口,有出口,两头通,曾经在里面熬过硝。时常有人作为旅游景点到洞中浏览。现已被村民开发用作洞藏酒基地。

第五节 钟鼓堡赏景

钟鼓堡位于野椒园张氏侗寨南 1000 米,因山形从东南北三面看如大钟立于地,气势雄伟,山峰圆而有向外鼓之形,且山顶平坦如鼓面,故称钟鼓堡。钟鼓堡如钟似鼓,寓"窈窕淑女,钟鼓乐之"之意。钟鼓堡山高且平,山顶有旱地近 1000 平方米,只有西北一条路可登上堡顶。登上堡顶,平坦如砥,贡水河谷,一览无余。贡水河两岸山脉排开,自西边天外起伏而来,望东逶迤踊跃而去,消失在天边烟雾迷茫之中。春夏之日,秋冬之中,朝可观东方日出,暮可赏落霞夕辉。在晴日,贡水河谷白雾从纵横交错的沟壑中盘旋升起,东方的曙光渐次散开。不久，洁白的晨雾便填平了沟壑，铺满贡水河谷，形成云海奇观，钟鼓堡便成了云海中的一座孤岛，如蓬莱仙境，立于云海之上。云海不断上升，钟鼓堡又淹没在云海之中，不见踪影。当太阳升起，金光万道照耀在云海之上，云海与两岸青山此消彼长，海落日出，山高云低，此时钟鼓堡如仙境楼阁浮于云海之上。若堡上有亭，亭中有人，似人似仙，亦梦亦幻，慧眼难识，真假莫辨。此时此景，仿如飘逸于云海之上，遨游于仙境之中的仙山琼楼。能一睹此时此景，真不愧为人生一大幸事！

至于落日西沉，东云相顾，夏云奇峰，尽染夕照。紫云突起，金峰争辉，红霞飘逸，青山如黛，则是另外一番瑰丽景象。有时明月斜挂，霞月争辉，落日雄浑，气象万千，把个壮美河川染成浓墨重彩般的辉煌，令观者如痴如醉。若逢秋日，雁阵东去，落霞西归，长雁与落霞同飞，秋水共长天一色，适逢此景，又不失人生一大幸事！

美哉！钟鼓堡，贡水河谷的观景胜地！诗人迟雨有《钟鼓堡》七绝诗一首为证：

> 重岩突起铸奇峰，疑有峨眉不老松。
> 旭日夕辉斜月下，谁敲暮鼓与晨钟。

第六节　爱情堡观月

爱情堡，有坡有坪，也叫坡坪堡，位于野椒园张氏侗寨东南500米，海拔790米，属页层岩金绿色沙壤。堡顶平缓，松针铺地，沙净无泥，曾为寨内孩童极喜戏耍玩乐之地。登上爱情堡，一览众山小。东可观晨曦初露，西可赏晚霞夕照，南可观钟鼓雄姿，西北可仰望天马山主峰，东南可阅白岩沟大裂谷，远可看起伏的梭沙溪山脉，近可读生态枇杷果园。

爱情堡下的树林里生活着一种动物叫豹猫，学名大灵猫，它们的窝穴多在土洞、石块下或石缝中。豹猫主要在地面栖息，但攀爬能力强，在树上活动能灵敏自如。有一年暮春的早晨，侗寨一村民在坡坪的玉米地里打猪草，忽见地中坐一头豹子，头圆似猫，眼大而圆，毛色基调是浅黄色，周身有黑色的如铜钱样的斑点。村民以为是豹子，大吼几声，但它无动于衷。村民心中有些害怕，正欲离开。这时不远处又跑来一只,与先前这只豹猫十分亲热,原来它们是一对情侣。村民深感不安,打破了这对豹猫情侣的美好时光,只得迅速离开。豹猫虽具夜行性,但晨昏活动较多,独栖或成对活动觅食,还十分钟情晨昏时节的美丽景色。

爱情堡还有更神奇的爱情传说。相传上古帝尧时代,帝俊的妻子羲和生有十日,住在东海的扶桑树下。他们十日一齐出现在天空,晒得土地干裂,草木焦枯,大地成了烧烤的大锅,人民苦不堪言。帝尧向天帝祷告,请求援救。天帝就派了后羿来帮助帝尧。

后羿是擅长射箭的神人,他带着妻子姮娥来到了人间。姮娥,后来又称嫦娥,是一个非常漂亮的女子。帝尧热情地接待了他们。后羿应帝尧之请求,为解除人民的痛苦,当即取出天帝所赐的红弓白箭,走向宫殿前的广场,拉弓搭箭,对准天空十日中的一个,嗖的一箭射去。大家盯着天空,不见动静。正在疑惑之际,忽见那个太阳猛地爆裂开来,火光乱迸,金色羽毛纷纷散落天空,随即轰隆一声,掉下一只巨大的金黄色三足乌鸦,身上还插着后羿的那枝神箭。再望天上,果然少了一个太阳,人们不禁欢呼雀跃,拍手称快。

后羿随即又射出第二支箭,第三支箭,第四支箭……一支支地射上去,太阳就一个个地掉下来,人们的欢呼连绵不绝。天气立刻转冷,灼热的灾难眼看就要解除了。

帝尧当然高兴极了。当他看见天后羿搭箭再射时,猛然想起还应留下一个太阳,要不成了黑暗的世界,可就麻烦了。说时迟,那时快,帝尧一把拦住后羿:"留下一个吧!世界才有光明。"

后羿停下来,他对天上最后一个太阳说:"从今以后,你每天必须按时升起,按时落下,为民造福。"

后羿为老百姓除了害,大家都很敬重他。很多人拜他为师,跟他学习武艺。有个叫逢蒙的人,为人奸诈贪婪,也随着众人拜在后羿的门下。

一天,天庭的王母娘娘送给后羿一颗八卦炉炼的仙丹。人吃了此药,能长生不老,还可升天成仙。但是后羿不愿意离开嫦娥,就让她将仙丹藏在百宝匣里。

谁知这件事被逢蒙知道了,他一心算计着把后羿的仙丹弄到手。八月十五这天清晨,后羿带弟子出门去,逢蒙假装生病,留了下来。

到了晚上,逢蒙手执宝剑,突然闯进后羿家里,威逼嫦娥把仙丹交出来。嫦娥心里想,让逢蒙这样的人吃了仙丹,不知要害多少人啊!于是,嫦娥机智地与逢蒙周旋。逢蒙见嫦娥不肯交出仙丹,就满屋子翻箱倒柜,四处搜寻。眼看就要搜到百宝匣了,嫦娥疾步向前,取出仙丹,一口吞了下去。

嫦娥吃了仙丹,突然轻飘飘地腾空而起。她飞出了窗子,飞过了洒满银辉的郊野，越飞越高。碧蓝碧蓝的夜空挂着一轮明月，嫦娥一直朝着月亮飞去。

后羿外出回来，不见了妻子嫦娥。他焦急地冲出门外，只见皓月当空，圆圆的月亮上树影婆娑，一只玉兔在树下跳来跳去。啊，妻子正站在一棵桂树旁深情地凝望着自己呢。"嫦娥，嫦娥！"后羿连声呼唤，不顾一切地朝着月亮追去。可是他向前追三步，月亮就向后退三步；他退三步，月亮就前进三步，怎么也追不上，怎么也靠不近。

乡亲们都很想念好心的嫦娥，在院子里摆上嫦娥平日爱吃的食品，遥遥地为她祝福。从此以后，每年八月十五，就成了人们想念嫦娥、为她祝福的习俗。

有一天，后羿思念嫦娥，骑着天马路过此地，忽听鼓振钟撞，声音悦耳，便停下马来。后羿见钟鼓重叠，已成一座山峰，便登上旁边的山堡，脚踏细软沙路，徘徊山堡小径，仰望蓝天明月，与嫦娥遥遥相望，沐浴着西天夕辉，不禁思绪万千，大叫道：此真乃爱情堡也！于是人们便将此堡称作"爱情堡"了。

每当晴朗夜晚，登上此堡，明月高悬在千山万壑之上，天马山欲腾空奔向西天，微风吹拂，隐隐有钟鼓之声自天外传来。嫦娥奔月的浪漫，吴刚伐桂的虔诚，唐僧取经的执着，山伯与英台的爱情传奇，无不激荡在年轻情侣广阔的心空，弹奏出一曲曲爱的笙歌。

抑或星辰西归，旭日东来，朝露晶莹，天朗气清，携伴侣在枫香树下许愿，在爱情堡上盟誓，畅谈人生理想，漫谈未来图景，爱情堡已逐渐成为年轻人观景赏月的游览胜地。有迟雨诗为证：

万里穹苍月正中，仰观伐桂步蟾宫。
凡间惟有山中净，一任烟霞度古枫。

第七节　青龙山览胜

从天马山主峰生出一条山脉沿张氏侗寨后山蜿蜒起伏，像一条青龙匍匐在贡水河边。人们把这条山脉称作青龙山。青龙山有七座山峰，自漆树堡、龚家堡、钟鼓堡、红沙山、亶爱岭、忠孝堡到娘母关共七座山峰，其中亶爱岭就是张氏侗寨的后山。

站在亶爱岭上，东可看朝日东升，霞光万道；西可观落霞夕照，残阳如血；

南可感钟撞鼓振，余音犹在；北可仰天马雄姿，想象飞腾。杨氏侗寨、张氏侗寨、宋氏侗寨、余氏侗寨、唐氏侗寨一线联珠。每当东方欲晓，村村寨寨便有人起床开门，在清晨书写侗家人的勤劳；待到金乌西归，侗家人背篓里是满满的斜辉夕照。

此地为什么叫亶爱岭呢？因为这山中生长着一种动物，体长65—85厘米，尾长30—48厘米，体重6—11千克。体毛主要为灰黄褐色，四肢较短，呈黑褐色。尾巴的长度超过体长的一半，基部有一个黄白色的环，其后为四条黑色的宽环和四条黄白色的狭环相间排列，末端为黑色，俗称九节狸，名曰大灵猫，属于灵猫科灵猫属一种，为国家一级重点保护动物。村民相传九节狸尾巴长到十个色环时，就会成精。但不知为什么，九节狸至今没有成精的，却十分具有灵气。

相传九节狸性格孤僻，聪明机警，听觉和嗅觉十分灵敏，常在晨昏开始活动。能爬树，能下水捕食猎物。九节狸的另一个特点是有固定的排便处。九节狸讲究卫生，常把山梁上烧炭用的炭窑土坑，当作它固定排便的厕所，人们根据其排泄物可推断九节狸是否在此活动。九节狸在会阴部生有灵猫香囊，当遭遇敌害时，九节狸会弓背、收腹，喷射出一种有难闻臭味的物质，迷惑对方，然后趁机逃跑，躲起来。

当九节狸活动觅食时，凡是沿途突出的物体，都会用香腺的分泌物涂抹，俗称"擦桩"，这种擦香行为起着领域的标记和同类的联络作用。分泌物气味挥发性强，存留时间久。张氏侗寨后山就是九节狸活动的范围，但不知什么原因，猎狗闻到九节狸的气味，却不去追击。

据长辈们说九节狸昼伏夜出，凡是有灵猫的阴沟下水道不会发臭，反而有香气逸出。

相传古时候，亶爱岭下的山湾里，住着几户罗姓人家，有几十口人。俗话说，人多是非多，这一点没错。罗家人钩心斗角，嫌穷爱富，争强好胜。今天与这家吵嘴，明天与那家打架，忘记了春秋。

有一年，村里来了一个乞丐，平常坐在村口，面前放着一只破碗。过路的人有的放一个铜板，有的放一勺米饭，乞丐就会头碰地，接连磕上几个头。没人给也没啥，他从不计较，也不开口说话。罗家大人看见乞丐就走开，孩子们说乞丐身上总是有一股难闻的尿臊味。那乞丐身上虽有难闻的臭味，但罗家孩子们每次偷偷给乞丐送吃的以后，都感到神清气爽，心情坦然而舒畅。渐渐地，大人们发现孩子们明显与大人们不同，孩子们没有了嫉妒，相互间相处融洽；大人们吵嘴打架，他们却劝大人们不要斤斤计较，要宽容一点，大度一点。大人们起了疑心，这孩子们不争强好胜，没有了嫉妒，我家岂不是不如人家了，孩子们不成了平庸之辈了。看来这一切都是那乞丐使的坏。他们不怕腺臭味，不约而同地来到村口围住乞丐论理，威胁要从乞丐身上搜出使坏的证据来。

乞丐见他们来者不善，就从衣袋里摸出三个锦囊，猛然全部打开，顿时浓浓的尿腺味直冲进他们的鼻子里，弄得他们头晕目眩，睁不开眼。当他们喘息平定，睁眼一看，哪里有乞丐的影子，原来只是一堆九节狸的粪便。臭气很快就弥漫了整个山湾，连续三天，臭气经久不散。三天过后，臭气变成了香气，香了七七四十九天。说来也怪，村中和睦多了，吵嘴打架的少了，争强斗狠的少了，相互嫉妒的少了。日子又恢复了应有的和谐。后来，孩子们长大了，有的出外经商，有的做官，慢慢地都迁到外地去了。只留下了现今的地名——罗家湾，表示这里曾经是罗姓人家住的地方。

据《山海经·南山经》记载：南山"又东四百里，曰亶爰之山……有兽焉，其状如狸而有髦，其名曰类，自为牝牡，食者不妒"。而九节狸就是属于"类"一样的灵兽，而"类"要食其肉才不嫉妒，而九节狸仅闻其气味则效果奇佳也。人们对九节狸十分敬畏，将其称之为灵猫也。

第八节　红豆树牵手

野椒园红豆树被誉为"华中千年红豆树王"。属国家二级保护（濒危）树种，湖北省人民政府2011年将此树列为一级保护名木。

红豆树位于野椒园杨氏侗寨南侧的水井堡，小井堡海拔751米。红豆树高31米，胸径1.95米，树龄1200多年，是我国华中地区罕见的一棵古稀古种活化石奇树。1982年经武汉植物研究所鉴定为鄂西红豆树，被有关专家誉为"华中千年红豆树王"。

红豆树一般年份不开花结籽，开花为淡紫色小花，结10—20厘米长木质豆荚。剥开豆荚，其子近圆形，晶莹红亮，色艳如血，质坚如钻，久存不坏，色泽依旧，是爱情的象征，因此红豆树也被喻为"相思树"。据文献记载：战国宋国韩凭夫妻殉情而死，两家相望，"宿昔之间，便有大梓木生于二家之端，旬日而大盈抱，屈体相就，根交于下，枝错于上。又有鸳鸯雌雄各一，恒栖树上，晨夕不去，交颈悲鸣，音声感人。宋人哀之，遂号其木曰'相思树'。相思之名，起

于此也。"（引自晋·干宝《搜神记》）

红豆以其精美、珍稀著称，青年男女喜欢把它作为定情的无价信物。"红豆生南国，春来发几枝。愿君多采撷，此物最相思。"唐代诗人王维写下的著名诗篇《相思》家喻户晓，千古流传。

红豆作为相思寄托之物，古已有之！不同数量的相思豆代表不同的意义。一颗代表"一心一意"，两颗代表"相亲相爱"，三颗代表"我爱你"，四颗代表"山盟海誓"，五颗代表"五福临门"，六颗代表"顺心如意"，七颗代表"我偷偷地爱着你"，八颗代表"深深歉意请你原谅"，九颗代表"永久地拥有"，十颗代表"全心投入地爱你"，十一颗代表"我只属于你"，五十一颗代表"你是我的唯一"，九十九颗代表"白头到老，长长久久"。

红豆树一粒小小的血红种子，落入野椒园水井堡的土壤中，在合适的水分、温度、阳光的加持下，冲破红豆的坚韧厚皮，发芽生长，历经千百年的阳光雨露、风刀霜剑，长成今天的参天大树，这本身就是一个奇迹。更为奇特的是，此树虽为常绿乔木，却又似落叶乔木。落叶不分部位，发叶不依季节，随心所欲，混淆了常绿或落叶乔木的概念，颠覆了四季轮回的规律。春来西枝落叶，冬天南枝发芽，夏日满树葱绿，偏有一枝却把光秃秃的枝丫伸向天空，在满山落木萧萧下的秋日，它会在几天时间里发芽长叶，长成一朵春意盎然的绿云，完全不受四季规律的制约。真是奇也！特也！红豆树这种奇特的不受四季制约的生长规律至今仍是一个待解之谜，也许它隐藏着一个至今不为人知的生物学秘密。它像一本活着的历史，不仅是重要的自然旅游资源，而且是宝贵的生态历史文化财富。

据考证，该红豆树为蝶形花科红豆树属，四季常青乔木，不属落叶乔木。但此树却因相思"多情善感"，落叶部位"随心所欲"，发叶时间"与众不同"，完全不依四季规律约束，曾多次落叶。譬如：它于1976年秋树顶三巨枝落叶一次，但半月后又全部发叶，青春焕发。1986年春树冠北侧落叶，半月后亦恢复青春；同年夏初，除北侧之外全部树叶又全部落尽，不知是钟情于哪位"白马树王"，夏末又皆全部发齐。可见相思之极，真可谓"多情之树"矣。于是寨民又把这一现象和很多重大的历史事件联系在一起，使红豆树更添一层神秘色彩。从古至今，从国内到国外，凡发生的重大事件，红豆树都似有"记载"可查。特别是1966年，该树"情绪"极不稳定，落叶时间不定，落叶部位变化多端。此后，性情缓和许多，十年落叶一次。三年自然灾害期间，该县古木大树几乎全被伐光，但无人敢动此树，足见其威望之高、威慑之强，故又有"哪边落叶哪边灾"之说。当地寨民对此树敬若神灵，视其为"神树"。逢年过节，总要到树下祈求平安。谁家的孩子不好养，就拜寄红豆树为干儿子，孩子多会平平安安，身康体健。未婚男女多到树下许愿，祈求佳偶；若是情侣，喜到树下合影存念，永结连理。本地寨民从不上到树上砍枝剔桠，甚至连树上掉下的干树枝也不捡回去当柴烧，以免受到神灵的惩罚。

千里传美名，古树发新枝。由于交通的便捷，千年红豆树王引来络绎不绝的游人。青春男女，在树下牵手；老弱妇幼，瞻望膜拜，使红豆树更加生机焕发。在游人的仰望与赞赏中，展示着它顶天立地的壮美与婆娑绰约的丰姿。

第九节　枫香树许愿

张氏侗寨入口处有一古枫香树，树高约 50 米，胸径 1.35 米，树龄 600 余年。该树现为县人民政府挂牌保护树木。

枫香树，属落叶乔木，喜温暖湿润气候，喜光，多生于村落附近。树脂供药用，能解毒止痛，止血生肌；根、叶及果实亦入药，有祛风除湿，通络活血功效。木材稍坚硬，可制家具及贵重商品的装箱。

枫香树形如伞盖，苍劲挺拔，枝繁叶茂，生命力强，春来从苍劲的虬枝树梢发出浅黄、浅绿逐渐转为青绿，夏转浓绿，秋季红绿相衬，显得格外美丽，被寨民敬奉为神树，又称"许愿树"。因树干下有一树洞，名曰"许愿洞"。虔诚的崇拜者在树下许下心愿，然后站在离树洞九尺九寸远的地方，向"许愿洞"投掷许下的"心愿"，有天长地久、久长久远之意，通过向"许愿洞"投掷硬币许下自己的心愿，据说还很灵验。

中国自古有不少咏枫的诗篇。余邵有《红枫》赞曰："红枫似火照山中，寒冷秋风袭树丛；丹叶顺时别枝去，来年满岭又枫红。"唐朝诗人杜牧有咏枫的千古名篇："远上寒山石径斜，白云生处有人家；停车坐爱枫林晚，霜叶红于二月花。"这首《山行》以枫林为主景，将秋色之艳写得胜于春花，美艳绝伦，令人赏心悦目，精神焕发。

第二章　侗寨建筑

　　野椒园侗寨被誉为"武陵第一古侗寨"，由张氏侗寨和杨氏侗寨组成，以古民居、古树、古墓群、古作坊、古民俗、古语言、古鱼（大鲵）等七古著称。

　　野椒园张氏侗寨、杨氏侗寨隐于椒石省道旁马鞍山主峰一条伸向贡水河的青龙山脉东西两侧，相距500米，两地直线距离不到200米，中有古道，为木质栈道相连。两寨距恩黔高速晓关出口7.7千米，有242国道、椒石省道穿寨西南而过；贡水河自西向东流来，从寨东南侧蜿蜒东去。两侗寨吊脚楼建筑群鳞次栉比，比肩接踵，四合水天井式吊脚楼、撮箕口式吊脚楼、钥匙头式吊脚楼建筑依山临水而建，寨内道路婉转反复，犹如走进迷宫一般。两寨所依之山如昂首奋蹄之骏马，少祖山则如卧虎藏龙，祖山马鞍山高耸入云，其水口跌宕密闭，加之百年古侗寨、千年相思树茂林修竹、烟霞云霓，可谓风水宝地。这里山水环抱，群山拱卫，小河流淌，曲径环绕，柳暗花明，如诗如画，人与自然和谐相依，人与建筑密切相关，极富天人合一理念。更奇特的是"人到侗寨前，不见侗寨影"。故有"人间秘境"之美称。人游其间，流连忘返，是一处极为难得的休闲旅游胜地。

　　2014年6月野椒园张氏侗寨被列为第六批省级文物保护单位，同年11月野椒园村被列入第三批中国传统村落名录。

　　野椒园侗寨是武陵地区迄今民居保存最为完整、生态赋存良好、文化资源最为丰富的侗寨，是古民居的珍贵典范。古寨、古树、古风是侗寨的底色，"枯藤老树昏鸦，小桥流水人家"是侗寨的真实写照。它是研究武陵地区建筑文化、宗教信仰、民风民俗、音乐歌舞、作坊工艺、族群语言等南方少数民族历史文化、民俗文化、族群文化、语言习俗的活化石。

第一节　张氏侗寨

张氏侗寨位于青龙山东侧的野椒园圈椅形台基上，海拔 750 米，野椒园村因此地名而得名。寨子东南入口有一棵约 600 年的古枫，傲然挺立。

张氏侗寨始建于清嘉庆年间（1796—1821），距今 210 多年，为清代古建筑，坐西南朝东北，由三个紧密相连的四合水天井式吊脚楼群和十二个单体吊脚楼组成。单体吊脚楼建于民国时期至 20 世纪五六十年代，面积约 1000 平方米。三个四合水天井式吊脚楼群，建筑面积 1780.8 平方米。天井屋有上下两层地基，后部建正屋、天井，前部建吊脚楼，并设有过道。东头大房天井长 13.6 米、宽 10 米，中间三房天井长 12 米、宽 4.5 米，西头么房天井长 10.4 米、宽 9 米。房屋两到三层，屋内建侗家特色建筑"半边火炉"，窗户、柱头、磉礅均精雕细刻，天井岩石铺面。该侗寨既保留侗族民居传统建筑手法，又吸收北方四合院建筑特点，为研究恩施地区侗族民风民俗和传统民居提供了实物资料。

张氏侗寨作为省级文物保护单位，其保护范围以野椒园张氏侗寨张家院子四合天井院落为核心向外延伸，东至张冬平房屋 90 米，南至水塘 70 米，西至乡村公路 30 米，北至张永德房屋 50 米。建设控制地带：自保护范围向外延伸，东至输电杆 50 米，南至停车场 50 米，西至青山梁山山脊 100 米，北至公路里坎 50 米。

张氏侗寨选址布局蕴含着主动适应环境的生态智慧，体现了"因地制宜、与自然共生、天人合一"的生态思想，对于维持和谐具有积极意义。侗族村寨选址布局是侗族建筑文化的重要内容，也是我国传统建筑的重要组成部分，充分体现了古代侗族人民的智慧与才干。张氏侗寨秉持相对隐蔽、便于防御、山环水抱、依山而居、坡度适宜、背风向阳、柴方水便、不占好地的选址布局理念，选址行为总体上具有隐蔽性，便于安全防御，具有利用大山逃生的便利性和对危险抵抗的自然优势，极富生态智慧和历史信息。

张氏侗寨建在一圈椅形台地上，背靠青龙山梁，前有长沙河，左有青龙山支脉护卫，右有青龙山两条支脉环绕。东头有小溪，有青山，西头有古井，有大道，山环水抱，柴方水便。侗寨后青龙山原有古枫、古木耸立，现仍树木繁茂；

左侧原青山中古枫、古钩栲、古丝栗、桐木繁茂，右侧红枫、青枫、松柏、竹等古木沿山梁而生，更有红沙山、苔土园的松柏、枫等古木环绕，在春天里展露新绿，生机勃发；夏日犹如绿云，浓荫蔽日；秋天红叶与夕阳相映，云蒸霞蔚；寒冬时古枫虬枝苍劲，松竹傲雪。现侗寨右侧入口处仅存一棵600年的青枫傲然挺拔，是侗寨生态的标志性古木。即便如此，张氏侗寨因坐西偏南、东偏北向，四围青山环卫，视野开阔，如坐在中间天井的门口，朝看日出夕赏月，日月星辰穿古枫枝丫而西行，犹如童话之美。

张氏侗寨只能从左右两边通道出入，前后有高坎均不能进入寨内。这是张氏先祖出于防御安全考虑而修建的。在我国漫长的封建社会中，战乱不断，盗匪猖獗，防御安全成为十分重要的考量因素。从院落到里坊，从内城到廓城，张氏侗寨形成了层层相套的围合空间。村落的围合感虽然不及城市，但同样表现出强烈的聚合性。侗寨挖山成坎，高7至10米，栽种竹林，护住高坎；前面垒石砌堡坎，高4至6米，只留东西两个通道进出，无不体现出对盗匪入寨抢劫的防御考虑。原来寨左山梁还砌有护墙，不能通行。寨右有大山阻隔，只有寨左古枫下唯一的一条道路可进入寨内。整个侗寨地处隐秘，不易被人发现，极具防御功能。寨内族人大多会做炮火，会制火药，相对富裕。寨民崇文尚武，安全防御意识强，备有火枪、梭镖、马刀等，房屋楼上堆有礌石，只要盗匪胆敢侵入抢劫，让其有来无回。清末至民国初年，曾有盗匪多次投石试水，均因张氏族人警惕性甚高，训练有素，刀枪齐备，防守严密，盗匪未敢攻寨抢劫。可见张氏先祖出于生存安全防御考虑的选址布局发挥了十分重要的作用。

张氏侗寨聚族而居，其民居建筑文化资源丰厚，建筑艺术独具特色。该侗寨属干栏式房屋建筑，房屋为穿斗式构架，即用穿枋把柱子串起来，形成一榀榀房架，檩条直接搁置在柱头，沿檩条方向再用穿枋把柱子串联起来，由此而形成屋架。屋顶为悬山顶，是两坡出水的五脊二坡式，特点是屋檐悬伸在山墙以外，以支托悬挑于外的屋面部分，两山部分处于悬空状态，两坡出水，有利于防雨。

该侗寨三个四合水天井式院落都围绕院坝四面建房，东西两头为厢房，房屋两到三层；二屋建吊脚楼，多为三层，第一层用作猪栏牛圈、过道和住户如厕地，或用作杂物间。第二层住人，第三层用作堆放玉米或土豆等粮食，或用于晾干土纸、安放农具等。张氏有历史沿袭的建房规矩，不建虎座形，只建七柱四、五柱四、五柱二等对称风格的房屋，所建房屋均精雕细刻，如"半边火炉"，神龛、雕花窗户、燕子楼、扫檐万字格、瓜瓜骑、鼓钉礅礅等，古朴生动。张氏侗寨的最大特色就是在天井正屋前面的二屋建吊脚楼，这种建筑样式在恩施州甚至整个武陵地区几乎是独一无二的，这就是张氏侗寨独具特色之所在。

四水归堂是张氏侗寨的重要特色，犹以中间天井最为典型。中间天井大门开在中轴线上，迎面正房为朝门堂屋，穿过朝门堂屋进入石板铺成的院坝，院坝里为正屋堂屋。该侗寨堂屋为供奉祖先神龛、族中节庆祭祀、婚丧嫁娶办理的公共场所。天井为矩形，由四合房围成的小院子通称天井，在四围都是房屋的中间凸现一方蓝天，四面房屋门窗都开向天井，房屋的采光都来自天井。屋顶内侧斜面的雨水从四面流入天井，寓意水聚明堂，称四水归堂。这是侗寨人发挥聪明才智，顺应大自然、利用大自然、改造大自然，把属于大自然的天引进到侗寨建筑中，为人服务，从而实践了天人合一的哲学理念。

注重过白手法的运用是该侗寨又一特色。过白，是中国古代建筑中建筑间距的一种处理手法。站在该侗寨天井正屋的堂屋里，后栋建筑与前栋建筑的距离足够大，使坐于后进建筑中的人通过门窗可以看到前一进的屋脊，并能望见前座建筑的完整画面，在前栋的屋脊与后栋的屋檐之间还要有一线白色的天空被纳入画面。此做法称之为"过白"。

那一线天关系着房间内的采光纳阳。同时，纳取一线蓝天白云，更有舒展画面的重要作用，使得画面中的景物不仅是完整的，而且是舒展的。留天的目的也不仅是为了采光，更多的是出于对镜框画面的考虑。"过白"反映了在建筑物空间组合方面，古人对审美经验的运用。

张氏侗寨的三个天井排列也很有讲究。我国古建筑布局讲究方位，十分注重方向，这是在建筑设计、施工建造时的一个重要问题。我国居于北半球，由此可知住宅宅院以及主要房屋都应当面向正南，采取向阳的方向。正房面朝南，第一考虑的是采光，光线明亮，阳光可以从上午9时到下午4时照射入室，居住在房屋之中舒服温暖。若建造西向的房屋，则西晒，房里受热难当。若盖南房时，南房即房屋面北，人们管这种房屋叫"虎座型"，常年不见太阳，等于居住在阴山背后，所以张氏寨民不住这种房子。我国地域广大，从南到北，从东到西，有千百万住宅，各种房屋在选取方向时，不可能全都选择房屋朝向实际的正南方向。怎么办呢？传统文化认为，在一个地点周围分"前后左右"，要以南方为尊，因日行南方，万物生长靠太阳，所以人要面南背北，房屋也要坐北朝南。对于房屋，传统习惯不管房屋是否真正面向南方，都以向南的方位为原则，坐北朝南，左东右西，都遵循这一条原则，自古以来一直不变。对于悬挂在墙上的地图、图画采用上北下南，左东右西的方位。于是就有了东头西头、东宫西宫、东厢西厢等的区别。因张氏侗寨始迁祖先耀公生有四子，在其墓碑上分别刻有大房希贤、二房希琏、三房希珩和幺房希璠。四子均有儿孙，唯二房希琏之后裔不知外迁何处。故按照东起西去的时间顺序，在房屋分配上长子希贤居东头，称大房

天井；幺儿希璠居西头，称幺房天井；三子希珩居中间，称三房天井，或中间天井；三个天井一字排开，大小有别，长幼有序。

张氏侗寨的排水和消防设计也很讲究。由于三个天井楼一字排开，中间相距不足 3 米。屋挨屋、楼连楼、檐对檐，如遇大雨，排水必须通畅。侗寨地处缓坡台地，每个天井后面和左右侧都做有排水沟，中间天井在右前方做有暗沟排水，天井的雨水不会漫上台阶。寨内排水沟也是明暗相间，有过道的地方是暗沟，无过道的地方就是明沟，在大房天井与中间天井的通道石梯上，有用长青石的石简排水，可以窥见古人的聪明智慧。

张氏侗寨全为木质楼房，几乎家家做鞭炮，因此防火安全十分重要，寨民防火意识很强，有"穷灶门，富水缸"的古训。每个天井中都放有大瓦缸，缸中储满了水，以应急用。中间天井还开有染行，更要储水，用于印染当地棉纱织成的土布，染行砍竹做简，从后山湾里引来泉水使用。消防教育也很普及，每天做饭后，要将灶门前的柴火、杂草清理干净，防止引火燃烧。水缸里的水要经常保持有水，以备急用。睡前要求保持室内道路通畅，摆放在路中的板凳、桌椅等都要移走。睡前灭好灯火、熄灭蜡烛，衣服鞋帽要摆放有序，以防夜晚应急时找不到衣服鞋帽等，造成混乱。

张氏侗寨建筑的又一大特点是粮食仓库不与住房建筑相连，这也是侗族建筑的显著特点。如祖堂的粮仓就建在侗寨左前方 50 米的菜园里；祖庆和祖喜的粮仓就建在右前方 100 米的晒谷坝边；祖科的粮仓在侗寨东边 150 米的晒谷坪旁；盛善的粮仓则建在寨旁古枫树下，距侗寨 30 米；光桃和光德的粮仓为长三间的三层楼房，建在寨东南的入口处，离侗寨房屋也有 10 米之遥；大房的粮仓建在侗寨西北头，都不与住房相连。所有的粮仓多为两到三层，多使用杂木建造，修建坚固，多装横板，也有装竖板的，离晒谷坪较近，便于晒谷和收储。21 世纪初已全部拆除，房屋无存，仅留遗址。

第二节　杨氏侗寨

杨氏侗寨坐落在马鞍山南麓的相思谷，地处三山两溪之间的谷地，分布在红豆溪两岸，是一个隐秘的地方。寨南 20 米有一个小山包，名水井堡，堡上有一棵1200年树龄的红豆树，为宣恩县珍稀古木之一。始迁祖杨昌松（1643—1671）于顺治十八年（1661）从湖南宝庆府邵阳县逃难至此，见此地隐秘，便定居下来。现已传十余代，有35户150多人，全部为杨姓。堂屋内有神龛，供有家神。寨东南有先祖墓地，院落两旁有两条小溪绕过，在院落小溪边建有造纸作坊。

杨氏侗寨建筑有十八个堂屋，其中有三个是最古老的天井式四合院堂屋。始迁祖杨昌松生有三子，分别为国弼、国族、国尹，国弼、国族无传。唯国尹生育三子，分别为佐文、佐武、佐章。从第三代起杨氏便分房数。杨昌松之长孙佐文为大房，其堂屋坐落在红豆溪左岸，背山向溪，是一个开放式的四合院，堂屋前面院坝坎下为三层的吊脚楼，相对独立的，没有转角与厢房相连。次孙佐武为二房，其堂屋在大房左后方，为开放的天井式四合水吊脚楼，左侧及左前方、右前方均有通道。季孙佐章为幺房，其堂屋在大房堂屋左前方，前面的二屋为三层的吊脚楼，与前两个天井相比，这个天井相对完整。杨氏侗寨的三个天井式四合院堂屋都坐落在两溪之间的山梁西南侧，位于红豆溪左岸，成品字排列，坐东北朝西南。其少祖山于娘母关分发之一脉，其祖山与张氏侗寨同为马鞍山。

我国传统民居建筑讲究对称，屋宇正堂与大门必须在一条中轴线上，但杨氏侗寨却有例外。大房堂屋"天井大门朝旁开"是其独特之处。当你看到这道门避开周边拥挤的楼群，将门前石板路延伸到翠竹掩映的红豆溪时，自然会感受到这怪异布局中独辟蹊径的合理性。大门接红豆溪水口，水代表财，寓意溪水长流，财源广进。

杨氏侗寨所在的相思谷山高谷深，且树木葱茏、修竹茂密、溪深坡陡，是极为隐蔽之处。因此在选址建房时，只能依山就势、因地制宜。除了前述三个堂屋外，其他堂屋只能星罗棋布地分布在三山两水之间。一到晚上，谷外月明风高、万籁俱寂，谷内却灯火通明、人声鼎沸，犹外世外桃源。加上水井堡上参天耸立的红豆树王，与红豆溪流、古寨灯火相互映衬、相得益彰，极具"枯藤老树昏鸦，小桥流水人家"的意境神韵。

杨氏侗寨与张氏侗寨一样，其建筑材料通常选柏木、松木、杉木等树种，这些树种质地细腻坚硬，防水性好，不易变形，冬暖夏凉，经得住风蚀水浸。屋顶主要为坡屋顶，"人"字屋面。这种屋面是侗家先进的人字形排水系统，下雨时，看得到云雾缭绕在瓦面，雨帘像瀑布一般。窗有两种风格，一种为木作直棂窗，即以简单的直棂交错为主；一种是万字格采花图案窗，图案对称严谨；窗框外一般以赤色、群青等颜色做彩绘，清新朴素。吊脚楼的门主要是六合门，六合门有真假六合门之分，主要以假六合门为主，庭中二开，两侧为分窗，窗户均为

镂空花样。神龛设在堂屋后壁上，中部横衬块木板，叫神台，上放侗族的女性神"萨岁"（意为创立村寨的始祖母）。吊脚楼为适应山地地形，底层架空，用来堆放柴草杂物工，或者饲养家禽牲畜之用。在二楼做一圈转廊，转廊出挑较大，均不落地。房屋山头做罳檐，做成回廊，从底下仰视，如同吊在半空，故称吊脚楼。吊脚楼是穿斗式构架的一种，又有别于普通穿斗建筑。

野椒园侗寨在建筑选址、建筑规模、建筑技艺、人文环境等方面均可列入民间建筑范例，是恩施自治州迄今民居保存最为完整、生态环境好、民族文化资源丰富的侗族村落。

第三节 坪地坝侗寨

坪地坝鞠氏侗寨原为典型的侗寨部落，钥匙头、撮箕口及天井式吊脚楼皆备。特别是三层和四层的吊脚楼，选材精当，造型别致，闻名遐迩。随着经济的发展，大多已经拆除，修成了水泥平房，现仅存杨益生居住钥匙头四层吊脚楼。正屋长三间加转角，明现两间四层的吊脚楼。该四层吊脚楼的罳檐凤尾挑开成飞檐翘角之势，罳檐中间的挑采用"象鼻舔水"处理手法，即把向上挑的挑方翻过来，将凤尾朝下，形成"象鼻舔水"之势，极具艺术造型之美感。

第四节 其他侗寨

白沙溪夏家寨，有撮箕口吊脚楼和钥匙头吊脚楼各一处。大都修建于20世纪六七十年代，有长三间的吊脚楼和长五间的吊脚楼各一栋，均配有罳檐。

赵家寨为撮箕口式布局，正屋长五间，正屋前面的二屋长三间，为长三间的三屋吊脚楼。吊脚楼外有一株600年的古钩栲树，俗称粑叶树，也称猴栗树。树下有古井，旁为古道。相传赵氏先祖来到树下歇息，饮古井泉水后，见此地树茂水好，土地肥沃，遂在树下搭棚安居乐业，后在此建屋居住，并感古树庇佑之恩，视为神树，严加保护，和谐共存，如今已繁衍十余代人。

宋家沟为四个行政村合并后的野椒园村委会驻地，仅有一处撮箕口式吊脚楼尚存，居住着陈氏两户人家，正屋长五间，中有堂屋，两头转角处有吊脚楼伸出，房屋保存较为完整。

大湾侗寨原有十几房人家，均为李姓，为四合水式天井院落。正屋前面的三层楼的二屋第二层略低于院坝，院坝与其有木质栈道相连。独特的是这个寨子正屋东头为双吊脚楼，楼下多置粮仓，可见该寨经济上的殷实富裕。因寨内村民已全部在城镇购房或修房居住了，此寨长期无人居住，未加保护，大多已经朽腐，现已拆除，正待复建。

还有方田坳的王家院子，现有木房12栋，吊脚楼2栋；方田坳、老河堰、沙田湾3个院子，现有木房18栋，吊脚楼4栋；余家院子，现有木房12栋，吊脚楼2栋；宋家寨，现有木房12栋，吊脚楼4栋。

第五节　半边火炉

半边火炉，又称半边火铺，是侗族人民最神秘、最神圣的地方，它是侗家平时议事和接待客人的重要场所。野椒园侗寨及其他侗寨都均有半边火炉。一般指一间房内，半边装有木板，半边不装，只做地坪。木板上用石匠打四块青石火坑岩围成矩形，矩形空间倒进黏土，筑成离火坑青石上沿25厘米的平面，中间架上铁三脚，铁三脚上架鼎罐或锅，下面烧柴火，用于烤火取暖和煮饭炒菜用。没有铺木板的半边用土筑平整，打三眼灶，分别安装三口锅，靠板墙一面安装大灶锅，中间安三水锅，最外边安小灶锅。大灶锅用于煮潲、烧水、蒸粑粑、做豆腐等大型的蒸、炖、煮用，中间三水锅、小灶锅用于煮饭或炒菜用。半边火炉样式较多，有房内半边铺木地板，半边做地坪不建灶的；有木地板上设火炉，地坪上建灶的；有半边火炉半边灶屋的；有三方嵌木板，一方与地坪相通的高台火炉等。半边火炉因它在房内半边铺有木板，另半边没有铺木板而得名。

侗家半边火炉规矩多，禁忌大。半边火炉靠板壁的长方为主方，是家庭主人和德高望重的长辈坐的，对面是家庭主妇操持炊膳的一方，外来客人是不能随便去坐的。你要去坐,当场就会受到主人责难,说你不懂规矩、不懂礼数。进柴加火的一方为柴尾,柴尾的对面是客人或年轻人可随意坐的。柴尾一方为烟熏之处,一般不安排客坐那里,以示尊重。半边火炉虽为侗家常用之厅,但又是娶亲合欢堂,丧葬礼仪堂和客厅、餐厅,以及平时做炊膳取暖之地。侗家口角纠纷、起屋造房、相亲说媒、红白喜事等,都要在"半边火炉"上议定才能有效。娶亲时新郎、新娘在拜天地祖宗之后,要接进"半边火炉"同吃和气饭,同饮交杯酒。侗家老人归天时要在火炉旁遗嘱子孙,并举行殡仪礼俗。从火炉上反映出侗家诸多礼仪风俗。

现在侗家"半边火炉"只有少量人家还有,随着现代家庭生活的变化,不再修建这种"半边火炉"了。然而侗族人民还奉守着"半边火炉"中的一些习俗,有的至今还沿袭着。

第六节 花 桥

侗家称风雨桥为花桥。花桥、鼓楼和侗族大歌被誉为侗族三宝。风雨桥是可以与鼓楼媲美、展现侗族文化灵性的建筑物。风雨桥之所以又称为"花桥",是因桥内的彩绘装饰而得名。桥的长廊两边一般立有带长凳的栏杆,专供行人歇脚避风雨、寨民休憩娱乐、年轻人谈情说爱。桥的长廊、重檐、亭阁内,一般绘有彩绘,有的廊内还挂着匾额、字画。在那些多重的檐口、攒角和瓦脊上,也都有彩绘,或吉祥动物塑像,或葫芦宝顶。有的桥头还立有建桥记事碑,记述这座桥的修建历程及捐助人姓名。

野椒园花桥位于杨氏侗寨寨尾,红豆溪右岸,跨越242国道和椒石省道,野椒园大桥西侧,北接野椒园古寨,南俯贡水河峡谷,是集功能性、艺术性、观赏性于一体的侗族灵性风雨桥,是野椒园景区的旅游地标式建筑。花桥全长113米,宽9米,置三塔,为多重叠檐,四柱九筒。建筑主体主要由上、下两部分构成。上部为传统木结构廊桥(其中桥柱为杉木和紫木,房梁为花旗松),木材主要来源于湖南、湖北及周边省份。排扇共计30排,每排间距4米,梁柱落地119根(直径36厘米),亭子为5层八角造型。下部建筑主体为钢混结构,以商业服务为主要功能,商铺分上下两层共计6间,每层面积约720平方米,均采用木质结构外包装，桥南头建有戏楼，设有演出戏台，供演出用，桥下一层还配有公厕。

花桥是侗族的一种艺术建筑，花桥的全部桥身都是用杉木横穿直套，卯眼相接，结构也非常巧妙，它的大小柱子、枋、椽、檩、板、凳、栏杆、扶手等，全部使用杉木穿榫构成，无钉无铆。如此精湛的工艺、完美的形式，充分展示出侗族人民非凡的建筑艺术天赋和高超的技能技巧。

花桥是侗族人民建筑艺术的精华。侗族人民在环绕村寨的河流上或穿寨而过的小溪上，建起一座座具有浓厚民族特色的花桥。他们还在桥身建起一个长廊式的建筑，把桥身完全遮盖起来。长廊上有供过路人休息的长凳，因为人们可以在桥上避风躲雨，所以花桥也被人们称为风雨桥。

第七节 鼓 楼

鼓楼是侗族村寨的标志性建筑，从形式上分为歇山式（俗称屋顶形，因侗族房屋多为歇山顶形而出名）和攒尖顶式（俗称伞顶或尖顶）。鼓楼全用杉木凿榫衔接，不用钉铆，也没有木楔，结构精巧、造型美观，顶层悬有一长形大鼓。鼓楼一般高达十多米，有几层至十几层不等。它与居民相比，从高度上、功能上和造型上看都是不一样的。鼓楼形似宝塔，最早是为了便于人们有一个集会的场所以及击鼓传递信息而建。所以在侗族村寨中，人们常常环绕鼓楼建造房屋。侗寨中，高高的鼓楼矗立中央，居民环绕在周围，依山势层层延展，这种格局体现出侗族亲和团结的文化内涵。

鼓楼有鼓有楼，鼓楼顶梁柱拔地凌空，排枋纵横交错，上下吻合，采用杠杆原理，层层支撑而上。鼓楼通体全是本质结构，不用一钉一铆，由于结构严密坚固，可数百年不朽不斜。这充分表现了侗族人民中能工巧匠建筑技艺的高超。

鼓楼的造型灵感来源于杉树，鼓楼是模仿杉树形状建造，在侗寨中属高层建筑，因为楼上置鼓得名，是侗族人民遇到重大事件击鼓聚众、议事的会堂，平时是村民社交娱乐和节日聚会的场所。侗族的文化与鼓楼密不可分，重大的活动都在鼓楼里举行，鼓楼是侗族文化的载体和精华。因此，侗族文化又叫鼓楼文化。

野椒园侗寨鼓楼紧临242国道和椒石省道，位于进入野椒园张氏侗寨入口处的龚家坳，与侗族大院、九佬十八匠工匠坊、飞山堂、侗寨大门等构成鼓楼建筑

群。

鼓楼处于建筑群的最高点,为侗族传统样式的宝塔式鼓楼,气魄雄伟,直插云天。鼓楼占地面积424.14平方米,建筑面积212.07平方米,宽16米,高34.3米;全楼共计十九层,双宝顶,其中一层为厅堂,二层为望台,二至十七层为重檐叠塔,十八、十九层为宝顶。

九佬十八匠工匠坊位于侗族大院后山,主体由一座寨门、一座四合天井木构建筑、一段街市、一座鼓楼以及若干单栋民居建筑组成。其中寨门建筑面积81.52平方米,四合天井建筑面积989.4平方米,单栋小房子建筑面积86.4平方米,建筑布局参照侗寨的传统格局,形散而神不散。其功能定位主要为传统匠作工艺展示区、传统文化展示区、传统饮食文化体验区,集餐饮、娱乐、商业、住宿等于一体,可居、可游、可赶"娃娃场"。

侗族大院位于鼓楼下方的三个台基上,为全木结构建筑,由四个天井四合院和一组单体长木屋组成。布局合理,建筑精妙,天井宽阔,适于大型活动之用。有大型商家在此落户,展览、销售当地的土特产品,俨然成了商业街区。

第八节 八角庙

八角庙也叫飞山庙,因庙为八个飞檐翘角,当地人就称八角庙。最先建在马上湖杨氏侗寨,即现在杨继浩屋前的台地上。民国初年迁到张氏侗寨前的长沙坝河右岸,位于东西与南北古道交会的十字路口,即野椒园张氏侗寨前面的小河桥头西侧,为两层木质建筑,八角重檐攒尖式,飞檐翘角,十分壮观。前面砌有三十级石梯,可进入大殿。庙中供有傩头爷爷和傩头娘娘,有观音菩萨、如来神像、禹王神像、关公神像、飞山公神像等。20世纪60年代其庙被毁,现遗址及石梯尚存。有专家认为,野椒园侗寨的八角庙是一种把"庙宇当作鼓楼盖"的奇特现象。把庙盖在寨前的小河边,而不是盖在山顶上,这是为什么呢?因为此地既是东西与南北两条古道交会的十字路口,又是青龙山脉到长沙坝河的终点,还有桥头边左右各有一泉,遇到下暴雨时,河水猛涨,左右两泉犹如两条巨龙互射缠绕,致使此处河水水位上升,淹没河岸农田,造成灾难。为此特将庙宇迁来,以镇住恶泉。

1928年11月，贺龙率红军从此经过，到晓关收编了乾善统的四十多名联英会成员参加了红军。八角庙还曾是红军的秘密联络点，是贺龙红军的一处红色驿站。

第九节 古渡口

野椒园村在贡水河上有两个古渡口，分别为长沙坝渡口和干溪渡口。这两个渡口均有艄公摆渡，均在渡口旁架设有木桥。河水浅时行人从木桥上通过，遇涨水时通过渡船摆渡过河。千百年来，不知有多少人在此掉进河中，失去了宝贵的生命；也不知多少回，掉进河中的人被勇敢的侗民救起，演绎见义勇为的华美乐章！

长沙坝渡口历史悠久，建于何时已不可考，大致在有人类居住时就有渡口，现为野椒园村管辖，至今渡口尚在使用。这里是五条古道交汇的地方，即桐子营到咸丰县龙坪、卧西坪到晓关、长坳到晓关、大山坪到晓关等，都必须经过长沙坝渡口。该渡船口设在长沙坝河与贡水河交汇处上游100米，曾有艄公专司摆渡，在贡水河左岸建有船工住屋。在渡口下游店子沟出口上方的花滩上曾架有一座木桥，桥对面有一座油榨坊，枯水季节行人从木桥上通过。现因桐子营水库蓄水淹没，加之桐干公路打通，现已废弃。1928年11月，贺龙率红军从高罗蜡树园到卧西坪，沿长沙河经野椒园张氏侗寨到晓关禹王宫收编联英会，就是从长沙坝渡口的木桥上经过的。因为这时正是寒冬，河水处于枯水期，几千人的部队从桥上通过是最佳选择。

干溪渡口距晓关集镇10千米，清属石虎里，现为晓关侗族乡野椒园村管辖，是古代湘鄂川渝盐花大道的要津。在渡口上游30米，曾架有木桥，枯水季节行人从木桥上通过。桥下水流湍急，人行桥上很容易掉进河里。1934年12月，红十八师在掩护红二、六军团长征，自湘西突围，进入来凤、咸丰，在忠堡与敌血战后，经上洞坪、龙坪过干溪渡口来到晓关杨柳沟，次日与孙连仲一个团在杨柳沟激战后，突围往恩施大吉方向撤出战斗，最后与红二、六军团会师，汇入万里长征的洪流。这是红军最后一次在晓关境内的活动。

随着祖国现代化建设的迅猛发展，公路向四面八方的延伸，多少渡口已改为桥梁，古老的渡口已在沿河的版图上逐渐消失。但是，它留给后人的是历史的见

证，每一个渡口都藏着摆渡人的动人故事。

第十节 桥 梁

平地坝大桥位于省道椒石公路与242国道交汇的野椒园村路段的平地坝大桥，是恩施州的公路转体大桥，全长183.5米，桥高78米，桥面净宽8.5米。平地坝大桥的通车缩短了咸丰到州府的距离。

野椒园大桥位于杨氏侗寨旁的红豆树下，横跨在红豆溪上，两岸翠竹森森、树木葱茏，桥西头与宣恩最大的风雨桥相邻。野椒园大桥呈弧形，从高处俯瞰像一道彩虹，又像美女额上一弯相思的蛾眉。桥与山、桥与树、桥与竹形成一幅天然的图景。

第十一节 学 堂

野椒园侗寨自古具有崇文重教的传统。最早的学堂（私塾）建在杨氏侗寨东南的古道旁，位于红喜溪桥头的右岸，其遗址尚存，名曰学堂田。其屋不大，由清末秀才杨诗味和杨诗则执教，民国初年学校则迁至野椒园张氏侗寨东南入口的古枫树下张祖堂的吊脚楼上。吊脚楼三面采光，被用作学堂，全村的儿童都到野椒园学堂读书，由该村杨氏侗寨的杨诗味先生执教。据张氏侗寨的名师张盛雅先生生前的《求学回忆》记载，张盛雅先生1921年出生，1926年五岁时进入该学堂读书。父母按当地传统习俗，认为小孩上学应在半夜时分，即鸡鸣以前去拜见老师，将来读书要"很"些。于是父母亲提前几天就备好香烛佳肴酒醴，时间一到，便去拜见老师。

张盛雅先生记得是1926年新春时节一天的半夜时分，他被母亲叫醒，说去拜见学堂先生。父亲背着他，提着酒醴等物走进院子东头一棵大枫树边的学堂，燃好纸烛以后，父亲即叫他向板壁上贴的红纸和杨诗味先生作揖磕头。过了一会儿，父亲背着他回家。次日起，他便天天进学堂读书。当年有十几个学生，都是附近张家、杨家、宋家的男孩子（那时姑娘不能上学）。蒙生都读《三字经》《百家姓》，也有读别的书的，如《三皇记》《论语》等。当时的书，一般都是由家长在街上摊贩那里买的。点读论"盘"，每盘二句、四句、八句或十几句不等。上午每人点读三盘以后，便学习写字，大点的孩子写"影格"，小的"描红"。之后是熟读背诵，考当日新学的内容，生字必须认识，内容必须能背诵，然后才能放学回家。若识字认不到，背诵背不到，学生还得被打手心、打屁股，作为惩罚。先生的待遇，由领头的东家（家长）定期邀集学生家长开会，名为"议学"，议定给老师的柴、米、油、盐及工钱，原则上富有者多出一些，贫穷者少出一点，时限一年。塾师一年一请，生活费工钱一年一议。

当时学堂还办得很好，可惜用作学堂的吊脚楼房子在 20 世纪 70 年代拆除重修了，现在原址尚存。

20 世纪 80 年代，为了解决小学一二年级学生走读过远的困难，根据上级和村民就近入学的要求，在野椒园东边的茶厂堡上，利用大队茶厂的房屋开办了小学教学点，专收一二年级的小学生，直到 90 年代后期才停办。

杨氏侗寨杨诗则的老屋原来办有一所私塾。地处红豆溪右岸，寨旁古道的红豆溪桥头。这栋私塾由三间木屋组成，每间长 4 米，进深 5 米。其中一排扇的顶梁是采用的八字形木架，没柱子挡空间，做教室可两间合为一间，更宽敞些，可容纳二十多个学生。这所私塾始建于民国十五年，兴盛于 20 世纪 30 年代到 40 年代之间，直到 1945 年才自然消亡。1990 年房屋被拆掉改建成民宅。

杨诗则既是这所私塾学校的创办人，又是私塾先生。杨诗味（秀才）也在这所私塾学校担任过老师。

教室里布置相当简陋。正前面黑板旁挂着一幅孔夫子的画像，黑板前摆放一张四方桌（讲台），一把太师椅，是先生执教时的专座。四方桌上放有粉笔、竹片（戒尺）、教本、茶杯等。讲台前是两排学生的课桌。

教授内容为"四书""五经"和《三字经》《百家姓》等。教学方法主要是教读、讲书、点读、背诵和书写等。

除此之外，野椒园村的学堂还有方田坳小学、宋家沟小学两所完全小学。宋家沟小学曾经在 20 世纪七八十年代开有初中班，有不少学生在此初中毕业。另外还有野椒园教学点、野椒园新屋教学点、坪地坝教学点、白沙溪教学点等，都在 21 世纪初才停办，校舍已经拆除。

第十二节　张氏古墓群

　　张氏古墓群独具特色。张氏古墓群主要建于清朝和民国时期，位于寨南的红沙山，共24座，其中14座有碑文，墓葬依山顺势，按墓主辈分高低层级分布，状如金字塔形状。金字塔尖是祖先张耀公夫妇墓，其长子希贤公与夫人乾君合葬其左下方；三子希珩公墓居其右下方，其夫人张胡氏葬于希珩公墓前，无墓碑；幺子希璠公墓葬其中下方。二子希珽无传。其他孙辈墓按辈分层级而下，尊卑有序，多有合葬墓。墓碑按同治、光绪、民国、新中国成立后四个时间点竖立，墓碑为青石，碑刻图案多样，工艺精湛，代表着当地侗家不同时期的墓葬特点。

　　墓碑行文有楷书、行书、草书，楷书笔力劲健、结构严谨、笔锋分明，可见其雕刻水平之高。墓碑采用阴刻、阳刻、透雕、浮雕等多种手法，图案有梅兰竹菊、二十四孝等。特别是用四个画面代替碑横额，用画表达字意，是比较独到的艺术手法。即用浮雕的形式雕刻出一个人在山中打柴，一个人在河边钓鱼，一个人在田中赶着牛犁田和一个人坐在桌边，桌上放着一本书的四幅画面，让人一开始觉得十分好奇，不知何意，后经研究解读，才知是表达"渔樵耕读"四字的寓意。墓碑上雕刻有植物图案，如莲花图案，比喻"本固枝荣"，寓意事业根基牢固、兴旺发达，期盼逝者能有美好未来，也是对逝者高风亮节品质的赞扬。如松柏和绿竹图案，寓意逝者像松竹一样四季年年青翠、长寿安宁。如梅兰竹菊象征着逝者坚守自我的高洁品质，恣意潇洒的阔达情怀，不屈、谦虚的高尚节操，清新、高雅的淡然品行。除此之外，还有代表"花开富贵"的牡丹，"四季平安"的月季，"玉堂富贵"的玉兰花和海棠，"春兰秋菊，各有千秋"等。其书法、雕刻、绘画都达到很高的艺术水平，具有很高的学术研究和旅游观赏价值，风格上写意与写实兼备。

　　相传光绪年间刻此碑的是一位姓姜的石匠，是一位具有工匠精神的小伙，他是一位痴迷于雕刻艺术的大师级人物，但对人情世态几乎不知。新婚之夜，他仍痴迷于雕刻艺术研究，竟忘了进入洞房，被人提醒，才恍然作罢。

第三章 物 产

野椒园村最低点长沙坝渡口下游海拔 600 米，最高点为马鞍山主峰，海拔1212 米。境内贡水河自咸丰西向东北流进该村南部，从坪地坝干溪流至长沙坝桥下之烂窖止，全长约 10 千米，河宽约 40 米。河床为石灰石质地，村内地域大部分位于贡水河北岸，属页层岩和石灰岩地质。山大，多溶洞，多奇峰沟壑，境内有白岩沟大裂谷、银江洞等。地表径流有宋家沟河、长沙坝河、白岩沟河、唐家沟河等。气候温暖湿润，土地肥沃，物产丰富，野生动植物种类繁多。

第一节 粮食作物

粮食作物中水稻种植最多，因村内大部分地方适宜种植水稻。稻种有早迟，清明后下种叫"清明秧"，谷雨后下种叫"谷雨秧"。稻种成熟最早的叫"百日早"，其次是"麻谷早"。产量最高的是"红谷"，其米称"红米"，但味道较差。最好吃的米是"油粘"，煮熟的米饭像过了油，晶莹透亮、清香可口。"油粘"需择田而种，野椒园张氏侗寨的棕树田位于新屋至张氏侗寨的新田坎下，有两亩三分，是盛产"油粘"的最佳好田，所产"油粘"米质最优。生长期长的有"马尾粘""大白粘"，一般谷雨后下种，白露后收割，米质优良。另有糯谷，是成熟较迟的一种水稻，其稻米有团型和长型两种。除水稻外，种植最广的是玉

米,俗称苞谷,有红、白两种。州内研发的"恩单2号"品种最优,味道最好。另有小麦、大麦、燕麦、高粱、粟、荞麦等,豆类主要有黄豆、饭豆、红豆、豌豆、蚕豆、豇豆、四季豆、绿豆、蛾眉豆等;薯类主要有马铃薯、甘薯、水芋、旱芋、魔芋、慈姑等。

第二节 经济作物

经济作物主要有茶叶、油菜、油茶、花生、向日葵、生漆、木梓、麻等,曾在清朝和民国时期种植棉花、蓝靛等。棉花用于纺纱织布,张氏侗寨中间天井的盛雅公家有织布机,其夫人鞠玉芝织过布。蓝靛种植不少,如在张氏侗寨右前方200米处,有一丘两亩的水田,在清朝和民国时期种过蓝靛,至今这丘田仍叫靛田,因种植过蓝靛而得名。蓝靛主要用于印染,在张氏侗寨的祖喜公曾开过印染店,做有染布的作坊,兼做布匹生意。

茶叶种植较多,种植历史悠久,在清朝和民国时期就有大量种植,主要用于自给和销售。传统的茶马古道就是向外宜昌方向的江汉一带输茶的古道,换回布匹等日用品。茶叶传统做法是将茶叶采回,放锅中翻炒,重揉加轻揉,称揉茶,揉成条状,晒干即做成成品茶,当地人称白茶。后陆续有加工的绿茶、红茶等。

油菜种植较为普遍,主要收获油菜籽,用于榨油。油菜籽主要用于食用,是猪油的必要补充,也有用于油灯照明或祭祀用油。秸秆和油菜枯是上好的肥料,油菜枯还用于养猪做蛋白质饲料的添加。

花生种植主要用于销售,种植面积没有油菜广泛。花生米极少用于榨油,平时不大舍得用,主要在逢年过节或招待客人食用。向日葵种秆不多,其果实俗称葵花子,采收后晒干或炒香,多用于婚丧嫁娶或节庆待客之零食。

油茶,为油茶属茶科,常绿小乔木,属经济型油料植物。油茶主要分布于我国的长江流域到华南各地,是世界四大木本油料之一,是中国特有的一种纯天然高级油料。村内盛产油茶,曾满山遍野生长,犹以黑湾、茶园油茶最多而著名,茶园即因油茶多而得名。油茶分两种,一种是寒露成熟者,称寒露子;一种是霜降成熟者,称霜降子。油茶的果实成熟后,自动开裂,籽实掉在树下,村民在树下捡拾,称捡茶籽。油茶籽主要用于榨油,含油量在20%—30%。传统茶树的繁殖多采用带根栽培育苗法，采用遴选种子、培植种苗、大田移栽的办法栽植茶树。现在野椒园村的茶叶已经成为当地村民的支柱产业，绝大多数稻田已改种茶叶，每亩产值是水稻的5—10倍。

油桐为大戟科，油桐属落叶乔木，高可达10米，为野椒园村传统的经济油料植物。油桐主要是自然生长，栽植得相对较少。油桐主要生长在玉米等庄稼地里，单独成林的需要除草施肥，才能生长茂盛，否则被杂草侵占致死。油桐的生长能力强，它的果实在秋天成熟后掉落在泥土中，外壳腐烂后，桐籽在春天发芽生长，有时成片地生长，被称为油桐林。油桐的果实与苹果相似，因此有孩子初次见到误以为是苹果，摘来一尝，十分苦涩，不能入口。

油桐籽榨出的桐油是一种优良的干性植物油，具有干燥快、比重轻、光泽度好、附着力强、耐热、耐酸、耐碱、防腐等特性，用途广泛。它大量用作建筑、机械、木器防水，作为防腐涂料，并可制作油布、油纸、肥皂等。

野椒园村每到四五月，正是油桐开花的时节。在气候上叫"冻桐子花"，这是当地最后一次寒潮。春雨之后，天气初晴，走在山间古道上，只见古道两侧开满洁白如雪的油桐花。油桐树下，落花洁白，花絮飘飞，宛如飘雪。佤家人便给油桐花取了个美丽的名字——五月雪。纷纷扬扬的油桐花洒在山坡上，洒在小径上，踩在如雪的油桐花间，让人产生一种美妙遐想，洁白无瑕、春意盎然、沁人心脾的"雪花"，在轻风中飘摇、飞舞，令人陶醉。

漆树属落叶乔木，是中国最古老的经济树种之一。漆籽可榨油，木材坚实，为天然涂料、油料和木材兼用树种。漆液是天然树脂涂料，素有"涂料之王"的美誉。

漆树树干韧皮部可割取生漆，生漆是优质防腐、防锈和家具涂料。漆干后入药，有通经、驱虫、镇咳之功效。种子可榨油，果皮可取蜡，叶能提取栲胶，优质木材可做精细家具，因而漆树是重要经济树种。

生漆是夏日采割自漆树的汗液，用于漆刷家具等；漆树籽榨出的油称漆油，可食用，同时也是浇蜡烛的上好材料。

漆树属有毒植物，叶子和茎的汁液富含漆酚。对生漆过敏者肌肤触摸可导致红肿，出现红疹、瘙痒等，误食会导致激烈影响，如口腔炎、溃疡、呕吐、拉肚子，严重者可引发中毒性肾病。特别是小孩不要随意到漆树下逗留或玩耍，以免引起过敏。漆树过敏可以用栓翅卫矛治疗，俗称八树治疗。将八树有棱的枝叶捣烂，用生油菜籽油浸泡后，煎油擦拭皮肤，效果特佳。

野椒园村有种麻的习俗。这里的麻茎皮纤维长而坚韧，主要用于纺线、制绳索或编织渔网。每到冬天农闲时，妇女们便在家搓麻纺线，做成麻线，又经过若

干工序将麻线漂白用于做布鞋底,搓麻线活做得好不好是妇女手艺高低的试金石。

蔬菜作物中瓜类主要有南瓜、冬瓜、黄瓜、丝瓜、苦瓜、葫芦瓜等;另有胡萝卜、白菜、青菜、芹菜、辣椒、西红柿、茄子、洋藿、韭菜、葱、蒜等。

水果类主要有桃、李、梨、石榴、枇杷、花红、橘子、柚子、苹果、葡萄、木瓜、柿子、樱桃、桑葚、荔枝、阳桃(猕猴桃)、草莓等。

第三节 畜牧养殖

野椒园村畜牧养殖主要以传统养猪为主。几千年的小农经济和农耕文明,造就了家家户户养猪的传统。村民养猪有几大好处:一是解决吃油问题。一家人单靠菜籽油或买油是不现实的。二是解决食肉问题。过年时杀个猪,把肉腌后炕好,成为腊肉,一年四季均可随时食用,有客来也不用去街上买。集镇农历三、六、九逢场,平时没有肉卖。如果一家人过年没有年猪杀,那就是最悲惨的了。三是解决用肥的问题。猪是圈养的,粪便是最好的肥料。四是家里的残汤剩菜、食材的边角余料都可喂猪,避免浪费。每年养一头年猪,是农村一家人的希望。

其次是养牛。饲养的都是耕牛,主要用于耕地和积肥。耕牛分水牛和黄牛。水牛嗜水,个体庞大,力气猛,但比较笨拙,适于平地或水田的深耕,用于耕坡地、岩壳地不大适合。黄牛满山跑,比较难管理,但个体稍小,力气稍小,动作灵活,比较适合浅耕,用于坡地耕作和岩壳地耕作。公牛力气大,主要作用是耕地,或拉碾造纸。母牛除了利用其畜力外,还可产仔繁殖,经济价值较高,主要是价格高。养牛主要目的是利用畜力耕田耕地,在农耕时代,牛是农家之宝。

养羊没有养牛普遍,经济价值较低。本地山羊膻味重,不易去除,这也与人们的饮食习惯有关,因此不大爱吃羊肉。

养鸡很普遍,但喜散养,少圈养,有"鸡狗无栏圈"的农谚。常有鸡偷吃糟蹋邻家晒的粮食、园中蔬菜等,引发矛盾纠纷。也有养鸭和鹅的,需要有一定的条件,如水面、水田等。村民喜养狗,因为狗能看家;也爱养猫,猫能驱鼠且温顺,惹人喜爱。

饲养大鲵在世纪之交形成高潮。全村农户饲养大鲵有数百户，并先后建起了几个大鲵养殖基地，随着 2013 年后大鲵价格跌落，现在饲养大鲵的农户已经极少了。随着全村生态的恢复，现在养殖蜜蜂的农户多起来了。

第四节　生态枇杷园

野椒园村生态枇杷园总面积 580 多亩，为宣恩信德农业发展公司所建，创始人为女青年张艳琪。该公司采取"公司+专业合作社+基地+农户"的经营模式，年产优质枇杷 10 万公斤，年产值达 400 万元。

该公司还拥有特色水产养殖基地一个，土鸡散养基地一个。在古侗寨开设以侗族文化特色农家乐餐馆和侗族民居住宿，带动农户增收，以种养产业带动休闲旅游，以休闲旅游促进种养产业发展，使生态枇杷园成为生态产品、生态旅游、休闲度假于一体，具有高水平的经济效益、生态效益和社会效益的综合园区。

该公司还在长潭河侗族乡、珠山镇、沙道沟镇等地发展枇杷基地 6000 余亩。

第五节　动植物资源

野生动物

野生动物主要有：野猪、豹、豹猫、豺、狐（干狗）、九节狸、香獐、麂、白面狸、马彪（也称鬣狗）、黄羊狸（猎人称它为山神赶山狗）、旱獭、刺猬、土猪、獾、野兔等。

野生禽属主要有：白鹭、老鹰（岩鹰）、鹞（鹞子）、野鸡、锦鸡、岩鸡、

雉鸡、竹鸡、秧鸡、喜鹊、乌鸦、斑鸠、八哥、啄木鸟、黄鹂（黄播鹭）、红嘴蓝鹊（山喳子）、铁链嘎、画眉、麻雀、旋迷雀、绿豆雀、点水雀、粪水雀、翠鸟等。

野生水生动物主要有：白鳝、鲤鱼、团鱼、青鱼、斩龙官鱼、墨千子鱼、白甲鱼、石花鱼、角角鱼（黄颡鱼的一种，因头上向两边各长有一角，背脊上也长有一角，多生长于贡水河中的乱石缝或小石洞中）、巴岩鱼、钢鳅、泥鳅、黄鳝、大鲵（娃娃鱼）、青蛙、螃螃、红点齿蟾等。

野生植物

野生木属主要有：红豆树（国家一级重点保护野生植物）、红豆杉（国家一级重点保护野生植物）、楠木树、枫香树、杉树、马尾松、柏树、白杨树、木梓子、梓木树、漆树、八树、丝栗树、板栗树、尖栗树、猴栗树、猕猴桃（阳桃）、酸枣树、柳丝树、柳树、泡桐、桐子树、灯台树、青冈树、九八猫树、桑树、椿树、樟树、水冬瓜树、桦槁树、翠柏、野阳槭、夜蒿木、香棍子、雷公树、牛舌树、火棘、蚊母、山苍子树、五倍子树等。

野生竹属主要有：荆竹、楠竹、斑竹、水竹、茨竹、苦竹、白竹（村域贡水河南岸有大面积生长，俗称白竹）、慈竹（传统造纸的主要原材料）。

竹笋，以楠竹笋为佳，白竹笋为优。荆竹笋、水竹笋次之。其他竹笋不能食。

蕨，山中最多，挖地三尺，掘根洗净捣烂，去渣沉粉，是为蕨粑，是为山珍。

葛，为蔷薇目豆科藤本植物，块根肥厚圆柱状，根如白茹，渣似丝麻，榨出的白液清秀中略带甘甜，既可清热解毒、祛燥消疹，亦可煮之食用充饥，是药食同源植物。既有药用价值，又有营养保健之功效。

薇菜，分布范围较广，是药食同源的植物。一般四月开始采摘，有红、白两种。

香椿芽，为香椿树的嫩芽，香气浓郁，可培植，为山珍佳肴。

山苍子，为山苍子的果实，气味芳香，可榨山苍子油，是重要的调味品。

花属主要有：春兰、秋兰、珍珠兰、海棠、牡丹、芍药、菊、水仙、蔷薇、绣球花、紫薇、莲、栀子花、芙蓉、杜鹃等。

药属主要有：木瓜、半夏、厚朴、杜仲、黄精、何首乌、白术、贝母、金银花、牛膝、麝香、艾蒿、大黄、桑葚、夏枯草、七叶一枝花等。

果属类

水果类植物主要有：桃、李、梨、柿、枇杷、石榴、花红、木瓜、葡萄等。

第四章 传统工艺

第一节 传统土纸制作工艺

野椒园侗寨地处北纬30度,属亚热带季风性湿润气候,海拔大都在800米以下,年均降雨量达1180毫米,冬无严寒,夏无酷暑。也许是这种得天独厚的自然条件,野椒园侗寨方圆十里内生长着一种当地独有的迟竹(因相对于其他竹子出笋时间晚,农历六月出笋,秋后成竹,故名迟竹),其纤维坚韧绵长。并且只有侗寨周围才生长这种竹子,这是一个奇特的现象,也是一个待解之谜。由于所处地势起伏大,有发达的沟谷流水地貌,溪流纵横,为土纸的生产提供了丰富的水源。这两个得天独厚的条件促进了该地千百年来土纸制造业的发展,为当地村民带来源源不断的财富。

野椒园侗寨土纸生产历史悠久,工艺考究,从砍竹为麻到制成纸成品,工序繁杂。

砍竹麻:上山砍下迟竹,裁成两米一截,划破,打成一尺二围圆一捆一捆的,晾干备用。称为"麻"或"竹麻"。砍竹麻是土纸制作工序中最为艰苦的环节。

醅麻:挖一口长一丈二尺、宽七尺五寸、高三尺的醅麻塘,四周筑紧,底部靠外坎一侧留一孔,用粗木塞实,使其不漏水。将打成捆的竹麻铺在塘底,放一层生石灰,再放一层竹麻,再放一层生石灰,依次铺放至塘满为止,用圆木、大石压紧。然后引溪水灌入塘中,至水满淹没竹麻为止。此环节称为"醅麻"。

洗麻：竹麻在醅麻塘中醅三个月后，便可捞出，洗净竹麻上的石灰，然后再放入塘中码好，盖上稻草，用石头压紧，让其"发汗"（发酵）一个月后，即可取出碾细造纸了。

碾麻：将"发汗"（发酵）好的竹麻取出，放入圆形碾槽中，用牛拉动直径近四尺的巨型石轮，沿将军柱周围石槽将竹麻反复旋转碾压，直至碾细成为麻浆为止。

打膏：将碾细的麻浆去除粗筋、杂质等，放入操纸的水槽中，即可下膏操纸。膏为土纸的黏合剂，一般用山中千层膏树的根或阳桃藤捣烂浸泡而成，但以山胡椒叶子煮软、加工而成的膏为最佳。

操纸：就是将膏与纸浆水兑好后，用操纸帘子从水槽中一张一张地把纸舀起来，水便从帘眼漏回槽内，把帘网翻转，将纸落到木板上，上千张叠在一起，用榨将湿纸垛子榨干，一般一个人一天可操一千多张纸。纸的厚薄与帘子吃水的深浅和水在帘子上流动的速度有关系，吃水深，则纸厚，反之，则纸薄；水在帘上流动慢，则纸厚，流动快，则纸薄。纸张长度是根据帘子固定的，宽度可在帘子上调整，包装纸八寸，炮火纸一尺，卫生纸一尺二寸。练习写字、书法的用纸多为较宽的纸。

榨纸：利用杠杆原理和定滑轮的原理，将纸垛子中的水压榨挤出，有加木头加压、加石头加压，用大木杠重压。用绳子系大木杠一头，另一头缠绕在直径两尺的大木轴上，用五尺木杠插入大木轴上方眼中，转动木轴加压，直到将纸垛水榨干才松榨，取纸垛子回家。

起纸：该地称整整齐齐叠在一起榨干的纸叫垛子。纸垛子背回家后，剩下的任务就是起纸了，起纸就是把纸一张一张地从纸垛子中分离出来。起纸用的工具有擂纸托、扫纸棍、扫纸板等。整个过程分为擂、起、扫、晾几个环节，用擂纸托将纸垛擂松，从左下角轻轻将一张纸揭起，按二至五张为一帖，用扫纸棍、扫纸板扫齐，去除黏连、皱纹等，晾干。

销售：按十帖为一捆、一百捆为一担捆好出售。

造纸术是我国四大发明之一，它记载着人类历史前进的足迹。

野椒园侗寨用迟竹为原料的古法造纸工艺，与科学古籍《天工开物》中所记载的"造竹纸"相比有独到之处，与我国其他地区的土纸制作工艺也有区别。这套古法造纸工艺简单明了、工艺独特。千百年来，侗寨居民就在这里制作土纸，这种土纸还是写字或练习毛笔书法用纸的上等材料。因这种纸质地粗糙，且吸墨好，能极快地提高书写技能和书写水平，有许多人慕名购买这种土纸练习书法，且有一定市场。随着历史的发展，科技的进步，现代造纸工业的发展，这种古老

造纸法虽然得以一代又一代地延续下来，但由于销售市场受到现代纸业的挤压，这种造纸作坊正在走向消亡，已出现了后继乏人的现状。

目前，野椒园侗寨古老的传统炮火制作工艺和土纸制作工艺已渐行渐远，将逐渐消失在历史的深处。但这一传统农耕文明的优秀瑰宝若与野椒园侗寨整体的旅游开发相结合，配合当地千亩竹海、制作作坊、制作工艺和景色秀美的奇山秀水，必将在乡村文化休闲旅游中发挥重大作用。

2019年10月，宣恩县文化和旅游局命名杨继浩为县级非物质文化遗产项目"竹麻造纸技艺"代表性传承人。

2021年杨继浩已申报恩施州非物质文化遗产项目"竹麻造纸技艺"代表性传承人。

第二节　传统炮火制作工艺

野椒园村因有传统造纸技术，除了卫生纸、包装纸、书法练习用纸外，还可用作鞭炮制作用纸，这就拓宽了传统土纸的使用范围。鉴于野椒园村自己生产土纸，为传统炮火的制作提供了必备的条件。

炮火制作工序有"七十二道半，点火（燃放鞭炮）不上算"之说，可见其工序十分繁杂。纵观其制作过程大致分为三部分：炮火筒子制作、火药制作和引线制作。

炮火筒子制作

理纸裁纸：在作坊里，炮火炮身被称为"筒子"，是用当地独有的一种迟竹做成的土纸。先将购来的土纸一张一张撕开，叠齐，按一定的规格尺寸裁成制筒子用的炮火纸，然后一扎一扎地捆好备用。

刷浆赶筒子：取一叠炮火筒子纸捋成一个斜面，在斜面上刷上浆糊，取两张以光滑圆铁棍（称"赶芯"）为芯，裹成一个圆筒，放在用梨花木做成的半月形赶凳里压紧，抽出"赶芯"即成"炮火筒子"。

捆筒切筒：这是一个技术难度很高的工作。首先将炮火筒子用麻绳捆成一个正六方形的饼状，每边可为20—24个筒子，再把捆好的炮火饼侧放进专用的木槽中，用木板夹紧，用专用的切饼刀一分为二切开，切成两块正六方形的筒饼。

糊饼：将切好饼的筒口刷上浆糊，用皮纸裱好，晾干。

开窗：用圆而光滑的竹签将筒口裱糊的皮纸插通，称"开窗"。

抹面：用备好的干细黄泥粉均匀地从"开窗"的一头抹入薄薄的一层，不太厚也不太薄，并在桌上板实。

灌药：将配制好的炮火药粉（原用为精硝配制，不会起火爆炸）均匀适量地灌入筒中，板实。

钉"屁股"：当地人称没有插引子的一头为炮火"屁股"。灌火药后，再灌上黄泥粉，用铁钉杆筑紧，如此三遍即完成。

钻引孔：将饼翻过来，用专用锥子打孔，锥子的长短必须达到筒子中火药的中心位置。

插引子：将引子（导火索）旋转插入炮火筒中火药的位置，称为"插引子"。

钉引子：将引子（导火索）插入炮火筒子的缝隙处撒上细黄泥，用铁钉杆钉紧，一般要重复两到三遍。

包装：传统炮火用裁好的土纸包装成椭圆形，用小红方纸贴在包装纸上，并盖上制作者的专用炮火印章。过去，炮火是高税产品，在出售前，要经税务部门检验盖印后才能出售。

火药制作

火药制作属炮火制作工艺的核心技术，其技术要求极高，其火药配方秘不外传。综观其工艺流程，大致有以下几个方面：

硝的处理：硝为精硝，遇撞击不会爆炸。与现代鞭炮使用的氧化钾完全不同。精硝须经煮、熬、碾细、过筛后备用。

硫黄处理：经舂、筛、研为细末备用。

木炭的处理：将木炭加工成粉末备用。

火药勾兑：大致有引子火火药勾兑、炮火火药勾兑和烟花火药勾兑三大类。

其配方由师傅秘传，秘不外泄。烟花火药根据烟火的名称勾兑，有"猛虎下山""金钱落地"等不同名目的配方。

引子制作

切引纸：把买来的整张纸切割成一根根长纸条。

打引子：将长纸条的一端固定，纸条展开，用一根木引签，上有小槽，沾上火药，手一抖，木棍上的火药粉就会落在纸上形成一条长长的药粉线，手一搓，一根引子就出来了。

浆引子：当初做出的引子还是散的、软的，师傅用手沾上湿米浆，手在引子上一捋，引子沾满了米浆，干后就不会散了软了，将晾干的引子切成小段，就可以插引子了。

编炮火

传统的炮火是要经过编织这一关的。编炮火是个手工技术活，讲究心灵手巧、快捷迅速。传统的编织方法是编一段小鞭炮后，便插入三个大鞭炮，以便鞭炮在燃放过程中有声响起伏变化，更富有音乐感和节奏感，给人以热烈振奋喜庆活泼之感。鞭炮编好后，还要进行包装，贴上红色标签，并送到税务所打印上税后才能出售。

第三节　传统榨油工艺

在野椒园村传统的作坊中，传统榨油作坊很典型。手工榨油作坊是由灶台、碾盘、千牛榨槽木和一个悬空的千牛（撞杆）组成。榨油作坊的碾盘有两种动力类型，用牛拉或动力水车带动。

最早的榨油作坊建在贡水河长沙坝渡口右岸，为五条古道交叉的长沙坝木桥的南头，称为长沙坝油榨坊。油榨坊使用的木榨，采用牛拉碾子沿碾槽碾油菜籽或桐籽，将碾细的菜籽粉或桐籽粉上甑蒸，主要由张氏侗寨对面的宋氏家族经营管理。最后的油榨坊老板是宋长青，人称青老板。

野椒园侗寨传统榨油作坊主要加工油菜籽、油茶籽、桐籽、漆树籽和木梓籽等，以加工油菜籽居多。本文主要以油菜籽为例，将其榨油工艺大致分述如下。

炒菜籽。将油菜籽晒干，去除杂质，用风车车干净，放入灶台大锅之中架火翻炒。判断菜籽是否炒好的方法是：根据气温高低，用指甲或木板抡菜籽。看颜色：气温高时，竹叶青；气温一般时，茶黄色；气温低时，老茶黄色。炒好后，将菜籽放搭斗或晒席中摊凉。

碾菜籽。将炒干的油菜籽用石碌子磨破，再放到石碾槽中，用牛拉带动石碾将其碾细。检验油菜籽是否碾好的顺口溜是：菜籽碾成泥，茶籽碾脱皮，桐籽要碾细。

蒸菜籽粉。油菜籽碾成粉末之后放入木甑或揭口中蒸。甑中有木制甑桥、竹制甑撒，内垫干净稻草，稻草选高度100—120厘米，不能有霉变、腐烂的。将菜籽粉放入甑中后，用稻草挽一个节放在菜籽粉上面。加火蒸煮，待甑子全部来汽且汽来均匀后方可。菜籽、桐籽以蒸软为准，不能熟透。

踩枯入榨。取专用于踩枯的铁环四个，重叠在一起，将备好用于包枯的稻草一束捆好，放入铁环中均匀散开，再将专用印籽桶放在铁环内的稻草上，倒入熟料，以桶为准，每个枯约10斤重，踩实。然后取掉桶，边编稻草边踩枯，直到踩紧为止。稻草中间留一个圆洞，十分美观。去掉枯边上两个铁环，将枯放入木榨的木槽中。

打油。千牛榨用一根大树干挖槽而成，榨下有一孔，油从孔中流出。榨槽中有油槽，油槽有坡度，便于油从榨中流出。千牛榨有四个特别的"尖"，两个为"进尖"，两个为"退尖"，约五寸厚，一头用铁箍包好，另有同样厚的木枋若干。将菜枯装入这根整木凿成的榨槽后，槽内右侧装上两层木枋和木尖就可以开榨打油了。这时就可以用悬挂的"千牛"（也称撞杆）撞击下层的"进尖"，菜枯受到挤压，一缕缕金黄的清油从油槽中间的小口流出。待"进尖"全部打入后，再排好上一层的"进尖"，上层"进尖"打入后，下层的"进尖"松了，再排好打下一层，如此循环往复，直到将油榨干为止。

榨油既是体力活，又是技术活，要将沉重的"千牛"（撞杆）稳、准、狠地撞击到"进尖"头上，需要几人一起同心协力，步调一致。为此，掌锤师傅多领头顺带喊着"劳动号子",一边有节奏地用力一边喊,既有"嗨咿着呢,嗨咿着呵"之类的呢喃语句,也有"加劲打呀,嗨咿着呢!龙神吐花啦!""千斤撞呀,嗨咿着呢,重重打呀,嗨咿着呵!"等。喊着号子的榨油工不像是在干体力活,似歌唱,似舞蹈,铿锵有力的号子声和着撞杆重重的撞击声,宁静的作坊此时显得生机勃勃、激情飞扬!清香明亮的菜油从榨中枯中慢慢渗出,随着号子声越来越响,菜油流淌得更欢了。作坊中弥漫着醉人的暖暖浓浓的油香,让劳作的人们心都醉了……

出榨。油榨干了,菜枯、木枋和木尖已连为一体,怎么取出来呢?这时"退尖"就派上用场了。师傅们用"千牛"撞击"退尖",就可以轻松取出榨干的菜枯了。将榨出的菜油倒入大缸之中,并密封保存,整个榨油和工艺流程就算完成了。

用这种木制压榨机里榨出的菜油,与机械压榨的菜油有很大的不同,它颜色金黄且味香,热度低,桶底没有菜籽沉淀物,而且搁置时间也比机榨的菜油要长。特别是下到锅中,总有一种菜油的芳香。

另外,漆树籽和漆树籽皮榨的油用于浇蜡烛,也可以吃,只是这种油凝固得快。油茶籽、桐籽和木梓树籽在榨油过程中都须经过蒸的环节。油茶油营养丰富,现在已经很少了,价格较高;桐籽油、木梓油不能吃,是重要工业用油。

时代在前进,生活在变迁,这就是人类文明不断向前迈进的必然趋势。然而,许多人在享受现代化生活的同时,也在深深地怀念那些渐渐远去的民族工艺。这是因为,这些流传了上千年的民族工艺,在那些落后的年代里曾苦苦地支撑着经济的发展。今天的文明与进步与当年的民族传统工艺是分不开的,但愿人们能一直关注和传承古老的民间艺术。

原在长沙坝渡口榨油的师傅宋长青、在野椒园茶厂的师傅余庆安已经逝世,唯有既是传统炮火制作师,又是榨油师傅的张嗣国在世,也已八十多岁了。

第四节　传统土硝制作工艺

关于土硝熬制工艺流程,笔者采访了多位在洞里做过熬硝工作的熬硝人,大致有以下流程:

准备工作：打灶安锅，备好木柴。

挖滤硝池：在选择靠灶较近的地方挖一个大坑，四壁筑紧，形成一池。池底部留一孔，安上竹管；池底约留一尺高处安放粗木杠，木杠上放细竹条等物，使水能通过为佳。

挖硝泥：找洞里比较干燥的浮土，倒入池中。

冲硝泥：向池中硝泥上倒水，使水从硝泥中滤过，带走硝元素，留下泥土。池外用容器接收硝水，所生的结晶称为毛硝。

熬硝：将接收的硝水经沉淀后放入锅中加热熬制，约一天一夜后，熬制成精硝，便可出售了。

关于硝洞里的故事。据当地多位老人回忆，硝洞里确有白老鼠，并亲眼见过，有一尺多长，像小白兔似的。熬硝的老人说，见到白老鼠不能打，是很讲究生态环保吧。其实是说，白老鼠是洞神养的，打了是要受到洞神惩罚的，甚至会熬不出硝来。因此熬硝时，白老鼠就爬到铺上玩耍，吃饭时，它两个眼睛盯着你，好像自己喂的宠物一样，很乖的。熬硝人吃完饭，就会给它舀一碗放在一边，它去吃了后就不见了，第二天它又会跑到你这里来玩耍。

熬硝有很多禁忌，特别突出的是在洞里语言的变化，俗称展言子。展言子是炼硝文化的一大特色，现语言已濒临失传，只有一些古稀老人依稀记得一词汇，现举例如下：

如做硝人叫硝贩子，走进硝洞要展言子。喊硝洞叫硝洞子，见到水称波浪子，找来的柴叫柴桩子，安的三脚叫衬口子，火钳叫铁嘎子，生的火叫红广子，三脚上的鼎罐叫煨笼子，刷把叫滑刷子，碗称连筏子，切菜的菜刀叫薄片子，睡觉的铺盖叫滑石子，看到白老鼠称椭肚子，装硝池叫硝缸子，熬出的精硝称白霜子，走出洞后就不展言子。

第五节 其他工艺

野椒园侗寨人民勤劳勇敢、多才多艺。工艺美术方面，有自己的风格和特点。除了在建筑上已成为侗族象征的鼓楼和风雨桥（花桥）外，在纺织、印染和竹编、彩绘、刺绣方面也有所成就。

  当地出产棉花。在清朝至民国时，寨民自己种植棉花，自己纺纱织布，所织的布需要印染，就在张氏侗寨中间天井里开染行。在寨前种植蓝靛，作为染料来源。至今寨前有两亩多的大田叫靛田，就是因为种植蓝靛而得名。寨民称自己种棉花纺纱织成的布叫家织布。张祖庆家就有织布机，其儿媳鞠玉芝在民国时期就是在家织布。人们把家织布染成蓝色，称为毛蓝布。为了更加美观，有时也有外地艺人来到侗寨，制作印花布，用于枕头、被面、小孩服饰等。

  竹编在侗寨富有特色。竹睡席、竹晒席、竹围席、竹斗笠、竹箩筐、竹背篓、竹提篮、竹饭篓、竹筛子、竹簸箕等，都做得十分精致。当地一位姓张的篾匠编织的竹花背篓十分精美，很有名气。

  彩绘，在中国自古有之，被称为丹青，常用于中国传统建筑上绘制的装饰画。一般见于桥梁、庙宇和宗祠，画法精奇。这些彩绘主要绘于梁、枋、柱头、窗棂、门扇、雀替、斗拱、墙壁、天花、瓜筒、角梁、椽子、栏杆等建筑木构件上。主要以梁枋部位为主，成语"雕梁画栋"由此而来。彩绘内容主要有"太极图""双凤朝阳""喜鹊闹梅""二龙抢宝""八仙过海"等，还有各种鸟兽图案，内容丰富、形式多样。

  刺绣，古代称之为针绣，是用绣针引彩线，将设计的花纹在纺织品上刺绣运针，以绣迹构成花纹图案的一种工艺。现在仍是妇女们较喜欢的一种针线活。如绣花鞋底、绣花鞋、小孩服饰、袖边、裙边等。特别是绣匾，工艺复杂，一块匾一绣长达半年至一年之久，需要有毅力才能绣成功。

  剪纸也称剪花，是用于装点生活或配合其他民俗活动的民间艺术。妇女中不乏高手。剪纸内容有梅花、菊花、荷花、牡丹花、芍药花、兰花等。穿戴上常用的帽子、鞋子、围腰以及情人的荷包等，都是这种纸花影印绣成的。

  雕刻有木雕、石雕、角雕等。木雕用于柱头、窗格和栏杆等。石雕用于水缸、碌凳、石桥、石碑。角雕用于烟盒、角觥器皿上。

第五章　民风民俗

第一节　婚　嫁

野椒园侗寨在婚嫁习俗方面，礼节非常讲究，程序复杂繁多，大约有四十余项，既体现出民族团结和谐和文明厚道的一面，也体现出民族风俗文化在婚嫁方式上的独特性。但随着经济社会的发展、人口流动加快，恋爱自由、婚姻自主理念的普及，这些烦琐的婚嫁文化习俗正在逐渐淡化。

请媒。男方看上某家女孩后，先找合适的媒人进行了解，探听口风说合，男方得拿上酒、礼（礼信指3—5斤猪肉一块）、红包、糕点等礼物并请媒人到家吃饭，待媒人到女方家找借口了解有意后方可相亲。

相亲现郎。就是通过媒人双方说合有意后，再约定时间、地点，一般逢场在街上或是到哪家亲戚家双方窥视相貌，进行一次秘而不宣的见面活动。男女只见面不对话，媒人对双方都不说明情况。如果不成功双方都不会尴尬，如果双方都看如意点头认可后，再约定女方最信赖的人到男方家看"廊场"（地方），看如意后女方认可答应，可算相亲大功告成。不如意也可能告吹。

过纪，也叫订婚。订婚仪式很讲究，也较复杂，是婚姻过程中一项重大的仪式。一般男方要准备红包和2—3套上档次的服装，包括内衣、内裤、鞋子、袜子及洗刷用品，必须都是双的，讲究好事成双，也体现男方家庭富有；男方需根据女方要求带上酒、糖食果饼、礼信（5—8斤猪肉）等，体现男方的大方。由女方选定日期，男方与媒人一起到女方处过纪（订婚），正式把婚姻关系明确认定下来。衣服礼品用包袱包好，里面放上两个"开合礼"红包敬祖神礼品，男方进屋后由女方的家亲内戚在堂屋举行仪式。男方需在女方家住一晚，让女方亲戚六眷都认识一下，明确称呼，第二天就可以回家了。女方打发男方红包一个，毛巾、香皂各一条，布鞋一双，大方的还打发衣服一套等礼物，男方就与媒人一起回家准备下一步放炮火的事宜。

放炮火。男女两家成为亲家以后，男方须认识女方家的亲房族和嫡系亲戚，举行婚姻过程中最隆重的一次婚约仪式。必须通过放炮火这个隆重的婚约仪式才算最终确定婚姻关系，一般通过放炮火后是不能悔婚约的。男方根据女方提出的要求条件一一照办。一是礼金须用红纸包上注明数额；二是穿着上，衣服一般4—6套不等，其他跟订婚一样，都是双的；三是金银首饰，三金即耳环、项链、手镯；四是礼品礼物，对女方家（称正头主子）和嫡亲叔叔伯伯外公舅爷，姑爷姐丈礼品要求必须是"一方一肘"，即：一块宝肋肉十斤以上，一只猪腿（火腿一样）12—18斤左右，酒、礼品都是双的，其他亲戚根据女方要求派送；五是敬神礼品，一万响炮火一饼，红蜡烛四对，白酒一壶，红包两个。放炮火的日子由女方决定，并请先生看期反复择定才行，是很讲究的，事关今后婚姻顺利和婚后幸福的大事。到放炮火这天，男女双方要接亲整酒，得到双方亲戚的认可，是非常隆重的，还要举行敬祖祭祀仪式。这天一早媒人带队根据礼品的多少找3—5人挑到女方家，路途中一般不得停歇。到达女方屋前时要放一小挂鞭炮，以暗示女方男方已到达。女方的管事支客就会前来迎接，来到堂屋后须将男方送来的一切礼金礼品摆放在堂屋正中央，供大家欣赏。女方男支客主持敬祖仪式，女支客举行开盒仪式，由女方的两位女性近亲长辈将大红包及所有礼品打开，让女方亲戚验看，一是显示男方的家庭富裕荣耀；二是证明女方找了一个好人家。待两位女性长辈打开包袱，拿了"开合礼"赞赏后，女方男支客履行敬祖祭祀仪式，并同时燃放炮火，再将所有物品移至女方的房间后就算仪式礼毕。整个仪式礼毕后就迅速入席吃饭。男方亲友吃饭后必须迅速赶回男方家，将女方打发的礼品让男方亲戚鉴赏，看女方大不大方，鞋子、针线活做得好不好。一一鉴赏后，男方家族及亲戚点上炮火、烟花等燃放庆贺，男方庆贺人员只吃酒席不收礼金。女方只接最亲的吃饭不放鞭炮。通过放炮火仪式后，表示女孩正式放人家了。双方有大无小事就相互通知，礼尚往来，接着就是安排拜新年仪式。

拜新年。这是男女双方确定婚约以后，男方到女方家拜第一个新年认亲，要到女方所有直系亲房、亲戚家拜年相互认识，所以叫"拜新年认亲"。拜年的物品一律由女方提出后媒人将所需物品转达给男方照办不误。一般是嫡系亲房亲戚（伯伯、叔叔、舅舅、姑姑）长辈们必须是"一方一肘"（指猪后腿10—20斤一只，宝肋肉8—10斤一块），平辈吃"礼信"（指做4—6斤猪肉一块）。正头主子"一方一肘"，古时称"七方八肘"，即方七斤、肘八斤的意思。其他配礼是每家一对大糍粑、四个小糍粑、两瓶酒、两斤糖、两封糕点、两斤面条、两瓶饮料。肘子和礼信上面必须用红纸围上一箍，以示拜新年的庄重喜庆。拜新年过程中，男方必须家家到户户落，受请吃饭认识家亲内戚，叫老叫少，接受"打发"的红包，拜毕后才能回家。通过拜新年仪式后，双方就可以随便来往走动了，接着就是女方"过门"。

过门。这个仪式比较慎重，是女方第一次到男方家去认识父母和亲戚，也叫"改口"，即随男方称呼父母及亲戚，所以叫过门改口。一般在过清明、过月半时男方将女方接过来认识改口，多在七月过月半，男方接女方过门一般由母亲陪同前去，也可一人去。男方要早早把家里房屋、室内室外打扫整洁干净，一切安排就绪，让女方第一印象良好。男方家要十分殷勤、客气，款待周到，语言和气，接送有礼。男方父母要准备见面礼红包，当儿子引荐过门媳妇称呼男方父母时必须要一人给一个大大的红包，也就是见面礼，并说一些谦虚客套的话，让媳妇听起来顺耳顺心，感觉父母热情、体贴，今后好相处。女方大约在男方家玩两到三天就回去了，回去时男方还要打发一个红包、一套衣服、一双鞋子或其他小东西等。男方必须送回去以示尊重。

端午节是婚约中的重大事项。未婚的女婿必须前来"打端午"，传承名"取草帽"，男方挑上粽粑、酒礼等并给女方直系亲戚各备一份；女方必须准备新草帽一顶、新衬衣一套、鞋子一双、红包一个回赠男方，待男方到女方亲戚每家都吃饭后就可以回自己家了。端午的粽子有多种包法，其中有三角粽、倒牵牛、方拓粽等。一般采用"三角型"掉粽，用一种山上长的箬叶，当地人称粽粑叶，将其洗净，折成上圆下尖的盒子，灌上泡过的洁白糯米再用棕树叶捆扎，包完后放在灶锅里加水煮熟后食用，称为粽粑或粽子。粽粑有两种吃法，一是蘸蜂糖或者白砂糖食用，二是用熟黄豆粉拌白砂糖蘸着吃。粽子的食料有几种配方，一种是净糯米包法，二是配有腊瘦肉颗粒的，三是配上红枣、葡萄干的，吃法上基本上相同。

讨八字、发八字。"讨"是男方要求结婚之前托媒人带着礼物和庚帖到女方家求女方的生辰八字，即出生年月日时。庚帖用红纸折封，折成长八寸、宽四寸，中间空心，并将男方的生辰八字写在上面。"发"是女方家根据男方的要求请媒人说合同意后，遂将女儿的生辰八字写到庚帖上交媒人带到男方家，请先生将男女双方的生辰八字配合后，再与婚期择定。这是配选吉日完婚的关键程序。

送红庚、回红庚。"送"是指男方将先生选择的日期用红庚写好后送到女方处征求意见。"回"是指女方得到男方庚帖后请先生论证，叫证期。红庚上注明具体结婚日期、敬祖时间、沐浴时间、发亲时间、接纳时间、入洞房喝交杯茶时间等。女方认可后将红庚发回男方，也叫回红庚。男方得到红庚后，就欢天喜地地准备吉日完婚的具体事宜。双方婚期确定后，到婚期的第一道程序就是盖礼。

盖礼。这是结婚头两天男方将必要的彩礼送到女方家去的重大婚俗礼仪。其主要彩礼有：一是礼金，一般根据女方提的要求——照办。二是衣服，结婚用的衣服按照春、夏、秋、冬——置办，必须按双数置办。三是首饰，项链、戒指、耳环三金。四是生活物资，烟、酒、肉根据女方要求置办。五是其他用品，开合礼红包、敬祖礼、上头礼（红包、盐、茶、油）。六是离娘粑、离娘米等各四套；酒和肉的要求是男方家境好的可以赶一头礼猪，或者杀一头各半边，烟根据女方要求置办，酒30—100斤随女方要求。七是出闺用品。出闺时新娘用的露水衣、露水鞋袜、露水伞、红色背亲带等物品。盖礼时进一步确定女方有多少嫁妆，男方需多少人来接亲等相关事宜。

盖礼女方仪式：女方设有栏门礼。盖礼这天，男方与路客总带领帮忙人等前往女方家举行盖礼仪式。当男方到达女方院坝坎外面时一定要放一挂鞭炮，晓示男方盖礼人等到了。女方朝台先生（支客事）事先在中堂大门前摆放一张大方桌，桌上放酒一壶、酒杯一双、茶一壶、杯子6—8个不等。女方朝台先生与男方盖礼客总、媒人、新郎和帮忙人等应进行接洽和打招呼，如果这时女方尚无人来问津，男方一行人只能停在院坝边等待。待男方客总主动走到阶沿前先启禀朝台先生，并高声说道："启禀贵府朝台先生，亲朋好友帮忙人等，贵府千金与我等男宾府公子喜结秦晋，朱陈和好，百年姻亲。今逢吉日良辰，明朝花果团圆，愚下受男方委托特来报喜志庆。禀报朝台先生，烦借玉口传金，我等诗书少读，礼仪不精，如有不当，请予点明，叩首叩首，恭敬恭敬。"遵照婚姻礼节，这时朝台先生必须马上前来应答："吾闻男宾府、客总等一行，路途皆遥远，汗水洒一程。肩上挑、手上拎，来到主东门，闻听先生报书，诗书礼仪先行。内报外报何令，几款几条单听。"客总回答："禀告朝台先生，吾等男宾府嫡亲所托，外报朝台先生恭请，内报主东大人亲临，前来盖礼商讨婚典大事，请贵府朝台先生高抬贵手饶恕放行。"朝台答曰："启禀客总先生，吾奉主人所托，尔等爬坡上岭，涉水过河。吾等在此淡茶酒水，请尔便饮一樽，来他个三阳开泰，四喜临门，五谷丰登，六六大顺，恭请客总先生笑纳。"这时朝台倒上酒两杯，与客总碰杯饮尽。朝台迅速说："远到贵客，请进、请进！"请帮忙人等将礼物送上神龛前面摆放。待女方查验合意后倒茶给帮忙人等。这些程序完成后，朝台先生就安排入席吃饭。中间还有很多说词，包括说媒、喝茶、吃饭、嫁妆等都有赞词要说，后辈人可以自由发挥，就不一一收录。饭后客总要求回程对朝台说："承蒙贵府抬爱，满盘盛宴招待，吾等不再久留，回程明日再来。"朝台说："天上有礼不可灭，人间无礼不可兴。中堂财门六合开，叩望贵府早日来。"客总答："多蒙贵府开天高地厚之门，施仁慈善意之恩。贺之子于归之庆，好一派春光明媚，八宝嫁妆玲珑满堂，吾等帮忙人等，不到之处，敬请海涵、海涵！有得罪之处，敬请承让、承让！"向主东抱拳施礼，叩首作揖。朝台先生答："贵府客总先生、帮忙人等，寒家招待不周，语言不逊，有怠慢之处，敬请谅解、谅解！有望宽心、宽心！各位路途遥远，跋山涉水，恕不寒家远送，一路顺利平安。"向客总抱拳施礼，放一挂鞭炮送行，整个仪式完毕。

男方程序和仪式：男方婚期前两个月找好支客事、客总先生和帮忙人等。男方客总先生一般情况下是选男方姐夫、妹夫或本族中最亲最有能力会讲话的人。待酒宴物资安排就绪后，结婚前一天在家帮忙人等必须从吃早餐开始，由支事客安排事宜，主人家就不管事了。写好执事单，各司其职，借桌椅板凳及所需用具。其中请先生写家先、安家先、贴对联，下午晚餐，全族院落及部分外姓亲戚一起吃垫席，凡是请来吃垫席的三天之内不开烟火，一屋大小都在此就餐，这是侗家婚庆历来的规矩。晚饭后，支客事与客总商议和安排结婚当天的事宜，准备多少小红包，也叫扫堂礼。扫堂礼主要是给双方帮忙人员的红包，一般包括男方所有帮忙人等，按照执事单名单清点，支事客、菜饭厨房、调席、上壶、敬烟、倒茶烧茶、迎客递烟、礼桌、劈柴烧火、勤杂等。娶亲扫堂礼包括：客总、迎亲、轿夫（现为开车师傅）、抬嫁妆人等，背礼、花锣鼓队等一般接亲人员大约二十人。扫礼堂安排就绪后，由客总召集全体接亲人员分配任务，明确责任，并将烟、红包等分发到每人手中，宣布第二天娶亲时间，要求大家一路顺顺利利把新娘接回家。再强调所有接亲人员必须按红庚上确定的时间准时到位，不得有误。待帮忙人员回家休息后，新郎约在晚上十点钟后进行沐浴，换一身新衣。一般零点以后祭祖，在家先前面摆上酒礼刀头、豆腐、香蜡纸等，向祖人祈祷，保佑夫妻白头偕老、一生幸福。然后放鞭炮，礼毕休息。

女方程序和仪式：嫁方仪式比较复杂，从盖礼那天起就进入哭嫁期间。一般女方出嫁前后半个月就开始哭嫁，主要哭父母养育之恩，哭叔伯如何关爱人，哭公婆如何心疼人，哭哥嫂如何爱护妹妹，哭姐妹舍不得分开等。见人哭人，见事哭事，连男方过来都要哭。最隆重的一场就是哭十姊妹，一般在姑娘告祖以后，也就是按红庚规定沐浴换衣时间后再举行一次祭祖仪式，保佑姑娘到男方家去了后顺顺利利、夫妻恩爱、白头偕老。

待告祖仪式完毕，就是哭十姊妹。哭十姊妹是侗家婚嫁场面女方最隆重的仪式（其他族也有相同方式），出嫁前一个月就找好了家族中姐妹九人到出嫁的前一晚一起陪同待出嫁姑娘。房内用两张方桌拼成，桌上放有葵花、花生、板栗、糖果等。九位姑娘围坐两边，新姑娘坐上位，主事的坐下位。哭嫁时由主事的先排头起哭，然后其他人一个个接着哭，触景生情处时有满堂哭声震耳，欢乐处也有笑声连连，有抒发旧情的、亲情的、骂人的、骂媒人的（比较文明的骂），有憧憬未来的等。哭后又唱，花样种种，不拘格调，比较顺口，见人就唱，见物就唱，谁答话就唱谁，热闹非凡，一直到天亮，再有主事姐妹唱圆台后礼毕。礼毕后准备出嫁打扮，即上头。上头的规矩，一般请家族中近亲，儿女双全又擅长为人处事、梳妆打扮的妇女用两条线将脸上汗毛、纹给拔掉，并将眉毛拔成柳叶弯型，然后涂脂抹粉，梳头刷洗礼毕等待男方来接驾。

娶亲迎亲。男方在客总和媒人的带领下，一路锣鼓喧天、唢呐嘹亮、骑马坐轿地来到女方家娶亲。当走到女方院坝外边时，先放一挂鞭炮，明示娶亲队伍到达。这时女方由朝官（支客事）早已安排好拦门礼，用大桌子一张摆放在阶沿口，双方要经过一番盘歌说词，唇枪舌剑，好一派你争我斗的场景，很是热闹非凡。

客总站在院坝口高声说道：

走进贵府来娶亲，众亲好友和嘉宾。

于归喜庆真热闹，参拜朝台主东君。

并行拱手礼同时说道："朝台先生愚下有礼了。参见参见！"

朝台先生（支客事）回答："辛苦辛苦！"

客总先生莫怪人，说起拦门有起因。

不是你我才兴起，水有源头木有根。

天上有礼不可灭，人间无礼不可兴。

拦门原从唐朝起，尔吾都是帮忙人。

"得罪得罪！"并抱拳施礼。

客总答曰：

贱脚来到贵地，恭请朝台敬启。

叩首参拜主人，晋见各位亲戚。

愚下不懂周公之礼，也未读过诗书礼仪。

稍有粗言不当，冲撞得罪，莫要见气。

"海涵，海涵！"

这时支客事叫帮忙人等拆桌子并说道：

屋内屋外安静，锣鼓唢呐声声。

贵客来到此地，恰似五彩缤纷。

各位娶亲人等，有请有请！

接着支客事高声说道："我等帮忙人等，为才来贵客侍候桌椅板凳。贵客不能慢待，奉送茶水香茗。"

当客总一行人进屋时，新娘要号啕大哭，示意即将出嫁了。这时客总高声说道：

劝声新娘且慢哭，众家姐妹在你屋。

陪坐通宵要分开，欢欢喜喜多幸福。

男大当婚盼迎娶，女大当嫁盼婆屋。

花好月圆结硕果，明朝回门见父母。

支客事这时谦虚地回敬说道：

贵府一行，视若贵宾。

座位不周，招待不敬。

语言冒犯，请莫当真。

海量莫若路客总，知书达礼众不同。

闲言细语他不闻，宽厚待人尉迟恭。

客总回答："承蒙贵府开天高地厚之恩，施仁慈礼义之德。吾奉男宾府重托之责，迎娶千金早日进门。抬眼望，东家满堂增辉，嫁妆五光十色，数量繁多，件件不缺。好一派富豪人家，人丁兴旺之宅。"

支客事赶紧答道："好话不多说，快请进屋坐。马上就安席，敬烟倒茶喝。"这时客总就把迎亲礼单和扫堂礼交给朝台先生，客总同时答曰："我等人杂众多，安排匆忙有过。很多不到之处，海涵后述再说。敬请主东原谅，又请支客饶过。"

朝台先生接过礼单后，双方来到堂屋神龛旁清点迎亲执事单和扫堂礼等，物资不欠缺后，支客事点上香蜡纸等，回说道："红彰礼数相合，清点无差无错。安排细致周到，请坐、请坐！"朝台先生拱手礼："敬见！"

礼毕后，支客事把男方扫堂礼发给女方帮忙人等，迅速安排男方迎亲客人入席。

入席又有说词。客总先生从席中走出，燃放鞭炮一挂后说道："两家开亲结义，我等娶亲入席。男方帮忙人等，个个都要仔细。路上粗木重活，切莫疏忽大意。嫁妆漂亮昂贵，主东花钱费米。倾注多少心血，将心比心第一。饭后各司其职，有请支客出席。"拱手礼。支客事回答："各位入席嘉宾，我等安排不敬。很多不周之处，只怪支客无能。恭请慢吃慢用，饭后早日起程。请厨房上菜！"

发亲前是嫁妆交接仪式，每一样物品都有赞词，就不全部收录了。客总先生临场发挥把所有嫁妆赞完后，对娶亲人高声说到："我处各位帮忙人等，轻捆细绊不摇不择。主东付出多少心血，帮忙如同帮自己，都为双方负好责。"席罢，将嫁妆捆好后，等待女方支客事发轿启程。

出闺起轿。新娘出闺时，要穿上娘家刺绣红色长衫外套出闺，挂上背亲盘，即用黄铜制成的约五寸直径圆盘，来到堂屋的中央位置，叫"踩斗"。即事先放好谷斗，上面撒上草木灰，新娘在上面踏踩出脚印，喻示最后一次告祖，姑娘已出嫁了。告祖完毕，哥哥又将新娘背至阶沿口边，脱掉娘家外套，换上男方带来的"露水衣""露水鞋、袜"和"露水帕"，打上"露水伞"。

男方客总与女方支客事交接清楚后，即交亲。客总掌握好红庚上规定的时间，高声说道："主东众亲，嫁妆捆好，准备就绪，启程时间正好，我与支客先生交结完毕，现在吉日吉时良辰已到，有请主东知客先生发亲起轿！"

支客先生随声喊道："客总先生及帮忙人等，吾等招待不周、言语不到，有请海涵、海涵！主东嫁妆不好，花米费钱不少。付出一片心血，为儿为女操劳。今日路途之中，爬坡过街过桥。大家慢步小心，细致安全为妙。感谢客总先生及各位帮忙人等，吉日吉时已到，发亲起轿！"

这时由娘家哥哥将新娘背起，头上打伞，女方娘家嫂子或姐妹要从新娘伞上面撒一把黄豆，撒一把筷子，喻示女儿出闺娘家久悬的一颗心落地了。筷子如箭，一路顺利，路上一路平安，慢慢走。这时新娘会发自内心地大哭，以百感交集的心态哭出了已是别家屋的人了，娘啊，我随时会回来看望你们的。"

新娘由哥哥背上轿子（现送上车子），这时客总再一次高喊"起轿"。此时，锣鼓喧天、鞭炮齐放、唢呐高奏，几十人抬着嫁妆按照顺序同喊"起轿"，走在花轿后面。大约半里路后嫁妆就上前了，一路浩浩荡荡，直奔新郎家。

待新娘出门后，客总再次喊"请送亲娘、送亲郎动步"。新娘出嫁，女方娘家要派最亲（哥嫂、弟妹或长辈直亲等）的2—4人随迎亲队伍到男方家送亲，叫"高亲"，坐红板凳。当迎亲队伍行至一定的地方，抬嫁妆的要歇气（休息），一般选到过河、过桥、爬上坡的地方。为了大家开心，男方向要送亲的要拦路礼，高亲出面给一包烟或两支烟、葵花糖果都行，众人皆大欢喜。

快要到男方家约半里路时，客总和背礼的要先上前禀告主人，娶亲队伍要到了，这时男方父母回避。野椒园侗寨张氏男方父母一般要躲在背湾的地方，听不到炮火声音，因此张氏有公婆躲媳妇之说。兄弟、姐妹与新娘不能"撞热脸"，都要回避一下，主要传说"撞热脸"后家庭不和睦，怕今后吵架扯皮，所以必须由圆亲公和圆亲娘牵引到堂屋拜天地后进洞房。男方这边要准备1—3条烟，红包不等，等抬钱柜的到男方大门时，就要堵进门礼（因为他们抬的是新人床上用的用品），很正常的一种开心活动。这时男方的支客事必须拿烟及全班人马红包交给抬钱（前）柜的贺礼。其实男方早有准备，这个习俗已成常礼，这是圆亲娘要做好准备了。结婚前新郎早安排好圆亲娘、圆亲公，这两人必须是儿女双全、德高望重、家庭和睦，并在当地有一定影响的房族夫妇。结婚头晚要压床，圆亲娘还要带一个小孩当夜压床。

新娘的嫁妆柜子最先进屋，意味着早生贵子。圆亲娘将女方嫁妆的床上用品取来，两人迅速铺床挂帐。在铺床时，圆亲娘圆亲公必须边铺床边讲封赠话："铺床、铺床，儿孙满堂，早生贵子，再生姑娘。"铺好后，再挂蚊帐。边挂边讲："蚊帐挂得高，明年吃醪糟，蚊帐挂得矮，明年生个仔。"可这时帐钩难找了，圆亲娘只好拿着红包去找背帐杆帐钩的要回来，也是常规的习俗，主要开心要红包。拿来帐钩挂好后才能来到堂屋，等待新娘一到，就举行圆亲牵拜仪式。

牵拜。牵拜就是圆亲，而圆亲公的责任是点好香、蜡烛、纸敬神，等待入洞房后将炮火点燃从堂屋到阶沿口。牵拜时当新娘走到男方家阶沿口时，脱掉露水衣、露水鞋后，圆亲娘圆亲公要迅速挽住新娘、新郎的手，走进堂屋中央举行拜堂仪式。双方站定后，男方主婚人高喊"一拜天地、二拜高堂、三拜亲友、夫妻对拜，礼毕，入洞房"。入洞房时新娘新郎可进行抢房，传承是谁抢先了，今后谁就可以当家。一般情况下是男方主动让女方上前，以示夫妻和睦。

喝交杯茶。入洞房后，新娘新郎并坐床上，由男方家安排一女孩用茶盘端上两杯茶，各端一杯喝一口后，在交换喝，喻示夫妻甜蜜、相亲相爱、白头偕老。同时新娘要放上一个红包在茶盘，表示有礼有节。交杯茶喝后，有撮火的为新人房生火，新娘又要给一个红包，喻示夫妻感情融洽，是一个温暖幸福的家庭。再就是有送水盆洗手洗脸的，新娘又要给一红包。

当新娘新郎入洞房后，接高亲。一般是男方的姑父或姐夫夫妇等，男接男高亲，女接女高亲（原来都有很多说词就省略了）。高亲安顿完毕后，由客总和媒人向男方家交亲，临场发挥说一些奉承话。礼毕后，就是安席和陪席，安高亲席一般安在堂屋内，一桌男高亲，一桌女高亲。陪同人员主要是家亲内戚，外公舅爷、叔叔伯伯、姑姑、姑父、姐姐、姐夫、客总、媒人、接亲人员等。动筷子前，客总、支客事、高亲要发表一些说词，并要点一挂炮火才开席。座次是右手为大，高亲坐上席，陪同人员老辈坐两边，同辈晚辈或年轻的坐下席。

开席礼毕后，大约九点钟开始闹洞房。

闹洞房。结婚后有"三天不分大小"的说法，男女老少、年长年少、辈长辈小都可以到新人房去玩，说笑。但语言要文明，幽默取笑。闹洞房很讲礼数，必

须能说会道反应灵活。

一般闹洞房先由郎门（姐夫或妹夫）给高亲提前打招呼，晚饭后要闹洞房，到时新人房里才有所准备。高亲在房内将糖食果饼、瓜子花生、茶水等一应准备俱全，将房门紧闭，拉上门帘。闹房时门里外相互对答，外面闹洞房的要说得高亲自愿把门拉开，欢迎闹洞房者进新人房。外面带头的到新人房门前先放一挂鞭炮，高声讲道：

    忙忙走来走忙忙，双脚来到新人房。
    抬眼一望门紧闭，里面在搞啥名堂。

新人房里一般是女高亲回答：

    外面大哥莫乱说，里面姐妹有好多。
    单等你们来闹房，果品糖茶让你喝。

闹房者：

    新人房门紧关着，说尽千言奈不何。
    磨破嘴皮也没用，恭请高亲开门说。

这时高亲把门打开说道：

    说起这扇门，其实有根本。
    张郎来建造，鲁班才修成。
    若无大喜事，莫怪不开门。

闹房者：

    叩首先行周公礼，拦门前人来兴起。
    张郎建造做洞房，鲁班修成迁新喜。
    今天迎来庆婚酒，明朝璋宴跟到有。

高亲赶忙不让其再说下去，高声"请进，请进"。

闹房者：

    双脚踏进新人房，眼望高亲好嚓亮（很能干）。
    首先拜见新郎公，二来想看新姑娘。
    站起无话都不讲，恩爱夫妻入洞房。
    大家都来助热闹，白头到老似鸳鸯。

高亲赶紧说："快请坐，快请坐。"闹洞房的坐下来以后，见什么说什么，想吃什么说什么，想喝什么说什么，包括家居物品等都可以说；还可以讲一些幽默取悦而欠文明的东西，才能达到高潮、热闹的效果。

闹房者：

    一张圆炉四只脚，中间安放圆炉锅。

　　　　里面烧的钢炭火，大家都来围着坐。
　　　　靠背椅子七八对，刷得漂亮颜色美。
　　　　满屋亲朋都请坐，人多莫跷二郎腿。
实际上高亲在准备倒茶水了，闹房者都必须看事就事迅速说：
　　　　洞房花烛喜事多，六亲好友来会合。
　　　　新郎新娘你莫躲，赶忙出来倒茶喝。
茶来后，闹房者赞词：
　　　　茶盘长（zhǎng）四方，茶杯放中央。
　　　　新郎端起手莫跳，新娘递茶心莫慌。
　　　　茶杯圆又圆，泡的白毛尖。
　　　　里面放白糖，茶香水又甜。
　　又赞：
　　　　喝此茶，说此茶，阳春三月发嫩芽。
　　　　妹妹巧手摘千枝，哥哥家中做新茶。
　　　　此茶南山坡上栽，每逢清明谷雨采。
　　　　铜壶泡来锡壶煨，满屋清香飘四海。
新郎新娘这时准备装烟了，闹洞房者见事而赞：
　　　　新郎把烟装，新娘火递上。
　　　　双手伸出去，必定要一双。
烟茶过后闹房者要开始敲打说词，高亲才肯拿出糖果花生等来让大家享用。
闹房者：
　　　　一口柜子四只角，里面装的花生多。
　　　　只要一个抓一把，高亲莫弄撮瓢撮。
　　　　钱柜一开花样多，新娘模样真不错。
　　　　花生内藏胖小子，明春再把醪糟喝。
　　又赞：
　　　　楠木箱子好光滑，高亲准备抓葵花。
　　　　单手抓来双手接，荷包扯起尽你抓。
　　又赞：
　　　　一张抽屉打得好，里面装的金银宝。
　　　　左边装的糖果果，右边装的是核桃。
　　　　拿在手里冰棒硬，可惜没得棒棒敲。

又赞：
　　　　梳妆当中蹬，亮得照人影。
　　　　上面胭脂口红放，美观大方又工整。
　　　　一口大方镜，几条花丝巾。
　　　　四只小板凳，两口大脚盆。
　　　　五六七八九，数也数不清。
　　　　转头满屋香，眼花起鼎鼎。
　　　　箱箱柜柜、桶桶盆盆。
　　　　桌椅板凳，缸缸瓶瓶。
　　　　筛子簸箕，花碗调羹。
　　　　一应俱全，要哪门有哪门。
　　　　还有好东西，新娘想瞒起。
　　　　柚子橘子和板栗，你就莫收起。
　　　　看你打哈欠，是想早休息。
　　　　糖食果饼拿出来，你就赶快递。
　　　　洞房闹了大半夜，新娘只把眼睛斜。
　　　　莫和新郎打哑谜，意思我们都明白。
　　　　新床好漂亮，枕头摆一双。
　　　　好像一头放一个，那是在假装。
　　　　新铺好暖和，那头两双脚。
　　　　摆设就是假明堂，两头扯起睡不香。
　　　　叫声多谢快抬脚，大家还不赶忙梭（快走）。
　　　　回头说一声，早晨要开门。
　　　　不要睡到中时候，早饭都吃不成。

　　交亲。夜宵礼毕后，晚上十二点前，一般男女高亲就要交亲，因第二天新郎新娘就要回门。高亲给支客事打招呼要交亲，将男方直系亲族全部汇聚新人房，向男方父母及所有亲戚交接事宜。这过程中新娘就要把给最直系亲戚做的鞋子送到每人手中，接收人分别拿红包递给新娘。再就是在屋里坐的要全部倒上一杯糖茶，直系亲戚同样又要给一个红包，礼毕，高亲开始交亲了。主要说一些客套话，双方都很客气理智，最后高亲请支客事和主东早饭早一点，饭后我们就要回家了。

　　复席。婚宴第二天早上复席比较讲究，席面丰盛，品种多，增加一道叫"膀"的菜（即猪肘子做成）。当高亲和陪同人员入席后，其他菜全部上完后才最后上"膀"。执盘人员端来后,男、女高亲必须各放一个红包,否则就不得吃,因"膀"是未开刀吃不了,筷子划不动。高亲放红包后,厨师马上拿刀子来划破后就可以吃了。这也是一个玩笑,看高亲大不大方。席中必须是酒过三巡,中途新郎新娘要上桌陪同一起吃一会儿饭,双双敬酒敬烟,新郎新娘必给这一轮坐席的都要敬烟。散席后送高亲回家,双方仍要客气一番,说些相互谦让的话。出门时,新郎送高亲出门不回头,到一定距离时高亲会拿出一个红包给新郎,并与高亲相互告辞后返回家。回家后新郎新娘跟随准备出门,跟女方回门。回门时要带一定的礼物,在娘家吃一顿饭后,就必须打转身,不能在娘家过夜。相传新人房一个月不能空房。

谢媒。结婚后待第一个春节时就要去谢媒了。新娘新郎带着猪头、酒、烟、糖、鞋子一双等礼物到媒人家感谢媒人牵线搭桥,所以叫谢媒。再后来,当结婚生第一胎要再次谢媒。要给媒公媒婆各缝一套衣服,各做一双鞋子并带其他礼物到媒人家叫作破媒树,这时媒人要给小孩一个红包,吃饭后就回家了。

祀生。结婚后新娘第一个生日,婆家必须安排隆重。娘家邀请所有直系亲戚到女儿家庆贺女儿结婚后过生日。娘家人都必须送礼,到此,整个婚庆习俗才结束。

第二节　生育习俗

侗家婚育习俗也很讲究。如生男,为叫"璋",打十朝(zhāo)庆贺时叫"弄璋志庆";生女,叫"瓦",打十朝庆贺叫"弄瓦志庆"。孩子从出生第一天开始,要经过报喜、洗三朝、打十朝、满月酒、倒蛋壳、剃胎头、出月、抓周等礼节性仪式。

报喜。婚后小孩出生了,第二天必须赶到女方娘家报喜,如果出生是男孩,就背上一只公鸡;是女孩,就背上一只母鸡。女方母亲就会非常高兴地带一些鸡蛋或有营养的东西给女儿,还有早已安排好的衣裤等物品,当天必须赶回家。

洗三朝。小孩出生后第三天要给小孩洗第一个澡,叫"洗三朝"。这天女方娘家母亲及最亲的人到女儿家看望孩子、女儿,带上很有营养的东西及部分孩子的用品,住一晚上,第二天就回家了。洗三朝的药水有三角风、九里光、红喝

麻、四轮草等，煎水给孩子洗澡，主要是起消毒净身、促进孩子健康成长的作用。

打十朝，又称"祝米酒"。一般在孩子出生后十天左右举行，主要由嘎嘎（外婆）这边具体选日子（要选黄道吉日），日子确定后要做一定精心安排。女婿主要是备酒接待。嘎嘎家则要通知所有家族及亲戚约定这一天去女儿家"打十朝"，其他亲戚叫作送月祝贺。娘家要办好十大挑，人去得越多越好，以示族大亲戚广。十大挑主要包括：粮食、甜酒、鸡蛋、鱼肉类、衣帽鞋袜、摇床、被子、蚊帐等，品类繁多、齐全，显示出娘家的脸面。进女儿屋时，将所有担子全部摆放在堂屋，让女儿婆家人欣赏验收，显示大方富有，家族人多势众，再分类捡放到房里。第二天要弯一天稍，即在女儿家玩一天，娘家的亲人要在女儿家周围走一走、看一看，欣赏女儿家的家庭环境和富有情况，看女儿嫁了一个好地方、好人家。

满月酒。孩子出生后第29—30天，告知亲戚、朋友再一次聚会，孩子出生已满一个月，亲朋好友再来送月祝贺。

倒蛋壳。整了满月酒，孩子出生满一个月了，要将所吃的鸡蛋壳倒在十字路口，因为平常吃的蛋壳不能乱丢，是用筐装着的。让过路人知道她家的孩子已满一个月了，母子身体安康，孩子健康成长。

剃胎头。新生儿生下来满月后，第一次剪发叫剃胎头。剃胎头要看黄道吉日，请师傅，封红包。剃完以后孩子的头发不能乱丢，拿回家后要用黄泥巴将头发包好放在火塘中间烧掉，封赠小孩健康长命、富贵发财，长大读书升官。

出月。孩子出生满月到45天要出门到嘎嘎家去玩上几天，叫出月。未满月是不能到任何人家去的。出月寓示可以到处走动玩一玩了。还要带上礼品，给娘家直系亲戚每家一份。去嘎嘎家后，非常热情地接待，杀鸡、弄鱼等。凡是营养最好的都拿出来，想吃什么弄什么，其他时间每家亲戚也必须吃一顿饭，每家还要给婴儿一个红包，说奉承话，一般住上三到五天就回家了。

抓周。孩子满一周岁，嘎嘎家要前来祝贺，叫"抓周"。抓周也要整酒，但不大接宾客，主要是直系房族、直系亲戚和嘎嘎家的直系亲属等。直系亲属大都送上一份礼物或者礼金不等。嘎嘎家还要买上抓周的物品，测试孩子命运和前程、职业等。如钢笔、书、飞机、汽车等，摆好后，让孩子任意抓拿，看先拿什么、后抓什么来论证即可。在通过最后一道庆贺后，生育礼节就基本结束了。

第三节　寿庆习俗

侗家寿庆习惯传承只整三十六岁、六十岁、八十岁、一百岁几个阶段的寿庆活动，整酒仪式较为简短，不是很复杂。

整三十六岁。就是满三十六岁，实际就是在三十五周岁生日这天整酒。民间普遍认为三十六是不吉之数犯冲，只要度过三十六岁一切都顺利了。传说三十六是个"节坑"，所以人们在挂人情或编号什么的都怕三十六这个数字，是一个很不吉利的数字。侗家传承说，人将三十六，喜的喜来愁的愁，脱去南衫换红袍，冲过节坑才出头。必须要冲过去所以要整酒庆贺，冲一冲就过去了。

整六十岁。生日是庆贺六十甲子已满，一切都可以放心了，应当整个酒庆贺庆贺，也是儿辈们的一番孝心。七十岁庆贺古稀，八十岁是庆贺高寿，一百岁是大庆。冲过一百岁大关是寿比南山，民间少有，一般都是四世同堂了，是有家、有人、有业的高寿福人值得庆贺。

第四节　修造习俗

侗家修造习俗，在房屋建筑方面是非常讲究的。整个建筑选址风格，一般是选择依山傍水、藏风聚气，前有印山、案山、笔架任意一样，后有靠山就基本可建造房屋了。野椒园侗寨建造的特点就讲究不修虎坐形房屋。房屋建造类型也很讲究。

一、主要类型有十一大类

（一）正屋直排三间式

（二）正屋直排五间式

（三）正屋三间钥匙头式带大睅檐

（四）正屋五间撮箕口式带大睅檐

（五）一正两厢吊脚楼式带大睅檐

（六）一正一厢吊脚楼式带大睅檐

（七）五正两厢四合水朝门在东西两头架斜式

（八）四合院二层全吊脚楼式

（九）四合天井四水归堂式朝门在中式

（十）单排走马转角楼东西头大睅檐式

（十一）大睅檐有：飞檐翘角、凤凰摆尾、象鼻舔水（反挑）等设计形式

二、主要构造

全部为穿斗式结构，采用木针栓，不用任何铁钉。橡角钉是用竹钉拌稻谷壳炒黄再用桐油浸渍后使用的，一般可管几百上千年，因是竹质，所以不锈不坏。

具体建造结构有：

（一）三柱冲天

（二）三柱二骑

（三）三柱四骑

（四）五柱二骑

（五）五柱四骑

（六）五柱六骑

（七）七柱二骑

（八）七柱四骑

（九）九柱二骑

三、房屋建造程序

当某户确定建房后，须按照规定的修造程序进行。

（一）选屋场，即宅基地。选屋场事关人丁兴旺、家发人发、后继有人的大事，需慎之又慎。一般要找最信任的风水先生踏勘屋场，要选择阳光好、水源好、有朝气、山环水抱的地方建造。

（二）看期。请较为信任的风水先生看，主要是要看什么时间动土，什么时间入山伐木，什么时间木匠进场，什么时间排扇，什么时间夹磉安地穿，什么时候敬鲁班、竖柱（发扇）、发锤（起扇）、砍梁木、做梁木、上梁、撩檐短水。后期什么时间装大门（也叫财门）、装神龛、敬神龛、安床、升火、进新屋等时间都非常讲究。

（三）找梁木。计划建屋前首先要找好梁木。找梁木是一件非常保密的事情，要背着别人进行，主要是怕别人动手脚。一般要找一椪杉树，十分茂盛而且一蔸长有多根的。旧时有偷梁木的，就是说别人发现树被盗后，在那里大骂，骂得越起劲，修屋的越发达兴旺。做起后，全家才兴旺发达、多子多福。

（四）找大门料和装神龛料。这两样材料也可以在房子建好以后再去找，基本上和梁木要求相同。这四项基本程序完成后，就可以确定建房子了。

四、房屋修造过程

（一）请掌墨师。掌墨师必须是得到传授有五尺的师傅，而且要家庭人缘好、性格好，徒弟人缘好的师傅。要带上礼品到家恭请，真心真意去请，并将立屋的整个时间告知，师傅好做人员和时间的安排。一般建房要带上至少6—8人，还要选定一个二墨师。

（二）请岩匠师傅打磉磴等，与请掌墨师一样。

（三）请解匠师傅，也同上一样。

（四）动土，即打屋基。

（五）伐木。掌墨师按既定时间带徒弟进山伐木，砍树做柱头。师傅主要是对砍树的山林进行封山，封山后赶猎的打不到野兽飞鸟。

（六）发墨。整个建房材料全备齐以后，掌墨师按既定时间正式到家发墨修屋。这天，掌墨师带上所有木匠师傅、徒弟，带齐所有修造工具，其中包括五尺、墨斗、大撩锯、横锯、斧头（开山子）、凿子、（洗凿、当凿、八分、五分、三分凿）、鲁班尺，还有清刨、七寸刨、大小马口、攥猫、背角等工具，发墨修造房屋。主人家主要是准备新墨汁、墨线，每名师傅各给一个红包。掌墨师带领裁柱头，编柱头。按七柱四齐计算，首先选定一栋房子中柱四根、大金柱八根、小金柱八根、檐柱八根、大齐同八根、小齐同八根（或瓜瓜齐八根），总计四十四根。

（七）架滚马。选择在宽敞的院坝里，搭上一尺二高左右的木架，将所有编好的柱头放上面进行滚柱头，就是把柱头刨光清圆、掉线弹线待用。

（八）画小样起篙子。按照原定修好大的房子把小样画好后，再用楠竹块把

所有尺寸都刻在上面叫起篙子。可以从篙子上看房子的大小尺寸，屋顶水面和排扇枋挖退的长短尺寸及要求。一个篙子起的好坏事关整栋房屋的式样，美观大方和上空下空的建造模式。

（九）画墨。由掌墨师用篙子将整栋房子柱头的穿枋眼、渡枋眼、针栓眼、上水碗、下座口等全部画完。徒弟们按照分工各司其职，很有规律，程序不乱，开眼子、打眼子、洗眼子、开枋口，一环紧扣一环。

（十）讨退。清枋，做檩子，所有柱头眼子洗好后，掌墨师和二墨师进行讨退。首先做两根长一尺五左右，八方形的退子棒，把全部开眼的大小尺寸讨在上面，其次复制到全部枋上，徒弟们按照尺寸一丝不苟地做出来。

清枋：清枋就是整栋房的全部枋清好待用。按七柱四齐建房计算，清排扇枋，一穿枋四匹，挑枋八匹，二步枋四匹，三步枋一十六匹，四步枋四匹，六步枋四匹，枓枋五十四匹，灯笼枋二匹，神龛枋二匹，大门枋二匹，地穿枋四匹，地脚枋七匹，挂挂枋十九匹，总计一百三十匹。

清檩子：中堂檩子十三根，东头出扇檩子十三根，西头出扇檩子十三根，总计三十九根。

（十一）夹磉、安磉。待所有排扇枋和渡枋等做好后，就要准备排扇起屋了。起扇前的基础是夹磉，磉磴二十八个，夹磉要求也很严格，石匠把磉凳打好后，按风水先生和主东的要求，对齐方向进行夹磉，要求夹得周正平稳，事关起扇的稳固和坐场的定位。

安磉石匠赞词：

华构岩匠先行官，吉日来把磉墩安。
玉石打底金打盖，地基下面银满山。
子孙金榜把名点，要中文武两状元。
水晶玉石更漂亮，恭喜主东建华堂。
吉日磉墩安稳当，掌墨师傅好建房。
能工巧匠齐帮忙，人兴财旺万年长。

（十二）排扇。磉夹好以后，就开始排扇。掌墨师拿发锤将一穿要拢步墨时开始发锤，看墨法手艺如何。按要求是每匹枋都要发两至三锤最好。扇排好后待明早竖柱。

（十三）祭鲁班。祭鲁班是建房屋最重要的一环，事关安全、顺利、和谐、永久的大事，每户建房都十分地讲究。一般在子时进行，还要给掌墨师傅一身新，即新衣裤、新鞋袜、新帽子，另备有红鸡公一只，酒礼、刀头、香、蜡、纸草、红布五尺、红包一个等。

（十四）竖柱（起扇立屋）发锤。这道仪式非常重要也很讲究，按规定时间准时不误地进行。所有立屋帮忙人等站在排扇内各个部位，各就各位后，掌墨师手拿鸡公，旁边放着发锤，口中念道："吉日良期，修造华堂，鲁班到此，大吉大昌！"

掌墨师扬起响锤向东头中柱一锤敲响，高声喊道："起——起——"众人齐喊"起——起——"，将整个扇架立起。中堂东头立起后，再立中堂西头，两扇立起迅速上枋，中堂立好后再立东头。然后立西头。整栋立起后帮忙人等站在每根柱头水脑上进行摇扇，主要是通过摇扇坐实下脚后上挂料枋领子，中堂暂不上完，待梁木上好后再上。

大家共同努力将屋立起之后，第一道程序就是上梁木。要派专人去砍和解梁木。

（十五）砍梁木。砍梁木很讲究，一般砍、解、抬共四人。这四人为主东精心选择，主东准备有砍的红包、解的红包、抬的红包。砍梁木时不准多说话，要一鼓作气砍倒，梁木砍倒时必须树尖朝上倒。待梁木解完以后，四人一鼓作气抬拢屋，在路上不能歇气，抬到院坝先用两根板凳放上专人看管，不能让任何人从上面跨过去。整个房子立好后，由掌墨、二墨师傅来做梁木。

（十六）做梁木。做梁木时，师傅在东头，徒弟在西头。做好后，主梁用红布包梁，用二尺四寸红布裁作两节，然后用一节包主梁，一节包看梁；包梁布每节用九个铜线对角钉，中间三个，左右各三个。主梁做好后，做看梁，看梁是架放在檐柱上面的，看梁包好后，左右还要各画一个八卦太极图，以示镇宅避凶，前后画长短两把宝剑。

（十七）拜梁木。拜梁木是准备做梁木时进行，是一项十分重要的仪式，事关华构落成后，兴旺发达、人丁强胜、财源滚滚的重大赐封的金玉良言，也是比较热闹的场面。所有帮忙人、亲戚朋友等都要参与的活动，也是检验掌墨师的口才能力和功底的重要活动。

梁木由主东最信赖的人抬到中堂用板凳放好后，用一问一答的形式赞词，帮忙人等都可参与，同声回应。首先掌墨师说词：

忙忙走，走忙忙，双脚走进新华堂。
各位亲朋请细听，师徒二人拜栋梁。
华堂里头打一望，新构华堂真漂亮。
岩匠师傅打的磉，解匠师傅解的枋。
几个磉墩好周正，几匹枋片直又长。
精雕细刻功底硬，二位手艺真高强。

　　　　前檐一对打得好，打的二龙来抢宝。
　　　　中柱一对打得强，打的双凤来朝阳。
　　　　后檐一对打得精，打的狮象配麒麟。
　　　　金龙一条卧中堂，不是金龙是栋梁。
　　徒弟问：
　　栋梁，栋梁，生在何处？长在何方？是什么助它生？是什么催它长？树上叶子有几朵？好多枝丫有好长？又有几枝朝东长，又有几枝朝西方？
　　师傅答曰：
　　　　此梁生在凤凰山上，长在九龙山岗。
　　　　生得又粗又大，长得又直又长。
　　　　阳光明媚助它生，露水肥土催它长。
　　　　树叶朵朵无其数，弯曲丫丫无法量。
　　　　它有七枝朝东长，另有八枝朝西方。
　　徒弟问：
　　什么人得见？什么人得知？什么人云中打马而过？提着银斧来砍倒？什么人前来把尺量？提起金锯来裁料？头节做了什么？二节做了什么？三节又做了哪一行？
　　师傅答曰：
　　张郎他得见，鲁班更知详。
　　是张郎云中打马而过，手提银斧来砍倒。
　　是鲁班先师把尺量，又拿银锯把料裁。
　　三节都有新名堂。
　　头一节，皇帝下旨，拿去修了金銮殿。
　　第二节，用去建了孔府圣学院。
　　第三节，只有第三节，不长不短，不短不长，仙师赠送主东，用来华构做栋梁。
　　徒弟问：
　　　　什么一对好似鸳鸯？什么一把齐齐桩桩？
　　　　什么一把路路成行？什么一把滔滔光光？
　　　　什么一个坦坦平洋？什么一个好似凤凰？
　　师傅答曰：
　　　　木马一对好似鸳鸯，锯子一把齐齐桩桩。
　　　　锉子一把路路成行，斧头一把滔滔光光。

>刨子一个坦坦平洋，墨斗一个好似凤凰。

掌墨师继续说：

我双手捧着金凤凰，劈中一墨线，弹得金玉银满堂。弹得金碧生辉，人声鼎沸，后继兴旺，财源滚滚达三江！

众人一起喊"好的"，就可以开始做了，做好后第二道程序是开梁口。

（十八）开梁口。开梁口前将五色布、五色线拉上东西头中柱放于挂枋含口压紧，再把梁木两端开梁中凿的木屑接住，用红纸包好拉上放于五色布一起压好再就升梁。

开梁口赞词。师弟合曰：

>斧头凿子拿在手，来给主东开梁口。
>开梁口，开梁口，开得金银满北斗。

众人合："好的！"

师傅曰：

>说开梁口先开东，主东福寿百事通。
>荣华富贵享不尽，稳坐宝地胜龙宫。

徒弟答：

>师父开东我开西，主东万事都如意。
>自从今日落成后，富贵好似上云梯。

众合："好的！"

梁口开完后，用草绳子准备捆住两端时要用绳子绕梁。师徒各绕一端。

（十九）绕梁赞词。

师徒合：

>翻过梁木背朝天，滚龙翻身变银山。

师傅曰：

>手拿玉带长又长，拿起玉带缠栋梁，
>左缠三圈生贵子，右缠三圈状元郎。

众合："好的！"

徒弟答：

>师缠梁头我缠尾，主东坐起万事美。
>东头坐起出金山，西头坐起出银水。

众合："好的！"

第三道程序升梁。

（二十）升梁。升梁仪式非常隆重。主东端来酒菜，杯子放在梁木上。师傅

边讲赞词边喝酒吃菜,在场人员谁讲谁吃,热闹非凡。锣鼓喧天、鞭炮齐鸣,待师傅赞词讲完后,众人一起喊"起——起——起——"

师傅曰:

> 锣鼓喧天鞭炮响,恭贺主东造华堂。
> 修华堂,造华堂,赞华堂,颂华堂,
> 人满堂,客满堂,亲满堂,朋满堂,
> 钱满堂,粮满堂,金满堂,银满堂。
> 福禄寿喜全满堂,落成千古百事昌。

众合:"好的!"

徒弟曰:

> 走进华堂见过礼,来向主东送恭喜。
> 今逢良辰到佳期,愚下拜望是良机。
> 拜鲁班,拜张郎,拜岩匠,拜解匠,
> 先施礼,砍树忙,前排行,解线长,
> 拜了师傅拜内行,上梁大家来帮忙。
> 隔行如隔山,隔山不内行。
> 若有语言不当,敬请海涵原谅。

众合:"好的!"

师傅问曰:

> 新修华堂几爽亮,高楼大厦好向阳。
> 哪位仙人定的向?哪位神师造的梁?
> 哪位良工起小样?哪位巧匠彩华堂?
> 哪位能手安的磉?哪位壮士挑屋场?

徒弟答曰:

> 华构落成亮堂堂,金银财宝装满仓。
> 白鹤仙人定的向,鲁班先师造栋梁。
> 掌墨师傅起小样,神工妙手彩画堂。
> 八大金刚安的磉,八百勇士挑屋场。

这时梁木已升起来,两边搭有楼梯,帮忙人员一边一个,掌着楼梯一步一步向上攀升,向上升一步,师徒二人要赞一句,继续说。

师傅曰:

> 手攀双龙,脚踏云梯,步步登高,节节升起。
> 上一步一劳永逸,上两步两仪太极。

>　　上三步三生贵子，上四步四平八稳。
>　　上五步五谷丰登，上六步六六大顺。
>　　上七步七星高照，上八步八方纳财。
>　　上九步九子登科，上十步十面玲珑。

众合："好的！"

徒弟曰：

>　　脚踏宝地，手攀云梯，黄龙腾云，弟子献礼。
>　　上一步家庭和气，上两步文武双全。
>　　上三步福星高照，上四步大顺大吉。
>　　上五步钱粮满仓，上六步亲朋会集。
>　　上七步兴旺平安，上八步万事顺利。
>　　上九步富贵永久，上十步事事如意。

众合："好的！"

师弟同说：

>　　手攀一穿去上梁，主东世代都风光。
>　　手攀一穿，金银财宝粮满贯。
>　　手攀二穿，人丁兴旺乐无边。
>　　手攀三穿，全家万事得平安。
>　　手攀六穿，福禄寿喜传千年。
>　　手攀金顶，全家平顺。
>　　手攀屋梁，兴旺吉祥。
>　　栋梁一放，富贵满堂，子孙荣昌。

大家一起喊："好的——"栋梁上好后，就是亲戚庆贺仪程，首先是抛梁，然后是担梁。

（二十一）抛梁。整个升梁仪式完毕后，其他帮忙人员开始安檩子，钉椽角。主东的嫡亲、郎舅、女婿、姐夫、妹夫等开始抛梁、担梁。抛梁是将做好的粑粑、糖果等物品从梁上向下抛洒，地面全体人员都去抢，场面十分热闹。担梁是用二丈八尺布贴上数千元不等，看送人情的家境而定，从梁木上向前后檐口檩子上放下，前后离地三尺，体现送人情家的排场和富有。整个庆贺程序完毕后，木匠完成最后工序。

（二十二）撩檐短水。椽角钉好后，由二墨师带领徒弟上屋，按照"前七后八"尺寸，即前檐留七寸长，后檐留八寸的要求，并说赞词：

>　　手拿锯子来上屋，新构华堂全家福。

　　登上云梯打一望，金银财宝装满仓。
　　来到檐口向下看，人丁兴旺福满贯。
　　撩檐墨斗一线牵，银水滴下成一线。
　　锯子一去把水挡，福禄寿喜耀华堂。

　　（二十三）盖瓦。通过撩檐担水后，进入盖瓦程序。一般一栋房子瓦片需要两万左右，瓦片盖好后，整栋新建房子才算基本完工，要坐进新房子，还要经过几道程序仪式，才算华构落成全部完工。

　　（二十四）装神龛。装神龛的材料与找梁木一样保密，解好后放干备用。用板子是单数，五块、七块、九块、十一块，当神龛进板壁这天还要接亲朋办酒席，锣鼓喧天，鞭炮齐鸣，场面也较为热闹。

　　（二十五）进财门。进财门通俗讲就是装大门。按照要求，中堂前要装成"六合门"。中门两扇大门为财门，两边为耳门。财门高六尺八寸八分，寓意顺利发达；宽一尺八寸八分，二尺八寸八分，二尺四寸八分不等，根据中堂宽度而定。进财门这天与装神龛的仪式等同，然后是将整个房子装好后进新屋升火。

　　（二十六）升火。进新屋前一天，将新屋里里外外打扫干净，一切准备就绪后，晚上子时，由父母或岳父母从外面带着火种到新屋升火，升火示意一家红红火火，兴旺发达。这天也叫搬新家，要整酒，接亲朋好友一起前来祝贺，送钱粮，送对联等，锣鼓喧天、鞭炮齐鸣，热闹非凡。到此，华构落成的整个仪式宣告全部完毕，有很多赞词就不一一收录了。

第五节　侗家饮食

　　野椒园侗寨具有丰富独特的饮食文化。侗民喜食"酸、辣、酒、糯"。家家有酸坛，户户有酸菜。曾有"腌鱼糯饭常留客，米酒油茶宴嘉宾"的佳话。辣味是侗家菜食上的一大特点，每菜必辣。特别是酸坛里泡的红辣子、萝卜、酸姜等，人人爱吃。侗家不但好客，而且好酒。古时自制米酒，凡遇客人，必请饮酒。有"茶三酒四烟八杆"的说法。侗家喜好油茶汤、合渣、豆腐，如今油茶汤、张关合渣、晓关豆腐已成湘鄂渝黔名吃。春节前或婚嫁之时，侗家都要打糍粑，糯米糍粑作为招待宾客的食品以及送礼的礼品，是必不可少的。糍粑为圆形,直径尺许,洁白如玉,称圆月糍粑。送礼时以一对相赠,暗喻好事成双,象征纯洁、圆满、和睦、友好之意。据侗寨民俗文化学者张建平先生研究,还总结出三十七种特色美食,并撰有专文记述。

"十大碗"是侗寨流传至今的一种千年古席。当地有顺口溜曰:"七抢八盗九江湖,十碗才是待贵客。"用"十大碗"待客是取其"十全十美"之意,是当地人民尊重客人和招待客人的尊贵礼遇。何为"十大碗"?怎样组成的呢?据考证,"十大碗"分为主菜与和(hé)菜两大类。和菜有和睦、和谐之意。主菜有五碗:第一碗名"墨鱼丝",用极细油豆腐丝加墨鱼丝,用瓦罐经炖、煮、煨并添加香料调制而成。油豆腐丝柔软细腻,墨鱼丝味鲜而爽口,蛋白质含量高,具有较高的营养价值和药用价值,取"年年有鱼(余)"之意。第二、三碗是"大肉",为正方体坨子肉,肥瘦相间,烹制时用红糖炒卤,色香味俱佳,肥而不腻,寓"慷慨大方"之意;第四碗名"肠汤",即肥肠片加油豆腐片,寓"肠(长)久(远)"之意;第五碗称"心肺",即切成三角形的油豆腐片和心肺片,暗喻"客人费心、主人会意"和相互"心领神会"之意。其余五碗为和(hé)菜。它们分别是粉条加白豆腐、洋芋片、白菜、海带、油豆腐果等寓"清清白白、长长久久"之意。

"十大碗"是具有典型地域特色和浓郁民族风情的饮食礼仪习俗。宴席使用八仙桌,高长条凳,围坐八人;座位分上席、下席和陪席,上下席又分主席和陪席。传统的宴席上,客人、长者受到相当的尊贵礼遇,要等到客人或长者坐定后才可发放餐具。只听一声"开席啦——"枯藤老树下,古宅天井中,万字格旁,燕子楼下,主客边吃边喝,轮番敬酒,划拳行令,吆三喝四,主客惬意,十分热闹。

拦门酒是侗族节日和婚嫁喜事必不可少的节目。贵客到来,进门前先要经过这道拦门酒的考验。凡重大节日或婚嫁活动,侗家主人都会在寨门或家门前用鲜竹做一道迎宾门。门前横一根竹竿或红绸带,或用桌子、二人凳拦住,桌上放着腌鱼、腌肉或其他肉类下酒菜。用红线或花带吊着一只牛角,一头拴在迎宾门的正中央,一头拴在牛角的角尖上。用碗盛上酒,拦门的姑娘或媳妇用手捧着酒等待客人的到来。当客人到来时,姑娘媳妇们就上前拦住敬酒,这时你千万不要用手去碰牛角或碗,只需垂下或背着两手,仰脖张嘴接来喝。这样一个姑娘或媳妇敬一口也就算过关,不致醉倒在门外。遇到有些豪放旷达的客人,姑娘媳妇们三五个一起将酒碗呈梯形举起,酒碗倾斜,酒就梯级而下,流入客人口中,美其名曰"高山流水"。喝过拦门酒,主人会给你奉上下酒菜,并把菜送到你口中。

拦门酒是侗家人待客的一道靓丽的风景线。如今,拦门酒已走入旅游市场,在一些旅游景区，在各大商场宾馆开业的仪式上，都会有拦门酒。场面宏大的，会扎着彩楼，挂上灯笼绣球，舞起狮子，敲着花鼓，吹起唢呐、木叶，唱着侗歌，一排排服饰艳丽漂亮的姑娘端着一碗碗清纯的玉米酒、糯米酒，笑盈盈地亲手端至你的嘴边，请你喝酒。

"合拢宴"是侗族人招待客人最隆重、最高贵的盛宴。侗族是一个民风古朴、热情好客的民族，一直以来就流传着"抢客"的习俗。有抢不到的，那么就只好到客人多的家里去商量，要求分客人。客人多的家里不同意，则提出建议：没有客人或客人很少的家里可将自家的食物搬过来一起吃，桌子不够就架板子拼起来，这就是后来的"合拢宴"。"合拢宴"有"热情好客、团结和睦、大方豪爽"之意。它不能叫"长桌宴"。

合拢宴一开始，由家长、族长或寨老端杯致欢迎辞，之后宴会才开始。喝酒一般要喝"转转酒"，表示亲热，也称"串杯"，即每人各喝邻座杯中的酒，全部同时举杯敬邻座，团结友好的气氛极其浓郁。吃菜要吃"转转菜"，一家的菜碗一人接一人传过去，人人都能吃到。酒至半酣，主人之中长者斟满两碗酒，和客人换饮，然后再按长幼顺序与客人换饮。客人酒量小，可事先声明，不必每碗尽饮，但须稍许抿一点，方为不负盛情。席间，还要以歌助兴。宴席快结束时，要饮"转转"酒，主人长者先端起自己的杯递给身边的人，再依次往下递，开成一个大圈，一同饮尽。吃合拢宴是侗族人民给客人的一种荣誉，能蒙此厚遇必非一般客人。这一习俗历时久远。

宴会结束后，有的还要举行象征民族大团结、侗族繁荣昌盛的篝火晚会。几百人围着篝火跳起侗家的多耶舞，场面十分欢快，将侗乡的节日旅游气氛推向高潮。

油茶汤是侗家人最喜欢、最具特色的饮食。清香可口的油茶汤提神醒脑，焕发精神，还有祛除湿热，防治感冒、腹泻之效。它几乎成为侗家人日常生活的必需品，对许多人来说，一天喝两碗油茶汤是少不了的。有好客来家，也喜用油茶汤招待。

侗家油茶汤的主要原料有茶叶、炒米籽（糯米花）、油炒（炸）花生、油炒黄豆、葱花、盐，可加鸡蛋，不能使用味精、鸡精、酱油等现代调味品。油使用油茶油、猪油、油菜籽油均可，但色、香、味各有不同。

侗家对原料准备要求较高。茶叶最好是同一人同一时采摘的，一律一叶一尖，做成传统的白茶或绿茶，晒干或烘干后密封放阴凉处保存。这样做成的茶叶，用油炸出白色的茶条、茶丝，色、香、味俱全。阴米籽是将糯稻谷整成糯米，糯米用隔筛筛去谷锥、碎米、砂粒、稗子等杂质，用水淘洗后浸泡一晚，沥干上甑蒸熟后，倒入干净的簸箕内，待稍冷却，即用适量熬熟冷却的茶油搅拌使之散开，防止糯米饭粒黏连。然后用簸箕或晒席晒干成阴米籽，也称炒米籽，装袋封存备用。

炒米花很有讲究。一般人家直接放锅中油炸。侗家却用砂炒糯米花。砂取河中细砂用米筛筛过，取筛过细砂用水淘洗干净晒干后，再用隔筛去一层极细砂粒，留下隔筛上的比较均匀的砂粒，将砂粒放锅中加热并用熬熟的油茶油煅炒，然后将煅炒好的油砂冷却后装袋备用。炒米花时将油砂倒入锅中加热，再倒阴米籽与油砂拌和翻炒，使砂与阴米粒充分接触，加热爆出米花。再把米花和砂舀出，倒在事先准备好的簸箕里，用米筛筛去砂粒，即得米花，装袋封存备用。

打油茶汤有一定程序。首先将专用生铁锅洗净加热，酌油，将茶叶放油中炸成白色油炸茶丝，迅速舀出，然后掺水成汤，放盐调味，汤开舀出，装碗中，放入白色油炒茶丝，加洁白米花、绿色葱花、油炒花生、油炒黄豆，色、香、味俱全，满屋醇香，甘畅怡人。尝一口，几乎把舌头都吞下去了，感到全身舒爽，养胃益心、醒脑提神，精神陡升。也有制作油茶丝时，将锅加热，放入茶叶，焙干水汽，舀出，将锅洗干净，才酌油炸茶叶丝的，那是对客人极高的礼遇。现在茶叶经冷冻贮藏，相对干燥，亦可免焙干一环。极简油茶汤，油、茶叶、盐不可少，一般油茶汤加糯米花，因糯米花制作难度大，相当珍贵。现在机制糯米花没有砂炒的味道好。至其他几种原料可有可无，可一种、可多种，视情况而定，不必拘泥，不必强求。

放入阴米籽，用小火炒出洁白米花，不能炒焦，舀入碗中备用。再将锅用水洗干净，加热待水汽烘干，用文火将茶叶放入锅中焙香，不能焙焦，舀出备用。再加热（蒸熟晾干的糯米，有的还染了五彩色），用茶油（茶子树果实榨的食用油）炸成米花捞出，再炒花生米、黄豆等副食品。最后把黏米炒焦，再放些茶叶稍炒一下，马上添温水入锅，加盐煮沸，即是油茶水。吃的时候碗里放点葱花、茼蒿、菠菜等，盛入油茶水，加些炸好的米花、花生、黄豆、猪肝、瘦肉等配料，有的还在油茶水中煮上小小的糯米粉汤团，就是色、香、味俱全的油茶汤了。

油茶汤的制作有多种。有用专用锅不洗锅的，有茶叶一炒好就掺少量水淹没茶叶的，有一次掺足汤水的。做法大同小异，不一而足。

油茶汤作为侗乡百姓的一道美味佳肴，每逢尊贵客人到来，以油茶汤盛情招待是对客人的尊敬，这种习俗一直从古沿袭至今。

第六节 服 饰

野椒园村侗族迁来之初，尚能穿传统侗族服饰，由于长期的民族融合，受汉族及其他民族影响，现在穿侗族服饰的少了。

侗族女子服饰较为复杂。平时穿着便装，讲求实用。姑娘头上扎一两根辫子，结婚的妇女绾髻。普通人家妇女头上包有大卷帕子。上装矮领，衣大而长，袖宽而短。衣沿绣两道花边，胸前系围腰，上绣花卉鸟兽。下装短而宽，裤脚边绣花栏杆。姑娘与小孩一般穿绣花鞋。富家女子的头上插各种花样的银饰制品，耳穿各种式样的耳环，胸挂银项链，腕套银镯，指戴银箍。每逢侗族传统节日，侗族姑娘们就会将自己珍藏的节日盛装穿戴起来。

女裙分季节，多用黑色。讲究色彩配合，通常以一种颜色为主，类比色为辅，再用对比性颜色装饰。主次分明，色调明快而恬静，柔和而娴雅。妇女春节穿青色无领衣，围黑色裙，内衬镶花边衣裙，腰前扎一副天蓝色围兜，身后垂青、白色飘带，配以红丝带。

男穿对襟短衣，有的右衽无领，头上包有一丈左右长的青丝帕或青布帕，取下又可作腰带用。左上额扎活套头，双帕头朝上。上身穿矮领大襟便衣，从领口到周身，衣边绣摆白、青色花栏杆，袖口则绣两三道花边，衣服上点五至七对扣子。裤脚是大腰大脚，较短，一般到腿肚，裤脚边也绣两指宽的花栏杆。冬天小腿缠裹腿带，腰捆腰带，双带头扎在左方，头朝下。年轻人的腰带上系有情人送的花荷包。

侗族服装颜色多用黑、青（蓝）、深紫、白等四色。黑青色多用于春、秋、冬三季，白色多用于夏季，紫色多用于节日。

第七节　家训家教家风

2019年，县乡纪委依托野椒园古侗寨的民族历史文化资源，利用杨氏和张氏两个家族传承数百年的家规家训家风，结合杨氏"四知拒金"清白家风和张氏忠孝谦学的百忍家风内容，把野椒园侗寨建成"野椒园家风家训传承教育基地"。随后该基地被恩施州纪委确定为党员干部廉政教育基地，共青团恩施州委授牌命名为"恩施州青少年家风家训教育基地"，成了全州党支部和共青团进行廉政教育和家教家风家训的培训基地。

张氏侗寨家训家教家风

一、十二家训

敦孝悌　睦宗族　隆帅儒　重丧祭　输国课　正名分
肃闺门　教子弟　笃戚友　端人品　戒奢侈　除恶习

（一）敦孝悌。指为人首先要诚心诚意尽孝道，诚心诚意尽孝行善。《论语》有子说："君子务本，本立而道生，孝悌也者，其为人之本与。"事父母叫孝，事兄长为悌。孝悌作为仁的根本，也是做人的根本。"百善孝为先"孝是中华民族的传统美德，孝文化是中国传统文化最突出的特色。孝的核心是"敬"。孝当然包括"养"，但"养"不一定就是"孝"，儿女对父母不能仅仅只有"孝行"，更重要的要有"孝心"。《论语》里记载，子游问孔子何为孝道。子曰："今之孝者，是谓能养。至于犬马，皆能有养，不敬，何以别乎？"意思说："如今所谓的孝，只是说能够赡养父母便足够了。然而，就是犬马都能够得到饲养。如果不存心孝敬父母，那么赡养父母与饲养犬马又有什么区别呢？"

（二）睦宗族。同宗族的人虽为各自父母所生，但都是共同的祖先血脉所传下来的。彼此应当和睦相处，无论亲疏无论有无，都要患难相恤、忧乐相共、过

失相规，这样才能家门和顺，友情倍增，财发人兴，家族繁盛，幸福吉祥安康！切不可以强凌弱、以富欺贫、以智弄愚、以众暴寡、搬弄是非，以致教唆开讼、对簿公堂、分出高下，这样自相残害只能导致家庭衰败而难以兴旺罢了。

（三）隆帅儒。隆就是尊敬、崇拜；帅是表率、楷模的意思；儒是有学问的人。这里指要尊重学习那些道德高尚、学识渊博、成就显著的人，他们是我们学习的表率，是我们学习的楷模，向他们学习，向他们看齐。

（四）重丧祭。儒者古礼，最重丧祭。父母去世，服丧期则断除酒肉，名曰吃斋。虽贵为天子，亦不敢偷食肉食，否则史必书之，以示当时而垂后世。祭则七日戒（远离女色）、三日斋（屏除酒肉）以养清明之德，以达其纯恳之诚。

（五）输国课。输，交出，缴纳；国课，犹国赋。指缴纳国赋税收。

（六）正名分。正，合于法则的；名分，分配利益。正名分，就是分配利益时要合乎法则和规则。

（七）肃闺门。凡闺门中的事，不可不慎重。妇女若缺乏礼仪，作为丈夫要加以正确引导。要尊敬长辈、和睦妯娌、爱护弱小、疼爱儿女，不要厚此薄彼、内外有别等。

（八）教子弟。就是指教育好自家的子弟。知诗书，懂礼仪；有学问，有才能。

（九）笃戚友。对亲戚朋友忠实而不虚伪。

（十）端人品。就是端正人品。要想端正人品，在做每件事之前先深入思考："我能不能做、我怎么做不违背'大道理'、不违背道德规范、不违反法律、不损害他人利益"等。一句话，做事要三思而后行。做自己认为对的事，做不违背良心的事。

（十一）戒奢侈。崇尚节俭，力戒奢侈浪费。

（十二）除恶习。要主动去除自身的不良习惯。

二、家教

读书者不贱，守田者不饥，积德者不倾，择交者不败。

父子之间以孝为本，夫妇之间以和为本，兄弟之间平等对待。

三、家风

百忍歌，传百忍；

忍是大人之气量，忍是君子之根本；
能忍夏不热，能忍冬不冷；
能忍贫亦乐，能忍寿亦永；
贵不忍则倾，富不忍则损；
不忍小事变大事，不忍善事终成恨；
父子不忍失慈孝，兄弟不忍失爱敬；
朋友不忍失义气，夫妇不忍多争竞；
古来创业人，谁个不是忍。
百忍歌，传百忍；
仁者忍人所难忍，智者忍人所不忍。
人生不怕百个忍，人生只怕一不忍；
不忍百福皆雪消，一忍万祸皆灰烬。

四、家规

立志通达：第一贵早起，第二贵有恒；自古英雄出少年，立志方能成大业，此谓立也。若要处处行得通，须知他人也要行得通，此谓达也。今日处顺境，预想他日也有处逆境之时；今日吾盛气凌人，预想他日人亦有盛气凌我之身，或凌我之子孙。常以"恕"字自惕，常留余地处人，则荆棘少矣。

诗书传家：第一要有志，第二要有识，第三贵有恒。有志则不甘为下流，有识则知学问无尽，不能以一得自足，有恒则断无不成之事。此三者缺一不可。读经、读史、读专集、讲义理之学，此有志者万不可易者也。圣人复起，必从此言矣。然此亦仅为有大志者言之。

习字临帖但须有恒。每日临帖一百字，万万无间断，则数年必成书家矣。

苟能发奋自立，则家塾可读书，即旷野之地、热闹之场亦可读书，负薪牧豕，皆可读书；苟不能发奋自立，则家塾不宜读书，即清净之乡、神仙之境皆不能读书。何必择地？何必择时？但自问立志之真不真耳！

读书有一耐字诀。一句不通，不看下句，今日不通，明日再读；今年不精，明年再读，此所谓耐也。困时切莫间断，熬过此关，便可少进。再进再困，再熬再奋，自有亨通精进之日。读书如譬若掘井，掘数十井而不及泉，不如掘一井而见泉。读书总以背熟经书，常讲史鉴为要，每日有常，自有进境，万不可厌常喜新，此书未完，勿换彼书耳。不求代代得富贵，但愿代代有才。有才者，读书之种子也，世家之招牌也，礼义之旗帜也。

杨氏侗寨家训家教家风

一、杨氏家训十二条

敬天祖，凛国宪，爱亲长，隆师友，课子孙，睦族邻，勤耕读，崇节俭，励廉耻，修礼教，尚节义，谨闺门。

二、杨氏家规十六诫

诫不孝，诫不悌，诫不忠信，诫无礼义，诫无廉耻，诫游手好闲，诫酗酒，诫赌博，诫淫逆，诫盗贼，诫嫁生妻，诫择配，诫愤争，诫损风水，诫坏家乘，诫去邪归正。

杨氏侗寨寨民在家教家风传承上谨遵祖训，忠厚为本，清白传家。杨氏堂屋正面都装上神龛，神龛上安家先，家先设上下坛，在上下坛的分界处设有坛台，放置香火钵，在祭祀先祖时用来插香火、蜡烛。在神龛的前面还要摆放一张大四方桌，配有四条高脚板凳。大桌上一般用来摆放祭祀时的各种供品、祭祀器皿等。

神龛上坛内容是"天地国亲师位"六个大字，在这六个大字左边有两行细字，内容为"胡公贵良，李氏夫人，求财有感，四官大神"，右边对称两行细字内容为"九天司命，灶王府君，四知堂上，历代祖先"。这些内容固定不变，还有一副陪神对联加横匾，内容可灵活，但必有"清白传家"或"清白家风"含义。

"天地国亲师"是杨氏侗寨中最重要的精神信仰和象征符号，表现了杨氏家族的子孙对苍天、大地的感恩，对国家、社稷的尊重，对父母、恩师的深情。家先的书写很讲究。务必请有一定书法功底，且懂得书写规则的人来书写家先。特别是"天地国亲师位"六个字的书写规则十分讲究。如"天地"二字要写得很宽，即天宽地阔的意思，"天"不顶天，在写"天"字时，撇不能顶到最上面一横，否则，就是对天不敬。"地"不能离"土"，因为地无土人就无法生存了。"国"不开口，是说在书写"国"的"口"字时必须封严，其意是君王一言九鼎，口不乱开。"亲"不闭目，是指"亲"的繁体字的"目"不能封严。

"师"不挂帅,也是指"师"的繁体字不写左上方的短撇。人不离"位",在书写"位"字时,最后一横要与左边的人字连接,意味今后香火不断,神位永远有人祀奉。书写前怎样铺纸,如何调笔墨,调笔墨时还要在心里默念歌诀,哪些字站着写,哪些字坐着写,写完后怎样安家神,安家神等都很讲究。否则,家神不安,家里就要出麻烦事。写完后,该家主人要给书写者红包以示谢意。

家先陪神对联"昌国佐定光先泽,芬芳诗书裕后昆",是教育杨氏子孙要尽忠报国,以祖国的强大昌盛为己任,以诗书济世,修身、齐家、治国、平天下为远大志向,世代延续,裕后光前。

杨氏侗寨在风俗习惯方面,由于数百年来与张氏侗寨相互开亲,相互往来,睦邻友好,其风俗习惯已逐渐融合,且大同小异,在此不一一赘述了。

鞠氏侗寨家训家教家风

据2019年《鞠氏族谱》载:鞠氏崇尚《朱子家训》,制有《鞠氏宗祠协定章程十则》作为家教家规,供族中宗亲遵守。现谨录于后。

鞠氏宗祠协定章程十则

(一)族中嫁娶埋葬如无实力,协族量予帮助,万不得擅予擅取。
(二)族中贫者居多,春秋耕种如实无资,准其借贷,仍限日给还。
(三)族中遇有奇荒,米价昂至壹佰多零,议减春祭,酌照丁分润。
(四)族中读书子弟,应试上进,协族酌奖,量予宜厚,但毋得擅取。
(五)族中口角争端,谊祠礼说,不准恃强。擅与祠讼,该族众禀究。
(六)族中田地族人耕栽,已禀案饬还,以后永远不准耕佃。
(七)宗祠祭佃除春秋外,若有余积,培修祖墓祠宇,万不可挪借。
(八)宗祠经理二人,每秋祭算交,轮流更换,祭期宣讲圣谕格言:朱子家训甚好。
(九)族中被人欺凌等事件,应协族悍御。有被欺凌者,或另议帮土款。
(十)宗祠园内竹木,灵阴所庇,只准培植,勿得戕折,及祖墓亦然。

光绪十六年(1890)庚寅冬十月上浣十四世裔孙松龄氏书于深柳读书处。

坪地坝鞠氏为侗族,世代遵守先辈祖训,宣讲并践行《朱子家训》治家格

言，以忠孝为本，勤劳为根，与人为善，过着和平而安宁的生活。

第八节　麻阳古语

野椒园侗寨具有独特的"双语"现象，引起了相关专家的重视。寨民重视教育，人才辈出，名师张盛雅等被载入地方史册。五十岁以上的中老年人能讲"麻阳古语"和汉语两种语言，寨内自古有"新媳妇"进门三天就讲"土语"的习俗。据县民宗局专家吴光友先生研究，侗语分南侗与北侗两属，其分界为湖南通道——贵州黎平一线，以南为南侗，以北为北侗。南北两地侗语不尽相同，南侗话北侗人听不懂，反之亦然。野椒园张、杨二姓皆源于北侗区，其语言属北侗佬侗（侗族分佬侗、但侗和佼侗三支系）语系。在历史发展中，佬侗语与苗语、汉语、土家语等长期交流，相互渗透，致使老侗语逐步淡出，形成以本民族语言为主体以汉语、苗语借词为补充的语言体系，即今北侗侗语。可见，"麻阳古语"与北侗侗语一脉相承，但因历史更迭，语言转移变化，而又有所区别。

例如：

汉语	侗语读音	麻阳古语读音
太阳	du wen	er du
月亮	liang guang	yue liang（平声）
祖母	bo bo	po po
帕子	pa（平声）	pa（平声）

比较上述单词可见，麻阳古语与侗语均有相同处：

在声调上，多平声而少仄声。在读音上，多有一字相同，或者同声母，或者同韵母。在语法上，如"月亮"一词，在侗语中属本民族语言，在麻阳古语中，属汉语借词。

一方一俗，麻阳古语又与侗语有所区别，譬如下面所述，是野椒园侗寨人张永耀、张永泉搜集整理的汉语与部分麻阳古语读音的对照，前为汉语读音，后为麻阳古语的汉字读音，与后面的汉字字义无关。例如：

妈——娘

爸——dia

姐（姐）——嫁（嫁）

小孩——吉嘎

大哥——大（dài）哥

小弟——吉吉

坐——挫

吃早饭——掐早凡

中饭——点晨

晚饭——牙凡

走——嘴

来——立

走哪来——嘴哪立

瓢瓜——梭

背篓——瞎

大背篓——大（dài）瞎

小背篓——结瞎

到屋坐——乌头挫

堂屋——荡乌

院坝——娥堂

看一下——孬一孬

在那里——启拉力

渔夫——嗡福

冷不冷——廊卯廊

学生——贺神

读书——透舒

小河——溪康

大河——歹康

鱼——嗡

没得——冇（mǎo）有

三脚——昌嘎

火钳——铁嘎

鼎罐——diàng 罐

热水——烈许

冷水——廊许

093

这边——果边

太阳——业头

月亮——越娘

精肉——江柳、瘦柳

吃肉——掐柳

白茶——怕扎

李子——骂利机

梨子——娥义

桃子——么么

鸡蛋——鸡角（guo）

鸭蛋——鸭角（guo）

今天——而烈

明天——miang 烈

后天——黑业

这是什么——大拉是磨

走这边去——嘴果边概

这东西很好——果啦磨调姚低

夜晚——牙嘎

白天——儿业

我看一下——果吉孬哈

你那孩子哭起来啦——达拉吉嘎哭起立啦

第九节　谜语谚语歇后语拾零

谜语

谜语主要指暗射事物或文字等供人猜测的隐语，也可引申为蕴含奥秘的事物。谜语源自中国古代民间，历经数千年的演变和发展。它是中国古代劳动人民集体智慧创造的文化产物。南朝梁刘勰《文心雕龙·谐隐》："自魏代以来，颇非俳优，而君子嘲隐，化为谜语。"

农耕文明时代，一个村落在农闲或晚上休息时，没有电视广播，人们在夏日乘凉或冬日烤火或群体劳动之时，便以讲谜语、猜谜语助兴娱乐。猜谜语对孩子们的成长有很多好处。可锻炼孩子记忆力，激发孩子想象力，助力孩子多角度看事物，有助于孩子积累词汇，对增强孩子的推理判断能力和扩大孩子的知识面有很大的好处。

野椒园村谜语分为两种，一种称裁谜，也叫实物谜，谜底是实实在在的事物；另一种叫字谜，谜底是一个汉字。现将两种谜语选录如下。

一、物谜

1. 讲个就讲个，一屋两头座；一头开染行，一头推幺磨。
2. 谜子谜，两头不落地；中间一把火，烧得油渍渍。
3. 四川来个花姑娘，身穿虎皮背插枪。不怕五黄六月太阳晒，只怕九冬十月打霜。
4. 一尖尖，二圆圆，三打伞，四挽船，五字红渊渊，六字鸢鸢红，七长疮，八长毛，九成双，十成条。（一句打一物）
5. 对门坡上一个碗，天天落雨落不满。
6. 一对白斑鸠，飞到酉阳州。不吃白大米，要吃红岩头。
7. 指拇大个宝，一屋装不到。
8. 水上牵藤，岸上开花，一阵狂风，不见人家。
9. 格子格，柜子柜。四姊妹，同床睡。
10. 四根柱头八匹枋，一无中柱二无梁。讲她屋里规矩好，公婆媳妇住一房。
11. 五个兄弟，住在一起，名字不同，高矮不齐。
12. 两只小口袋，天天随身带，要是少一只，就把人笑坏。
13. 床面前一条坑，跳下去有半人深。
14. 兄弟七八个，围着柱子坐。讲起要分家，衣服都扯破。
15. 身体细长，兄弟成双。只爱吃菜，不爱喝汤。
16. 麻屋子，红帐子，里面住着个白胖子。
17. 一个小姑娘，生在水中央，身穿粉红衫，坐在渔船上。
18. 有时落在山腰，有时挂在树梢，有时像面圆镜，有时像把镰刀。

19. 小小玻璃房，外面罩围墙。屋里热烘烘，外面冰冰凉。
20. 长的少，短的多，脚去踩，手来摸。
21. 少来红胡子，老来黑胡子，遇到孤篓子，撕破皮褂子。
22. 你停他也停，你走他也走，与你做朋友，就是不开口。

参考答案：

1. 木匠用的墨斗；2. 炕；3. 八角虰虫；4. 竹笋，鸡蛋，蘑菇，糍粑，辣椒，茄子，苦瓜，冬瓜，豇豆，丝瓜；5. 鸟窝；6. 火钳；7. 油灯；8. 灯草油灯；9. 胡桃；10. 鸡圈；11. 手指；12. 袜子；13. 裤子；14. 大蒜；15. 筷子；16. 花生；17. 荷花；18. 月亮；19. 热水瓶；20. 木楼梯；21. 玉米棒；22. 影子。

二、字谜（打一字）

1. 大字打一点，不猜太和犬。
2. 咚的一拳，刷的一刀，大拐了，肚子里又一拳。
3. 送我还故乡。
4. 天子年幼权旁落。
5. 外面四角，里面十角。
6. 一元复始，四方安定。
7. 洞在清溪何处边。
8. 共作寒梅半面妆。
9. 南方五宿放眼看。
10. 林场前后闻羊声。

答案：1. 臭；2. 为；3. 野；4. 椒；5. 园；6. 园；7. 侗；8. 寨；9. 张；10. 杨。

谚语俗语

比上不足，比下有余：比喻赶不上前面的，却超过了后面的。多为安慰自己的话，有时也用来劝人要知足。

兵来将挡，水来土掩：比喻不管对方使用什么手段，总有相应的对付方法。

病急乱投医：病势危急，有人说能治就请医治。比喻事情到了紧急的时候，到处求人或乱想办法。

羊肉没得吃，惹得一身骚：羊肉没吃上，反倒沾了一身羊膻气。比喻干了某事没捞到好处，反而惹来了麻烦。

亲兄弟，明算账：比喻再亲的人，经济上来往必须清楚明白。

要得伙计长，天天算伙食账：比喻大家在一起共事，经济上不得含糊，才能不产生矛盾，长久共事。

嫁出门的女，泼出门的水：比喻女子出嫁后，就是别家的人了。

不费吹灰之力：形容事情做起来非常容易，不花一点力气。

在乡随乡：随，顺应，适应。比喻到了什么地方就要顺应当地的饮食习惯和风俗习惯。也比喻不要用自己的好恶来改变别人的好恶。

龙肉无盐都无味：形容盐味在菜调味烹饪中的重要性。

河中无水船难渡，家中无米客难留：形容家庭的贫穷。

人到六口难盘，钱到十吊难还：简明量化家中人口和欠债数量的限度。

家有千口，主事一人：强调领头人的重要性。

千兵有头，万兵有脑：强调集中统一领导的重要性。

有雨山戴帽，无雨顶上光：预测天气，山顶有雨要下雨，头上无云有阳光。

出门看天色，进屋观颜色：指与人打交道要察言观色。

春来不下种，苗从何处生：比喻有因才有果，人不能说空话，要重实干。

家兴出恶狗，家败出狼人：家中出狼人是家败的前兆。

狠人遇到狠人磨，遇到狠人莫奈何：比喻善有善报，恶有恶报。

头小尾大，欠账不怕：头小，指农历正月小；尾大，指腊月大。预测正月小、腊月大的那年是个丰年，年初耕种可以借钱投入。

羊雀叫过伏，穷人饿得哭：羊雀叫过伏天，预示这年粮食歉收，会闹饥荒。

外面有个抓钱手，屋里有个聚宝盆：比喻男人在外挣钱，女人在家节俭，不乱花钱。比喻家庭和顺。

舍不得笼中鸡，打不到山中鸟：比喻没有付出，就没有回报。

行邀好伴，坐要好邻：比喻旅行要邀志同道合的好伴侣，居住要择邻而居。

小儿看从小，马儿看蹄爪：比喻从孩子小时可以窥见其未来发展前景。

宁可吃个欠，不能吃个厌：欠，不足；厌，满足。指人们饮食不能贪吃过饱，胃中要留有余地。

客走旺家门：比喻客人走的都是兴旺的家庭。多用于客套语。

宁可世上挨，不可土中埋：比喻在任何艰难困苦的境况下，都要坚持活下

去。

宁可栽秋苕，不可点秋荞：指立秋后，当地栽秋苕比种秋荞的经济效益更好。

远怕水，近怕鬼：指人出远门后对外地水情不熟，不要轻易下水，要防溺毙；在离家近的地方，夜晚走路要防迷路。

欺山莫欺水：指山再高，人可以慢慢爬上去；对水不可藐视它，否则力尽而亡。

英雄难免刀上死，将军难免阵上亡：比喻从事有风险的事，难免会带来风险。

常在河边走，哪能不湿鞋：比喻在一定的环境中，很难做到不犯错误。

客走主人安：走，离开。比喻客人离开了，主人家忙碌就停下了，安宁了。

尺长的脚板不是儿：儿，这里指儿或女；尺长的脚板，指儿女长大了。比喻儿女养大成人了，但不一定能给父母养老送终，随时有可能出现意外而失去儿女。

三伏不热，五谷不结：比喻夏日伏天不热，庄稼就不结籽，没有好收成。

秧奔小满谷奔秋：指水稻秧苗在小满前后快速生长，稻谷在立秋前后成熟得快。

交秋三日，水冷三分：交秋，即立秋。指立秋后，水渐冷，夜已凉，预防着凉，防止感冒。

八月八，蚊子长獠牙：比喻在农历八月初八前后，是蚊子咬人最猖獗的时节。

八月二十三，蚊子下陡滩：比喻过了农历八月二十三，蚊子迅速减少，很快消失了。

前三十年父显子，后三十年子显父：显，彰显，显贵。多指人在幼时因其父母显贵而受人爱戴；人在老年时因子女显贵而被人尊重。

打金的识金，打银的识银：比喻外行看热闹，内行看门道。

不想油渣吃，不在锅边站：比喻某人见有机可乘，想分一杯羹。

儿女身上好安钱：指在儿女身上花钱，再多的钱也用得着。

养儿不算饭食衣：儿，这里指儿女。指天下父母哪里算过养儿女的支出。

良药治病，难书育人：指苦口的良药才能治病，描写苦难的书才能教育人。

穷灶门，富水缸：旧指家中防火要求。柴门前无柴火，可防火；水缸水满，可救急。

人老脚先衰：指人老时，是从脚无力开始的。

牛老一春，人老一年：指牛或人衰老的转折时间。

会木匠的没有板凳坐：指顾了别人，忘了自家。

艺多不压身：指学会技艺只有好处，没有坏处；即使不用，也累不着身子。

不见棺材不落泪：比喻不到彻底失败的时候不肯罢休。

不看僧面看佛面：比喻看第三者的情面帮助或宽恕某一个人。

不怕县官，只怕现管：指不怕大官，就怕直接管自己的顶头上司。因为顶头上司可以让自己的利益受损。

拆东墙补西墙：拆东边的墙来修补西边的墙。比喻临时勉强应付。亦比喻临时救急，不是根本办法。

鸡公踩破秤砣：比喻无关紧要的话或事物。

秤砣虽小压千斤：比喻外表虽不引人注目，实际很起作用。

吃力不讨好：费了好大力气，也得不到称赞。形容事情棘手难办，或工作方法笨拙，不对头。

吃软不吃硬：对态度强硬者绝不屈从；若好言好语，可以听从。形容个性倔强，不怕强硬。

吃着碗里看着锅里：比喻贪心不足。

丑媳妇总得见公婆：比喻隐藏不住，总要露相。

按下葫芦起来瓢：意思是顾了这头丢那头，此起彼落。

东方不亮西方亮，黑了南方有北方：比喻这里行不通，别的地方尚有回旋余地。

打和（hè）声：指从旁鼓吹、协助。

打开天窗说亮话：比喻无须规避，公开说明。

打破砂锅问到底：比喻对事情寻根究底。

打蛇打七寸：比喻说话做事必须抓住关键。

大树底下好乘凉：比喻有依托，事情就好办。

大水冲了龙王庙：比喻自家不识自家人，而相互发生了冲突争端。

丢了扫把舞扬叉：放下这样，又做那样。比喻忙个不停。

多一事不如少一事：指少管闲事，事情越少越好。

隔墙有耳：指随时都有暗中窥探、通风报信的人。

耳边风：在耳边吹过的风。比喻听不进别人的劝告、教诲。

眼见为实，耳听为虚：亲自听到的不足为信，只有亲眼看到的才真实可靠。

佛要金妆，人要衣妆：指佛靠金子装点，人靠衣饰打扮。

赶鸭子上架：自谦的话。比喻去做能力达不到的事情。

高不成低不就：高的无力得到，低的又不屑迁就。形容求职或婚姻上的两难处境。

隔山买羊：比喻没见到东西就决定购买。

隔行如隔山：指不是本行的人就不懂这一行业的门道。

顾头不顾尾：形容做事只考虑眼前，不顾长远。

人不可貌相，海水不可斗量：海水是不可以用斗去量的。比喻不可根据某人的现状就低估他的未来。

好汉不吃眼前亏：指聪明人能识时务，暂时避开不利的处境，免得吃亏受辱。

好了疮疤忘了痛：比喻情况好转后就忘了过去的困难或失败的教训。

好女不穿嫁时衣：比喻自食其力，不依靠父母或祖上遗产生活。

换汤不换药：煎药的水换了，但是药方却没有变。比喻名称或形式虽然改变了，内容还是老一套。

鸡蛋里挑骨头：比喻故意挑剔。

平时不烧香，急时报佛脚：比喻事到临头才慌忙准备。

家丑不可外扬：家里不光彩的事不可向外宣扬。

江山易改，本性难移：人的本性的改变比江山的变迁还要难。

旧瓶装新酒：比喻用旧的形式表现新的内容。

强龙难压地头蛇：比喻有能耐的人也难对付盘踞当地的恶势力。

开门七件事，柴米油盐酱醋茶：比喻每天必须面对的生活必需之事。

看菜吃饭，量体裁衣：量体，用尺量身材的大小长短。裁，裁剪。比喻根据具体情况办事。

靠山吃山，靠水吃水：比喻自己所在的地方有什么条件，就依靠什么条件生活。

空口讲白话：形容只说不实行，或只说而没有事实证明。

雷声大，雨点小：比喻做起事来声势造得很大，实质无进展。

留得青山在，不愁没柴烧：比喻只要基础或根本还存在，还有发展机会。

牛头不对马嘴：比喻答非所问。

眉毛胡子一把抓：比喻做事抓不住要领。

迷魂汤：比喻迷惑人的语言或行为。

碰一鼻子灰：比喻本想巴结讨好，结果反倒碰个钉子，落得没趣。

红花虽好，也要绿叶扶持：比喻人不管有多大能耐，总得有人协助。

泥菩萨过河：表示连自己也保不住，更谈不上帮助别人。

宁为鸡头，不为牛后：比喻宁可在局面小的地方自主，不愿在局面大的地方听人支配。

女大不中留：指女子成年须及时出嫁，不宜久留在家。

女大十八变：指女子在发育成长过程中，容貌性格有较多的变化。

盆朝天，碗朝地：形容家庭中杂乱无条理。

赶山不到光打光，下河没得得口汤：赶山，侗家称打猎。指下河捕鱼比上山打猎好，无论鱼虾或螃蟹都可有点，可打一碗汤喝。

八字没见一撇：比喻事情毫无眉目，未见端绪。

饱汉不知饿汉饥：饱，吃足；饥，饥饿。比喻处境好的人不能理解处境困难人的苦衷。

热锅上的蚂蚁：形容心里烦躁、焦急，坐立不安的样子。

人逢喜事精神爽：人遇到喜庆之事则心情舒畅。

人为财死，鸟为食亡：指为了追求物质利益，连生命都可以不要。

人心不足蛇吞象：比喻人贪心不足，就像蛇想吞食大象一样。

三句话不离本行：指人的言语离不开他所从事的职业范围。

上梁不正下梁歪：上梁，指上级或长辈。比喻在上的人行为不正，下面的人也跟着做坏事。

生米煮成熟饭：比喻事情已经做成了，不能再改变。

衣来伸手，饭来张口：形容懒惰成性，坐享别人劳动成果的人。

死马当活马医：比喻明知事情已经无可救药，仍然抱一丝希望，积极挽救。也泛指做最后的尝试。

无巧不成书：比喻事情十分凑巧。

无事不登三宝殿：比喻没事不上门。

羊毛出在羊身上：比喻表面上给了人家好处，但实际上这好处已附加在人家付出的代价里。

一匹草一匹露水：比喻一个人有一个位置，有自己的出息。

一棍子打死：比喻认为没有丝毫可取之处而全盘否定。

一块石头落地：比喻放了心，再没有顾虑。

远亲不如近邻：指遇有急难，远道的亲戚就不如近旁的邻居那样能及时帮助。

宰相肚里好撑船：赞美人格局大、气量大。

人在矮檐下，怎敢不低头：比喻受制于人，只得顺从。

这山望着那山高：比喻对自己目前的工作或环境不满意，老认为别人的工

作、别人的环境更好。

种瓜得瓜，种豆得豆：种什么收什么。比喻做了什么事，就会得到什么样的结果。

鱼死千斤，挡不到雀鸟一命：指伤害一只鸟的生命比捕杀千斤鱼的罪过还要大。

有雨山戴帽，无雨下河罩：鄂西南谷地自然现象。指山顶有雾要下雨，河谷有雾是天晴。

有雨天边亮，无雨顶上光：指暴雨欲来时天边情况，无雨则头顶无云。

辰巳是属两条龙，无雨便是风：指逢辰巳日，即使无雨也有风。

二月初一晴，树木发两层：农谚，预示有春寒。

一碗米养恩人，一担米养仇人：比喻人在困难时得到一点恩惠终生难忘，把一个人养起双方却矛盾重重。

讲话的人短，记话的人长：指一个人讲完别人坏话就忘记了，但对别人的恶语伤害却记忆犹新。

力大不养家，智大养千口：指人不能仅靠气力，而是靠智慧。

搬起石头打天：表示无可奈何。

有志不在年高，无志空活百岁：指人生要有目标。

亲戚只望亲戚好，弟兄只望犁耙倒：指亲戚之间相互成就，兄弟间相互嫉妒。

搬起簸箕比天：指簸箕小，天空大，没有可比性。

一家有事，百家不安：指一家过红白喜事，邻居家都受到影响。

人家黄牯满山钻，自家沙牛紧紧关：比喻要管好自家的人，防止别人钻了空子。

树叶子掉下来怕打破脑壳：比喻为人老实，胆小怕事。

春来不烂路，冬来不湿衣：形容春天雨大，道路不泥泞；冬天雨小，淋不湿衣裳，但道路泥泞。

好汉只怕病来磨：形容再厉害、再能干、再勇猛的人，遇到疾病缠身也只无可奈何，打不赢也逃不掉。

皇帝老儿差个柁撬：比喻不能认为什么东西都可以自备，不需要与人合作。

家家都有一本难念的经：比喻每家都有棘手的、难办的，或难以协调好的事。

清官难断家务事：形容家务事处理之难。

女婿半边子：旧时称女婿为半个儿子。

人强命不强：指一个人能干、霸道，而命运却不因为他能干、霸道就钟爱他。

屋檐水点点滴，次次滴在现窝里：多比喻上代人不忠不孝，下代人也会不忠不孝。

少是夫妻老是伴：形容夫妻到老了是相互依靠、相互扶持的。

孝顺的儿女当不到忤逆的夫妻：形容儿女再孝顺，也没有吵吵闹闹的夫妻那样照顾得到位和随意。

犁榴未断，弯木已生：犁榴，农人犁天的农具的弯木，山林中非常难找。比喻大自然于人类的生存需求自有安排，不必杞人忧天。

男叹财，女叹子：形容男人感叹求财少难以养家，妇女感叹子女养育不易。

一娘养九子，九子九个样：比喻一位娘生养九个孩子，不可能九个孩子是一模一样，均有个性差异，成就不同。

养儿不在多，一个当十个：形容生养儿女不在多，而在于培养成材，有出息。

官凭文书人凭义：指为官者凭借国家授权的公文行事；老百姓凭借符合公正与正义和公众利益的原则行事；个人方面凭借友好的情谊处事。

春寒有雨冬寒晴：指春天天气转冷有雨，冬天转冷天要晴。

歇后语

癞蛤蟆打哈欠——口气大。形容某些讲大话、讲空话、不务实的人。
癞蛤蟆吃豇豆——下不得肠。比喻自不量力。
癞蛤蟆不吃人——厴像难看。比喻人的态度表情恶劣。
癞蛤蟆吃蜈蚣虫——歹毒。形容人做事过头，不讲人性。
癞蛤蟆被牛踩一脚——浑身是伤。比喻人的倒霉处境。
癞蛤蟆想吃天鹅肉——想偏脑壳。比喻不切实际的想法或目标。
癞蛤蟆戴眼镜子——假装地理（风水）先生。形容那些自以为是的行为。
老鼠子跳到鼓上——扑通（不懂）。比喻对某事物不精通。
老鼠子上秤钩——自称自。比喻自我吹嘘，自己称赞自己。
老鼠子拖葫芦——大的在后头。
吹火筒当眼镜子——慢慢看。

塌鼻子戴眼镜子——无搁落。比喻某事还没有着落。

鸡公踩破秤砣——形容无事找事，夸大其事。

鸡毛打鼓——不声不响，无声无息。

十五的月亮——十六圆。

新姑娘坐轿——头一回。比喻自己办某事是第一次。

公公老儿进媳妇房——进退两难。比喻人的两难处境。

扁担吹火——一翘（窍）不通。比喻自己对某领域之事一无所知。

跛子背黄豆——翘（俏）撒（洒）完了。比喻事情办得很满意。

猴子掰苞谷——掰一个丢一个。比喻人们不注意积累，见异思迁，这山望着那山高，最后一无所获。

猴子穿衣服——假充人。比喻人装模作样。

鸭子死在田埂上——嘴壳子硬。

黄瓜打锣——去了大半截。比喻做事失利，造成损失或支出太大。

王木匠修猪圈——百口不开。相传修猪圈时，木匠不能说话，猪住在里面才安静。比喻某人性格孤僻倔强，不爱说话，问他也不说话。

瓦匠婆娘——疑（泥）心（性）大。

第六章　主要节庆

节日，是需要或值得庆祝的日子，可以是任何人的节日。节庆，就是某一个社群的人聚在一起，就某一事情在节日里举行的庆祝活动。

野椒园侗寨的节庆活动大多与其他民族相同，但也有其自身的特点。现将其主要节庆活动简述如下。

第一节　小　年

野椒园侗寨过小年在农历腊月二十四。每逢过小年的前一天，即腊月二十三，侗寨有"打扬尘"的习俗。这天一家大小全出动，把木屋内炕上、天楼板、板壁等室内室外打扫得干干净净，迎接小年的到来。为什么要打扬尘呢？相传家家都有灶神，平时灶神爷把家里人每天说错的话、做错的事都记在天楼板上、板壁上，到腊月二十四过小年时就要到玉皇大帝那里去汇报，玉帝知道后会降罪下来。打扬尘就是对过去一年的过错进行总结、忏悔、清除，干干净净迎接新的一年，让玉帝降福于人间。故侗家人为求得来年福禄，都会尽心打扫干净。

腊月二十四过小年，这天一般都要简单地做点好菜、弄点好酒，一家人吃个小年饭。饭前要先到堂屋神龛前敬祖，一般摆放五个酒碗，刀头、豆腐各一个即可，再点燃香、蜡、纸后，再回到餐厅把菜、饭、酒、筷摆好后让祖人们先吃。

过小年实际是过大年的前奏。

第二节 除 夕

野椒园侗寨过大年包括除夕和大年初一,是侗家最隆重的节庆。过了小年,就进入侗家筹备过大年最忙碌的时节,各种礼仪、规矩繁多。侗家有的一天过两次年,称过重年。从年三十到正月十五敲年锣,敲得越响亮越好。

譬如,杀年猪就非常讲究。杀猪选"红沙",逢六不杀猪。选"红沙日"杀猪,寓示来年的猪会长得又大又肥;逢六不杀猪,因猪为六畜,要珍重生命。有时屠户忙不过来时也不讲究"红沙日",但逢六不杀猪却是很多人遵守的。

杀年猪这天请来屠户,在神龛前摆好香案,香案上摆上两碗酒,再摆上血盆,并将杀猪刀砍在盆口上,然后焚烧香烛,屠户祭祀才开始杀猪。待猪修刮干净后,又要"献生"敬神。敬完后,才能破肚开边。待晚上又要"献熟"敬神,桌上摆两碗酒,桌下摆三碗酒,酒杯上下各摆两杯酒,向家先敬奉献熟,然后放上鞭炮,整个杀年猪仪式才算结束。在献熟前不能残破,如急需食用,一定要为祭祖预留,以示虔诚。

"腊月腊二十八,又打粑粑又浇蜡。""打大糍粑,浇蜡烛,忙忙碌碌。""腊月二十七,杀鸡、破鱼、推豆腐。"这些俗语正好说明侗家过年安排得忙碌并井井有条。

除夕这天,事务繁杂,程序繁多。男人清阳沟,除污泥,把房屋四周打扫得干干净净、清新亮丽。写家先、安家先,敬家神,贴春联,挂灯笼,使侗寨显得年味十足。

女人办过年的花样很多,必须有鱼,寓意年年有余(鱼)。一是油炸系列:炸油豆腐片片、油豆腐果果、油炸酥肉、油炸糯米圆子、油炸苕圆子、油炸洋芋片、油炸花生。二是卤菜系列:卤猪蹄、卤猪耳、卤猪肚、卤牛肉、卤鸡爪。三是蒸笼系列:蒸扣肉、粉蒸肉、核桃板栗糯米扣肉、猪肚糯米扣肉、腊香肠。四是炖菜系列:猪脚炖青带(海带)、土鸡炖板栗结巴肠、羊肉炖萝卜、清炖魔芋鸭、油豆腐墨鱼丝、油豆腐三尖角肠汤。五是炒菜系列:红烧肉、青椒瘦肉丝、莴笋肉片、洋芋丝丝、青炒白菜。六是凉菜系列:红油牛肉片、红油猪肚、红油猪耳、糖衣花生米、烧椒大蒜拌皮蛋、烧椒芫荽菜、烧椒折耳根、水豆豉、霉豆腐。七是单列过年必备之菜：烧鲜辣全鱼。八是最后一道菜：和菜，也是必备之菜，待团年时其他菜吃腻了再上此菜，清肠不坏肚子。此菜用白菜丝、胡萝卜丝、白萝卜丝、油豆腐丝、白豆腐、姜、蒜丝混合煮成。

除夕这天一般家族中有经过传授写家先的先生，家家都要将先生请到家里安神定位。家先的具体写法必须是本族中经过上辈传承下来的先生传授到下一代的先生才能写家先安家先。我族家先格式与其他家族区别甚大，分为上坛和下坛（谱书内有样式）。清晨大扫除后，请先生到家吃早饭，写家先时要封红包，请先生执笔书写。家先的横匾写法有三种：一是过年写"百忍家风"；二是结婚写"螽斯衍庆"；三是生小孩后整酒写"千秋金鉴"。安家先前要先将堂屋打扫干净，待整个房屋打扫干净后，基本上家先也写好了。一般在上午九至十点钟左右（巳时）安家先、贴春联、贴年画、挂灯笼等。家先贴好后，再举行安神仪式。神台前摆上大方桌一张，桌上摆放刀头、豆腐、果品、一炷香（三根）、一对蜡烛（点燃）、五只酒杯、一饼炮火等。最后放炮火，以示祝贺各路神仙、祖先按序就位，保佑全家平平安安、人丁兴旺、财源广进、幸福安康。

煮年饭也是非常讲究的。一般要用最好的"头子米"，即将每次筛米时筛子上面最大颗的头等米舂熟备用。煮年饭比平常要多煮一倍以上，年饭剩得越多越好，以示年年有余粮，餐餐有饭吃。侗家有藏年饭的习俗，寓示来年餐桌上没有"饭蚊子"。

送亮，就是子孙对宗祖感恩、孝顺的具体表现。无论你官多大、路多远、钱再多、势再强，都必须在除夕这天带上香、蜡、纸、刀头、豆腐、酒、炮火等，赶到祖坟旁和父母坟边送亮祭祀，保佑全家"人发家发事业兴，四方财源进家门，千般事事都顺利，全家平安保终身"。

敬神，是大年三十最后一道敬神仪式，完毕后才能团年。

敬家神时，首先是全院落各家集中到正中堂屋敬神。将煮熟的整猪头、猪脚、猪尾（没有这三样的用全鸡、全鸭、蹄子、刀头、豆腐等）在大门外摆呈八字形，将两张大方桌摆在大门槛内中央，桌上放48个碗，每碗放一点饭菜，48杯酒、48杯茶、48双筷子举行敬神仪式，每个人三拜九叩，敬神完毕后，一起燃放鞭炮，然后各自回家团年。现在各家分散居住后，敬家先都单独进行。

团年，就是除夕这天一家人团聚在一起吃团年饭。侗家团年时间比较早，有的在上午，有的在下午。团年前先祭祀祖先，然后放鞭炮，昭示某家已开始团年。长辈拿出红包分发给孩子，叫压岁钱。整个菜饭摆到桌子上后，根据全家要祭祀的先祖多少，就摆多少碗、筷、杯子等，斟上酒，添上饭，倒上茶，然后请

所有祖人团年大约两分钟，以示孝敬祖人先团年，后辈人方能用餐团年。随后将先祖的碗、筷、杯子撤走，换上全家人碗筷杯子等，斟酒、舀饭，开始团年。因团年程序比较复杂，有"年饭看到不得吃，大人小孩脚站直。要等神仙用过后，一家大小才进食"的说法。团年时，要一屋大小老少都要喝点酒，兴高采烈，老敬小、小敬老，相互敬酒、拣菜，畅谈一年中幸福往事，气氛十分和谐融洽，一派幸福祥和的景象，让人一生一世永难忘怀，传承至今。

团年聚餐后，时间尚早。第一个程序就是升火。俗话说，"三十夜的火，十五的灯"。寓意全家人围坐一起团团圆圆，幸福温暖，新的一年红红火火，喜悦丰收。除夕夜的火是象征着每个家庭喜庆欢乐、兴旺发达、团结友好的圣火，全院落还要相互交流烤火，有一种欢乐、祥和、炽热的情感融洽，大家精神焕发，舒畅情怀，各献爱心，祝福美好前程，全族兴旺，家家兴旺，人人快乐。

第二个程序是喂年饭。给果树喂年饭，将果树的一处皮划开，把年饭放在里面，祈求果树来年结出丰满的果实，收入大增。

同时敬土地公、土地婆，还用发亮插蜡烛的方式敬路烛、敬水井、敬菜园、敬古树、敬猪栏牛圈等。此时天已黑下来，侗寨好像群星闪烁，成为侗寨一道美丽的风景，迎接灿烂而美丽的春天到来。

第三个程序是守岁。侗家守岁就是除夕夜围坐火炉话家常，通宵达旦不睡觉。总结过去一年收获，规划新一年的愿景。沐浴去秽辞旧岁，新衣新鞋迎新年。守岁就是为了接年。到夜半子时的时候，就是接年了。原有的接年仪式十分烦琐，后来改为鞭炮接年。夜半零点一到，侗寨鞭炮轰鸣，烟花升腾，此起彼伏，十分壮观。

第三节 春 节

春节即正月初一至正月十五，也叫大年。春节宜忌："初一不出门，初二拜家亲，初三赤口家中坐，初四拜丈人，初五初六转回程。"一般情况下儿子媳妇初二初四去娘家拜年，未谈朋友的儿女们去舅舅家拜年；初三赤口在本家玩不出门；初五、六拜年的又要回自家了，还忌讳七不出门八不归的习惯，寓示大年初一不出本族家门。全院小孩、年轻人早早起来，首先来到辈分最老、年岁最高的长辈家里拜早年,要下跪,磕头三下,起来对长辈说:"给您老人家拜年啦!"

长辈们一家热情款待,拿出花生、糖果、核桃等让小孩往荷包里装。尔后再走第二家,依此类推。拜早年完毕后,各自"过早"。过早时很讲究,一般不吃米饭,只能吃粑粑、绿豆皮。张氏传承大年初一吃了米饭一年中蚊子多,蚊子会带来疾病,所以不能吃。吃粑粑也很讲究,每家都做一个烤粑粑的铁架放于火坑旁,用火将粑粑烤成两面有锅巴后,再放入三十晚上做的最后一道菜——和菜里煮,蘸上水豆豉或霉豆腐汤,十分可口,再就是用蜂糖蘸着吃。早餐后在家族中随意串门,打牌、下棋、品象(品象是将一种叫象棍的植物裁成6—8厘米,一把10—20根放在手掌抛起后用手背接住再抛起抓一根,一直品完,最后看谁的象棍多为赢)、踢毽子、跳绳、跳房子等娱乐活动。中午哪家饭熟了就在哪家吃,连续七天都是一样。张氏初一至初七最隆重的两项娱乐活动是晚上"打八巴",白天打 bia 毽。打 bia 毽这项活动一般在院落中心举行,凡是张氏家族的儿女或婚嫁的女儿女婿都要参加,有时候几十人,很热闹。所有参加的人围成一大圈,抓阄一人先丢毽子到另一人脚边,只能用脚挡开(用手挡为犯规);如果挡毽子与脚的距离短,由丢毽子的人用手指卡,卡得上的话就要给每人供毽,别人将毽踢起来后供毽人必须要抓到手,如果没有抓到又要供第二次,依此类推。这样的娱乐活动保持正月七天快乐的生活,非常好玩,大家不妨试一试,永难忘怀。

大年初一张氏还传承"一不说,二不见,三不做"的规矩。

一不说:即不说脏话和不吉利的话。张氏家族非常讲究口语文明,本族人在一起不准任何人说脏、丑话。节日里更不准说不吉利的话。这是千百年传承于张氏家族最文明的规矩之一,应当永续传承下去。

二不见:一不看见针和线,二不看见秤与砣。上世传承说正月初一看见针遭口罪,会不和气,不利团结,预示针(争)锋相对;看见线主要是做什么事情都理不清一团乱麻。看见秤和砣更不好,见秤杆的人鬼点子太多、心眼多,也不利于团结;见秤砣生小孩不利,生育不良,本族人应谨记。

三不做:一不做挑水的事,正月七天内玉皇大帝不发水,如果那人要去挑水都要挑玉皇大帝倒的脏水,不能吃;二不做扫屋的事,初一早上见到扫把会遇上扫把星,对一年做事不利,与人不讲和气;三不放牛,这主要是爱护耕牛,这几天牛王要召见耕牛一起休息,并且要好好喂养耕牛,喂养有营养的食物,以利于农作时耕牛有劲耕作。

正月玩八天后,第一个小节日就是上九日。上九日寓意新一年上元花节下的第一个九天,也是全年三十六个九的大九数。侗寨对上九日十分重视,过上九日

要举行祭祀仪式,十分庄重。

上九日出灯。传统的灯有狮子灯、龙灯、彩龙船灯、耍耍灯、鱼灯、蚌壳灯、马马灯、高脚灯等。出灯这天非常隆重,全族大人小孩基本上都要参与,捐钱捐物。灯头要请来先生点灯开光,开光后,才能出门到各院落玩灯朝拜。每玩一处,灯帖子上前通知各户准备酒席、夜宵,玩到哪吃到哪,不论多少人要全部安排入席,场面隆重壮观、气氛和谐,给人一种人丁兴旺、繁荣鼎盛的感觉。某家接灯玩过后寓意赶走瘟疫,保一方平安。龙灯每三年玩一次,送来富贵吉祥、人财两旺,三年春光明媚。

元宵节,侗家传承曰:"三十夜的火,十五的灯。"元宵节是比较隆重的节日,元宵节后寓示着新的一年已经开始,人们即将准备农忙春耕生产,各自奔赴工作岗位安心工作。

元宵之夜也是侗家灯会之夜,与其他族大致相同。晚上所有灯聚集一起,各展才艺,尽显英姿。一般玩到凌晨两点后,所有灯汇集一起,为收灯进行祭祀。龙灯送龙上天回龙宫,折下龙头、龙尾,由先生念念有词,然后用香纸点燃告别,纸船明蜡照天烧,把一切瘟疫带走,保一方平安。元宵这天还像除夕一样,用烟花爆竹送年,告别节日的享乐,走进新一年的生产生活中。

第四节 春 社

过社,有"三戊惊蛰五戊社"的农谚。立春后,第三个戊日就是"惊蛰",第五个戊就是"社日"。过社的仪式主要是接女儿女婿一家及亲人回来欢聚一堂,品尝社饭。社饭的做法也很讲究,首先是将糯米加部分黏米进行浸泡后待用,其次是将蒿菜洗净、切细、炒干备用,加上小野葱混合;另外用腊猪肠,取少量瘦肉、豆腐干颗粒、姜蒜花椒、盐等与米全部拌好后蒸熟即可食用了。用餐时与团年一样,请祖先吃社饭后再自用。吃社饭,品蒿菜,昭示后人居安思危、忆苦思甜,不要忘记过去的患难苦楚。

"拦社"是一种祭祀仪式。即"新坟祭扫,不过社"。父母去世三年之内最后一年,女儿女婿必须要"拦社",用红布围着坟进行圈坟仪式,并带上旗、锣、鼓、伞、香、蜡、纸、炮火、烟花,打着花锣鼓进行祭祀,场面比较热闹。

这些仪式过后，每年只到清明前扫墓挂清就行了。

第五节　三月三赛歌节

农历三月三为宣恩侗乡赛歌节。相传很早以前，人们按照桐树开花的日子下谷种，秧苗出得又齐又壮，于是侗家定下了桐树开花那天为播种节的规矩。有一对年轻的侗家夫妻，春节过后，丈夫要出门做生意，就交代妻子在家种地。妻子说不知道什么时候播种，丈夫指着门前的桐树说："你先把地整好，这桐树开花了你就开始播种。"然后丈夫就出门了。到年底的时候丈夫回来了，问妻子收获了多少粮食。妻子说门前桐树还没有开花，所以还没有播种。丈夫跑到桐树下一看，桐树早死了。丈夫吸取了教训，就请求侗寨的寨老，一到三月三，人们就吹芦笙、唱山歌，意为相互提醒该农忙播种了。从此侗家就不再错过时令。

侗家三月三是个喜乐浪漫的日子。这天走亲访友，买卖交易，热闹非凡。青年男女，更是艳妆赶会，山歌联赛，觅寻情侣。赶三月三，在清代和民国时期颇为盛行。每年集会，每个地方都有集会地点，到时候人们从四面八方拥向会场。这一天，虽然客商云集，但引人注目的却是赛歌和观歌。赛歌的多为未婚的青年男女，通过赛歌，谈情说爱，选择伴侣。赛歌形式有结帮赛歌，也有单独赛歌。歌词多为盘歌，有问有答，问答自如。有固定的歌词，也有即兴演唱，考验青年人敏捷的头脑和应变的才华。一般是女方先问，男方回答。如女问："什么花开三月三？什么花开六月间？什么花开九月九？什么花开落雪天？"男答："桃李花开三月三，荷花开在六月间，九月菊花妹心结，落雪蜡梅永不变。"

清同治二年（1863）刻本《宣恩县志》记载："三月三，摘地菜花和做饭，曰'做节气'。"这里说的地菜花就是侗寨人称的地地菜，学名叫荠菜。侗家人有挖地地菜的习俗，并用来做节气饭，还用荠菜煮鸡蛋，这是侗家人做的又一美味。相传农历三月三采摘地菜花煮鸡蛋，按民间的说法是"春食荠菜赛仙丹"，可以凉血止血、补虚健脾、清热利水，所谓"中午吃了腰板好，下午吃了腿不软"。

第六节　清明节

侗寨过清明主要是在清明或清明前一二日（寒食节）祭祖坟、扫墓挂清。这几天无论你官多大，位多高，路有多远，都要赶回老家来到祖坟前，扫墓挂清，时间不能推到清明后。一般可带上镰刀、薅挖锄、撮箕等工具。首先将自己亲人坟墓周围的杂草杂物清除；其次是给亲人的坟墓上土。完毕后，开始祭祀，先将做好的清挂好，再到祖人墓前祈祷，请祖人保佑一家平安幸福、财源广进、人丁兴旺。

清明祭祖也是中华民族传统节日，不忘祖宗生前之功、好生之德，尽晚辈之孝。长辈带着儿孙晚辈，传承和明示祖上的恩德，讲授祖上勤劳兴家、为人处事的故事，讲点祖上酸甜苦辣史，让他们体验生活的艰辛，明白家庭幸福生活来之不易，传承家风家教的传统美德，获得治家理财之教育。

清明寓意清洁而明亮，风和日丽的阳春三月，花红映新绿，新芽满树梢，春意更盎然。红男绿女、老人小孩出门挂清，正是纵览观光祖国大好河山的时机。故有"清明青半山，田野放绿颜，过河脚不冷，风吹脸不寒"的民间佳话。

第七节　栽秧节

栽秧节，也称栽秧酒。侗寨有"栽秧酒，打谷饭"的农谚。栽秧节是侗寨最为热闹、浪漫的劳动节日，一般在农历四月的小满前后举行。有"秧奔小满谷奔秋"之说。

栽秧节是一个展示劳动技能的节日。稻田讲究"三犁三耙"，抄田的讲究泥坯踩得均不均匀，耙田的讲究田耙得平不平整。抄田不好被嘲笑"晒坯子"。一笑抄田者大的泥坯没踩在水里，高耸水面之上，耙田的来了增加耙平的难度。二笑抄田者偌大的个子白长了，技艺不精。

开秧门，扯秧子，转工搭伙，先过早。扯秧人天不亮就到主人家，每人一碗油茶汤，加鸡蛋、阴米花、炒花生或炒黄豆，或过年的甜酒粑粑、豆皮面条，吃后下田扯秧子。早晨，天气还较寒冷，有时冻得人瑟瑟发抖。弯腰弓背、身体前倾几乎成了90度，身下也没有支撑的物体。扯秧子是个技术活，分扯秧、对齐、洗秧、捆秧、抛秧五个环节。扯秧技能主要看谁扯得快、对得齐、洗得净、捆得牢。扯秧子分两种，单手为扯秧，双手扯为摸秧。有的单手快，有的双手快。"老把式"的农民，身体下蹲，双手齐动，手脚麻利，一个摸秧，转眼两手上已捏满了秧苗；在秧厢一旋，随着水波起伏荡漾，几声水响，秧苑齐整干净，从腰中抽根稻草，一挽一转，捆牢丢在后面。待到早饭时，提到田埂上，比比谁的本领强。

扯得多、扯得好，必然沐浴着人们敬仰的目光。

"栽秧酒，栽秧酒，栽秧早餐也喝酒。"大碗喝酒，大块吃肉是栽秧节的一大特色。栽秧喝酒，是因为天气较冷需要御寒，人手脚均在水田里，一圈秧栽下来酒早醒啦！故有"栽秧酒"之说。

当大家带着秧苗、栽秧盆、草木灰来到田埂上，第一个下田栽秧的人一定是栽秧的"行家里手"。或靠田埂，或从田中间率先栽出四行秧来，称为栽"标秧"。其他人依次下田并排站在"标秧"的右边，紧随其后栽出各自的四行秧来。只见他们左手握住秧苗的根部，并用指头分秧，用右手的三根指头即刻捏住根部，在栽秧盆里拌和肥料的草木灰蘸一下，迅速插入田里，速度如鸟儿啄食般迅捷，称为栽盆秧。也有不用草木灰的，叫栽白水秧。张氏侗寨历史上栽白水最快的可使白水牵得起丝。栽秧讲究行距和间距均匀，讲究横平竖直，追求整齐美。合适的间距，笔直的秧路，凭的是侗人多年栽秧练就的好眼力。讲究栽秧质量，"秧子栽得正，当淋一瓢粪"。不能栽得太深，太深秧苗不长；栽得太浅，秧苗会浮起来死掉。讲究手指一沾泥就提起来。

栽秧不仅要栽得好，还要栽得快。一般栽得快的在前，栽得慢的在后。也有栽得快的在后面，专门"撵趟子"，像赶鸭子一样，逼着一群人拼命加快栽秧速度，只听"加油！加油！后面的追上来啦"！喊的喊，叫的叫，好不热闹。往往一丘田栽完，忙得站起来伸一下腰的机会都没有。因为一不小心就会被"关"在里面，惹人笑话，丢了自己的脸面。一般一亩多的水田用不了两个小时，绿油油的秧苗就立在了田里。

栽秧是以退为进，双脚一定要踩在秧苗的行距间，否则会被笑话栽在了牛脚凼（实为自己的脚印凼）里了。

栽秧是个辛苦活,栽秧时通过唱山歌来消除疲劳,提高劳作效率。譬如:
大田栽秧排对排,情妹快快跟上来;唯愿今年收成好,我俩喜事早安排。
大田栽秧角对角,脱下绣鞋挽裤脚;情哥栽得好又快,早点栽完来接我。
大田栽秧行对行,行行秧苗有名堂;蚂蟥跟到脚杆撵,看你心慌不心慌。
阳雀叫得桂桂阳,栽秧插草正在忙;九冬十月收割了,慢慢陪郎排家常。

这些山歌既活跃了氛围,使辛苦的劳作变得轻松,又让劳动者享受到劳动的愉悦和快乐。

栽完了秧,主人家必须是美酒佳肴盛情款待,以此犒劳他们的辛苦劳作,这也是表达谢意的最好方式。

第八节　端午节

端午节又名端阳节、龙舟节,是集拜神祭祖、祈福辟邪、欢庆娱乐和饮食为一体的民俗大节。相传是人们为纪念爱国诗人屈原而兴起的。为了寄托哀思,人们荡舟江河之上,此后才逐渐发展成为龙舟竞赛。百姓们又怕江河里的鱼吃掉他的身体,就纷纷回家拿来米团投入江中,以免鱼虾糟蹋屈原的尸体,后来就成了吃粽子的习俗。

野椒园侗寨过端午节,以初五为小端午,十五为大端午,犹以初五更为隆重。端午这天要换上整洁的服装,是迎接亲人回家过端午节的重大节日。嫁女未婚的女婿要前来"打端午",传承名取"草帽",挑上粽粑、酒礼等给直系亲戚各一份;女方必须准备新草帽、新衬衣、红包回赠男方,待男方每家都吃饭后就可以回自己家了。"打端午"是古代延续下来的男婚女嫁风俗习惯,交流情感的良好方式,接亲赠物的一种恋爱程序,传承至今。

端午食粽。粽子的食材有几种配方,一种是净糯米包法,第二是配有腊瘦肉颗粒的,第三是配上红枣、葡萄干的。粽子有多种包法,如三角型、吊挂型、方拓型等。一般采用"三角型"掉粽,将粽粑叶(野生箬叶)洗净、灌上糯米再用棕树叶捆扎,包完后在灶锅里加水煮熟食用。粽子的吃法,一是蘸蜂糖或者白砂糖食用,二是用黄豆面拌白砂糖蘸着吃。端午食粽的风俗,千百年来在我国盛行不衰,已成了中华民族影响最大、覆盖面最广的民间饮食习俗之一。

端午节这天悬艾和菖蒲草于门，饮菖蒲酒，食粽子。以雄黄点小儿额及手心，云"避疫"。洒雄黄酒水于宅内外，避蛇虫蚂蚁蚊子等。用侧柏叶、大风根、艾草、菖蒲、桃叶等煮成药水洗浴，不论男女老幼，全家都洗。在端午节这天，孩子们要在手腕上系上青、红、白、黑、黄吉祥五色的丝线以驱邪。

第九节　六月六尝新节

每年农历六月六，也叫尝新节。这天是侗族人民传统农事的重大节日，也是侗族和汉族及其他一些少数民族的传统佳节。这天，喜晴不喜阴。据同治二年（1863）版《宣恩县志》记载："六月六日，曝衣服、书籍，喜晴。谚云：'六月六日阴，牛草贵如金；六月六日晴，牛草吃不赢。'是月逢卯日，尝新淆尚鱼，曰'有余'。不食鸡，不食苦菜，以音类'饥苦'也。"天气晴好，家中姑娘、媳妇把箱柜里的衣服棉被拿到太阳下晒，老年人把老衣老鞋老被搬到太阳下晒。文化人把书籍或家谱搬出来晒一晒，防霉变虫蛀，"六月六"晒过的衣物不长棉虫，不褪色，能长时间储藏。这天，在聚会时，大家一起看看家谱，回首族中往事，弘扬先祖贤德，商议族中大事，共议处置法则等。六月六也是孩子们的节日，这天侗家小孩打扮一新，在大人陪伴下，三五成群，邀约赶场，相互嬉戏，尽情玩乐，故侗家又称"娃娃节"。

"六月六"这天侗家又称尝新节、新禾节。在节前，家族中男女老少都会为这一天忙碌，男人们则会在自家的田地里采收一些新成熟的稻谷、玉米、黄豆等，打回一些鱼来；妇女们要打扫卫生、清洗木桶、甑子等，为节日做各项准备。这天侗家人接出嫁的姑娘回娘家，或外来的客人进寨，饮拦门酒，吃合拢宴，喝油茶汤，采收新成熟的稻米饭、玉米粑等，谓之尝新。如用新成熟的玉米推成面酱与糯米做成粑粑后，大家一起开心品尝，品尝后要带一些回家让家里人也一同尝鲜。节日菜肴以肉、鱼为主，在众多新成熟的丰富菜饭品种中，必须有鱼，谓之"有余"。不吃鸡和带苦味的菜，因音类"饥苦"也。开饭前要烧香祭祖，仪式过后，家里的长者先动筷品尝新米饭，接着长幼有序地开始进餐。尝新节是侗家对传统农事文化的一种继承，是对粮食来之不易的一种珍惜和纪念。

"六月六"侗族村寨的青年男女都会来参加歌会，以歌为媒，相识相爱，因

此又被称为"侗族情人节"。在隆重的"六月六歌会"上，各种民俗表演和展示也很值得一看。舞台上节目精彩纷呈，对歌、侗戏表演、芦笙表演、多耶、琵琶弹唱、双歌等民族风味十足。

相传六月六是为纪念"飞山公"杨再思而形成的。杨再思（860—954）是唐末五代靖州飞山蛮之王，人称"飞山公"。五代之乱，天下多遭涂炭，独杨再思治下诚州兵民屯集，商贾出入，社会安定，并将"飞山蛮"的势力范围逐渐扩展到今湘西南，黔东南，桂西北广大地区。

杨再思团结各州的兄弟民族归顺宋王朝，因治国安邦功勋卓著，被宋王朝先后追封为威远侯、英济侯、广惠存侯和英党侯。九十四岁殁后，湘、桂、黔三省边境人民或其思德，或奉为神灵，或尊为祖先，普建飞山庙祀之。每年农历六月初六（杨的生辰）和十月二十六日（杨的忌辰）当地群众常去飞山庙祭奠，经久不衰。

尝新节是侗族地区共同的节日，各地尝新节内容大同小异。相传在尝新节这天，狗是上宾，新米饭煮出来，让狗尝过以后人才尝。因为传说远古时期，洪水滔天，绝了谷种，是一条白色的神犬漂洋过海，在西王母的晒谷坪里打了一个滚，满身黏满谷粒，在回来时身上的谷粒被水洗掉了，只有狗翘在水面上的尾巴尖带着几颗谷粒。人类靠这几粒谷种才发展到今天，为了不忘狗的功劳，因此新谷登场要请狗先尝。

宣恩县野椒园侗寨侗族六月六尝新节民俗源远流长，其传承人脉络较为清晰：

第一代张先耀（1769—1849），为野椒园侗寨张氏进山始祖，继续传承侗族六月六尝新节习俗。

第二代张希珩（1804—1866），继续传承侗族六月六尝新节习俗。

第三代张光桃（1840—1898），与晓关猫山侗族姑娘杨乔秀婚配，继续传承了侗族六月六尝新节习俗。

第四代张祖庆（1883.9—1953.3），粗识文字，爱读书，继续传承侗族六月六尝新节民俗。

第五代张盛雅（1921.6—2009.3），大专文化，中学语文教师，20 世纪 80 年代把六月六尝新节习俗写进了地方志。

第六代张建平（1956.2—　　），大学文化，宣恩县野椒园侗寨六月六尝新节代表性传承人。整理主编了野椒园侗寨的《张氏族谱》，整理出了张氏的民俗文化、工匠文化和农耕文化等。

第十节　中秋节

中秋节为农历八月十五，是我国各民族共同的节日。农历八月是秋季中间的一个月，十五又是这个月中间的一天，故名"中秋"。是夜，宜月明，谚云："中秋月不明，雨打上元灯。"中秋这一天的月亮格外亮、圆，被人们看成是合家团圆的象征，因此，又被人们称之为"团圆节"。

野椒园侗寨每年在这天要接亲人回家团圆，吃一顿团圆饭，晚上夜宵就吃月饼和汤圆。此时正是农作物和各种果品陆续成熟的季节，"八月十五月正圆，中秋月饼香又甜"。中秋吃月饼、枣子、板栗、胡桃等，寓意家人团圆，寄托思念。同时，月饼也是中秋时节朋友间用来联络感情的重要礼物。

中秋这天的习俗一般坐通宵到十二点至早上五点。一家人坐在院坝里，从十二点到三点要看"天偧（zhā）口"，即开天门的意思。传说谁看到天门开了，以后会带来好运。

坐在院坝里，孩童们就听长辈讲关于月亮的故事。

讲长辈小时候不听大人教导，用手去指月亮，结果耳朵上被月亮割了一条口子，疼痛不已。长辈们总是这样教导孩子们。

然后讲"吴刚砍娑罗树"的神话。相传月宫里那一棵树就叫娑罗树。"娑罗树，娑罗丫，娑罗树下好人家。"这个好人家住的就是吴刚。吴刚是汉朝西河人，曾经跟随仙人修道，不认真学习，犯了天条，天帝震怒，把他贬到月宫，罚他去砍掉娑罗树。这棵娑罗树生长繁茂，有五百多丈高。吴刚扬起斧头砍下去后，拔出斧头时，被砍的地方又会立即长拢。就这样，吴刚每天都在砍，而娑罗树又每时都在长拢，所以，每当看到月亮时，吴刚都在砍树。娑罗树不倒，吴刚就一直砍下去，至今都没有砍倒娑罗树。据说，月宫上还住有嫦娥，有时嫦娥还抱着玉兔过来看吴刚砍树。

侗家中秋还有一个习俗，就是到邻家菜园里偷南瓜，取生男之义。他们把偷来的南瓜系上红绫，打着锣鼓，送到需要生孩子的人家，主人家必以好酒好菜饭款待。第二年若生了孩子，还要请客酬谢。

第十一节 重阳节

重阳节是中华各民族大家庭的节日。

这天登高远眺，观赏秋月，饮酒赋诗，舒畅情怀。侗族张氏这天仍然是探亲访友、亲戚团聚的日子，一大家畅谈丰收情怀，用新米做成汤圆供大家品尝，享受辛劳近一年的丰收喜悦，把亲人接回家共庆丰收的成果，营造和谐浓厚的亲情氛围。

重阳节还是老年节。自2013年7月1日起实施的《中华人民共和国老年人权益保障法》规定，"每年农历九月初九为老年节"。2013年的重阳节（10月13日）成为我国第一个法定的老年节。设立老年节，有利于弘扬中华民族敬老、养老、助老的美德。国际上将每年10月1日定为"国际老人节"，由联合国大会45/106号决议确定，为提高人们对人口老龄化的认识。国际老人节如今已成为国际上公认的官方老年节。

第七章 音乐歌舞

野椒园村在民间音乐歌舞方面，打击乐有"喜庆锣鼓""龙灯锣鼓""彩龙船锣鼓"等，"喜庆锣鼓"又有"红绣鞋""满堂红""迎宾调""牛擦痒""狗春碓""双龙抱柱"等曲调。管乐有笛子、侗笛、芦笙、葫芦笙等，但忌吹箫。弦乐有二胡、古筝、琵琶等。舞蹈有芦笙舞、龙灯舞、龙船舞、花灯舞、狮灯舞、肉连厢、划干龙船、三棒鼓、秧歌舞、莲花落等。玩龙灯时除狮舞外，还表演高空惊险的"拆桌杂技"，由十余张八仙桌重叠而成高高的"宝塔"，八仙桌由数十个小伙拉手固定，舞者在塔尖上表演倒立、"鹤鹰展翅"等高空惊险动作。玩彩龙船时，有一个"拆字"节目，十分独特。戏曲主要有南戏、傩戏等。

第一节 器　乐

二胡　二胡为野椒园村人喜欢使用的主要乐器。二胡始于唐朝，称"奚琴"，是中华民族乐器家族中主要的弓弦乐器，侗语称 Yeenp（彦），已有一千多年的历史。主要用于曲牌的演奏和唱腔的伴奏。二胡常用定弦是 15 弦、52 弦、63 弦、37 弦和 26 弦五种。其中 15 和 52 这两种定弦通常称作基础定弦，属于按把法，应用比较广泛。其余三种定弦属于切弦法。在 20 世纪 50 年代，二胡拉得好的有野椒园张氏侗寨的张嗣初。他在中学时代是文艺宣传队二胡手，经常现场为歌唱演员伴奏。后来进入大学，学习小提琴，其小提琴也拉得非常好。20世纪70年代的王天文、宋国安、杨征祥三人，均为二胡手，其二胡独奏、伴奏均达到相当高的水平。王天文，方田坳人，曾经在当时的大队做团支书，组织文艺演出，并亲自用笛子或二胡伴奏文艺节目，有相当高的演奏水平。宋国安，野椒园宋家寨人，杨征祥为宋家沟人，二人的二胡演奏水平相当高，多演奏独奏曲。其他笛子、二胡爱好者也很多，不再赘述。人们用二胡演奏的名曲主要有《二泉映月》《良宵》《听松》《赛马》《葡萄熟了》等。

笛子　笛子是中国最具代表性最有民族特色的吹奏乐器。我国传统音乐中常用的横吹木管乐器之一。野椒园村爱好吹笛子的人较多，但笛子演奏技巧中的双吐和单吐难度很高，苦于没有大师指点，难以突破，大多停留在爱好水平，没有进一步提升。仅有前文提到的王天文等，能进行简单曲谱的独奏和伴奏而已。

侗笛　竹管乐器。侗语称介各（己，怪吹）或介各斯（己盘，横吹）。传统侗笛的制作是：将选好的竹管上端的竹皮劈开，两侧用细竹条垫高并用竹篾缠绕固定，再在距上端约5厘米处开一哨孔，将一竹片夹在哨孔下端形成簧哨。笛身长30—40厘米，开有6个音孔，竖吹，可吹出14个音及许多装饰谱。吹奏时以手指轮流扫孔即可发出1、2、3、4、5、6、7、1八个音。吹奏者可用鼻循环换气，使笛音不间断，亦可停顿换气。侗笛既可用于正式演出场合的吹奏或伴奏，亦可用于青年男女社交活动和自娱自乐。

唢呐　吹管乐器。又称"八仙"。由喉、身和喇叭三个部分组成。吹嘴为一小钢管，在其上安上糯禾秆制成的哨子即可吹响；唢呐身一般用漆树镂空心成管状，再烙出6只音孔即成；喇叭为薄铝皮或薄铜皮制成。其音高由哨子和喇叭的大小决定，可吹出若干调式的曲调。唢呐虽可独奏，但大多时候是与锣鼓等合奏，主要用于节庆、婚嫁、丧葬，又称稻秆笛和侗戏伴奏。

禾笛　少儿简易乐器。侗语称 Demh dibs（登涤），意为稻秆笛。秋天摘禾时节，少年儿童常剪摘一段空心禾秆，先撕开一小片作为簧片，试吹出音后，再在禾秆上任意钻开两三个小孔即可吹出简易曲调。儿童们自制、自吹、自娱。

木叶　自然乐器。侗语称 Bav meix（罢美），为薄而富有弹性的树叶所制。过去多用于吹奏山歌曲调或作为演唱山歌的伴奏乐器，现常做侗戏色彩乐器。

果吉　拉弦乐器。侗语称 Oh is（果吉），有人因其形似牛大腿而称为"牛腿琴"。有小果吉和中果吉两种。木制，由琴头、琴颈、共鸣箱、弦组成，琴身长50—85厘米，以马尾或棕丝做拉弦。其弓法和指法均类似小提琴，但不是夹在颈肩之间，而是夹在腋下。共鸣箱为弧形槽，上蒙薄面板，开一小孔，外插音柱，以琴颈为指板，其音量不大，色调纤细而略带嘶声，均为2弦5度定音，传统定音为52弦、63弦、26弦。主要用于侗戏的歌腔、侗歌剧的音乐和情歌对唱伴奏。

侗琵琶 弹拨乐器。侗语称Bic bac（贝巴）。木制，音箱为圆形、椭圆形、方形、倒置桃形等，颈长。有大、中、小三种型号，每种型号又分别有3、4、5根弦。3弦的琵琶定音为"563"或"566"；4弦琵琶定音为"5663"；5弦琵琶定音为"56633"，既可用于歌腔伴奏，也可用于乐队演奏。大型琵琶多以牛筋做弦，音色低沉浓重，声音浑厚辽阔；中、小型琵琶多以铜丝或钢丝做弦，音色响亮悦耳，声音激昂清脆。

芦笙 吹管乐器。侗语称Lenc（伦）。由笙斗、笙管、共鸣筒、簧片、箍等部件组成。木制笙斗呈葫芦瓜状，上接一段小竹管供含吹。竹制笙管分两排呈60—80度角插入笙斗，竹管在笙斗内的部分安铜质簧片，每根竹管均在接近笙斗处开一音孔，再束以篾片或麻线。以6管笙最为常见，亦有4管、8管、12管、14管、18管，甚至有多达21管的芦笙。分为"伦汪"和"伦妈"两类，共有"伦黑""伦峨""伦略""伦淌""伦老""伦堆"和"伦妈"七种。主要存在于南侗地区及贵州省镇远县报京和湖南省通道县侗乡。

芦笙乐队 吹奏表演队伍。由16把芦笙和1只芒筒组成。16把芦笙分别有："伦黑"2把、"伦峨"4把、"伦略"6把、"伦淌"3把、"伦老"1把。有时也可不用"芒筒"。

芦笙曲 音乐乐曲。侗语称Leec lenc（伦勒），意即"芦笙书"。侗族芦笙曲为羽调式。其音列为：612（3）56。"伦汪"缺3。其常用的和声音程为：纯4度（256或623）、纯5度（356或612）、小3度（1—6）、大6度（6—1）、8度（6—6）。在3个以上的和弦中，小3度、纯4度、纯5度用得最多，偶有大3度和大6度和弦。但报京芦笙曲却为微调式，其音列为：56125，与苗族芦笙曲近似，和弦的使用亦与苗族的相同。

第二节　歌与舞

芦笙舞 民间舞蹈。流行于南侗地区和贵州省镇远县的报京、松柏等侗乡。

121

是一种以芦笙为伴奏乐器并围绕着芦笙而跳的民间舞蹈。芦笙舞有两种形式：一是自吹自舞、边吹边舞，主要模仿人们的各种劳动动作或动物动作，其难度较高，有鱼跃、采花、斗鸟、赶虎、猫旋柱、鹰翔、拌草、滚车、盘龙等舞姿，非经训练难以完成；二是吹者自吹、舞者自舞，此种芦笙舞流行于湖南省靖州县平茶乡沙坝村和寨牙乡岩脚村，跳时以大号芦笙居中，年轻姑娘以大号芦笙为中心，围成圈，摆手帕、扭腰肢，或进或退，腿脚一曲一弯，踩着芦笙的点子翩翩起舞；在姑娘的外围又有一圈手握小号芦笙的男子边吹边舞。这两圈舞蹈者按照一定的舞步不时交换位置，从而使之气势雄浑，场面壮观。娱乐性芦笙舞是一种独舞或领舞性集体套舞，主要有"伦衣""伦周""伦堂""伦哈"四种。表演性芦笙舞主要用于表演和演出，根据舞者发生动作的身体部位的不同，侗语又分别称之为"伦披他""伦定"和"伦伯"。

三句半　表演形式。道具有皮鼓1只、大铜锣1面、铜钹1副、马锣1只。由四人同台表演。表演时，一人挂皮鼓于脖子上，一人手提铜锣，一从持铜钹，一人手持马锣。四人同时击打乐器，然后念说词，其中，前三人依次各念一个完整的句子，第四人只念半句。他们在念说词时还要做出与句子所表达的意思相应的动作以增强表演效果。每念完一次均重新击打一次乐器，同时走台一圈停下，再继续念说词。如此循环下去，直到一出戏演完为止。

多耶　边跳边唱歌舞。侗语称Dos yeeh（多耶），意为歌舞或"跳耶舞"。是一种一人领众人跟的大型舞蹈，一般只有上下两个乐句，歌词由一人领，众人只重复每名歌词末尾的三个音，或只唱"耶哈耶""耶罗耶"。此种歌舞在演唱时分别由男女组成一两层至多层的圆圈或横排边唱边跳。其音乐为复调音乐，节奏性非常强，类似进行曲，因而以唱曲调来统一步伐和变换队形。它盛行于贵州省黎平县、榕江县、从江县，广西三江县、龙胜县，湖南省通道县等县侗乡。多在每年农历正月初一至十五期间跳此舞，现在也在各种大型庆祝活动中跳此舞。在此期间，全寨男女老少身着盛装集中于鼓楼坪上，手牵手或只手搭肩围成一个大圆圈，用整齐而有节奏的步伐甩手做拍，边走边唱。

多耶盛行于南侗地区，是一种既歌且舞的艺术表现形式。参加歌舞者有男有女，按性别围成圆圈，或男女混杂围成圆圈，手牵手或双手搭肩，踏着整齐步伐，踩着节拍，以一人唱众人跟，边歌边舞，缓缓绕场"多耶"。宋代陆游描写的"农隙时，全一二百人为曹，手相握而歌"的情景即是。靠近汉族地区的侗寨以及北侗地区，还有形式多样的舞龙和舞狮，舞者有男队和女队，以锣鼓伴奏。

耍耍　耍耍学名"十样锦"，也称"喜乐神""跳耍耍"或"打耍耍"。耍耍原为一种在家神前载歌载舞的酬神祭祖形式，是流传于湖北西南地区的一种传统的民间曲艺形式。

耍耍主要在喜庆新年、男婚女嫁、添丁满月、祝寿做生等场合表演。表演风格有二人组合、一男一女、女扮男装、唱跳融合,动作滑稽诙谐,唱腔明快优美,多有传统唱段,又可即兴编唱。人物可进可出,一人多角,唱词可长可短,一领众和,营造出一种说唱并茂、歌舞融合的氛围,加以打击乐伴奏,场面十分热烈,纯属"踏歌耍唱"类的曲艺品种。它的最大特点是"遇事必跳""人神其娱",它突出的特征是"耍"的娱人喜乐主题,没有时间限制,也不受场地制约,有着广泛的群众参与基础。

耍耍分文耍耍和武耍耍。武耍耍只舞不唱,男女二人踏着鼓点子表演各种高难度舞蹈动作,翻筋斗突出"舞"功。有"滚坛子""翻豆腐""左右插花""对面牵手花""云手扫地花""拉手摇扇花""猴子背儿""鹤鹰展翅""飞蛾扑火""筋斗",简称"十样锦"。

文耍耍与武耍耍的道具、角色基本相同,但文耍耍表演时是把歌、舞、戏巧妙地融为一体,并以打击乐伴奏,十分注重突出"唱"功。

龙灯舞　我国独具民族特色的传统民俗娱乐活动。传说龙能行云布雨、消灾降福,象征祥瑞,所以以舞龙的方式来祈求平安和丰收就成为全国各地的一种习俗。经过千百年的沿袭、发展,耍龙灯已成为一种形式活泼、表演优美、带有浪漫色彩的传统舞蹈。

耍龙灯的主要道具是"龙"。龙用草、竹、木纸、布等扎制而成,龙的节数以单数为吉利,多见九节龙、十一节龙、十三节龙,多者可达二十九节。十五节以上的龙就比较笨重,不宜舞动,主要是用来观赏;这种龙特别讲究装潢,具有很高的工艺价值。还有一种"火龙",用竹篾编成圆筒,形成笼子,糊上透明、漂亮的龙衣,内燃蜡烛或油灯,夜间表演十分壮观。

龙灯舞的高潮是玩到放烟花的时候,当地称"输花"。这时锣鼓震天动地,龙灯舞得欢,玩灯人的"要花要炮火哟——"喊声此起彼伏。这时候,放花人出来了。他们左手举过头顶,掌心向上,以防玩灯人用龙皮戏弄网住。右手持竹质花筒,花筒捏"半边竹",以防花筒中火药爆炸。点燃花筒的引信,花筒里射出五颜六色的火花,有的似金钱落地,有的似猛虎下山,有的似天女散花,把整个龙灯舞推向高潮。相传玩灯人最敬畏的是在张氏侗寨中间天井玩龙灯,天井四角的花射来十分壮观,大小的炮火袭来,让人眼花缭乱,闪躲腾挪,应接不暇。

采莲船　也称彩龙船、花灯。采莲船是一种在侗乡广为流传、为人民群众喜闻乐见的集歌、舞、乐、谜等民间形式于一体的民间歌舞。

采莲船是用篾条或细竹竿扎制成骨架,再用彩纸或绸布糊制装裱而成。它既

是这种歌舞的主要道具，又是一件十分精美别致的民间工艺品。

采莲船的表演班子十人左右，有一旦一丑、有打击乐队、有歌师、有伴灯，还配有打场逗乐的孙猴子和笑和尚等。唱词以七言为主，句句押韵，曲词以花灯调为主。采莲船原为正月初九出灯，现也可在正月初一出灯，正月十五收灯，即元宵节玩后天将亮时烧掉。

采莲船到主东家，主人要以鞭炮迎接，开台锣鼓演奏完毕后，便由歌师演唱向主东家道贺拜年，送财神、祝平安，消除一年晦气，送来新一年的喜气。为了迎接采莲船的到来，主东家在大门进来的地方，用高板凳摆上一些物件或器皿，做成字谜，此时的锣鼓班子集中智慧猜出谜底。谜底也可为春节吉祥语，或典型的时尚吉祥语、相互问候语等，也有最深奥一些的谜底。猜不中的东家也可解释，主要是活跃娱乐气氛。

狮灯舞　狮灯舞民间统称狮子灯。狮灯舞是侗乡地区民间流行普遍、人们喜爱的民间灯舞，它涵盖舞蹈、音乐、民间文学、生活习俗等多方面内容，是一个综合性的文化载体，历史传承、艺术借鉴价值高。

狮灯舞一般由16—20人组成，一人舞绣球逗引狮子，一人舞狮头，一人抱舞狮头者腰，配合狮头，踏着锣鼓点子，舞活狮尾。他们相互配合，合二为一，蹦跃腾挪，如一头雄壮的活狮，给人完整的活灵活现雄狮美感。还有一人扮演孙猴子，一人扮演笑和尚。孙猴子跳跃顽皮，活泼可爱，嬉笑打闹，是狮灯舞中得力的配角。扮演者都有扎实的武功和杂技表演技能。笑和尚则身穿长衫，手摇蒲扇，大腹便便，踩着锣鼓点子，一摇一晃，舞姿憨态可掬，模样诙谐有趣。他虽笑容满面，却一言不发，主要通过肢体语言表达他内心的喜怒哀乐。

狮灯舞的表演有"狮子玩三道无人看"之说，内容丰富、形式多样。如具有杂技意味的"天鹅抱蛋""倒立天柱""鹤鹰展翅"等；活泼诙谐故事类的"唐王告化""三春游城"等；祝福吉祥祈祷类的"风调雨顺""睡狮猛醒"等；渲染趣味游戏的"吟诗作对"等。

狮子灯来临，意味着招财进宝、祈福安康。进大门，由笑和尚完成"洗脸"仪式，以示净手净身，表示对主东家的尊重。进入堂屋后笑和尚以"僧人"身份对着神龛合掌叩首，表演求经拜佛、许天许地，为主东家求福寿、降吉祥、招财进宝，祈求四季安康。而猴子则是拆桌子，即破"综合摆阵"。主东家将几十张八仙桌像宝塔一样层层叠起，足有十多米高，最上面只一张桌子，桌上放一个斗，斗中放一根搭斗杠，杠上绑一个红包。桌子每层由强壮劳力手扣手固定，场面壮观。猴子一连串动作表演，逐步攀上台子顶端，做出各种惊险动作，如"倒立天柱"等。最后在斗上倒立，再将搭斗杠上端顶在肚脐上，整个身体平放在斗杠上，四肢张开旋转，名曰"鹤鹰展翅"。此时锣鼓打得特别急促，观众看得目瞪口呆，紧张得大气都不敢出一下。这个惊险动作是狮灯舞的最难的动作，一般完不成的可省略。这些动作完成后，开始拆桌子，当桌子拆到第五层时，狮子便上去表演。直到桌子拆到三层时，狮子从桌上腾空而起，一个猛虎下山，稳稳落在地上，一个精彩亮相，一展雄狮风采。整个狮灯舞过程完毕。

干龙船　干龙船也称旱龙船，是流传在宣恩县晓关侗乡的一种地方性说唱艺术形式。

据民间传说记载，干龙船起源于唐朝末年，发展于宋而流行于元代。话说宋朝灭南时，宋兵破城直通皇宫，宫廷大乱。混乱之中，皇太子将金銮殿上的护官之龙的龙头掰断，带着二十多名宫女逃了出来，一路上不分昼夜只顾逃命，几天几夜滴水未进、颗米未进，终于昏倒在一个钱庄大门前的阶沿下。太子醒来，想起以往文武百官平日觐见父皇，说的那些阿谀奉承的话犹在耳边。再看眼前，国破家亡，好不惨然。于是他将龙头往钱庄门前一放，顺手捡起一块石头，一边敲击地面一边哼唱起那些文武百官朝拜时奉承父皇的话来。那钱庄老板一听，以为是在奉承他，十分高兴，当下不仅赏给他一顿丰盛的酒饭，临走时还赏给了他不少的碎银做打发。皇太子一路边走边想：我刚才在钱庄的那番哼唱可真还起作用，不仅没失面子，还解决了挨饿的难题。于是他特意将那龙头打扮了一番，挂在一根木棍子上，每到钱庄、酒楼、大户人家的大门前便又说唱一番，以此乞讨度日。后来宋朝皇帝发现金銮殿的护宫龙头不见了，颁旨下令在民间搜寻。太子得知消息，情急之下赶紧将龙头抛入了河中。为了谋生随后他又按原样用篾、纸扎成了一个"干龙船"去沿途乞讨，于是这种乞讨艺术便在民间代代相传，并不断发展和演变，形成现在这种地域特色鲜明的侗乡干龙船说唱艺术。

干龙船是一种地方性说唱艺术形式，唱词多以七字句为主，是艺人见景生情即兴创作，讲究上下押韵，善于运用拟人、比喻、夸张等修辞手法，内容多为恭贺奉承之类，如赞主人家的屋场风水之美，家庭富贵荣华以及妻贤子孝人丁兴旺等。

干龙船2008年12月公布为宣恩县《第二批县级非物质文化遗产名录》，2016年被列入恩施州级非物质文化遗产名录。

三棒鼓　三棒鼓也是侗乡村民喜爱的民间文艺表演艺术形式。2011年被列入第三批国家级非物质文化遗产名录，是宣恩县的宝贵资源，其历史悠久。

三棒鼓演唱不受场地限制，田边地头、农家小院、街头巷尾均可表演。乐器有鼓、锣和杂耍的刀、斧、连撬棒等，唱词句式为"五五七五"四句一段，节奏明快，句句押韵。

在2019年宣恩县文化和旅游局、宣恩县民族宗教事务局联合举办的,"辉煌七十年·唱响新时代"庆祝新中国成立70周年三棒鼓词创作大赛征稿活动中,晓关侗族乡野椒园村的侗族村民冷浩然编创的《庆祝新中国成立70周年》三棒鼓唱词荣获佳作奖。

三棒鼓这种轻快活泼的演唱形式具有启迪教化功能和文化娱乐功能。对丰富和活跃农村文化生活、构建和谐社会具有积极意义。

第三节　侗族大歌

侗族大歌是我国侗族地区由民间歌队演唱的一种多声部、无指挥、无伴奏、自然和声的民间合唱音乐。2009年,侗族大歌被联合国教科文组织列入人类非物质文化遗产代表作名录。

侗族大歌源于春秋战国时期,至宋代,侗族大歌已经发展到了比较成熟的阶段;至明代,侗族大歌已经在侗族部分地区盛行了。侗族大歌的发展与其鼓楼的居住形式、好客的风俗习惯以及侗族语言有着密不可分的联系。

侗族大歌歌词简练,以突出和展示曲调声音美为主的"声音大歌"。"声音大歌"尽管歌词简单,曲式却同样复杂多变而庄重严肃,听之似乎更抒情完美,意味深长。

侗族大歌歌词押韵,曲调优美,歌词多采用比兴手法,意蕴深刻。

侗族大歌的代表作有《珠郎娘美》《莽岁流美》《元东》《蝉之歌》《大山真美好》《装呆傻》《松鼠歌》《三月歌》《耶老歌》《嘎高胜》《嘎音也》《嘎戏》。

侗族大歌不仅是一种音乐艺术表现形式,还是了解侗族的社会结构、婚恋关系、文化传承和精神生活的重要组成部分,在社会、思想、教育、婚姻等多方面具有研究价值。

第四节　宣恩薅草锣鼓

宣恩薅草锣鼓亦称打锣鼓，是土家族侗族人民在长期的生产劳动中创作的一种音乐与诗歌相结合的民间艺术形式。2008年6月7日入选第一批国家级非物质文化遗产扩展项目名录，为野椒园村的特色。

薅草锣鼓一般由四个或四个以上的歌师，在劳动队伍前方鸣锣击鼓演唱，伴奏乐器少则一锣一鼓，多则有大锣、马锣、头钹、二钹、鼓等。演唱程序包括起板、歌头、扬歌、歌尾四部分，歌头和歌尾为固定的请神送神仪式，扬歌为即兴演唱。演唱形式包括领唱、合唱、穿歌、插白等，唱腔则分高腔和平腔两种。唱词有固定唱词和即兴唱词两种，多段词形成分节歌或变化分节歌的结构，多为民歌连缀成套。因乐器配备不同，宣恩薅草锣鼓又可分为文锣鼓、武锣鼓、夹锣鼓三类，锣鼓曲牌多达三十余个，常用的有十几个。

"薅草锣鼓"的基本句式为"七言四句"上下句押韵，节奏明快、通俗易懂。主要韵调有一十四个半韵。分别是：天、地、人、和、黄、高、德、松、非、福、禄、裁、知、花。例如：

天字韵
每人四句为一板，希望不要讨价还。
撸起袖子加油干，大家勤奋勇直前。

地字韵
扬歌我不唱别的，薅草锣鼓的来历。
锣鼓汉朝就兴起，流传至今成非遗。

人字韵
薅草锣鼓响一阵，打完闹台就开声。
扬歌不把别的论，打锣先生接下文。

和字韵
只等闹台一落座，停住锣鼓就唱歌。
我推你来你推我，我始终都没梭脱。

黄字韵
一个鸡蛋两个黄,一个大姐两个郎。
前面一个打露水,后面一个遮太阳。

高字韵
今天田里好热闹,敲锣打鼓把草薅。
都说歌师唱得好,组词造句水平高。

得字韵
庞大队伍来到这,锣鼓喧天好闹热。
要我扬歌甲不卸,经起手来负起责。

松字韵
队伍已把峪口拢,草堂已擂鼓三通。
打完闹台歌朗诵,农友注意力集中。

非字韵
扬歌几句就住嘴,不当之处根莫追。
我要相请众歌师,把你才能来发挥。

福字韵
草堂响起三通鼓,扬歌我顺口而出。
且看庞大的队伍,兴高采烈薅苞谷。

禄字韵
和气生财携起手,薅草不可把机投。
有缘同行把事做,做个捧手把墙筑。

栽字韵
鼓擂三旬把阵摆,田野就当赛歌台。
薅草现场莫怕晒,都把干劲鼓起来。

知字韵
开始扬歌就架势,请你唱个水落石。
通俗易懂的方式,莫学狗子进茅斯。

花字韵
上坡就把闹台打,薅草人等要启发。
帮忙人等把地下,共筑丰收幸福家。

野椒园村民间艺术大师——冷浩然

2022年的仲秋时节，本书编写组一行三人专程到晓关侗族乡"薅草锣鼓"传习所，拜访国家级非物质文化遗产代表性项目"薅草锣鼓"传承人冷浩然。

走进传习所，只见一位伏案而坐的老人正在整理资料。我们向他打过招呼说明来意，老人便起身相迎，邀约客厅就座，开始了我们的访谈。老人向我们详细介绍了他从艺的经历，并搬出一摞荣誉证书，以及编写的文稿和媒体报道的资料。见到这些物品，我们肃然起敬，这位深藏乡野的普通农民在生产生活中做出了并不普通的骄人成绩。

冷浩然，男，1944年10月生，现年80岁，侗族，小学文化程度，宣恩晓关侗族乡野椒园村人。他生性活泼开朗，语言幽默风趣，做事精明，为人豪爽，自幼酷爱民间艺术。他勤奋好学，师从多门，才多艺广。他当过修建乡村木房子的掌墨师，乡邻红白喜事的歌先生，不仅山歌唱得好孝歌更出色，不仅会打三棒鼓还会表演干龙船，更有名气的是薅草锣鼓。

2009年，县人民政府授予他"宣恩县优秀民族民间艺人"称号；2012年9月被申报为湖北省级薅草锣鼓代表性传承人；2018年5月8日，入选第五批国家级非物质文化遗产项目薅草锣鼓代表性传承人。他常年活跃在乡村和县内重大节庆活动中，是位德高望重的优秀民间艺术大师。

第五节　其他歌谣选录

劳动号子

一、石工号子

领：喊起号子嘛！合：嗨扬咗啲！领：齐用力啊！合：嗨咦咗呢！
领：要把那石头嘛！合：嗨扬咗啲！领：撬起来嘛！合：嗨咦咗啊！

领：钢钎伸进去嘛！合：嗨扬咗嗬！领：往右来嘛！合：嗨咦咗！
领：再来一把嘛！合：嗨咦咗嗬！领：翻过去嘛！合：嗨咦咗！

二、打夯号子

领：抬起夯来嘛！合：嗨扬咗嗬！领：齐用力啦！合：嗨咦咗呢！
领：再来一把嘛！合：嗨扬咗嗬！领：打起夯来嘛！合：嗨咦咗！
领：大家齐心嘛！合：嗨扬咗嗬！领：打起夯来嘛！合：嗨咦咗呢！
领：嘿咗！合：嗨咗！领：嘿咗！合：嗨咗！

三、抬嫁奁歌

前：前后！后：起！前：抬起嫁妆！后：一路风光！前：大路好走！
后：甩脚甩手！前：坦坦平阳！后：喜气洋洋！前：大拐弯！
后：摆得宽！前：包包岩（ái）！后：翻过来！前：前面左拐！
后：后面右摆！前：前面右拐！后：后面左拐！前：前面路滑！
后：小心莫达（跌）！前：前面路溜！后：小心莫丢！前：前面过桥！
后：小心桥摇！

栽秧歌

女：大田栽树棵对棵，栽去栽来妹落窝。
　　路上情哥不要看，下田帮妹栽几窝。
男：大田栽秧行对行，栽去栽来妹落塘。
　　谁人是哥情妹妹，我就帮妹栽几行。
女：大田栽秧棵对棵，扒开泥巴栽一窝。
　　过路情哥你莫笑，妹家人少活路多。
男：大田栽秧棵对棵，栽去栽来妹落窝。
　　只要小妹不嫌弃，哥来帮妹栽几窝。
女：大田栽秧根对根，哥来帮妹有原因。
　　不是帮妹栽秧子，是来笼络小妹心。

130

男：大田栽秧棵对棵，人才美貌惊动哥。
　　一来帮妹栽秧子，二来陪妹唱山歌。
女：栽秧别栽碗大蔸，碗大碗小不好收。
　　唱歌别唱情义重，情深义重不好丢。
男：大田栽秧根对根，田中无水秧不青。
　　秧子黄苗无露水，哥来栽秧想妹们。
女：大田栽秧行对行，栽完秧子谢小郎。
　　天上无雷不下雨，地上无媒不成双。
男：大田栽秧行对行，哥来栽秧为妹娘。
　　如今是个新社会，不用媒人自成双。
女：大田栽秧行对行，多谢情哥来帮忙。
　　不管情哥怎样想，千万不要起心肠。
男：大田栽秧行对行，真心实意来帮忙。
　　不管小妹怎样想，哥是一片好心肠。

爱情山歌

甲：买马要买四脚白，恋姣要恋好脚色。
　　有朝一日翻了撬，打得官司见得客。
乙：买马要买四脚高，骑到云南去看姣。
　　走到半路姣死了，人退颜色马退膘。
甲：买牛要买牛角尖，买马要买马蹄圆。
　　牛角不尖不打架，马蹄不圆不翻山。
乙：买牛要买花花牛，花牛花马花龙头。
　　哪个买到花牛马，花铺花盖花枕头。
甲：习牛要习包包角，恋姣要恋小小脚。
　　包包角来好打架，小小脚来好暖和。
乙：郎骑白马过高桥，风吹马尾颤摇摇。
　　扯根丝钱配马尾，妹绣荷包配郎腰。
甲：郎骑白马过高山，一无龙头二无鞍。
　　哪个骑得无鞍马，不做文官做武官。

乙：郎骑白马过高山，一根花蛇把路拦。
　　见蛇不打郎手善，见姐不恋郎当憨。
甲：好马过路响叮当，好姐过路郎心慌。
　　好姐过路恋不到，前世烧了断头香。
乙：昨天与郎同过河，郎骑白马姐骑骡。
　　郎在马上喊情姐，姐在骡上喊情哥。

盘　歌

盘歌是青年男女向对方表达心愿、显示才能的一种古老的知识应答对歌方式。一般是女的先唱，男的作答，或者男的先唱，女的作答。

问：讲盘歌来唱盘歌，天上明星好多颗。
　　一担芝麻好多颗，一匹绫罗好多梭。
答：讲盘歌来唱盘歌，天上明星靠婆娑。
　　芝麻认升不认颗，绫罗认匹不认梭。
问：什么坐东又坐西？什么坐的九条溪？
　　什么坐的人行路？什么坐在树丫里？
答：太阳坐东又坐西，龙王坐的九条溪，
　　老虎坐的人行路，喜鹊坐在树丫里。
问：什么穿青又穿白？什么穿的一面黑？
　　什么穿的十样锦？什么穿的瓦灰色？
答：喜鹊穿青又穿白，乌鸦穿的一面黑，
　　锦鸡穿的十样锦，斑鸠穿的瓦灰色。
问：什么抱蛋三根柴？什么抱蛋土里埋？
　　什么抱蛋隔山抱？什么抱蛋在半砣？
答：斑鸠抱蛋三根柴，老蛇抱蛋土里埋，
　　团鱼抱蛋隔山抱，老鹰抱蛋在半砣。
问：什么吃草不吃根？什么睡起不翻身？
　　什么岩上盘脚坐？什么岩角把网伸？
答：镰刀吃草不吃根，石头睡起不翻身，

猴子岩上盘脚坐,蜘蛛岩角把网伸。
问:什么会打天边鼓?什么起早唱五更?
　　什么肚内有牙齿?什么背上有眼睛?
答:雷公会打天边鼓,公鸡起早唱五更,
　　磨子肚内有牙齿,秤杆背上有眼睛。

儿　歌

一、排排坐

排排坐,吃果果。果果香,买干姜。干姜辣,买枇杷。枇杷甜,买黄连。黄连苦,买骟牯。骟牯黄,买红糖。红糖甜,好过年。

二、大月亮,小月亮

大月亮,小月亮,哥哥起来学篾匠,嫂嫂起来打鞋底,婆婆起来舂糯米,舂得喷喷香。打起锣鼓接幺娘,幺娘幺娘你莫哭,明年爹给你栽糯谷。糯谷开花,搬进新家,糯谷结籽,添个胖子。

三、吃的么子饭?

吃的么子饭?吃的红米饭。么子红?鸭蛋红。么子鸭?扁水鸭。么子扁?桫椤扁。么子桫?斑鸡窝。么子斑?人斑。么子人?古人。么子鼓?强骟牯。么子强?旧鼻梁。么子旧?螺蛳旧。么子螺?响锣。么子响?炭响。么子炭?青冈炭。么子青?老鸦(wā)啄你鼻梁筋。

四、桫椤树,桫椤丫

桫椤树,桫椤丫,桫椤树上好人家。盘的崽,会写字,盘的女,会绣花。大姐绣起盘龙髻,二姐绣的牡丹花,只有三姐不会绣,关在家里纺棉花。

五、你打铁，我打铁

你打铁，我打铁，打把剪刀送姐姐。姐姐留我歇，我不歇，我要回去织麻布。麻布织了三丈五，卖了买个大水牯。

六、虫虫飞

虫虫飞，飞到嘎嘎去。嘎嘎不赶狗，咬到虫虫手。嘎嘎不赶鸡，咬到虫虫衣。

七、推磨嘎磨

推磨嘎磨，推豆腐，接舅母；舅母不吃酸豆腐；推粑粑，接嘎嘎，嘎嘎不吃酸粑粑。

第六节　侗乡文艺宣传队

  2016 年，在野椒园侗寨景区的开发基础上，晓关侗族乡成立了侗乡文艺宣传队，聘请了湖南省通道县的龙成老师进行器乐、舞蹈、歌曲的教授。在器乐方面，主要学习了芦笙、侗琵琶、侗笛等乐器；在歌舞方面，主要学习了《竹筒传情》《伞舞》《芦笙踩堂》等歌舞；在歌曲方面，主要学习了侗族大歌之《蝉之歌》《敬酒歌》《月道赖》《娘敬高》《一碗米酒敬亲人》等侗族歌曲。

第八章 传说故事

姜良姜妹的传说

野椒园侗寨流传着一个人类起源的故事。

传说很久很久以前,世界上一片荒凉,只有一个娘娘,人们称她为祖母神。

有一天,她实在闷得慌,就摘了个李子将它切成七片,用气一吹,就变成了七个小孩子。那时山高林密,雨水很多。孩子成年,就接着下了九天九夜大雨,洪水满山遍野铺天盖地而来。洪水越涨越高,七个孩子淹死了五个,只剩下姜良姜妹两兄妹。他俩逃到一个很高很高的山坡上,洪水就跟着涨到了山腰。正在危急的时候,一朵紫云突然降到他俩面前,云朵上站着一个女人手持柳枝,从袖中摸出一粒闪闪发亮的葫芦种,递给兄妹俩,要他们快快种下。说也奇怪,那瓜种播入土后:

    一个时辰种发芽,两个时辰瓜牵藤。
    三个时辰瓜长大,瓜长丈二还有零。
    三更长到五更上,洪水滔滔满山岭。

这时兄妹俩急忙摘下大葫芦瓜,挖出瓜瓤坐在瓜中间顺水漂流。也不知漂流了多少天,姜良在瓜里闷得慌了,把头伸出来往外一看,洪水已经退了,天上出现十二个太阳,光焰似火,一下子就把他脸晒得绯红。姜妹没有伸出头来,太阳晒不着她,所以她的脸又白又嫩又漂亮,后来人们就称红脸是傩头爷爷,白脸是傩头娘娘。

兄妹俩回到大地后,在一个风景优美的地方重建家园。但是凶狠的太阳实在叫人难以生活，于是姜良就造了一把弓箭，爬在一根通天的大马桑树上，射落了十一个太阳。由于姜良踩马桑树用力过猛，马桑树被压弯了腰，从此它再也伸不直了，至今还是这样。自从姜良射落了十一个太阳后，天上只剩下一个太阳，照射大地，四季分明，风和日丽，五谷丰登。

从此，姜良姜妹的生活美满。可是姜良也有自己的心思，他想大地没有人烟，要是他们不繁衍子孙，人类就要灭绝，田园也要荒芜。有一天，他把自己的心思吐露给姜妹：

哥有心思难开口，不知妹妹可思忖。
竹子传代靠竹笋，桃李有子才成林。
若要天下传人种，只有我俩结为婚。

姜妹听了，含羞低头答道：

岩鹰不打窝下食，哥哥说话欠聪敏。
你我都是同胞生，怎能兄妹联婚姻。

姜妹的话使姜良为难极了，这时有一只龟仙对姜良说："你们成亲，是上天的旨意，不过要姜妹心悦诚服才行。我倒有个主意，你可以用滚磨自合的办法来说服姜妹。先将一副磨子合好放在山脚下，再拿另一副磨子各执一扇，从两个山头往下滚，山高草深，自然难找到。你就拿那副合好的磨子说是滚合的，姜妹一定相信。"姜良照着龟仙说的办法和姜妹商量："上天只留下我们兄妹两人，要我们开天辟地，若不婚配，就没有世界。是不是天意，我们可以用一副磨子各执一扇，从两个山头往下滚，如果合拢了，就是天意。"姜妹将信将疑，同意试试。磨子滚下，走近一看，合拢了。姜妹看到滚磨能自合，但心里还是不乐意。于是又提出："兄妹成婚要认真，还要丢针穿线来定亲。"姜妹认为丢针穿线是办不到的事。谁知姜良又照龟仙指的办法，先用麻线把针穿好丢在地上，待妹妹丢针后，自己把麻线藏起来，指着已穿好的针线说："这是天老爷帮我们穿的。"姜妹认为滚磨穿针都是神人的旨意，不结婚违背天意。于是就与姜良结成了夫妻。婚后，姜妹生了一个圆肉球在地上滚来滚去。姜良看了很生气，就把它切成一百块扔向四野。说来也巧，第二天，奇怪的景象出现了，周围有村村寨寨，房屋栉比，人群熙攘，成了一百个姓氏和几十个民族。相传"骨头变成的是苗族，圆心变成的是汉族，肠子变成的是瑶族，而侗族是肉块变成的"。所以，侗族人性情温柔，热情好客。

久而久之，这个故事不仅成了人们口头歌谣，代代相传，人人通晓，而且逐渐演变成侗族的祭祖活动。他们认为姜良姜妹是创造人类的老祖先，不祭祀就会多灾多难。后世把这种祭祀叫作还宵愿，又名还祖神愿、还傩愿，敬奉傩头爷爷和傩头娘娘。还傩愿是两年一次,都在腊月。每次还傩愿,必需供奉傩头爷爷和傩头娘娘。

红豆树的美丽传说

相传唐肃宗乾元年间,史思明复叛,叛军攻陷洛阳,大肆掳掠,京城再次蒙难。有一俊美典雅女子,名唤邱娘,被叛军追到凌烟阁上,走投无路之际,邱娘纵身从楼上跳下。就在叛军惊疑之间,一少年将军坐骑黑马,横空飞过,接住邱娘。只见他手持长枪,青衣盔甲,左挑右刺,奋勇厮杀,如一阵黑旋风一般,顷刻便杀出一条血路。但更多叛军蜂拥而至。忽然,少年将军座下黑马一声长啸,四蹄奋起,腾空而去,转眼间消失得无影无踪。

那黑马名曰乌骓,是一匹神马,带着少年将军和邱娘疾行七昼夜,来到一座高山。极目远眺,蓝天如拭,白云悠悠;往下一看,一条蓝色河流蜿蜒东去,两岸村落点点,有农人在田园阡陌耕作,一番静谧祥和的田园景象。邱娘与少年将军相视一笑,便决定在这里住下来。

他们选择在河流上游的一个三山两溪之间的小山谷内搭建草堂,开始他们世外桃源般的生活。邱娘原是大家闺秀,幼时诵读诗书,琴棋书画样样通晓;将军自幼习武,十八般武艺门门精通。白天将军种地,邱娘在家纺纱,夜晚两人在窗前吟诵诗文,晨起将军在堂前习练武艺。两人日子过得甜甜蜜蜜。

一个春天的夜晚,邱娘和将军正在窗下诵读当朝大诗人王维的《相思》:"红豆生南国,春来发几枝。愿君多采撷,此物最相思。"忽听乌骓狂嘶,两人连忙跑去马棚一看,一头花斑豹正立在乌骓前,将军持枪欲刺,那豹却摇身一变,幻化成一位红衣女子,朗声说道:"将军且慢,实不相瞒,我是天宫中的红豆仙子。我看小姐与将军十分恩爱,相敬如宾,情深似海,故来赠送红豆与你,愿你们及天下有情人夫妻恩爱,长长久久,直到永远。"说完,她从袖中取出一锦囊,抛给将军,将军接住。那红衣女子化作一道红光,腾空而去。

邱娘与将军回房,打开锦囊,却是一粒红豆,晶莹红亮,色艳如血,质坚如钻,夫妻俩十分喜爱。次日,将军与邱娘在家门前的小山包上种上红豆,以做纪念。不久,这粒红豆发芽生长,拔地而起,长成小树。

这一年邱娘怀孕,生下一子,随母姓邱,取名邱唐,以不忘自己是唐人之意。邱唐三岁时白天随母识字学文,夜晚跟父练习武艺。

一天夜里，天还未亮。将军被乌骓的嘶鸣声惊醒。他知道情况有异，迅速披挂，解开缰绳，提枪上马，乌骓便往黄家寨疾驰而去。来到寨前，只见一伙强盗正明火执仗地抢劫屠村。将军大喝住手，强盗们见来者只有一人，毫无畏惧。将军发起神威，用枪挑了两个正在作恶的强盗。这时众强盗中一彪形大汉坐骑红鬃马，手持开山大斧策马劈来，将军闪身躲过，回马一枪，将大汉挑起，甩出三丈开外。众强盗见头领被毙，纷纷作鸟兽散。将军救了黄家寨，寨主率寨民感激救命之恩，称将军为天降神将，救了全寨性命，他们将世代铭记将军恩德，永志不忘。

又过了十多年。一天下午，乌骓在马棚里烦躁不安，嘶鸣不已。将军与邱娘商量："看来天下并不太平，国家有难，匹夫有责，我久居山中，应当出山为国效力才是。孩子邱唐就交给你了！""好男儿当志在四方。孩子交我吧！我会等你归来！"

次日，天刚蒙蒙亮，邱娘带着孩子来到红豆树下，与将军依依惜别。"得得"的马蹄声在晨风中渐渐消失，泪水在邱娘美丽的脸颊上哗哗地流淌着。

日子一天一天地流逝着，将军走后就没有传回消息。邱娘时常来到树下，望着丈夫远去的方向发呆。转眼十年过去了，一天下午，邱娘突然听到乌骓的嘶鸣，知道丈夫回来了。忙带着孩子出门去接父亲，可他们看到的只有乌骓，却没有父亲，邱娘当场就晕了过去。

邱唐把母亲扶到屋中休息，邱娘茶饭不思，身体一天天消瘦下去，邱唐想尽一切办法，但都没有效果。一天，邱娘把儿子叫到床前，告诉儿子："我本是死过一回之人，幸得你父亲救我一命。我不图富贵，只求平安一生。现在我已知足了。我死后，你把我葬在南山上，让我每天能望见屋前山包上的红豆树，以解相思之苦。"说完，驾返瑶池而去。

邱唐安葬了母亲邱娘，可那乌骓马却水不喝、草不吃，每天站在后山顶上悲鸣。不久的一天夜里，乌骓便幻化成一座山，像一匹天马活灵活现地立在那里，似在等候它的主人。这就是天马山，现在人们称为马鞍山。

后来，邱唐离开这里，去寻找未归的父亲。人们为了纪念邱娘和将军，将这里称作相思谷，称谷中的小溪叫红豆溪，称谷中的湖泊叫马上湖，也叫相思湖，传说这湖泊是神马泪水凝成的。

九百年后，已到清朝康熙年间，红豆树已长成参天大树。湖南宝庆府的杨昌松避乱，逃到这里，一眼就看中这人间秘境，世外桃源，在此安营扎寨，繁衍生息，这就是现在的野椒园杨氏侗寨。

（张建平搜集整理）

天马山的传说

天马山,又名马鞍山,位于晓关侗族乡驻地东南面,为野椒园侗寨后山主峰,海拔1214米,西南至东北走向,东北至温家坡、卡放梁,西南至关口、燕子窝等,其支脉经野椒园侗寨蜿蜒伸入贡水河。天马山与天上坪的余脉相连,犹如一个巨人将晓关盆地抱在怀中。

天马山风景优美、植被繁盛、水草丰茂,西北面坡度平缓,有小溪清泉流淌,是徒步、野营、登山爱好者的理想之地。

传说天马山是一匹天马变成的。从东南面看,天马山如同一匹昂首凝视西方的雄伟骏马,马头、马鬃、马腰、马身活灵活现、栩栩如生,至今在野椒园村一带仍然流传着天马山的天马在咸丰吃稻谷的故事。

很早以前,天马山的天马带着一群小马天天晚上到咸丰吃稻谷,当地人早上起来发现稻谷减少了,不知道是什么原因,便把这事报告了知县。知县怀疑是小偷盗走了稻谷,暗中派衙役在夜里守候,守候多天却没有盗贼出现,但稻谷却在减少。知县沉思良久,决定晚上亲自参加守候。他派衙役带上石灰,撒在谷堆四周和进出粮仓的道路上。半夜时分,只听"得得"的马蹄声由远而近,一匹高大雄伟的金色骏马带着一群小马风驰电掣般凌空而下,来到晒谷场上的谷堆旁偷吃稻谷。知县命令不要惊动它们,只见它们吃饱后,在一阵"得得"的马蹄声中腾空往东北方向而去。

第二天,县太爷在谷堆旁仔细察看,看到石灰上依稀有马蹄印痕。他决定带领衙役往东北方向寻找,经过数天的寻找,终于在天马山找到这匹到咸丰偷吃稻谷的天马。在天马山形似马嘴的悬崖上,知县请石匠将形似马嘴的岩石敲掉,从此咸丰再没有发生夜间有马偷吃稻谷的事了。

(张建平搜集整理)

杨震暮夜却金,清白传家的故事

杨氏侗寨先祖杨震(59—124),字伯起,弘农华阴人,东汉时期名臣。

杨震通晓经籍，好学钻研。其热爱教育事业，自费设塾授徒三十年，坚持"有教无类，不分贫富"，秉承"清白正直，身教为先"的教育方法，培育出近三千名弟子，被众儒生称赞为"关西孔子杨伯起"。杨震屡次拒绝朝廷的征召，直至五十多岁时，在大将军邓骘的召请下，才出仕为官，官至太尉。

在荆州刺史任中，杨震曾荐举才华出众的王密为昌邑县令。数年后，杨震调任东莱太守路经昌邑县时，王密为答谢杨震知遇之恩，夜里前往馆驿拜见杨震，见室内无人便从怀里取出黄金十斤相赠。杨震不接受，说："故人知君，君不知故人，何也？"王密说："暮夜无知者。"杨震说："天知，神知，我知，子知。何谓无知！"王密羞愧而去。这就是千古流传的"暮夜却金"故事，后人因此称杨震为"杨四知""四知太守""四知先生"。

杨震自身清廉正直，治家严谨，以"清白吏子孙"为家训严格要求影响后人，杨氏子孙大都博学清廉，以"清白吏"誉满天下。据《后汉书·杨震列传》记载：自震至彪，四世太尉，德业相继，代代"能守家风，为世所贵"，成为"东京名族"。

杨震有子五个，在宋室南渡时，后代迁居南方各地。长子杨牧、三子杨秉、五子杨奉后裔都有族人迁居天台。台宗南山杨氏就是杨震五子杨奉的后裔。杨氏第三十五世杨邦义南宋时期举家迁居杭州，四代之后，于宋绍定五年（1232）秋，台宗南山杨氏始祖杨瓒自杭州迁居天台前杨。

"四知遗训家声远，三相流芳世泽长。"杨震"四知遗风"对杨氏族人影响深远，其子裔恪守"四知"家风，兴建"四知"堂馆纪念一身正气、清正廉洁的先祖杨震，传承家训，自勉自励，做到清正廉洁。

张衡拒收"金错刀"

东汉张衡，相传为宣恩野椒园侗寨张氏先祖。他不仅是发明"地动仪"的发明家，而且还是一位官员，被后世尊称为"科圣"，在他身上还曾发生过拒贿的故事。

张衡（78—139），字平子，南阳西鄂（今河南南阳市石桥镇）人，南阳五圣之一，与司马相如、扬雄、班固并称汉赋四大家，中国东汉时期伟大的天文学家、地理学家、文学家、发明家、哲学家。初为南阳太守的主簿，后历任郎中、太史令、侍中、河间相等职。晚年因病入朝任尚书，于永和四年（139）逝世，享年六十二岁，北宋时被追封为西鄂伯。他精通天文、历算，发明了世界上最早的浑天仪、地动仪，并指出月球本身并不发光，月光其实是日光的反射，还正确地解释了月食的成因。他开创了中国天文、地理研究之先河。

汉和帝永元十二年（100），张衡应南阳太守鲍德之请，做了他的主簿。永初五年（111），张衡被召进京，先为郎中，后为太史令。张衡为官期间，不慕功名富贵，为政清廉，当时的官场上广泛流传着他拒收"金错刀"的故事。

永和元年（136），张衡出任河间王刘政的国相。当时，世风日下，弊政甚多，但张衡法治严明，着力打击那些地方豪强劣绅。一些豪富便商量买通张衡，给他们"行方便"，充当地方保护伞。豪富们派人偷偷给张衡送去了"金错刀"，想要贿赂他。何谓"金错刀"？西汉末年，王莽篡政后，发行了一种货币，因这种钱币制作时使用了我国传统的金错工艺，故名"金错刀"。在当时，金错刀属于极为珍稀的高额钱币，"一刀平五千"，即一枚金错刀价值五千枚五铢钱！其贵重身价可想而知。面对如此厚礼，耿直的张衡不为所惑，愤然拒收"金错刀"，并让送礼者转告那些富豪们要严守法度，不得胡为，否则严办！富豪们碰了一鼻子灰，仍然不死心，后来又多次以各种形式送张衡"金错刀"，均被张衡严拒。张衡一面拒贿，一面施法于政，严惩不法豪绅。时过不久，全郡上下政风端正、民风肃然、百业兴旺，百姓安居乐业。《后汉书·张衡传》记载："衡下车，治威产，整法度，阴知奸党名姓，一时收擒，上下肃然，称为政理。"

由于张衡的突出贡献，国际天文学联合会将月球背面的一个环形山命名为"张衡环形山"，太阳系中的1802号小行星命名为"张衡星"。后人为纪念张衡，在南阳修建了张衡纪念馆。郭沫若曾高度赞扬张衡："如此全面发展之人物，在世界史中亦所罕见，万祀千龄，令人敬仰。"

中篇

野椒园写意

第一章　诗情画意

野椒园侗寨
田　词

置身野椒园侗寨
侗族文化扑面而来
侗乡拦门酒
醉在侗寨大门口
无伴奏的侗族大歌
唱醉了心头
四合井的老院子
触摸到了历史的厚度
半边火炉
烤得日子红红火火
合拢宴上千家菜百家味伴着老酒
体味了情的温度
还有一位老红豆
站在山头
撒满一地相思豆
让牛郎织女嫉妒
姑娘采摘新鲜的瓜果

甜情蜜意装满小竹篓
送给心爱的小伙
若是欣然接受
就开启了一生美满姻缘的合奏
腿已离开了寨口
心却留在了侗寨里头
从此不回头!

古老的侗寨(组诗)
颜 英

野椒园

野椒园背依马鞍山,面向贡水河
沉在旧时光里,每日又以崭新的面貌与我们相见
田园阡陌上,侗族儿女日出而作,日落而息
和吊脚楼一样,有着木质的本心
朴素而宁静
时移世易,这些木头的年轮再也不会增长
但历史在蕴藏,侗寨古老的文化
正在岁月的抚摸下,显出独特的纹理

我喜欢这原始的建筑
这种木质的安稳和我一样
不言说,只倾听
有时发出轻轻的,历史深处的吱吱呀呀
像古老的谣语
穿越时光而来

小青瓦,花格窗,木栏扶手
和我一样安静

天光明朗
高低错落的风现身又隐去
我的万念汇成一念
只有
深爱

白岩沟

石头天生没有方向,水带着它们
有的留在高处,有的去往低处
水的去势像一个谜团,又像是
石头带着水在分离和汇聚
有时面目狰狞,有时静成荡漾自身

峡谷的寂静让鸟鸣充满了活力
有兽踪一闪而过
我能想象到它们单纯的大眼睛
将在身后一路尾随,直到我们
将喧嚣耗尽,将寂静还回白岩沟中

吊脚楼

没有铁钉嵌入,木头就不会疼痛
全凭卯榫结合,它们就能长成彼此的模样
我能摸到那些杉木、松木
紫树、椿木……的前生
它们在斧凿下的惊心动魄

先祖们手中无图纸,心中有方圆
让这些梁、柱、枋、檩,各归其位
让吊脚楼凭空而起
或占崖背山,或环谷沿沟
或绕弯溜脊,接前连后,独立又聚落成寨

我能感受到寨楼深处先祖们
叱咤的风云,魂牵又梦绕
这一栋栋如手足般互挽的吊脚楼
各有特色,或典雅灵秀
或挺拔健劲,或生动活泼

这是一首首凝固的古歌,我听到
历史深处流水的柔软,风声的起落
侗寨中世代的悲欢,一切都会不朽
这是一种建筑,也是一部人文

侗　寨

山风扶摇,金色的稻田里
饱满的禾穗战栗不已
盛世的光正从头顶经过
它们一棵棵,不只是葱茏的草木
更像我野椒园的亲人
垂头不语,羞涩而朴素
却更接近幸福

这农耕文明的结晶,百余年来
跟随侗寨人的辛劳,饱饮贡水河的水
抽穗,开花
看着吊脚楼在时序里生长
一排排起,一幢幢高

炊烟渐次,人丁兴旺
"踩堂"少女蓝靛色礼服闪闪发光
蝶影般水边闪过
"侗族大歌"演唱出丰收的重奏
看着野椒园的缓慢时光,滴在田园深处

结满相思的树
覃遵堲

用心感受地球公转的节奏
当树的年轮，爬上阿公的脸
封存在酒里的故事
羁绊了浪迹天涯的脚步
迎着星光，匆忙赶路的步伐
带着夕阳的温度

岁月把红绳蹉跎成结
相思鸟从南方来
看不懂绳结记录的往事
于是啄来满天星辰
把思念挂满古树枝头

就算走不完全世界的路
也要去野椒园
寻找千年红豆树
和那个在梦里路过的人

走近野椒园村
黄 艳

走近野椒园村
感受山村的心跳
有种莫名的惊喜
以张氏杨氏为代表

以姓氏命名的侗寨宅院
形成的自然村落
有没有陶渊明笔下的故事
走近它就能找到答案

瓦脊上的炊烟
点燃侗族人的原色
两百多年来
古建筑存活下来
似沙漠中的绿洲
扬起诗句的抑扬顿挫
低调的设计理念
延伸了侗族人民
无穷的智慧

在这块土地上
敞开的大门
与城市紧锁的铁门
形成强烈的反差
廊桥弄影
人与人之间
心心念念
祥和平等
舒缓在田间地头

青山隐隐
瓦房裹紧的暖
智慧的内涵
人间烟火
慢热的性格特点
造就别样的洞天
宁静致远

农忙季节
自编自导自演
薅草锣鼓在田间地头
为劳动者加油
那欢快的节奏
飘过山岭
这里的劳动者
没有悲怨
餐桌上的美食
腊肉　香肠
土鸡炖排骨
斟满一杯玉米酒
缀满喜悦
村庄有了独特的模样
旷野中的画卷
多了一份别样的色彩

老人们卷起叶子烟
抽上两口
养目养神
烟杆上烟雾缭绕
与晨起的云雾弥漫开来
人们开始一天的劳作
放牛喂猪的
养鸡养狗的
下田种地的
金黄的油菜花
粉红的桃花
绿油油的茶园
柚子橘子挂满枝头
有滋有味的生活
让人羡慕不已

炊烟袅袅升起的时候
鸡的打鸣声和着
旷野里雨后的蛙鸣

来吧
举杯共明月
来宣恩的野椒园村
生活的旋律里
舒展筋骨
治愈隐痛

观森林的绿意
喜平淡悠然
惬意在宁静中
雅韵在侗族人的天地间
野椒园里
紫陌芬芳

白岩沟溯溪（外三首）
迟　雨

青蛙醒来
打一个哈欠
吐出一个春天

调皮的鸭子花
开出紫白花瓣，鹅黄花蕊
正引诱五月色彩的狂欢

白岩沟大裂谷
地壳上一道小伤口

赭红的记忆,在斜照里长留

严整的崖壁　似画的白岩
是鬼斧神工的造化
还是古代巴人的杰作

悬崖上的神秘洞穴
熬硝人的工厂
熬出多少传奇,沉淀在历史锅底

崖壁上的悬棺
沉淀着古人的梦想
记载着人类的沧桑

小溪在谷中孤独行走
跳跃欢乐　无忧无愁
岁月在瀑布琴弦上溜走

谷底溯溪　是谁的主意
一群帅哥靓女
可唤醒小溪
单相思的记忆

打蕨石的叹息

小溪染了相思
瘦了腰围
圆滑的石头从水里伸出来
惊奇地张望这个世界

忽然　打蕨石一声叹息
把小溪带入那热闹的岁月
手捶蕨根的男人

弯腰淘蕨的村妇
叮咚的声
圆大的缸
还有夜里的灯笼火把
把小溪染得热气腾腾

打蕨石成了夜里演出的主角
众星捧月的目光
照亮它光滑的背脊
温饱在它脚下漫延
尽管冬雪纷飞
它成了寨子里的热点

如今
那一段热闹的岁月
随缓缓溪流沉淀进历史深处
一去不返
只有那水菖蒲
舒展起绿色的腰肢
看水
更清
看天
更蓝

水菖蒲打了一个喷嚏
啊——
世界峰回路转
前途光明一片

故乡的思念

霞在水中
月在天上

是谁将这
玫瑰色的黄昏
藏在山间

不懂事的鱼儿
在云霞间窥探
不时调皮地摇起
古老的涟漪
织成彩色的思念

芬芳的歌声
从山那边袭来
故乡沉淀在
我童年的梦里

岁月走向远方
带着我背井离乡
故乡在梦里成长为
春的田野
夏的清凉
秋的成熟
冬的雪霜
成长为
生我养我的亲娘

走进故乡

走进故乡
饱经冰霜酷暑的百年枫
绿色的叶漾起秋天的红
年轻的毛头小子啊
你怎么顶着雪花般的葱茏

千年的红豆
在村头守望千年
在善男信女的眸子里
酝酿着相思的血红

朝云升起　暮霞垂下
风走进故乡的册页中
不知什么时候
化作东天的虹

故乡像一坛浊酒
醉得你老眼蒙眬
在杯盘叮当的梦里
走着春夏秋冬

第二章 采风纪实

人间秘境野椒园

张建平

野椒园侗寨景区位于宣恩县晓关侗族乡境内，是展示侗家文化风情的窗口。这里山清水秀，四季分明，小河流淌，曲径环绕，村里有百年古侗寨、千年相思树，古木参天，翠竹林立。张氏侗寨及杨氏侗寨以自然人文景观与浓郁的民俗风情融为一体，虽紧邻椒石省道，却掩映在苍山翠竹之间，不易被人发现，被誉为"人间秘境""武陵第一古侗寨"。

清晨早餐毕，我们自宣恩县城乘车出发，走高速，出晓关收费站，5分钟就到了杨氏侗寨旁。大家下车一看，只见蓝天白云、青山葱茏、阡陌纵横，唯独不见侗寨。我向公路东边的圆形小山包一指，随口吟道："红豆生南国，春来发几枝。劝君多采撷，此物最相思。"女士们顿时兴奋起来，大喊"红豆树"，很快便爬上了小山包。

走近红豆树，大家被它惊呆了。这树已是1200多岁的高龄，它是红豆树家族的老寿星，却仍然显得春意盎然，焕发着勃勃生机。想人生短短几十年，在它面前显得多么渺小。

大家欢呼雀跃，随着摄影师老李的一阵"嚓嚓嚓"的快门声，大家在镜头前尽情地展示着自己阳光的英姿，将自己的美好瞬间定格在相机的记忆里。老李擦了一下脸上的汗水说："我研究过，这棵红豆树，论粗大，论高龄，中华大地上好像仅此一株。"我说："此树论奇、论特，常绿而随意分枝、长叶、落叶，完全不依季节,恐怕全国绝无仅有。"此时树下谷中,忽有潺潺水声及鸡犬之声。众人疑惑间,我说此乃相思谷,杨氏侗寨就坐落谷中。

我们随即沿步道而下,在绿树翠竹掩映中,果见一大院落,房屋错落有致。红豆溪清流环绕,溪水清澈,岸边野花正在开放,溪边有妇女正洗菜浣衣。沿寨中小巷石板小路左拐右转,穿天井,过朝门,犹如进入迷宫一般。寨中村民热情好客,真是"村庄到处如知己,物色于人亦有情""倚栏无语闲商略,此景谁能画得成"。

出杨氏侗寨,见一招牌:"张氏侗寨由此去。"大家眼睛一亮,顿有"山重水复疑无路,柳暗花明又一村"之感。我们穿过池塘小堤,漫步林中步道,翻过小山梁,顺山梁步道而下,只见树木不见寨。

我们驻足在一棵树龄约600年、高约50米的古枫面前,一树新绿的叶子夸张地绽放着,在蓝天白云下显得清新而纯净。在古枫树许愿洞前,大家向这棵古枫的许愿洞投注,许下自己和家人一年的美好愿望。

转过古枫,张氏侗寨犹如闺中的少女,"千呼万唤始出来,犹抱琵琶半遮面",而且还羞羞答答地只露出吊脚楼一角。原来张氏侗寨坐落在圈椅形台地上,后靠青山,前有高坎,东有青龙山拱卫,西有白虎岭做屏障,侗寨周围筑有篱笆和围墙,易守难攻,是清代和民国时期防御土匪的绝佳之地。张氏侗寨进山始祖张先耀有三个儿子,所以建有三个天井,一字排开,从东头到西头,分别是希贤、希珩和希璠,现已繁衍十代人,历时两百余年。

走进张氏侗寨,天井外面的二屋均是吊脚楼,专家称这在武陵地区独具特色。过去村民除种地外,还从事传统的鞭炮制作、造纸、榨油、纺织、印染等,小小天井,原是商贾云集的街市。正欣赏间,忽听希贤天井有歌声响起,我们走过去,原来有人正在表演芦笙舞,还演唱侗族大歌。侗族大歌侗语称"嘎老","嘎"就是歌,"老"具有宏大和古老的意思。此歌起源于春秋战国时期,至今已有2500多年历史,是一种多声部、无指挥、无伴奏、自然和声的民间合唱形式,被认为是"清泉般闪光的音乐,掠过古梦边缘的旋律",今天能欣赏到此歌,真是三生有幸。

临近中午,主人在院后木屋设合拢宴招待我们。来到柴门,早有拦门酒"高山流水"伺候。

喝了拦门酒,坐上合拢宴,气氛进入高潮。喝转转酒、吃转转菜、唱侗歌、跳侗舞,现场热闹至极。更有同行的著名歌唱家邹薇教授一曲《我的祖国》的清唱,引得厨师离灶,端菜忘搁,夹菜忘筷,擎酒忘喝,拍照的、摄像的、合唱的全都被歌声吸引,婉转悠扬的歌声在山间回荡,在每个人的心田回荡,真可谓余

音绕梁。

这次难忘的侗乡文化之旅,让我们领略了人间秘境野椒园的原生态民俗风情,让大家大开眼界,也留下了太多美好的回忆。

小贴士

从恩施经安来、恩黔高速至晓关出口,或从北上 242 国道进入晓关 S232 省道与 242 国道交汇线,西行 6 公里即到杨氏侗寨车场,左面谷中隐有杨氏侗寨,右有风雨桥,前行 100 米,进入野椒园张氏侗寨入口。左有新侗寨、鼓楼、九佬十八匠作坊,右有千亩枇杷生态园,向前行驶 1 公里便到野椒园侗寨停车场。

沿西北步道经便利店、野椒园农家乐至 600 年古枫树下,进入张氏侗寨。在此体验古寨人文建筑,了解侗族文化,可观侗戏侗舞,听侗族大歌;在农庄可品侗家拦门酒,尝侗家美食,吃侗家待客的最高规格合拢宴等。

接着向西沿游步道翻过小山梁进入杨氏侗寨,体验侗族民宿,漫步相思谷,徜徉红豆溪,观赏千年红豆树;品农家乐,参观十八坊水街,观赏风雨桥,体验捉泥鳅等野趣活动,然后进寨南省道边的综合停车场返回。

(原载《恩施日报》2021-08-31)

野椒园里好人家
刘绍敏

在冬天一个白柚飘香放晴的日子,应朋友张兄之约,我和几个朋友从恩施出发穿过重重起伏的山岚,赏过绿波逐浪的忠建河,来到宣恩晓关侗族乡野椒园村,去一睹 350 多年前杨氏家族、240 多年前张氏家族建造的至今保存完好的侗寨风采和人文风情。

S232 省道穿村而过。从道路边"野椒园侗寨"醒目的指示牌进寨,前行不足 500 米,眨眼车便稳妥地停在了村委会偌大的广场上。

张兄下车热情地招呼我们:"到了。"

信步广场,只看到杨氏、张氏侗寨简介,不见其寨。"在哪里呢?"我问。

张兄一脸自信的微笑,潇洒地挥手一指:"从广场这里上去过栈道就是杨氏侗寨,前面山弯里是张氏大寨。"

柳暗花明侗寨清朗

顺着张兄指引的方向，没看到寨子，入眼的是广场边上下两栋单独的全木质结构，布艺小青瓦覆盖的民居袅袅炊烟，鸡犬声清脆。虽然一眼就喜欢，但与心中期望的古老气派的侗寨还是相去甚远。没看到寨子，却被一座虽不算巍峨挺拔，但连绵起伏，林木葱郁，修竹苍翠的山岚吸住了视线，整个山形走势犹如一条体格强健的从西向东腾飞的龙。

这山很有特色，有龙腾的动感。我的喜悦之情溢于言表。

"嘿嘿，你的眼真尖，这山叫青龙山。"

"哦，侗寨呢？"我忍不住直奔主题。

"你们看，那边是不是有一片屋顶？"

"哈，你不说还真没注意到，山弯里是有一片隐约的小青瓦屋顶。"

"从那棵古枫香树拐过去就是。"

"你不这么过细地指点，外来人还真难发现踪迹，怎么把房子建在本来就偏僻，还这么隐蔽的地方？"

"老祖宗为避难避灾，为安身立命，大约在'湖广填四川'移民时带家人从湖南省沅州府麻阳县芷江坪一路奔波落户宣恩蚂蚁洞。后因人多地窄等多种原因，大约在1780年迁移到这除了杨氏寨子再无他姓人家，山地宽敞的野椒园。我童年还抱怨怎么把屋修在这里，除了山后的杨家院子，无近邻伙伴，后因外出工作才离开这里。"

听着张兄的介绍，我们从一条蜿蜒小径，既是通往寨子的路也是田间阡陌向山弯的寨子走去。缓缓坡地里的青菜、蒜苗、莴笋生机勃勃，满目葱茏。田里摘菜的大嫂、田边晒太阳的老人，看我们一行过来，都热情地跟我们打招呼，与张兄拉家常。路边拐弯处一株苍劲挺拔有600多年历史的古枫香树，红艳艳的枫叶在冬日阳光里格外醒目，让寨子显得更加古老与深邃。

站在枫香树前，张兄介绍，以前这里与院子的东头各有一道槽门，当地人称朝门，即朝向之门。每当夜幕来临，牛羊进圈鸟归巢时，把槽门一关，若有来访者定要主人确认后才能开门，确保整个院子的绝对安全和清白。说着又指着槽门旁边菜田里的一处遗迹，说那里曾是老祖宗修建粮仓的地方。

居安思危防患未然

"啊？屋在槽门里，粮仓怎么建在房子外，不怕遭……"我快语。

"据老祖宗传言，粮食本是家庭最重要最金贵的东西，生活生命的保障。要放在离家能关注到的地方，如果粮仓被抢或盗或遭火，院子里的人完全有时间应对，家里还有少量的粮食可以渡难关，确保生命的安全。如寨内遭遇不测，逃出后还有粮食保命的希望。寨内家家做鞭炮，若院子遭遇火灾，不管遇到什么情况，都有粮仓安身立命的保障。特殊时期，特殊环境，如果都捆绑在一起，一损俱损。估计是老祖宗们多次遭不测，不得已而为之。老祖宗有思想有胆识，用自己的亲身体验证实了最危险的地方也是最安全的地方。粮仓建在外虽有小的惊骇，没有受到大的损失。"

张兄讲得云淡风轻，我却听得内心震撼。哪有把粮食放在野外的，张兄家族的祖传秘籍是什么？这些问题让我们快速前行。

拐过去几步，是偌大一片青瓦木质房子，坐落在青龙山下两山之间壑谷的台地上。台地是用近一层楼高，数十米长的堡坎砌成的，坎下是在壑谷里开垦的田土。房子东西两头垭口有槽门遗址，三个紧密相连的四合水天井吊脚楼群，从东到西一字排开，中间的天井房子是三个楼群中最大最宽敞的，天井两边的厢房，张兄称为吊脚楼，我笑称吊楼。因为挑出来的部分是运用力学原理悬空的，没有（脚）柱子落地。由于地势窄逼，楼下就是屋檐，也就是堡砍上留出来的不足一丈宽出入寨子唯一的通道，不能立柱子。

为了更多地利用空间，在两个厢房之间的过道前又做了双开的大门，让两边的厢房成为一个整体，从外面看感觉就是正屋。张兄称它为二屋，天井后面有堂屋的叫正屋。这种构思奇特又美观适用的二屋，在武陵山区独一无二。

我笑道："晚上把二屋的大门一关，就是真正的秘境，真正的生命安全四保险。"张氏老祖宗充满智慧，高瞻远瞩，把清代程麟的"善于治家者，尚其防患于未然哉"思想运用在这偏僻山野的农家生活里，不显山露水，实在是高人之创举！

"哪有四保险？"

"你夸张吧。"

张兄和朋友对我的理解不明所以，几乎是异口同声地问我。

我笑侃："到了广场不见伺寨影踪；主人不来槽门不开；小姐不在吊楼抛绣球，二屋门上的铁将军或又长又结实的木门闩，不论你在门口怎样呼唤，都是半夜时候下馆子——吃闭门羹;还有大门前这道一层多楼高的石头堡砍,你们注意到没有,从下面上来只有一个垫有石头的梯步与阶沿相通,估计以前用的是木楼梯,还在阶沿上建有相当结实的栅栏门,一般人是上不来的。这层层设防、步步为营似迷宫胜秘境的设置,你想进宅子,是只蚊子都有难度。张氏老祖宗尊重生命、保护生命的意识和严谨措施是我们现代人都难以做到的。我想张氏老祖宗虽是山野布衣老农,我似乎穿越时空听到了他们的声音:有生命才有家,有家才有希望;有家有希望生命才有意义;生命有意义才会有优秀的晚辈,家族才能发展壮大。你们听到了吗?嘿嘿,我是听到了的。"

"哈哈,你说的还真有些道理。三个天井屋就是三个亲弟兄长大后,各自建的家。现在这四周的房子又是这三个天井屋住不下后搬出去修的新屋。小时候我就感到家家对孩子的教育培养都很注重,对老人特别尊重。我爷爷经常给我讲老祖祖的故事:老祖祖的父亲因劳累过度早逝,后来老祖祖每天清早起来洗完脸后,第一件事就是到他母亲房里听其安排全家人全天的活路,然后再安排兄弟姊妹要干的活。后来母亲年纪大了,老祖祖早起洗脸后,就到母亲床前问候,泡上一杯茶。晚上从坡里收工回来洗干净手就去陪母亲坐一会儿,说说一天的趣事或要请示的事,天天如此直到母亲病逝。老爷爷常挂在嘴边的一句话,要想子女孝,自己先敬老。家族尊老爱小,把生命看得特别金贵。我感受了过程,却没有你思考得这么深透。"张兄感叹。

"你享受到了长辈们的呵护,从来都没有受到惊吓。却不知道他们的费心操劳,良苦用心。不怪你,'不识庐山真面目,只缘身在此山中'嘛!你家老祖宗把钱财当成身外之物,其实是为了获得更好的生命保障,特殊环境练就特殊的人群。尽管粮食珍贵,但生命更重要。张氏侗寨家家做炮火,户户有作坊。若遇火警危险时,可保粮食;若遇外敌入侵时,可保寨子;若有土匪抢粮时,全寨人可群起而攻之;而把粮仓建在寨外,也是侗族人的建筑特点啊!知道老祖宗为什么把粮仓建在房子之外了吧。"

"你说得有些道理。"朋友和张兄都赞同了我的分析。

两百多年前,身处深山僻岭的农民,用他们自己最朴实的观点,全新地阐释了人生的最高境界和精辟的处世哲学,我对侗寨产生了浓厚的兴趣。

谨守祖训家业兴旺

"张氏侗寨与杨氏侗寨几百年来都非常重视家风、家训,现在两个寨子成了县、乡家风家训传承教育基地。"张兄热情地介绍。

　　穿过厢房之间的过道，中间这个比其他两个宽大很多的四合水天井，把四面的房屋连接形成了一个十分紧凑缜密的整体。家风家训传承教育基地在这里创办，给院子增添了新时代的活力。

　　正屋开放式的堂屋与天井互为衬托，更显宽敞大气。大门门楣上一块褐色底版，上书金色的"百忍堂"字匾夺人眼球，让人感觉十分好奇。我走进堂屋，神龛上供奉的更是警世后人的祖训"百忍家风"的牌匾。

　　张兄介绍，老祖宗张先耀从蚂蚁洞迁来后在这里育有四个儿子，这里是其大儿子希贤的房子，当时人多所以房子修得宽大；正屋是连五间，两头厢房各为两间，一切祖训家规都在这里进行。中间天井是老三希珩公，西头是老四希璠公，就是进来的第一家。

　　堂屋的家训十二条让我感叹。

　　　　　张氏敦　　睦宗族

　　　　　隆帅儒　　重丧祭

　　　　　输国课　　正名分

　　　　　肃闺门　　教子弟

　　　　　笃戚友　　端人品

　　　　　戒奢侈　　除恶习

　　《百忍歌》更让我脑洞大开："忍是大人之气量，忍是君子之根本；能忍夏不热，能忍冬不冷；能忍贫亦乐，能忍寿亦永；贵不忍则倾，富不忍则损；不忍小事变大事，不忍善事终成恨；父子不忍失慈孝，兄弟不忍失爱敬……人生不怕百个忍，人生只怕一不忍；不忍百福皆雪消，一忍万祸皆灰烬。"

　　祖训家规在堂屋里展示，让家人天天得到无声的提醒，警示，这种教育引导全家老少怎样做人做事的方式方法值得称赞。我突然想起张氏的老祖宗张公艺是我国历史上治家有方的典范，家族九辈同居，合家九百人，团聚一起，和睦相处，千年以来备受历代人民的尊敬，被世人传为美谈。没想到在这深山僻地的侗寨老宅让我切身感到了他老人家的思想，经过源远流长后，还有这么强大的气场，震撼人教育人！我感到文化传承的力量，正能量的力量有多强大。没有祖训，怎么懂得教育孩子从小记住家规、尊重国法？没有家规怎么培养教育孩子懂得国法的重要性而必须遵守国法？一个家庭有明白之人、智慧之人，对孩子的成长意义重大而深远。

　　正在欣赏着，从地里走进摘白柚回来的一对夫妇，女的背着，男的挑着满筐满担硕大的圆滚滚的柚子，一股清香随着他俩矫健的步伐迅速在天井里弥漫开来。

他俩正是张兄的侄儿侄媳。看到张兄正带着我们在堂屋里看家训，看《百忍歌》，那侄媳直埋怨张兄怎么没提前告诉她一声，好有个准备，这样冷冷清清的得罪贵客。她一边说一边热情地端来椅子、热茶让我在天井里坐。侄儿递上清香四溢的柚子要我们只管尽兴地品尝，田边自然生长的，汁多甘甜爽口。

太阳从天井上空照下来，我们享受着温暖的阳光，一边吃柚子一边聊，开心愉悦。

那侄儿说："我祖祖（曾祖父）临终前交代，忍字可以走天下，忍字可以结邻近；忍得淡泊可养神，忍得饥寒可立品……长辈的人生理念独特，与众不同。以前，粮食金贵，我们老祖宗却把粮食放在槽门外，为的是人身安全。在爷爷这一代，更注重人品和气节。他是教书先生，他常教导我们：'舍生取义，生，我所欲也；义，亦我所欲也。二者不可得兼时，舍生而取义者也。'他老人家说，人一辈子，人品、气节、信誉更重要；人一辈子，不是你削尖脑壳得到了多少，而是你舍去了多少不义之财。祖训、家规我们代代传承，从不敢犟嘴，所以才有今天的团结和睦，家宅繁荣，人丁兴旺。我叔叔也才有机会请你们到这里来走走看看。"

侄媳非要去做午饭，被我强行拦住。我脚下被什么绊了一下，低头一看，是一根很结实钉得深很稳的桩子。我纳闷，天井里怎么有这个？张兄看出我的不解，连忙介绍：因为宅子没有场坝，所有的红白喜事都在天井里进行。

原来张氏侗寨早年自给自足，为了开辟新的经济来源，老祖宗就利用漫山遍野的竹子造火纸、做鞭炮，他们称为做炮火。把做成的鞭炮挑到很远的晓关集市卖了再买生活必需的油、盐，针头线脑……四周的山民知道后，他们就带着自产的山货土特产来这里以物换物，比集市上的便宜很多，又近很多。老祖宗尽量为他们提供方便，然后再把他们的山货特产集中起来，用骡子驮，自己背，再送到晓关去卖掉，既方便了山民，自己也从中获得了微薄的利润。天井、堂屋、阶沿都成了交易场所，也成了他们有事相约见面的地方。这个桩子是拴马桩，为他们专门钉的，还有几根后来自然风化了。老祖宗做生意童叟无欺、待人真诚，深得山民的信任，生意越做越好，因此才建起这三个天井的大屋场。

阳光从天井上空照下来，整个建筑历经两百多年风雨烟尘，虽然充满了岁月的沧桑之感，但修缮保护完好，在阳光下仍显示出大家风范。

侄媳很高兴地告诉我们：张氏侗寨和杨氏侗寨家风传承，受到很多人的称赞，现在好多人都来学习参观，寨子越来越热闹了。

传承家风再续新篇

"杨家院子在哪里怎么走?"我问张兄。

张兄笑着介绍:在青龙山侧面三山两溪间的相思谷,与这里一山之隔,走栈道过去十几分钟。那里以前比这里更为隐秘,杨氏老祖宗也是为了躲避战乱、苛政,在清朝顺治十八年(1661),从湖南宝庆府迁来,在此地开垦落户,修房建屋,繁育后代。他们勤劳朴实、团结和睦、坚韧坚强。从来的时候几个人发展到现在有43户200多人了,宅子很是兴旺,现在还有18个堂屋,基本保存完好。

以前山大人稀,现在却成了人们争先踏访接受教育的场所。真是应验了"山不在高,有仙则名";地不怕偏远,有人气就近。我很是感慨。

张兄说:"东汉名臣杨震你们听说过吧?据传,他就是杨氏侗寨族人的老老祖宗,他的'四知拒金'故事、'清白家风'以及《十二家训》《十七诫》等重要的人文思想,与张氏家族的'忠、孝、廉、学',在这里得到了很好的继承和发扬。对我们的教育、启迪不管什么时代都是进行时,一直在我们前行的路上传承。"

杨震为官清廉,有老朋友、长辈劝他为子孙购置产业,杨震说:"让以后的世人称他们是清官的子孙,我用这个留给他们,不是也很丰厚吗?"这就是一种觉悟。

……

谨守家风,以德立家,弘扬好家风,是杨氏侗寨感染人、激励人的最大魅力。在那里接受良好的家风家训熏陶,接受中华传统家族文化洗礼的人,都会有收获。

在侗寨,我深深地感到,在建设两个文明的新时代,谨守祖训、秉承家风、修身立德、建好家庭,看起来是个人、家庭的小事,实际上是影响整个家族、人类进步、促进社会和谐发展的大事。

近几年来,宣恩县在维护野椒园侗寨古建筑群、保护自然生态资源、建立家风家训传承教育基地、打造新侗寨旅游文化景区等方面成绩斐然。结合乡村振兴、移民搬迁安置,在老寨子旁边,参照杨氏、张氏老侗族四合院子的格局,按照侗族建筑风格,建了新侗寨、鼓楼、花桥,与老侗寨相得益彰,恢宏大气,彰显了民族大家庭的温暖与气派。

随着移民搬迁户的入住,野椒园侗寨旅游景区的开发,各民族同胞守望相助,像石榴籽一样紧紧地拥抱在一起,共同团结进步、繁荣发展,在交往、交流、交融中,不断铸牢中华民族共同体意识,同心共筑中国梦。

野椒园的魅力
范建生

第一次到宣恩野椒园侗寨,被野椒园村的"野"所吸引。这里所说的"野",不是荒蛮野地,而是顺其自然的质朴、宁静、恬淡的富饶之所,"野"得让人心仪。

这是贡水河畔,马鞍山下的一个古老村落。此刻,我站在青石板铺就的杨家院落中,院子里有一棵1200年树龄的红豆树,树的浓荫挡住了秋日骄阳。眼前的院子内住有三十多户人家,院内有18间堂屋。屋檐下放着一个小方桌,桌上有一个茶壶、一杯清茶,一个老人正在抽着旱烟,淡蓝色的烟圈飘进了小巷。走在小巷中,那份清幽闲适,让人忘却了尘世喧嚣。

挨着杨家院子的是张家院子,院落也是以主堂屋为中心,左右两侧是吊脚楼式厢房,外侧有人行通道,所有房屋均精雕细刻。正面修建的横屋使整个院子形成四合天井式院落,凸显了阁形、亭韵、塔势的古侗寨韵味。这里的房屋建造做工精细,房梁楼阁仅靠槽榫衔接,不借一钉一铆,如此精准,牢固结实,让人称奇,令人感佩。精雕的窗花简约而不乏生动,古朴而犹见神韵,从中可以窥见祖祖辈辈野椒园人生活的智慧与精致。

两个院落相互依存,以此为主题构成了野椒园田园农耕形态。村边有小溪萦绕、竹林青翠、雀鸟啼鸣,秋天的村庄,像一只敞口的玻璃器皿,蓄满了纯净的月光,玲珑剔透、温润如玉。我想起了已故著名画家吴冠中所画的《水乡》《风景》《江村》等几幅画,都是仅几笔勾勒,使乡村景象鲜活地展现在我们眼前。眼前的景象与画十分相似,简约得不能再简约了,大片的留白使画面无中生有,给人以无边的想象空间。还有淡淡的几点碎花朦胧在那里,似梦非梦,似实而非。

野椒园四面环山,植被茂密,谷地生态环境良好,很适合人们居住和劳动,其建筑也非随意。我很佩服野椒园人先辈的独到眼光,他们似乎对地理风水颇有深刻的研究。野椒园处在晓关古道边,连接着诗与远方。在岁月的时光里,古道曾经是那么甚嚣尘上,那么多的英雄美人在古道驼铃夕阳下、瑟瑟秋风中挥鞭驰骋,笑傲江湖。这些岁月碎片皆是过眼云烟,就像霜叶显红一时,变成历史书籍里一枚精致的书签。我想，在清雍（正）乾（隆）年间，张、杨、陈、乾、姚等姓侗民从湘西、黔东、江西等地区迁入野椒园，大概也是走的这条古道吧。为什么他们要举家远迁？让人遐思不已，或许他们为了远离战乱和水患，或许为了躲避苛政，或许他们早就知道野椒园的美丽……两三百年的繁衍生息，沉淀出一幅剪不断的历史画卷，留存了丰富的侗乡文化遗产。野椒园成就了他们，他们也成就了野椒园。

　　绿水青山，为野椒园村民提供了一块幽静、祥和的净土和平静的生活，营造出一种清幽殊绝的韵致。你看那山，绿得层层叠叠，绿得严丝合缝，如同绿毯，从山上一直铺到山下，山如画屏，显得别样秀丽。绿色的波涛被季风染成墨绿，掺杂着黄、红的色彩，孵化出一串串鸟语花香，从山谷一直飘向枇杷园，催熟枇杷。那些枇杷像一盏盏小小的橘色的灯，闪烁着喜庆的光芒。天空填满荡气回肠的蓝，云朵好似一群无人放牧的羊群。两只红嘴蓝鹊在山林中飞来飞去，优雅地舒展、扇动双翅，搅起小小的幸福漩涡。

　　依山缓流一汪碧波，河水自高山汇流于此。连绵的群山如一个暖心的拥抱，将一湾碧水紧搂怀中。那水，如碧玉，绿得纯粹，绿得发蓝，大山担心河水蓝得不够，将满山草木的翠绿义无反顾地倒影在水中，让河水更加美丽。河水潺潺，声似琴吟。河水清澈见底，可见盈盈的卵石。河道中偶有石阻，形成一道道小小的瀑布，河水在这里纵身一跃，形成万点飞花，被阳光梳理成晶莹的银丝。跨过汩汩冒泡的清泉，蹲下身，撩起几朵水花洒在身上，真有探手入寒泉的清凉。流淌千年的河水，依然清澈未被污染。晚风穿过水面，掀动姑娘的长发，月光披沐而泻，在水中打捞一个浑圆的梦。多少个鸟声如洗的清晨，村民被浅吟低唱的河水深情唤醒，然后循声而至，在它缱绻的流淌中守望烟笼雾熏后的云蒸霞蔚。

　　远山如黛，翠屏流云，小桥流水，田园秀丽。钟灵毓秀的风光形胜，丰盈飘逸的诗画情韵，野椒园的大自然构成了一种十足的魅惑。

　　水流处必有灵气，它窜入了窈窕姑娘们水灵灵的眼睛里，如露水般滚动在摇曳的花朵里。秋水的颜色是王勃青衣的颜色，河水里漂浮着"秋水共长天一色"的诗句。在烟水迷蒙中，河水边大树下，一群大学生正在这里采撷诗意。那是一群民院的青年学子，正凝神静气地在那里写生。在他们的画板上，野椒园妩媚着、生动着，一笔一画都是柔情和喜爱的吐露。

　　秋水下的乡村是桃花源，清静孤独。乡野，时间给人一种与众不同的厚重感。这种乡村田园生活对许多人来说都充满巨大的诱惑。来的不只是大学生，还有城市的人群。几个农人走来，好像在田园刚劳动过。我走上前，与其中一个农人攀谈。他一抬头，露出草帽下的脸，原来他不是真正的农人，而是城里退休的干部，他说他喜欢乡间的宁静，想在这里租民房和菜地来过农家生活，刚才到田园里体验了一下。我不禁感叹，看来，学会享受生活，告别喧嚣，远离人群，不去管流年似水，不去想韶华易逝，躲到清幽宁静的乡间，让生活慢下来，感受一份纯朴的美，是当下许多人的追求。

眼前的村庄没有车来车往，没有芜杂喧嚣，偶尔传来一两声鸡鸣狗吠，更显幽静。在野椒园，你会与山寨的美丽姑娘不期而遇，会突然撞见在残损的窗格下纳鞋底的婆婆，会遇见三两个手拄拐杖坐在古树下闲谈的老人，会在石磨前驻足沉思，会在阁楼上留恋不去……这些老人脸上的皱纹和灿烂的笑靥，就像秋风里盛开的矢车菊，慈祥又安然。透过老人和房屋的沧桑，似乎可以寻觅到野椒园祖先们生活的印迹。

在一个房屋内，我遇见了七十四岁的陈银凤老婆婆。她告诉我："现在时代好，住了多年的房子成了文物，以前破旧的还专门修好，村子里挂起了红灯笼，修起了石板路，来玩的人多了，村里人气也旺了！"老人从小生长于此，说起寨子的变化，她有些自豪。

一阵风吹过，几片叶子从树上悠悠飘落，那些叶子不知何时褪去一身青翠，披上了华丽的杏黄，就像离开故乡远行前的游子穿上盛装，用一片秋叶把诗发表在秋天的原野里。

野椒园是画中的村落，是诗歌中的村落，也是文化中的村落。野椒园古侗寨建于清嘉庆年间，三个四合天井院保存完好，寨内民风民俗浓郁，与文化的支撑有很大关系。依托杨氏、张氏两个家族三百多年古家训，以及"四合天井"的古侗寨建筑群，这里被精心打造成"野椒园家风家训传承教育基地"。在导游的引导下，我参观了杨氏、张氏古侗寨及基地体验馆，深入地体验张、杨两个侗寨三百多年来深远的文化底蕴和厚重的人文情怀，了解杨氏祖先东汉名臣杨震的"四知"遗训、"清白家风"、《杨氏族谱》中的十二家训、十六诫等厚重的文化底蕴以及张氏家族的"忠、孝、廉、学"和《十二家训》等内容，现场感悟家风家训带来的心灵熏陶和道德洗礼。

走进野椒园，让我深刻地感受到乡村振兴给这里带来的巨大变化。我听到的鸟鸣就在这片土地上响起来又落下去，起起伏伏，像倏忽不定的天外之音，好似芦笙、侗笛。在这个平淡的日子，我想起了每年农历六月初六，这里就用传统习俗来庆祝，充满了浓郁的民族特色。吃"合拢宴"、喝拦门酒、赶"娃娃场"、唱侗族大歌……是不是野椒园人对幸福的一种感悟和表达？

野椒园连接着山内山外的风景。站在马鞍山高峰，可以看见一片云海。温暖湿润的季风总是把山谷涂抹成一片黛色。如江南的烟雨，把朦胧中的山渲染得影影绰绰，仿佛是在瑶池仙境里沐浴，透着几分女儿般的羞涩和妩媚，让人不尽地遐想，那一抹是女人的眉？那一片是男人的肩？当阳光驱开云雾，慢慢揭开缥缈无际的纱帐，山谷才露出侗家汉子肌肤的铜色，释放出金光灿灿的禅意。时值黄昏，夕阳的余晖洒在贡水河两岸连绵起伏的山峦上，渲染出闪闪的金光，显得分外壮丽。恍惚间，天上地下纷杂的色彩融为一体，忽而浅淡如青烟，忽而浓烈似重彩，我站在秋色染透的野椒园，氤氲宛如画中人，周身被镀了一层暖融融的金黄，悠然吟唱。

美丽的野椒园，在时空的帷幔里，在母亲的注视下，将刮起年轻灿烂的风。

红豆树王
周仕华

盛夏的侗乡是浸透着历史感的。青山巍巍、溪水潺潺、白云悠悠，抚慰山寨沉寂千年的相思。一棵树，成就了一部历史，枝叶就是历史传奇的散页。

云淡风轻，蝉鸣醰醰，宣恩晓关野椒园杨家院子的山梁上，因有了一棵千年红豆树而有了历史沧桑的沉淀。唯有古老的黄土地知道，这棵树是如何从唐末一路艰辛走来。

"红豆生南国，春来发几枝？愿君多采撷，此物最相思。"因为王维这首《相思》，红豆树嬗变成相思子。而这棵红豆，1200岁的年龄，绵绵的相思氤氲了多少王朝抹不掉的忧伤。王维不可能知道，这荒郊野岭上，在他去世后不久，便有一枚相思树的种子迅速生根发芽。历史的尘埃为何湮没不了瘦弱的相思？

一

大山环抱，是谁在日夜守护这古老的土坡？站立的姿势，是树的生命写真，哪怕一千多年的风雨也震撼不了。我来到树下久久凝望，欲从你稀疏的枝叶间，读出倍受相思煎熬的容颜下藏掖的秘密。只可惜，真正面对你的时候，除了慨叹光阴易逝，人生短暂，还能有什么呢？你与王维的诗一同装订进了历史的册页，读你，就是读汩汩的相思。也许这只是一缕厚重的文化乡愁，连同坚贞不渝的爱情镌刻进一棵树的内心深处。

多雨的江南，潮湿了相思，浸润了爱情，也滋养了隐居深山独具王者风范的红豆树。四个人牵手还不能合围的腰身，岁月的年轮早已印进树的生命之中。粗壮的枝干，靠外的一枝早已枯萎，显出龙钟的老态，不知是在哪个朝代失去了最后一滴水。不过，只要春风莅临，古老而敏感的神经依然能感受到勃然朝气，抽出新芽。古老而又年轻的树啊，是时间让你老去，也让你不断地重塑生命。

树干老了，树枝老了，叶片依旧年轻；岁月老了，生命老了，朝阳依旧年轻。树，就如一个老者，讲述着苦难与奋发的故事。永远向上，生命不息，生长不止，只要还有阳光，就能焕发新姿，哪怕一千年太久太久。

二

是哪只飞鸟衔来了这枚红豆的种子，成就了时间的杰作？也许，鸟儿已然变成化石，树仍然以挺直的脊梁告诉人们：世上还有"活化石"。鸟儿飞走了，鸟入了唐代的林中，留下一个别致的意象，沉淀于人们的意念中。

站在树下，沉思古今，人是多么渺小！从来没有这样面对过一棵树，就如面对一部不朽的经典，翻阅了千年仍然愈读弥新。拔地而起，独具王者风范！信念、坚守、不屈、从容，都不足以描述树的博大的胸怀。

大家纷纷与树合影，把一缕相思凝结成永恒的瞬间。树是有灵性的，这世袭的土著，自从生长在这里，就爱上了这里的山水、土地、草木，不离不弃地守护着一切。

我站在大树下，抚摸着树干，仰望树的高度。蓝天白云下，树屹立成一种精神的象征。也许某一天，树会轰然倒下，带着遗憾与希冀离去。悲剧的一刻，将时间撕碎，一首悲怆的长诗便会悄然诞生，平仄间隐秘的心事，难道就是相思成疾？

每一片叶子都是历史的散叶，需要人们认真品读。有多少颗红豆就有多少相思皈依尘土，如一个泯灭的梦，隐入林间。

三

在树的记忆里，某一天定是一个重要的时刻，一个男人带着妻小与树做伴，燃起了村庄第一缕炊烟。树还清楚地记得那天，朝阳散金，鸟鸣如铮，疲惫的脚步再也载不动迁徙的艰辛，把对故乡的念想扎根在贫瘠的土地上。房屋依山而建，傍水而栖，鱼鳞似的瓦片写进斑驳的记忆。

　　一座又一座吊脚楼，一个又一个回廊，在这里延绵生息。平坝、堂屋、火塘、石磨，纷纷在这里诞生，修竹茂林，掩蔽逐渐丰满的村庄。枫香、楠木、红豆守护着潺潺溪边宁谧的村庄，小桥流水、水田菜畦，恰到好处地安放在寨子里。

　　人类都是匆匆的过客吗？树，肃然而立，与村庄相对无言。唯有古老的红豆才是村庄所有细节的见证者，哪一天刮过一阵风，某一刻下过一场雨，树都记得清清楚楚。或许，树叶也曾飘落到黛青色的瓦片上，窥视人们的生活。日出而作，日落而息，树影婆娑，荧荧的月光照亮侗寨的长夜。

　　树，以长者的姿态呵护村庄。山梁，因有了这棵巨大的红豆而更加坚韧。惯看岁月风雨，树已非常坦然，燕去燕来，草木荣枯，都只是红豆树记忆中的点滴花絮。

四

　　相思何在？唯有绰绰树影，几枚新枝，或荣或枯，都在历史的洪荒中默然而逝。一缕乡愁，就是一片平凡的叶子，浸染出大山厚重的心事。

　　红豆树，零落深山而无怨，坚守千年而不悔。人啊，就将浅浅的相思暂且搁下吧。同看一棵树，共赏一轮月，释怀不了的怎能是绵绵离愁？

　　一棵树，一缕相思，一种情愫，缠绵在历史与现实的路口，何必要垂首感伤。

侗寨情思
朱　俊

　　武陵山在曼舞中抖落了裙摆上的一块翡翠，穿越时空飘落在鄂西南的深山里，化成了一片古寨，隐约在苍茫里。这片古寨就是坐落在宣恩晓关乡的侗族寨子杨家寨。

红豆树

　　古寨南边的小山坡上是一片茶园，茶园的一角矗立着一棵千年的红豆，在寨子前静默地守着寨子。

红豆树下有一洼土地，土地上有层层碧绿，豆角架下有个侗寨女人，蓝色的碎花在嫩绿的豆角叶上盛开成朵朵美丽的蝴蝶。汗珠在女人的眉梢上串成了珍珠。

累了的女人把草帽垫在地上，扯住碎花衣袖，把额头上的珍珠拭落。我们的路过，没有惊动女人，她的眼神依然望着远方。

雷电已经让红豆树失去了骄傲的树冠，我担心往后的日子它是否还能坚守，这一方已坚守了千年的土地。抬眼望去，在红豆的身上，分明长出了嫩黄的新枝。

某一年的春季，一片嫩叶撑开了脚下的土地，经历了春雨夏阳秋霜冬雪，物换星移间，站在了一千二百年后的今天。

坐在红豆树伟岸的身躯下，我总想在它翠绿翻飞的枝叶里、裸露在外的粗根上找到答案。

伸手触摸经历了千年风雨的树皮，我听见了它的相思在枝头荡漾。捋下一片繁茂在初夏的新叶，放在鼻尖，嗅出了醉人的味道。

坐在树干下时，我用脸贴住相思树的胸膛，完成心中向往已久的古今对接。

残落的枝丫，在我的身下铺成了历史，积淀了所有的梦。用手扒开腐朽的树叶，闻到了穿越古今的芬芳。

我真的愿意，躺在这一片树荫下，眯着眼睛，等待黑夜的来临，剪瘦一轮满月，让月如钩，照在我们相遇的山坡上。月色打落留在叶片上千年的哀愁，倾覆在我的脸上，把这相思带过唐宋，带过千年，撩拨躺在枯叶上的我。

借红豆的臂弯，躺在枝丫深处，我的思绪随着翻飞的绿叶，一同起落。借古今一晚，许一夜星光，采集这千年的相思。

采一片红豆叶，我吟诵这叶片上的诗，生于南国的红豆，千年前却来到这山坡。在这里撑起一片阴凉，撑出一曲相思。

古侗寨

碎石铺的小路斜斜地往前延伸，路过红豆树，走进山寨的深处。青瓦遮盖的朝门，铺着侗家人赤脚磨得青亮的石板，迎接着一个又一个如我寻古探幽的人。

吊脚楼整齐地依附青山，沿溪而建。翠竹弯腰捧住古老的屋檐，竹叶如刀，削瘦了山寨，增厚了历史。我伸手触摸瓦檐下的青苔，湿润如爱人的唇。

把脚印留在古寨的巷子里，摩挲着长满青苔的石板，我俯下身子，聆听从远

处传来的舂米声，磕着我安静的灵魂。

一脚踏入古寨的院落，再也抽不回，陷入了这古寨幽静的沼泽，我闭上双目，等待心灵深处的一个轮回。灰黑的柱子上贴着鲜亮而红艳，书写紫气东来的对联，已经伴随着寨子上的老屋，守候了又一个夏天。

堂屋前坐着一位蓝衣老人，目光从嗞嗞的烟枪上慢慢来到我的镜头前，和蔼地望了我一下，继续看着自己的烟锅，目光忽又温和如初。我担心我的不请自来，让这一刻的喧嚣惊扰了老人的安静。

楼头晾晒衣裳的阿婆，在我的镜头里安静地笑着，嘴里叨唠着岁月留下的山歌。我的心头涌上感动，遥想当年浣衣女也曾新衣换红装。

我在这十八个堂屋连成一片的木质建筑里，满心欢喜地穿梭，任历史的风，将我额头上的汗水吹落，滴落在古寨的石板上，滴落在杂草中。

当疲惫袭来，我蹲在古寨的小溪边，开始告诉自己，我只是一个路人，像在古寨檐口上筑巢的青燕一样，在夕阳里悄悄迎接暮色。叮咚流淌的山溪让这一方寨子更加宁静。

我把我的记忆留在静静躺着的吊脚楼下的石磨上，留在檐下盛开的美人蕉的花蕊里。多年以后，仍然陪一弯月色，守望这座古寨。

我庆幸我来的时候不是黄昏，而是在你一天最美的时候，走进了你的心灵。我不愿意去看你在夕阳里，孤独地成为一方风景。

离开时，踏着炊烟，在袅绕的炊烟里，回身望一望我的侗寨，青瓦上，铺满了夕阳。

古韵悠悠野椒园
吴联平

对于宣恩人乃至恩施州人来说，对野椒园并不陌生，因为它是传承、践行良好家风家训的好地方。野椒园，位于湖北省宣恩县晓关侗族乡西北三公里处的野椒园村。野椒园有上下两个侗寨，上为张氏侗寨，下为杨氏侗寨，两个侗寨合称为野椒园侗寨。

嘉庆年间，只因为张氏侗寨的老祖宗张先耀带着家室从外地来到这片野椒林的地方，他随口说道："风水宝地野椒园，发家旺丁最长远。"从此，野椒园的地名就传开了。野椒园虽地处偏远的大山深处，草木深深、山峰绵绵，沟壑纵横，但走进野椒园，一点也感受不到"野"蛮与"野"俗，相反是氤氲在文明、淳朴、优雅的氛围之中，是宜居宜游宜教的好去处。

初冬时节，山下云雾茫茫，天地连在一起，隐没在浓浓的云雾之中。但车辆一驶进晓关境内，同样是雾霭缭绕，如一片仙山一般。车进入野椒园境内，暖烘烘的太阳便从沉沉的雾霭中折射下来，渐渐将雾霭推散开去，露出了一座座山峰本来的峻奇面目。

映入眼帘的，是正在修建的侗族风雨桥，已初显规模和雏形。风雨桥横跨公路两侧，凌空而舞，其雄伟壮观的气势和态势，与县城的侗族文澜桥相比，有过之而无不及。不远处，还有高耸在半坡上的侗族鼓楼，楼体呈金山模样。风雨桥和鼓楼毗邻而建，将侗乡"逢寨必有鼓楼，遇河必有风雨桥"的说法诠释得淋漓尽致。

车停靠在一农家院子，院子的主人忙从房间里迎了出来，热情地与我们打着招呼，主动给我们介绍着游玩野椒园张氏杨氏两个侗寨的路径。从农家院子右侧沿栈道而上，是一个椭圆形的山堡，名曰水井堡。尽管已是初冬，但山堡上的茶园仍一片青绿，将"只此青绿"四字描绘得堪称神话。

"玲珑骰子安红豆，入骨相思知不知。"水井堡顶上，一棵巨大的红豆树王矗立在眼前，呈英文字母"r"形，相传有1200多年的树龄。仰视红豆树王，红豆树有老态龙钟的感觉，就如一个高龄老僧端坐在堡顶云端。树干斑驳参差，树皮多处出现皲裂，就连几个大的枝丫也被锯掉，就如人失去了双臂。树干树丫上缠满了枯藤，长满了杂草，给人一种"枯藤老树昏鸦"的感觉。

"未洗染尘缨，归来芳草平。"站在水井堡上目视远方，雾霭仍依稀零散地飘落在山间，给一座座山峰平添了几分仙气。山间里，各种树木在深秋和初冬的洗礼下，都变成了红色、褐红色、黑红色和金黄色，与少部分的不落叶树木的青绿掺杂在一起，构成了一幅泼染的彩色乡村油画。

水井堡脚下，便是去杨氏侗寨的路径。途中，有一棵红豆杉结满了红豆，看见火红的密密麻麻的红豆子，就不禁想起了"红豆不堪看，满眼相思泪""摘得一双红豆子，低头，说著分携泪暗流"的诗词句。睹物思人，双眼也禁不住一阵潮湿，好像所念之人就在近前眼前。

"敬天祖、凛国宪、爱亲长、隆师友、课子孙、睦族邻、勤耕读、崇节俭、励廉耻……""诫不孝、诫不弟、诫不忠信、诫无礼仪、诫无廉耻、诫游手好闲、诫酗酒、诫赌博……"临近杨氏侗寨，就可以清晰地看见杨氏家谱家训十二条和十七诫。字里行间无不彰显着严的家训和淳的家风。严的家训和淳的家风，犹如一股股春风，吹拂着山野，沐浴着杨氏子孙。

"绿竹入幽径,青萝拂行衣。"穿过一片幽静的竹林,整个杨氏侗寨的院子便呈现在眼前。杨氏侗寨静卧在马上湖三山两溪的相思谷中,侗寨两边有小桥流水、小溪环绕,与水井堡上的红豆树王相互照应,将"枯藤老树昏鸦,小桥流水人家"的意境神韵勾勒得近乎神来之笔。

杨氏侗寨被幽深的竹林竹园环抱着、簇拥着,由三个四合天井式院落组成,相传杨氏先祖也是在嘉庆年间从湖南保靖远道迁入。杨氏侗寨有18个堂屋,分布在三山两溪三峰之间,房屋多为正屋。单体的吊脚楼,呈一正一厢房或一正两厢房,堂屋内有神龛,神龛下供有家神,供杨氏子孙祭拜。

在一号四合天井院落里,一名满头白发的老奶奶,手扶着吊脚楼廊坊,笑眯眯地与我们拉着家常。尽管她八十多岁高龄,但她仍很健谈,思路清晰,竭力将杨氏家史断断续续地向我们推介。

此时,暖烘烘的太阳完全拨开云层,很温暖地照射在杨氏侗寨的四合天井里。老奶奶白色的头发在阳光里泛着银色的光芒,与古老的四合天井寨子相互映衬,更增添了杨氏侗寨的神秘色彩。

老奶奶看见溪流对面的院子里,同样一位满头银发的老奶奶坐在椅子上晒着太阳,她双手拢着嘴,大声喊道:"阿姐!过来晒太阳啦!""要得!要得!"对面的老奶奶应声答道,便踩着蹒跚的零碎脚步向这边走来。踏在光润圆滑的青石板上,看见青苔满布的黛青色瓦片,杨氏侗寨的历史厚重感油然而生。

张氏侗寨与杨氏侗寨相比,更为古朴、更为典雅、更为清幽,似乎是隐居在山林里的得道仙人,距今有两百多年历史。张氏侗寨也由三个相邻的天井和十二栋单体吊脚楼组成,面积达1780余平方米。吊脚楼楼下有窄窄的过道,犹如小城里的巷道,单体吊脚楼群合围在天井院落四周,静静地守护守候着整个张氏侗寨。

整个侗寨呈穿斗式建筑,屋挨屋,檐对檐,走廊连着走廊,并循环闭合,排水沟有阴沟阳沟,明暗相间。整个院落呈现一体,天井与天井之间相互依靠、相互依托、相互照应,就如三个要好的兄弟,肩并着肩,背靠着背,头挨着头。

张氏侗寨里有半边火炉、燕子楼,屋内有神龛、雕花窗户、鼓钉礅礅、半月形青石礅、扫檐万字格、瓜瓜齐等,其设计巧妙,做工精良,与侗寨里的簸箕、犁铧、猪槽、风谷机、石磨、篾篓、斗笠、蓑衣、连枷、草鞋马等古老的什物一起,将张氏侗寨勾勒得更为古色古香。就如一本厚厚的历史书,被专家誉为"武陵第一古侗寨"。

特别是房顶的布瓦更是与众不同,布瓦表面集满了厚厚的尘土,长满了茸茸的青苔,落满了腐腐的树叶。房顶屋脊的瓦片造型奇特,在屋脊的正中间堆积成垛，垛脊呈现出各种精美的图案。图案有实型和空型，图中有图，形中藏形。

"功昭漢室光先傑，化溥漁陽裕後昆。"百忍堂内，十四个金灿灿的繁体式行书大字悬挂在板壁正中间的神龛位置，神龛两旁是两幅张氏先祖画像，两侧的板壁上悬挂着"忠""孝""学""廉"四幅故事画图，营造着浓浓的耕读谋生、尽忠尽职、清正廉明的家训氛围。

百忍堂外的院子里，有三十个矮小的圆柱形石柱，供孩子们在石柱上练步走步。石柱上分布均匀地写有"从善如登，行恶如崩"八个大字，旨在时时提醒张氏子孙走好人生每一步，终生要行善从善。

张氏侗寨进寨之处傲然屹立着一棵参天大树，一棵具有600多年历史的古枫树。古枫树高约50米，如一把巨大的晴雨伞，时时庇护保佑着整个寨子。古枫树苍劲挺拔、枝繁叶茂，尽管已入冬季，但树叶并未变红，而是随着冬风的吹袭，才慢慢从树上飘落而下，拼到最后一丝力气。

古枫树的树干下方有一个巨大的树洞，能伸进人的脑袋，寨子里的人们称之为许愿洞。虔诚的人们常常在树下许下美好心愿。若能将写好的心愿顺利投进许愿洞，表明美好心愿定能圆满实现。

八十五岁高龄的张嗣常老人回忆说，这个树洞是他爷爷的爷爷辈儿时，淘气的孩子们玩青石做的耍砸，长期撞击树干所致。看见空空如也的树洞，仿佛穿越到了遥远的古代，看见一群顽劣的孩子们正在你抢我夺着手中的耍砸，拼尽全力撞击着一棵饱经风霜的枫树……

据考证，历史上的张氏侗寨极其繁华热闹，曾是川盐古道的必经之地，传承汇集了丰富的文化遗产。薅草锣鼓、侗族大歌、侗族舞、拦门酒、合拢宴、龙灯、采莲船、土纸制作、火炮制作、民间绣活等非物质文化应有尽有。

夏雨茸茸湿楝花，南风树树熟枇杷。如今，野椒园开发了野椒园枇杷园，一到5月，就会给来这里的游客呈现一场盛情的枇杷盛宴。

邂逅野椒园
覃遵曌

初识野椒园，是为看一眼那棵一千二百年的红豆树。在恩施地区，千年古树本不是特别珍奇。但超越千年的红豆树，还是不得不让我萌生出诸多遐想。

然而首先映入眼帘的，却是一棵枫香树。枫香树在张氏侗寨前，树形如伞盖，虽逾六百年仍苍劲挺拔，被寨民敬奉为神树。"停车坐爱枫林晚，霜叶红于二月花"，在鄂西南山区，看惯姹紫嫣红的山民们本不会太过在意某个树种，却对枫香树怀有特殊的感情。枫香树木质坚韧结实，常被拿来做堂屋的门槛，它的果实、树皮、树脂都具有非凡的药用价值。民间传闻，枫香树树窝里有常年不干的积水，能够治疗儿童常见的"抱耳风"。

张氏侗寨前枫香树的树干上有一个天然树洞，虔诚的崇拜者把自己的心愿投入洞内。传统的农耕民族以土地为生，祖祖辈辈与自然抗争，大自然的神秘莫测既能赋予他们丰收的喜悦，也会给他们带来痛苦和灾难。敬畏自然，和谐相处是他们最朴实的愿望。

从张氏侗寨沿着石板路前行千余米，有一座三百余年的杨氏侗寨。侗寨和我所期待的千年红豆树都在相思谷内。一棵古树，相思满枝。这棵站立了一千多年的红豆树，不知道经历过多少风霜雪雨。岁月在它身上留下创伤和印痕，伴随着雷电而来的野火也让它饱经沧桑。然而每到秋季，它还是会结出红豆，大地赋予它足够的养分和水，它就用满树相思兑现着对大地的诺言。这棵红豆树大约生长于唐代诗人王维的时代。"愿君多采撷，此物最相思"，一千多年来，是谁的相思无可托付，要把它们高挂枝头，任鸟儿衔去飘无定所的远方？

据考证，野椒园的张氏和杨氏，均是清朝初年因"湖广填四川"迁徙而来。古谚有云："天下未乱蜀先乱，天下已定蜀未定。"《明史》记录了大西王张献忠在四川的暴行，而后清军和张献忠燃起战火，南明也和清军在四川展开拉锯战。大清王朝统一全国后，四川人还没来得及休养生息，吴三桂又起兵反清，使他们再次陷入战乱泥潭。据史书记载，四川人口从明朝末年的400万，到康熙初期只有60万，很多州县只剩下原来的十之一二。

没有了人，野兽就占领了人类的属地。清朝康熙二十一年（1682），新任四川荣昌知县张懋尝到荣昌县上任，在空无一人的县城，一群老虎从杂草丛生的胡同钻出，七个随从中五人命丧虎口。四川人欧阳直在《蜀乱》中说："遍地皆虎，或一二十成群，或七八只同路，逾墙上屋，浮水登船爬楼。"

此时的四川土地荒废，渺无人烟。为了重现天府之国的繁荣景象，给中央王朝提供粮食和赋税，康熙皇帝颁布了《招民填川诏》，给出不少优待政策，催生出湖南、湖北、广东等地大举涌向四川的移民潮，大量流民沿着汹涌的长江或是崎岖的山路，向梦想中的富饶家园前行。

"蜀道难，难于上青天。"张氏和杨氏迁祖背井离乡的迁徙之旅，必定充满着辛酸和艰险。在历经长途跋涉之后，疲惫不堪的远行者走到野椒园，原本只打算在那棵满身红豆的古树下短时休憩。这里左有青山支脉为青龙，右有长湾支脉为白虎，前红豆溪为朱雀，后有艳山红山脉为玄武。此间便是人间秘境，暗合着古人对家宅选址的原则，何苦再去遥不可及而又前途未卜的蜀地？于是，他们选择留在野椒园，在这里建房安身，繁衍生息。从此以后，故乡即是他乡，思乡的泪水被他们挂在满树红豆里。

连接张氏和杨氏侗寨的石板路，曾经是村民到重庆、湖南等地经商的必经之道，古盐道上留下了数不清的故事。张氏侗寨的村民在务农之外，还经营过鞭炮制作、造纸、榨油、纺织、印染等。如今留下的小小天井，原本是商贾云集的街市。当年，南来北往的商队来这里交易、歇脚，一定在枫香树洞里许下过美好的祝愿。那棵千年红豆树，除了被他们当作跋山涉水时触目可及的标记，又怎会没有寄托过远行者对家人的相思？

如今，古树和侗寨已经融为一体。野椒园侗寨是恩施州古代民居的典范，更是研究南方少数民族文化习俗的活化石。在野椒园，每走一步路，都能在古老的石板上体会先辈创业的艰辛；每一次抬头，都能在千年古树下感受侗族的历史厚重。堂屋里"清白"二字的牌匾和"百忍堂""四知堂"的名称，还呈现了这方水土孕育出来的朴实民风。来看古树，又不得不被张杨两家的家风感动。在先辈们的颠沛流离之后，侗家儿女紧跟时代的步伐，不仅发展了地方特色产业，还走上了乡村旅游的大道。

邂逅野椒园，与一段美好的时光相遇。在古树下安坐，闭上眼睛，细听轻风吹着枝叶，沙沙声里似乎飘来了马队的铃铛和行商的吆喝声。

初访野椒园
柯兴碧

曾读到张建平先生的《宣恩县野椒园古侗寨生态文化旅游资源多样性初探》文章，方知野椒园村有"七古""五怪"。"七古"即古侗寨、古墓群、古作坊、古树、古鱼、古民俗、古语等；"五怪"是千年红豆树、院子大门朝旁开、天井坝里做买卖、鼓楼当作庙宇盖、媳妇进门公公忙躲开。好奇心促使我一探究竟。

"大雪"刚过，我和恩施的几位文友邀约前往野椒园探秘，并约请张建平老师给我们当向导。恩施到野椒园，驱车走恩来高速，到晓关后不出5公里就到了野椒园村口，全程一个小时。

上午十点，张老师与他侄子张永耀主任早候在晓关高速出口。相互寒暄后，张老师说："今天就游览张家和杨家两个古侗寨，欣赏千年古树吧。"不到一刻钟，车停在张家侗寨外的停车场。下车后，我们四处张望，只见周围山峦起伏，满山翠绿的竹，茂盛的树，没见院落。张老师手指不远处一棵高大枫树，叫我们顺着枫树看。枫树太壮美了，高约40米，杆粗枝繁，叶茂青黄。尽管已是冬季，叶片没有衰老迹象。我想象这棵枫树不正像一诗人所吟"春来玉树嫩芽丰，夏绿舒怀向碧空，秋叶涂霜渲傲骨，冬枝蘸雪竟天工"吗？走到枫树脚，一看枫树的挂牌，枫树直径1.2米，胸围3.6米，已有600年树龄。

顺着枫树向前看，透过竹林，便望见张氏侗寨的屋脊叠砌的脊花。不走近张家院落是不知道她的壮观的。三栋连体的四合水天井吊脚楼，是张氏侗寨主体，面积1780.8平方米。周边还散建了十二栋单体吊脚楼，面积约1420平方米。我们一栋一栋地品鉴欣赏，四合水天井院落的屋面小青瓦覆盖，古朴古色；院落四面屋脊的脊腰和脊头叠砌的脊花美观，富有诗意；檐板间距排列着镂空格窗，排排挑枋嵌着雕刻着花纹的吊瓜，显出富贵人家的雅致；堂屋前壁没有地脚枋和门壁，显得宽敞，与二屋中间室内通道隔天井对应，这便于大家族中迎客或红白喜事亲友族人聚会，摆桌聚餐；正屋和两厢外壁装嵌着并排长方形窗户，窗户格条或镶或镂，花纹格式美观。张家院落吊脚楼形式与我们常见到的土家族吊脚楼不同。土家族吊脚楼是正屋的两厢吊脚，而张家院落的四合天井两厢不吊脚，是二屋整体吊脚，称为倒座吊脚楼，形成四合水天井院子。

张家院落始建于嘉庆九年间，坐落在"圈椅形"台地上，距今两百多年。那个时代，先人修建华居，讲究"风水"。张家院落选址可谓圆满。满足了建宅"左青龙，右白虎，前朱雀，后玄武"格局。背靠一座青山，前临马鞍山余脉的几座山峦，左有天马山围护，右有爱情堡、钟鼓堡、红沙山相拥。在张家院落瞭望四周，远近有十座山峦围护院宅，靠山厚实，对山空旷，案山跨河可及。院落内天井宽敞，站在堂屋眺望屋脊远方，可见青山翠绿，紫气绕屋。

对张家院落颇感兴趣的远不止这些，最厚重的是修身齐家的文化。张家院落左边的第一个四合天井的正屋中堂一枋上悬挂着"百忍堂"匾牌，中堂两壁挂着"忠""孝""学""廉"四个斗大字牌。堂屋前面两侧柱头书写着"功昭汉室光先杰，化溥渔阳浴后昆"。我们一行想知道"百忍堂"来历和对联的含义，便向张老师讨教。张老师是中学语文高级教师，又是张家侗寨的"寨佬"，对张家院落家史文化了如指掌。他告诉我们，张家祖先在汉朝时做官，伺候皇帝左右。一天，皇帝问道："你们张家一两百口老少相聚一家，和睦相处，相互恩爱敬重，同心同德，有啥好的治家法则？"先人忙在皇帝面前书写了一百个"忍"

字。之后，张姓便立有"百忍堂"，之后又编写了"百忍歌"和"张氏家训十二条"。"百忍歌"首句是：忍是大人之气度，忍是君子之根本。"家训"重点强调忠厚孝敬、端正人品、勤俭持家、和气和睦、戒奢倡廉等。张氏的修身齐家文化对当代社会主义现代化建设同样具有教育意义，就此中共宣恩县委组织部在张家侗寨开设了"宣恩县党员干部教育培训现场教学点"，中共晓关侗族乡委党校设立了"野椒园教学点"。

张老师介绍，张氏家族把家规家训家风看得很重要，要求家族成人成员要做到"四个一"。对来客要喊一声"您到家坐"；给来人来客拿一把椅子；给外来的客人倒一杯茶；装一支烟。四条待人之道代代相传，家喻户晓。我们一行到张家侗寨只遇到几名上了年纪的老妪，她们见到我们时非常热情。一位约七十岁的老人和我们攀谈时，急忙在场坝坎边柚树上摘下几个白柚，剥开皮后，硬往我们手中塞上几瓣。我说："您莫客气，留着过年吃。"她说："那跟您说，现在的日子，天天如同过年呢。"确是，我们走了几户人家，火塘里腊肉炕了一炕，自制的香肠满满地晾挂在屋檐支架上，圈养在竹林里的鸡好几处……

杨氏侗寨紧邻张家侗寨，沿清风步道翻过青山便是。杨家寨子分布在三山两溪的相思谷中，寨内小桥流水人家，青青田园，修竹掩映，阡陌交通。古院坐北朝南，背靠连绵的马鞍山支脉艳山红山，东临清山，西倚长湾山，正前面是水井堡山。杨家寨子就坐落在这"三山夹两溪"（三山即清山山、艳山红山、长湾山；两溪即杨家溪、青山溪）交汇处。杨家寨子是杨氏祖先在康熙年间从湖南保靖迁入后修建的，现住有杨姓43户，人口212人。杨家侗寨房屋多为吊脚楼，一正一厢房的单吊或一正两厢房的双吊，也有四合水天井。吊脚楼前后左右绿树成荫，秀竹围绕，荡青流翠。寨子东西有小溪流淌，周围三山青翠，对山水井堡上古树映照，堪称风水宝地。清晨，云蒸霞蔚，百鸟啭鸣；傍晚，山风阵阵，炊烟缭绕。好一派世外桃源的景象。

杨家寨中一座宽敞院子的堂屋家神上方书写着"四知堂口"，悬挂"清风"匾牌。据《杨氏族谱》记载，马上福始祖杨昌松是东汉杨震的后裔。名士杨震，幼通经史，博览群书；中年从教，弟子三千；五十岁入仕，官至太守。他一生刚正不阿，勤勉清廉。与他有关的"四知拒金"乃成千古美谈流传至今。后人称其为"杨四知""四知太守""四知先生"。杨氏后裔为彰扬先人品德，便立"四知堂口"。

杨氏家族有优良的家风传承。在《杨氏族谱》中规定了十六诫，主要从个人修养、养成习惯、生活细节、品行道德等方面对族众约束规范。

侗族人喜同姓同族居住在同一块地方或同一处挨近院落。"侗屋高高上云头，走遍全寨不下楼"，族人或家人兄弟为了相互方便照顾，把吊脚楼连在一起修建，建一个外廊，交往互通，族人或兄弟聚会非常方便。张家院落和杨家寨子就是典型。在古代交通闭塞、人烟稀少且又是茶烟、桐油、食盐挑运的古道途中，人们寻求一处人烟旺盛之处买卖，四合院"天井里做买卖"再合适不过了。

下午，张老师说带我们去欣赏野椒园的一处侗族新寨，古寨过了瘾，会让我们新寨上心头。

在距张家寨、杨家寨分别约1公里的地方，一处新建的"侗族大院"矗立在我们面前。全木结构的三个门楼五个天井房屋坐落在砌起的两大平台上。两台房屋用游步道相连。屋与屋交界处的空地安装有健身器材，建有公众使用的公共厕所。大院右后方建有十九层的高塔鼓楼，右边山沟处正修建着一座长长的跨公路风雨桥，前有宽敞的停车场。我们震撼，以为是晓关镇为开发旅游而建的接待场所。张老师介绍说这个地方叫龚家堡，原来是一处荒山。2018年，政府为安置贫困户，在这块荒坡上修建了易地扶贫搬迁安置点，保留侗族特色，逐步承担"游客中心"的功能，帮助40户搬迁贫困户在乡村旅游业的发展中就业致富。现在，搬迁户已经迁住，"侗乡印象展销馆"已经营业。如今，古寨与新居"三足鼎立""各司其职"，助力深山侗寨实现乡村振兴。

我想，宣恩县委、县政府如此落实实施乡村振兴的规划，是老百姓之福，是鄂西之样板。

跨公路风雨桥距该侗寨约500米。眺望如"重甍联阁怡神巧，列砥横流入望遥"（郭沫若诗），有桥如天街，亭尤殿阁感觉。遗憾的是桥下没有河流，只有车流。

我们顺着步道走拢风雨桥，桥身和桥上塔亭已经建起，油漆、雕刻、穿枋彩绘等细致活路还没有做。上桥后用脚步丈量，桥长约120米，桥宽约20米；用眼瞄桥上三个亭子的高度应各近10米。桥身雄伟，桥面宽阔，气势恢宏。

过风雨桥，顺步道上水井堡山。在山包顶上见到了神往的千年红豆树。细察古树的挂牌："湖北省古树名木保护牌；全省统一编号：42282500005；树种名称：红豆树科；拉丁名：ormosiahosiei；树龄：1200年；保护级别：一级；恩施州人民政府二零一九年十月。"树身约要三个成人伸手围抱，树高约20米。上端分杆枝繁叶茂，在保护人员锯去虫枝的旁边已长出直径尺多粗的新枝。古代晋朝有"楠榴之木，相思之树"之说，可见此树之珍稀。有专家指出，野椒园侗寨红豆树不仅是恩施州树龄最大的红豆树，也是湖北省树龄最大的红豆树，同时还是我国生长在北纬30度地区树龄最长的一棵红豆树。

当地人称为"神树"。民间传说新中国成立前这棵树的身影曾映照在施南府一家大户人家的水井里。这家主人跋山涉水,历尽千辛万苦,终于找到了这棵树的所在地,并对寨子里的人说这是一棵奇树,它是护佑着勤劳人家的。从此以后,寨子里的人对这棵树敬若神明。这棵树确实神奇,它无固定落叶时间。据老人们说,他们见到红豆树第一次落叶是新中国成立前夕,树叶全部落光,只剩下光秃秃的树干,曾三年没发,人们都以为已经枯死了。新中国成立那年,它竟奇迹般长出了稠密的树叶,同时开满了紫色的小花,结出了扁扁的豆荚。成熟后,红而发亮的豆子洒得满地都是。第二次落光树叶是我国遭受自然灾害的1959年。第三次是1966年。平常年间,有时落顶部,有时落半边,有时落某一枝丫。偶尔好几年不落叶,四季常绿。太平盛世,则枝繁叶茂。

看到千年红豆树,拾起思绪。千年古树见证了侗族沧桑的发展历史,见证了侗族儿女翻身做主,走向富裕的经历过程。过去是"追忆韶华空折赠,相思苦味满人间";现在是"朝朝期待仙人顾,日日桃花笑春风。美酒消愁愁不见,醉卧花下枕安然"。(明·唐寅诗)

我双手合掌,仰望红豆古树,心灵感动,愿古树的岁月融入幸福中国一直茂盛繁荣!

侗寻张家寨　思萦野椒园
——张家侗寨探秘
黄益举

层层叠叠的鄂西峰峦,云遮雾障;蜿蜒迂回的汤汤夷水,莺啼燕唱。那是远古巴人的故里,那是历史长河民族融合的乐土良邦。点一个域名就有一个故事,规一个圆圈就是一片洞天。

晓关境内的野椒园是一处秘地,解开那里的密码,你会发现历史长河的演变;凝视那里的门窗,你会洞悉人生沧桑与世态炎凉!

野椒园是宣恩县晓关侗族乡辖区的一个行政村,毗邻晓关集镇,南接咸丰。距宣恩县城25千米,离州城50千米。国土面积20.82平方千米,31个村民小组,819户2555人。

现今的野椒园村由原来的野椒园村、坪地坝村、白沙溪村、宋家沟村合并而成。合并后大村虽然锦绣烂漫,但要说探秘侗寨,还是要到原来的野椒园村去拾阶叩门。

野椒园最具侗寨特色居住群落要数张家侗寨、杨家侗寨。椒园且"野"，往往令人浮想费解；两姓侗寨反倒让人觉得豁然开朗——那是聚族而居！

野椒园群山环绕，沃土归原。远处天马山奋鬣鸣嘶，近处青龙山横亘巍然，爱情堡山花烂漫，钟鼓堡葱茏蓊郁。是椒房的氤氲吸引，还是累累沉甸的花椒天然，一下子说不清楚。湖南沅州麻阳县人张正夏的孙子张先耀却硬是相中此地，叩石垦壤，辟出一方洞天！

不知是羡慕蚂蚁繁衍兴旺，还是赞许蚂蚁勤劳无畏，张先耀的祖父张正夏当年带着儿子张应禄随"移民"大潮入川，选择在一个叫"蚂蚁洞"的地方挽草落户，显然这对父子对蚂蚁洞情有独钟。其族谱有"始迁祖张正夏携子张应禄自湖南沅州府芷江坪'移斯乐土'蚂蚁洞"云云为证。

据张氏族谱溯源，张氏进山始祖正夏公约于雍正末年或乾隆初年携子应禄进入宣恩，至今二百余年，计其子孙后辈已有两千余人，不可不谓"慧眼择乐土，林深毓远流"。

野椒园距蚂蚁洞有15千米，而且须溯贡水而上，选择这里发展，在当年肯定是要有足够勇气的。不过，了解穿寨而过的茶马古道，也不难猜测其斩草除荆的底气，不得不佩服张氏先人如炬的目光。

张家侗寨是具有寨堡特征的典型建筑，是青龙山腰的三座四合院。三座四合院院院相连，略无间距，据说是张氏兄弟三人的杰作。寨堡气势磅礴，构造讲究：远看俨然山中街市，绵绵密密；近看分明飞檐翘角，斗拱画梁。前檐暗门，藏滚木雷石；后檐旖旎，淌涓涓细流。防火防贼何其缜密！

古人建筑十分讲究堪舆学说，就山势而言，左青龙右白虎，前朱雀后玄武，张家侗寨建筑严格遵循这些原则。左侧山势雄伟，树木葱茏；右侧山势平缓，来路透迤；前山空旷开阔，平川沃野；后山冈峦雄浑，撑天曜日。

张家侗寨的正门下有高坎驳岸，坎上大路骡帮马队均可安然通过，然驳岸壁立，冷兵器时代，虽百千雄兵正面仰攻，绝不可得。寨堡后墙，驳岸也是森然壁垒，巍峨险峻，鸟瞰寨堡飞甍青丽，秩序井然。

右首入口，道路平坦，转折处有古枫当道，倘若兵荒，于此设警，远近悉收眼底，报警示意，何忧寨堡无预！东门雄关，自然守护森严。

兵荒日子少，太平日子多。张家侗寨建筑里，更多的是稼穑匠作的烟火气息。

"宣恩野椒园侗家五怪"中有一怪——天井坝里做买卖，讲的是张家寨堡内的庭院交易。宽大敞亮的天井，正门洞开，门首两边有半月形青石柱墩，闲时槌草织履，忙时长者端坐揖客。穿堂入院，天井里有拴系骡马的桩柱，有摆设摊点的台阶，有货物交易结算的处所，是寨堡远近乡邻聚会、商贸荟萃的集市。

据张氏后人讲述：张先耀入驻野椒园后，后代一直主打经营印染、造纸、鞭炮制作产业。门前百亩良田全都种植蓼蓝，称为靛田。两侧设有纸厂，周边有取之不尽的丛竹、松木……

细审张氏家族产业，全面占据市场先机。印染在封闭的家机布世界，那可是响当当的行业。自种蓼蓝提取蓝靛，开设染坊，流通湘鄂川黔，那是何等扬眉吐气的产业！开设纸厂，既保证了鞭炮制作的重要原料，又提供了书写、宗教场合的需要。鞭炮更是民间庆典不可或缺的吉祥物。据此三项产业，难怪张氏家族几百年家族兴旺，绵延不衰。

张氏家族人丁兴旺，人才辈出，诚然与坚实的经济基础密不可分，但良好的家风更是其源远流长的保证。张家侗寨的四合天井，最醒目的应该是正堂上彤红的牌匾"百忍家风"。"功昭汉室光先杰，化溥渔阳裕后昆"是匾额嵌联。上联应该是追忆留侯张良辅佐刘邦创建汉室王朝，下联似乎是讲传至唐代，仍有先人建功立业保佑后代兴旺发达。

百忍家风，应该取自《旧唐书·孝友传·张公艺》，言贞观年间潞州老翁能忍常人所不能忍，故能人丁兴旺，家族富裕，福荫子孙。

张氏隶属侗人后裔，然堂上传承多是汉家人文，令人疑窦丛生，幸好有大量侗家生活印记佐证，其实侗族无欺。首先，张氏侗寨的粮仓建在野外，不与院落同处。侗家人唯恐木质院落失火，烧尽粮草，再无生存依靠，故而粮仓绝不与住房同处。其次，院落吊脚下不喂养家禽六畜，整洁利落。张氏侗寨的居民称堂上历代祖先为家先而非家神……

张家侗寨饮食文化大多与汉人、土家无异，但其中有些习惯确有许多不同：

神豆腐，采斑鸠柯树的鲜叶，洗净，开水焯弄，揉取汁液，加草木灰水，凝固成形，色泽嫩绿，质地晶莹，加生姜大蒜，辣椒胡椒，凉拌生食。

肉笋，令鲜肉、腊肉生蛆，在火坑里的三脚上架上铁锅，用烟熏火烤，让肉蛆掉落锅上，焙干，香油煎炸，佐酒。

神仙饭，每年腊月除夕，家家蒸煮神仙饭。此饭用黏米与少量糯米制成，既有糯米的清香，又有黏米的醇正。

……

合族而居也是侗家的传统习惯，张家侗寨则是张家族人合居的典范。语言是最能辨识民族的标志，张家侗寨凡五十岁以上的人都能讲侗家语言，属于"双语"村落。试想新中国成立以来，全国大力推行普通话教学七十余年，如果不是醇正独立民族渊源，又怎么能让双语现象延续至今呢？当然还有大量的生活习惯

与文化规范佐证着侗家的民族特点。

虽然，这些现象并不是判断一个民族的根本属性，但作为提高普通人的认知认可还是大有裨益的。侗族人吸收接纳汉民族先进的文化理念，出现汉侗交融，这正是大中华民族文化融合的体现，也为"筑牢中华民族共同体意识"的理论互为表里提供了具体例证。

宣恩县在野椒园张家侗寨山侧新增了一个侗族移民点，政府在这个移民点建设上，完美体现了侗族人的民族信仰、文化取向、生活习性。

新建的鼓楼巍峨壮观，用俄罗斯巨杉建造的风雨廊桥恢宏轩昂。联袂的四合天井敞阳大气，配套的景观、服务营销场所功能齐全。安置房溜圆的房柱，浓缩着俄罗斯原木的憨厚；橙黄温润的板壁，散发着西伯利亚雪原的坚强；硬化的水泥公路，把居民的住宅连成网络四通八达。

目睹移民点完备的设施，我陷入了沉思：民族与国家、时代与人民……

凝视张家侗寨，感叹一个良好家风兴盛了一个家族，两百多年竟然繁衍成两千多人，其中不乏士农工商、文人雅士。然，家境虽丰，一姓难全侗族全息；人文虽浓，孤掌难富邻里百姓。故，张家侗寨院落虽古、虽富、虽雅，亦难完成侗族全息建筑，寨堡没有鼓楼，唯以鼓楼堡命名山峰，弥补缺憾！天井集市虽然公道平正，毕竟只是茶马古道上的一个驿站！

野椒园传统侗寨浓缩的是封建王朝兵荒匪患的沧桑，野椒园移民点闪烁的是国泰民安的幸福康宁。放在宇宙演变、历史长河中审视，都不过是短暂的一瞬，但这一瞬的对比，却诠释出建造者的胸怀、气概，格局的高低，衬托出为人民服务宗旨的崇高与伟岸！

2022 年 12 月 16 日

千年相思树

何金华

一

如果说，老屋是村庄的历史，青石板路是历史的脚印，那么生长在村庄的古树就是历史的见证。

我到过许多村庄，稍古老的村庄里或多或少都有几棵古树。在我的记忆里，村子的人，不论走到哪里，首先忆起的是高大的古树，古树成了村庄的指路标，村庄的记忆，更成了人们生活在那里的家的归宿。没有古树的村庄是没有历史的，一个拥有古树的村庄，才能深切地感受到历史的厚重，古树见证了村庄的成长、繁荣与衰败。

我家屋后有三棵古树，已有几百年的历史了。从小，我在古树下成长，对古树有种神圣的情结。不论走到哪里，总想看看那些高大的古树，看到它们，就好像看到了历史，看到了春秋的变幻，看到了川流不息的人群，看到了繁荣和昌盛。看到它，便觉得亲近。

我一直这样认为，一个能够保护好古树的村庄是值得骄傲的，他们保护的不仅仅是一棵古树，而是自然的馈赠，人们生生不息的源泉。他们保护了千百年自然的造化，同时也保护了他们自己的历史和记忆。

二

这次宣恩作家协会组织采风活动，目的地就有我仰慕已久的那棵千年相思树。宣恩有许多古树，千年古银杏树和千年红豆树就是其中的代表，它们一直端坐在我的心里，很想抽点时间去看看它们。看看古村、古寨、古树，探寻逝去的历史，找回我们曾经的记忆。踏着祖先留下的足迹，追寻我们的未来，本就是一件幸福的事。

早上匆忙起床，简单收拾，便赶到集合地点。坐上车，一路兴奋地看着路旁的风景，搜寻着我们的目标。蓦地，眼前突然一亮，一棵高大的古树矗立在山头。我兴奋地把头伸出车窗外，迎着扑面而来的风，真想化作一只飞翔的鸟儿，立刻飞驰而去，栖落在它的枝头。

上山的路杂草丛生，已无路可寻，好不容易从庄稼地里爬上了山头。当我站在古树面前的那一刻，我的目光凝滞了，所有的惊奇都变得那么沉重。

站在你的面前，我不敢仰望，抬头就是千年的高度；站在你的面前，我不敢走动，我怕惊动你落叶下沉睡千年的相思；站在你的面前，我不敢高声说话，我怕我的声音惊扰你千年前的梦。站在你的面前，我久久地凝望着，无法看透你千年的历史。

一千多年前，这里会是什么样子呢？也许，这里还是茫茫的原始森林，你只是一粒种子，一棵刚刚破土而出的小树苗，骄傲地在这个小小的山头上沐浴着阳光雨露；也许，你的命运和其他生长在这里的树木一样，掩埋在历史的尘埃中，成为一堆枯枝；也许，你还会成为一堆柴火，点燃袅袅炊烟，煮熟先民的餐桌上

的美食，然后化为灰烬。

也许，你从来没有祈求你的生命会如此长久，会穿透这漫长的千年时光，见证一个个从无到有，从生到死的传奇。

三

我是探路的人，在庄稼地里打开了一条通道，后面的人一个个都上来了，看到它的第一眼，都是惊奇。

树枝上挂着一块醒目的牌子，上面写着几行文字："中文名：红豆树；属名：相思树；树龄：1200 年"，看到这个数字，我惊呆了。

一千四百多年前的昭明太子萧统，在红豆庵前种了两棵红豆树，用满怀相思的眼泪感动了一千多年的历史。你和他一样，都经历了千年，不知你是否也有过这样感人的故事。

1200 年，我无法想象你见证过的历史，也许你见证了安史之乱南迁的流民，也许你替唐明皇流下了思念贵妃的眼泪，也许你是王维写下的诗篇"红豆生南国，春来发几枝。愿君多采撷，此物最相思"。也许，你没有这些传奇，但你在我心中依然神秘。

你本喜欢阴凉潮湿的环境，可你却长在了山头。我不知道是山养育了你的灵气，还是你成就了山的高度。一千年，落叶堆成了山头。

满地的枯枝开始腐烂。不知是哪一个风雨交加的夜晚，高数丈的枝干折断在你的跟前，残损了你的容颜。不论风吹雨打，你依旧顽强地生长着，忍耐着变幻的春秋。

我小心地走到你的跟前，脚下是你沉淀千年的落叶，软软的，好似一潭深不见底的水，我只是漂在水面的一片落叶。伸手触摸你的躯干，我不敢用力，我怕你的坚硬划破我的手指，我更怕我的手指触摸到你千年的相思。

我张开双手，想抱住你的身躯，但我抱不住，你太大了，在你面前，我只是一棵小苗，没有长高的小苗，卑微的小苗。你用你的高大衬托着我的弱小。站在你面前的每一个人都是弱小的。一千年，实在太久。

四

透过你的枝叶，竹林深处，隐藏着一个百年古寨，居住着古老的侗族儿女。

最先到达这里的先民，也许是看中了你，才在这里安家落户的吧！背靠丛莽大山，门前就对着你。山水深处，也许你成了他们的归宿。

如今，居住在这里的人们，随着时间的洪流，一个个都远离了家乡。空空的屋子里阴森冷清，早已没有了袅袅炊烟。剩下你孤独地守候着这个古老而又年轻的寨子。

我们吵吵闹闹地走来，又吵吵闹闹地离去。宁静被打破，瞬间又恢复了平静，回到原来的寂静里。

我寻着你的名字而来，又带着你的相思离去。我不忍离开，又不得不离开，这里是你的归宿，我只是一个慕名而来的过客。

相思树下随想
郑　荣

经过一路颠簸，终于见到心仪已久的千年相思树。

站在山脚下，放眼望去，黛绿色的山在蓝天白云的映照下更显苍翠。山脚下的村寨就是侗族古寨杨家寨，村寨里古铜色的吊脚楼错落有致，似成熟高粱般红润，古朴淡雅。就在这村与山的缓坡上，生长着一株枝繁叶茂、巍峨挺拔的相思树。树冠相叠，葱茏劲秀，枝叶交错，浓绿如云。正是这株千年相思树给整个山寨涂了一层梦幻般的色彩，古老而神秘，恢宏而幽静。

走到树前，树高约数十丈，主干挺拔坚硬，需四五人牵手合围。树干上细密的年轮如绚丽的光晕，缠满了岁月的皱纹，虬曲苍劲。树根突兀，鹰爪般抓牢大地。光看这枝干，如一双干枯龟裂布满老茧的手，到处都是岁月艰辛的图谱，但就在这样的枝干上面，却又涌出了许许多多鲜活的生命，枝叶缠绵，虫鸟呢喃，在骄阳下细碎地摇曳。

伫立树下，我仿佛穿越到千年以前，我的灵魂接受着前所未有的洗礼，我的心做了一次无声的远航，我的思绪伴着岁月之光直追历史，化作深邃的遐想。

站在你面前，我在想，以你历经的沧桑和厚重的历史承载了千年的守望，在你面前，人类是多么渺小，多么微不足道，人类之于你不过是匆匆过客。朝来暮往，春去春回，朝代更迭，树是人非，唐宗宋祖，灰飞烟灭。而你，则千年葳蕤，万古长青。你见证了历代王朝的复兴，见证了岁月的沧桑，好像一切都已烟消云散，又似乎亘古不变。你高耸入云的追求，卓尔独立的气度是精神上最无畏的奔赴！是生命中最忘我的投入！你虽已盘根错节，却总以宽容的襟怀容纳着世

间的一切。你积蓄了千年的梦,沐浴着明媚的阳光,迎着风暴的洗礼收获了天空的湛蓝,收获了满腔的热情,也收获了千年的沧桑。人活百年,追思千载,面对着你,我不能不感叹这时空浓缩的奇观,不能不敬畏这举世长存的生命伟岸!

终日穿梭于城市钢筋混凝土的楼群之中,疾速的鼓点、迷离的霓虹、匆忙的身影……每一个角落里都透着疲惫而麻木的信息,我也正在被同化。"暧暧远人村,依依墟里烟",抑或"狗吠深巷中,鸡鸣桑树巅"的闲适恬淡,只有在古诗中去寻觅了。而此刻,站在你面前,嗅着你脚下泥土的清香,触摸着你厚重的躯干,我褪去众人面前艰涩的表情,省略一切可大可小可稀可稠的生存空间,从繁华而浮躁的世界里走了出来,一场心灵与心灵的交谈跨越时空,讲述着一个关于纯真与质朴的故事。你就像丹柯那颗照亮征途的心,带我穿云破雾进入一种清新幽静的世界,尘埃、名利、喧嚣、浮华都渐渐淡去。站在你的面前,我是虚幻的,你却是如此真实,现实的浮华与你纯真的质朴此刻多么明朗。

古有"楠榴之木,相思之树",更有唐代大诗人王维的"劝君多采撷,此物最相思"。遥想千年以前的一颗红豆,如今已长成参天大树,似乎向世人昭示着永恒的爱情篇章。静静地伫立在你面前,脑海里演绎着自古以来最美丽的爱情段落,梁祝化蝶,抑或鹊桥相会都曾多少次轻盈于文人的笔端。而你,虽没那么炽烈,但你千年的固守难道不也是一个美丽动人的爱情故事吗?此刻站在你面前,与你一起聆听爱的神话,一起编织爱的裙裾,指间画出万千柔情,如一池春歌荡漾。若思念真的可以穿越千年,那千年一抹相思泪洒落红尘,沧海也已变桑田,前世转今生,红尘过往,情归何处?千年相思赋作歌!你,就是那首传唱千年的歌!

树梢上的蝉儿还在不倦地吟唱,这小小的黑精灵,是从贝多芬的交响曲中逃了出来,穿过深邃的时空来到这里唤醒我的吗?我轻轻地坐在树荫下,托腮静思,以一种隔世的心情注视着你,在你身上我读到了一种永不绝望的力量。轻撩起额头几丝零乱的长发,整理好连日混沌倦怠的心情,感觉自己拥有的是一方真实清朗的晴空。

杨家有寨
杨云清

千年红豆,百年侗寨,溪泉清澈,青山掩映。七八人漫步古道,别离尘嚣,不知不觉中融入那久违的古朴淡雅、清静安宁。

七月流火，宣恩作家协会组织了晓关野椒园古侗寨采风活动，我们不只是去游玩和避暑，更重要的是到杨家寨访古探幽，而我作为杨氏后人，还想去杨家寨寻根问祖。走入杨家寨，情似归故里，我感受着古寨特有的原始气息，觉得如此亲切。

沿着青石板路，我踏着轻轻的脚步，以免惊扰古寨恬静而悠远的梦。

那每一个石墩，每一根柱头，都大气而庄重，支撑着古寨走过百年风雨；那每一扇木门，每一格木窗，都充满历史的厚重和沧桑，见证着古寨的百年变迁；那每一道沟壑，每一条裂纹，都如同象形文字，记载着古寨漫长的历史。

在古寨的庭院里，有我熟悉的老家气息，久违的柴草味道弥漫开来，我仿佛看见袅袅炊烟升起，仿佛听见忙碌的母亲在呼唤贪玩的孩童回家吃饭。古寨隐藏着怎样的神秘故事？谁曾经在这里居住？谁曾经在花间悠然品酒？谁曾经在树下淡然品茶？谁曾经在天井里的洗衣板上洗衣浣纱？谁曾经在阁楼里的"美人眺"上赏风景、话桑麻？

吊脚楼式、天井式建筑见证着古寨昔日的辉煌。杨家自古擅长造纸、做鞭炮、开染坊，从古寨的规模和气派可以看出，当时这里的杨家经商创新，勤劳致富，实力了得，富甲一方。家大业大，有了梧桐树，引来金凤凰，娶进寨子外的美丽姑娘，一辈子生活在这个好地方，如一棵大树开枝散叶，转眼就儿孙绕膝，几世同堂。

偌大的寨子当年一定热闹非常——过年的时候天井里鞭炮炸得震天响，半边火炉里的年火兜燃烧得正旺；端午节采来绿油油的箬叶，包上白蒙蒙的糯米，一会儿灶屋里就飘出了粽子香；中秋节吃着香甜的月饼，男人女人们在庭院悠然赏月或在阶沿自在乘凉，孩子们做着游戏，唱着童谣："大月亮，小月亮……"老人们坐在吊脚楼上拉着家常。

古寨那些木制的桌椅板凳、那些竹制的筛子簸箕，都残留着似水流年的痕迹和沧桑。时间在这里静止，节奏在这里放慢，人们停下匆忙的脚步，在这里参观、照相。杨家寨子里有个可爱的小女孩，眼睛长得很美、很亮，大家争着给她拍照，小家伙笑着，像小鹿似的躲闪着我们的相机，调皮地在奶奶身后跟我们捉迷藏。

古寨如诗一般梦幻，又如诗一般伤感，古寨从过去的热闹变成现在的落寞。改革开放年代，年轻人都去远方寻梦了，留下空荡荡的寨子在风雨之中静默着，孤独寂寞的留守老人、孩子在漫长岁月中守候着。古寨等候着他的子孙荣归故里，也等候着远方的客人在这里歇歇脚，赏赏风景。

仰望古寨的神龛，上面书写着"四知堂"几个大字，我不禁肃然起敬，思潮起伏跌宕。我知道，"四知堂"生发于"弘农堂"，家训严正，祖德流芳，"四知堂"把东汉杨震的家风弘扬。东汉杨震家世显赫，有名的"四世三公"（他的儿子、孙子、重孙都位列三公，担任仅次于宰相的太尉要职），他为官清廉，四知（"天知、地知、吾知、子知"）的故事家喻户晓，千古流芳。

曾听父亲说，汉安帝刘祜亲笔书写的匾额"清白传家"被我们杨家世代悬挂。宝贵的精神财富，不懈地精神追求，"清白堂"的荣耀，"四知堂"的千古佳话，从古至今福泽杨家。

小时候的我们，最喜欢听老人讲杨家将的故事，知道杨家自古就是"忠义"之家；后来从书上读到杨家将和杨震的故事，又从老人口中知道了"四知堂""清白堂"的由来，不禁为先祖的荣耀而骄傲。杨家寨就是我们杨家"忠义孝节"的缩影，在这里，我寻找到了自己的根。祖先教育我们如何做人，这一切并没有过时，"忠义"在新的时代演绎成对祖国的热爱。"四知"教育我们为人做事不欺天地、不欺别人、不欺自己，凡事做到问心无愧。"清白传家"的优良传统不能丢，这应该成为我们不懈地精神追求。

如今，杨氏后人遍布全国，享誉海外，几人还能铭记"清白传家"的家训？在这个物欲横流的时代，在这个金钱至上的社会，有几人在随波逐流？有几人能独善其身？有几人能沉下浮躁的心而反躬自省？

古寨旁边有一片竹林，竹是古往今来君子托物言志的最佳尤物，白居易的《养竹记》中的"日出有清阴，风来有清声，依依然，欣欣然，若有情于感遇也"，苏东坡"宁可食无肉，不可居无竹"。古寨青翠的竹林，除了点缀风景，还有多种用途，编竹器、扎扫帚、吃竹笋……古寨的人跟古代君子一样，他们"四知"的修为，"清白"的家风跟竹子的风格一脉相承。

杨家寨背靠一座青山，山上除了苍松翠柏，还有珍贵的楠木，最有名的是那棵珍贵的千年红豆树，千百年来一直挺拔在山头，为寨子遮风避雨，站岗放哨，年复一年地守护着寨子。葱茏苍劲的古树傲首云天、巍峨挺拔，粗大的树干要四五人环抱，宽阔的树冠或葱茏或枯黄的树枝掺杂其间。千年红豆树不知经历了多少艰难险阻，风雨打不倒它，雷电击不中它，它犹如惯看春风秋月的智慧老人，满脸都是褐色的皱纹，但还有嫩芽一样的童心。红豆见证了古寨的百年荣光和沧桑，越过千年，采天地之灵气，集日月之精华，成了古寨的守护神，为古寨的子孙永远守护、祈福。

野椒园游记
李明英

何为游览？日月，星辰，旷野，村落。

可否具体？山川河流，楼台云海。万物有情，人间有爱！

野椒园是一个万物有情、人间有爱的好地方！

车子出宣恩城往西行近一个半小时的路程，就来到宣恩晓关乡与咸丰交界之地野椒园。车子缓缓停下，路旁两侧已停了许多车辆，我们顺着马路沿着河堤石级走向河坝，坝口掩映在一片茂密的南竹丛中，顺着石阶斜行二百米处眼前顿觉豁然开朗，顿有"山重水复疑无路，柳暗花明又一村"之感。我快步走下河坝，河坝上绿树伏阴，古木参天，树木参差，各种奇态异状的树木险象环生地簇居在河坝上，一丛丛，高高矮矮，一棵棵，胖瘦相依。它们倒影垂绿，婀娜生姿，整个大坝宽广而幽静。虽有人丛涌动，但都分布隔离很远，三三两两，成堆围坐，或吃喝，或垂钓，未闻花腔喧闹，与大坝相处融洽，毫无违和之感。树丛绵延数十里，遮天蔽日，绿树成荫，华盖雍容。

依山缓流一汪碧波，此泉自咸丰龙坪汇流而下，远望潭水，如一块聚天地灵气温润如黛的翡翠，镶嵌在青山碧树之下。绿得纯粹，绿得发蓝，绿得耀眼，绿得魂牵梦绕。走近河泉，泉水潺潺，声似琴吟，河水清冽，碧莹澄澈，清柔见底，可清数河中卵石，如此纯净之泉，让人怜惜、让人欣怡、让人敬畏、让人望而生渴。河道中偶有阻石，形成一道道小小的瀑布，泉水在这里纵身一跃，形成万点飞花。那万千泼墨，在阳光下绘成一幅绝色山水画卷，它跳跃着，灵秀俊巧地奔向远方。

野椒园的山更是奇特突兀，群山丛丛，偶有一钟灵毓秀山峰拔地而起，自成独特一景，或有山崖悬岩兀露，嶙峋奇特，吸人眼球。参天树木择崖而生，令人惊叹，林中多鸟聚集，和声婉转，花香阵阵，别是一翻景致。

张家大院，遇见一位老人，他激动地说："政府把我们的家乡打造得如一幅美丽的画卷。我们的幸福生活来之不易，我们要感恩、感恩祖国、感恩社会，感恩为家乡做贡献的人们。要始终以一颗感恩之心回报社会，努力劳作建设家乡，把家乡建设得更加美丽，更加富饶。"

野椒园山秀水清，人杰地灵，真是一个好去处！

遇 见
赵志云

第一次知道野椒园,是在朋友的口中,他说他生活在野椒园。那时候这几个字只不过是一个普通村子的名字,并无任何特别。

第二次听说野椒园全称是野椒园古侗寨。侗寨在宣恩也不多,没想到野椒园也是侗寨,还是"古"侗寨。不过,这与我并没有什么关联。

退休后我进入朋友推荐的老年大学旅游班,认识了张老师,他介绍自己的故乡在野椒园侗寨,忽然发现野椒园离我越来越近。

真正与野椒园侗寨遇见,是在 2019 年 12 月 14 日。我们一行七人乘两辆越野车沿着蜿蜒崎岖、山峦环绕的乡村路奔驰,随着朦胧的雾气来到神秘的野椒园古侗寨。

我们到达宽阔的停车场,下车后发现旁边粉墙黛瓦的小楼是村委会办公室,一旁还有一处特色的卫生间。停车场、办公楼、卫生间,处处干净整洁,彰显现代管理的规范。

渐渐地,雾气散去,野椒园毫无保留地展现出它古老又恬静的姿态。走进侗寨,一棵古枫参天耸立,几只喜鹊在树上喳喳地唱着,好像欢迎我们。站在寨旁的小山梁上,三个四合水天井院落首先映入眼帘。简单的四方图形,平直的横竖线条,四方的石板院落,传承着百年家风。墨染的瓦片在屋顶静默着,似乎又在诉说着,时不时缓缓吐出丝丝缕缕的蓝色炊烟。又见炊烟,那是多少人心中永远的暖意。瓦上飘出的炊烟那是家的味道,那是暖心窝子的温馨,那是为心灵贮满能量的源头。这样的炊烟大多只存在于人的童年记忆当中,而今天,我在野椒园侗寨竟亲眼看见。

寨旁的古枫像是野椒园的守卫。春绿秋红,年复一年,日复一日,他始终如一守护着侗寨,守望着这片土地,或者是侗寨养育了他,陪伴着他;抑或古侗寨和古树相亲相爱、相依相伴、相知相随。他们早已谁也离不开谁,就像侗寨里的人,相生相合,绵延不息。

走近四合院,吊脚楼、雕花窗户、燕子楼……可见其精雕细刻,讲求工艺、讲求质量、讲求传承。青石院内,一位老人坐在堂屋前的椅上悠闲自得,见我们来到,颤巍巍地站起来,拉过旁边的几条长凳喊我们坐一坐,他又走进房间给我们拿来一盘瓜子,还说要给我们泡杯茶。老人的热情让我们心头一暖,忙请他坐下来,告诉他我们更希望听他讲讲野椒园的故事。

老人听到我们想听故事这才坐下说起了家常:"看到你们来我高兴啊!这几年来野椒园的人越来越多,我在这里过了一辈子,现在是遇到最好的时候喽!我们这里变化大,原来去乡里都是走路,翻过这旁边的马鞍山才能出去,你们现在都是开车来吧!"

"老人家不出门什么都知道!"

"我这么大年纪,是看着古寨变化啊!原来都说我们这房子太老旧,孩子们挣了钱想推倒修平房,我是第一个不同意。为什么呢?这是老祖宗传下来的宅子啊,怎么能说拆了就拆了呢?住了几百年,生活了好多代,不能毁在我们手里!没想到后来专家来看,说我们这古寨是文物,要保护起来,修通了公路,硬化了道路,引进了自来水,还安装了太阳能路灯呢!你看,现在日子越过越好啰!"老人的脸上泛起愉快的波纹,春天般的笑容里闪耀着睿智而幸福的光芒。老人的一席话,像一阵春风拨开了朦胧的雾气,我们好像跌进了阳光灿烂、鸟语花香的春天里。

野椒园古侗寨,古朴中透着恬静,神秘中透着温柔,尤其难得的是传承百年的烟火气也透着古老和年轻。

人的一生会有很多遇见,与野椒园侗寨的遇见,早在冥冥之中注定。遇见之后便再难忘记。

野椒园云海拾韵(外一篇)
熊超朋

> 驱车登顶上层巅,拾韵峰峦恰有缘。
> 坐看惊涛拍岸起,俯听激浪断崖掀。
> 日升潮海成一色,夕照流霞燎半天。
> 我欲踏波迎浪去,风来才晓在人间。

野椒园的云海,我也是慕名而来。观赏云海,却要些机缘,讲究"四美"兼备。云海,第一要义自然是云,需要地利,还需要天时。贡水两岸,绵延数十里,诸峰巍峨,峡谷幽深,便是地利;雨后初晴,抑或晴朗晨曦,抑或晚霞日落,空气里水分稠密,尘埃凝结,加之气温落差、冷却,便成天时。所谓海,少

不了漫无边际的雄阔,少不了惊涛拍岸的壮丽,少不了波涛汹涌的磅礴。于是,遇见云海的机缘便有了其二:"良辰、美景。"

接下来便要在这云海中寻得赏心与乐事了。

自古美景动人心,秀色可餐,自然能赏心悦目,再邀得几个知己,哪怕掺杂文绉绉的酸腐、略带醉意的吹嘘,一路欢歌笑语,侃侃阔论,岂非乐事。

观云海,急不得,需得细细品赏。先是单薄的云雾从谷底缓缓升起,与从各处奔腾而来的浪涛相合一处,渐生渐浓,渐高渐阔。仿佛听见林间草木沙沙,崖石窸窸窣窣,云雾从远处的山谷、临近的峡峪,或如蛟龙左右飞腾,或如猛虎上下翻滚,草木的苍翠时隐时现,山脉的轮廓若有若无,直到淹没满山满谷,仅露出最高山峰的巅顶。终于成就了这漫无边际。

若是碰上日出朝霞,天上的云与山里的云连在一处,烧得通红的霞一下子感染了整个云海,光芒四射,金碧辉煌。或是更巧遇着朗月西斜,天蓝山青做了底色,将这白云红霞映衬得更为华丽。

这云海,犹如水墨国画。浓淡相宜,意境层出。风来,如脱缰之野马,浪花飞溅,波涛汹涌,惊涛拍岸;风停,如闺阁之处子,恬静典雅,如细纱掩饰双眸,如玉手轻抚脸颊……你有何种心境,他便能给你何种情绪。

这云海,恰似粉墨人生。起伏不定,却又命中注定。难得有"四美"兼备,坐看云起心不动,待到云收拂袖归。

观云海,看景,更听心。

侗寨访古

> 曲径函幽野椒园,侗寨隐隐翠云间。
> 相思千载遗红豆,痴恋百年许枫仙。
> 芦笙半首春秋梦,嘎老一声岁月牵。
> 倦了风尘烦琐事,淡酌清饮伴炊烟。

要说宣恩境内在哪儿还能体验到侗族的古寨古风,晓关野椒园算是不二之选。野椒园,曾造访过两次,都是工作的缘由,也只是走马观花,所以印象并不深。因为有了这次专程探访,再细细品赏起来,情绪和印象就大不相同了。

她,真个配得上"人间秘境"的美称,自有一番韵味。

先来探访她的"秘"。她既有温文尔雅的端庄静秘,也有岁月沉淀的含蓄神秘,还有隐世无为的人生奥秘。

她端庄而静秘。若不是伫立于公路边新修建的侗寨建筑和指引标牌,或是有专门的引路人,是极不容易发现其踪迹的。翠木隐隐、曲径函幽,幸好柳暗花明,才知她早在蜿蜒尽头,婷婷袅袅、待君相识,倾诉岁月春秋。仿若玉立在苍木翠竹间,依竹含羞的少女,头饰纱巾,颔首默默,楚楚动人。

她含蓄而神秘。"武陵第一古侗寨"绝非浪得虚名。她从远古而来,带着岁月的沉淀。相思树为互诉浓情的男女洒下红豆,红枫叶刻印了多少海誓山盟。侗寨的每一块板、每一根梁、每一片瓦、每一条石,无不体现人与自然的融合,是那么地恰如其分、恰到好处。青石板条条相扣,砀面如镜,花草掩隐;吊脚楼榫卯相合,窗棂灵动,古色古香;风雨桥杆栏相携,飞檐翘角,迎风沐雨……总给人一种悠远或是捉摸不透的深邃。

她蕴含着奥秘。家风清明,从而长盛不衰。无为而治、无欲无争,自然兄友弟恭、膝下和睦。融于自然,方能历久弥新。隔绝尘嚣,远离闹市,在自然的新陈代谢中,自我修复岁月遗留下的磕碰;在与时俱进的鞭策下,自我革新时代赋予的内涵。

再来体会她的"味"。

她拥有人间的滋味。拦门酒,"高山流水",抵不住帅哥靓女的热情豪放;合拢宴,珍馐佳肴,经不住煎炒烹炸的美味百般。喝转转酒,吃转转菜。农家腊肉肥而不腻,张关合渣掺和土鸡蛋的清香……执一箸侗家菜,来一口苞谷酒,哑吧哑吧嘴,再饮一杯清茶。这滋味,绝了!

她拥有仙境的韵味。云蒸霞蔚,秀色可餐。那塞满双眼、应接不暇的竹木苍翠;那飘逸鼻息,泥土与木叶混杂的清香;那滋润味蕾,汩汩凛冽的甘甜;那愉悦双耳,幽鸣对唱的婉转;那轻触指尖,石与木、古与今凝结的温厚……

她拥有侗家的风味。一座座古侗寨,或一字排开,或四合为院;一条条石板路,或藏匿草木,或掩隐林间。一曲芦笙舞,醉了千载春秋,缠绵悱恻;一首嘎老调,撩拨岁月柔情,魂牵梦萦。一群浣衣女,溪水旁挽袖捣衣,说些个妯娌间的私语;一排侗家汉,水田里栽苗插秧,少不了捉泥鳅的野趣。

她拥有人文的品位。一个家族的传承,定然相伴人文的积淀。听杨氏先祖东汉名臣杨震的"四知"遗训,而知"清白家风"、十二家训、十六诫的厚重;到张氏"百忍堂",而受"忠、孝、廉、学"的心灵熏陶和道德洗礼,感悟家风家训,启迪心智、涵养情操、净化灵魂。

厌弃了功名利禄,倦怠了琐碎繁杂,不妨到此,探访古侗寨,幽会红枫树,嬉戏相思谷,漫步红豆溪……循石阶花草隐隐,抬望眼袅袅炊烟,小酌一杯淡酒,细品一盏清茶,此刻人间烟火。

神秘的老田沟（外十篇）
迟 雨

曾几何时，孩童的好奇心犹如春草，在童年单调的田野上疯长。家乡的老田沟人迹罕至，传说藏有大蛇，野兽很多，有豹子、麂子、獐子，还有白面，也就是果子狸，十分恐怖，但也十分诱人，总想去看一看、走一走。

那一年暑期，禁不住好奇心的驱使，我与敏和华一起，带着镰刀、雄黄和几个生红薯，三人悄悄地向传说中神秘的老田沟进发。夏日的阳光斜照在身上，烤得人火辣辣的。从家里出来全是上坡路，身上已经汗涔涔的了。突然走在前面的华停住了，惊恐地转身向我们做了禁止出声的手势，并向前面的大路上指了指。我偏头向前一望，吓得直吐舌头，哇，好大一条大王蛇！只见它盘在路中间，昂着足有30厘米高的椭圆形如拳头般大的头，嘴里直吐着红色的舌信子，好像在跟谁打招呼似的。华指挥我们后退了几步，然后捡起路边的石块将大王蛇赶跑了。真是有惊无险，我们继续前进。

老田沟发源于家乡的马鞍山下，呈西北向东南流入贡水。越往上走，山上的空气清爽而冷峻，清新的空气刷过肺部，刷得人神清目明，将走了半个小时的疲惫化作轻烟消散了。我们不禁大大地吐一口气，然后大喊一声，对面又传来响亮的回声，与我们遥相呼应。一时间，寂静的山间竟因我们的到来而热闹起来。

我们沿着林间小路走下沟里时，空旷的树林清凉宜人。这里是一片见不着阳光的原始森林，高大的酸枣树、笔挺的灯台树、林立的柳丝树，还有悬挂在树间的长满苔衣的古藤，地上有大片的地葫芦瓜叶，抽出浅紫色花蕊。还有珍贵的中草药七叶一枝花、四大天王、刺黄连、红藤等，把那个林子装点得如同植物宝库。

我们一行三人，敏最大，比我大两岁，生得健壮；华次之，比我大一岁，憨厚可爱。在敏的带领下，我们一步一步地往下挪去。一路上，不时有松鼠爬到树上，回头好奇地看着我们这些不速之客，有时发出"滋滋滋"的声音，好似向它的同伴报警一样。路，其实根本没有路。地上全是厚厚的落叶，软绵绵的，有时还会踩到朽烂的枯枝，脚下不时传来踩断枯枝的咔嚓声。有时脚下一滑，便露出落叶下软绵绵的黑土。这土真肥沃哟！怪不得这里的草木长得这么茂盛！

我们慢慢地向下探去，渐渐地听到水声，快要到沟底啦！敏在前面喊道：

"大家要特别小心。"果然,快到沟底时却没有路了。我们从一棵倒在沟里的大树干旁,用镰刀砍出一条路来,才来到了沟底的沙滩上。溪水潺潺地流着,有的在大石头底下的缝隙中,有的漫过沙滩,用手一摸,清澈而冰凉。"这水可以喝吗?"大家有点渴了。敏说:"可以喝的。"我掬起水来,大大地喝了一口,清凉可口,细细品味,还有一丝丝甜味儿。刚才走累了,大家都喝了一口水,然后坐在一块光滑平坦的大石上休息。环顾四周,溪流左岸是陡峭的悬崖绝壁,绝壁上点缀着青青的羊胡子草,还有从崖沿横生出来的古木和藤萝,如同悬在天空中一般。太阳从树叶中透射进来,在绝壁上留下斑驳的光影,这时你才知道今日是晴天。右岸是陡峭的斜坡,生长有高大的树木,尤其是酸枣树最多,那高大笔直的树干挺立着,宛若绿色的伞盖,把阳光遮了个严严实实。

敏提议往下游走走,看能不能沿着这条小溪走回到家门前的小河。华说:"那太远了吧。"但还是经不住好奇的驱使,大家沿溪而下。大概走了100米,发现有一高坎,水从高坎漂流而下,冲向数十米的深涧。两边是光滑陡立的石壁,连鸟也飞不上去,更何况人呢?光是看看就让人感到胆战心惊。不知是谁说了句:"我们还是去找水的源头吧!"大家都表示同意。敏在前面带路,我们从一个又一个大石头间往上走。有的地方是一泓深潭,有的地方是浅水沙滩,有的地方是一方大石,有的地方有巨大的枯木阻拦。我们都勇敢地绕过去、蹚过去、爬过去。好在大家虽很多时候都是打的赤脚,但今天都穿着草鞋,可以直接从水里蹚着行走。过了半个多小时,我们来到一个大瀑布前。只见清清的流水从数十米高的岩沿飞泻而下,落在下面深绿的潭中,激起四溅的白色水花,很是美丽壮观。

这绿潭四周比较宽敞,草木葱绿,在夏日的阳光照耀下显得生机勃勃,随着瀑布冲击的气流摇曳。沙滩上还躺有大段的两人才能合抱的朽木,不知从哪里冲来的。

这里再没有路往前走了,我们只得从来的路途返回原地。一路上,画眉在溪边的灌木丛中飞来飞去,呼朋引伴地叫唤着。还有那不知名的红腹翠鸟从我们头顶沿溪流飞上飞下,有时停留在石头尖上。它有黑色的喙,腹部红色,较长的尾巴,显得十分灵巧,童年的我们感到新奇而美丽。我们虽然不知道它叫什么名字,但总觉得它与我们相伴,若即若离地,十分有趣。

回到原地,我们在大石头上边的沙滩上玩耍。敏找到几块卵石,搭起一座石拱桥,大家不禁拍手叫好。他的作品解决了我心中的迷惑,就是每当我看到石拱桥时,心中就产生疑问:那石拱桥上的石头为什么不掉下来呢?原来是靠两岸的力支撑着的。

也许有些饿了吧！华好吃，他提议去翻螃蟹。一呼百应，大家翻起螃蟹来。那石滩的石下果然有螃蟹，可惜没有鱼。可能是有时水太大，有时水太小，从沙子下面流过，鱼预感到在此难以生存，远走大江大湖去了吧。只是螃蟹还比较多，一揭开石头，螃蟹就趁浑水快速逃走，这时候你可以一把抓去，连他的钳子一把捏在掌中。否则，你用两个手指去捉它，就会被它的钳子夹住不放，甚至夹进肉里渗出血来。有几分娇气的华就吃过这个亏，幸得敏的经验丰富，跳过去为华解了围。

大家提了几个螃蟹，说是烧火烤着吃，但没有火，那时火柴要发票才可以购买，打火机还没有问世。一般大人抽烟都是用的火镰。

正在我们想不到办法生火时，从树林中转出一个人来，他就是强叔。强叔肩上扛着一杆火枪，腰上别着一把弯月镰刀。我知道强叔身上带着火镰，希望他把我们的火烧起来。我曾亲眼见过，他把火镰用一块手帕包着，里面有打火石，钢片和火草绒。火草绒采自一种俗称火草的草，这火草上长了许多绒毛，晒干后捶烂取绒，成为引火物。取火时，左手将火绒与打火石捏在一起，露出打火石的边；右手捏钢片，将钢片的棱快速向下猛擦打火石产生火花，火花飞溅到火绒上引燃火绒。火绒点燃后，吹燃火绒，引燃找来的细软干草及细干枝，就烧成一堆篝火，就可以烤螃蟹吃了。

但强叔说，老辈人说山螃蟹是吃不得的，吃了脸上要长痘，烂得黄水长流。我们一听，打消了吃螃蟹的念头。强叔说，小孩子出门不能带火，带火容易烧山，烧山了父母是要去坐牢的，这些话在我幼小的心灵中留下了深刻的印象。

强叔是猎人，他枪法很准，曾打过不少兔子和麂子等猎物。他身体健壮，待人和善。他今天是来看酸枣树干上有没有白面走过的痕迹，准备扎卡打白面的。一听强叔说到白面，我们就来了兴趣。因为老人们知道白面有许多传说，使得我们想一探究竟。白面就是果子狸，有群居的和独居的。在数十米的酸枣树干上，捆扎成圆形的栅栏，并用树叶遮挡严实。待白面上树时，遇到阻拦，就会停下来。这时埋伏在下面的猎手就会瞄准白面开枪，把白面打下来。据说白面有九条命，它是很不容易被打死的，一般的猎手都打不下来白面。我们只看到强叔晚上出去，说是到山上打白面，但从来没有看到他提着白面回家。

强叔告诉我们，白面会上树，在树上吃酸枣。酸枣长在树枝上，白面身体重，吃不到酸枣时，会用自己的尾巴把酸枣枝丫勾过来，再捧着枝丫吃上面的酸枣。听起来，这个故事很神秘。

后来，我们在强叔的带领下走出了老田沟。一看外面，已经是夕阳西下，漫天的彩霞在东边的天空燃烧。强叔把他放在路边的干柴给我们每个人捆了一捆，让我们背着回家,我们真是感激不尽。

这神秘的老田沟后来我们又去了几次,但通通记不清了,给我留下最深印象的还是这一次。

美丽的石花鱼

童年的记忆宛若夜空中的繁星,在记忆的天幕上闪烁,怎么也抹不去。特别是那故乡小河里的石花鱼,老是在记忆中游来游去的,挑逗着我的神经,让我终生忘记不得。

那是仲夏的一个星期天上午,刚刚七岁的我与母亲去寨前小河边洗衣裳。蓝蓝的天空中飘着几朵白云。阳光从云朵间穿过来,洒在小河两岸碧绿的田野上,闪着金色的光芒。在小河边,一棵柳树将弯曲古朴的腰身俯向河面,像一位浣洗秀发的农家妇女,把丰腴的身姿倒映在如镜的水潭中。母亲把背篓放下,开始在潭边清洗衣物。

我没有事做,开始注意周围的景色。小河两岸是高高低低的碧绿稻田,田埂上生长着软绵绵的铁丝蓝草皮,那是我们喜欢玩耍打滚的地方。小河从遥远的山间曲曲弯弯地缓缓走来,又急急忙忙地奔向远方,它游走的曲线有如体操运动员柔美的身躯。清清浅浅的河水蹦蹦跳跳地绕过石隙,聚为浅塘,漫过沙滩,静静地流过一段长长的光滑的玫瑰蓝河床后,才滑向柳树下的绿潭。岸边石缝中水菖蒲修长的叶片油油地在水底招摇,蓝灰色的蜻蜓有时停在空中,有时又在水面上掠一下,再调皮地腾空飞起。蝴蝶有的在草坪上玩耍,有的像跳交谊舞似的,旋转,上升,秀出舞姿翩翩。夏天的歌者知了在树上唱起来,和着母亲的捣衣声在山间回荡。

终于,有一群花花绿绿的鱼游过来,引起了我的注意。它们有三五尾,哟,不止吧,有七八尾,在那玫瑰蓝的河床水中自由自在地游弋。我慢慢靠近观察,发现它们身上有红、黄、墨灰相间宛若老虎的条纹,异常美丽,寨民们称它们身上条纹为"扁担花"。它们叫石花鱼,嘴不大,圆圆的,轻轻地翕动着,追逐着水中的微尘,不时吐出一个个小水泡。鳍有节奏地张合着,有时又一动不动,似乎悬在空中一样。有时尾鳍闪了一下,鱼儿倏忽不见了。待水波散去,它们又在聚集岩穴下的水中,快乐地嬉戏。它们的尾巴不时摆动一下,然后又停下来,显出一副若无其事、清闲优雅的姿态。水绿绿的、太阳暖暖的、天蓝蓝的、田野嫩嫩的,像一位丹青高手绘出的妙手山水。一只红腹水鸟从下河飞来,"呖——"的一声落在河中的大石头尖上,长长的尾巴向上高高翘起,向潭中的石花鱼望了

一眼，转眼间振翅飞向上游去了。据说鱼只有七秒的记忆，我却不信，因为那些鱼儿总是邀约在一起，忽而东忽而西，忽而南忽而北，穿行在明净的潭中，隐居在水中的岩穴里，藏身在葱绿的水草下。它们与世无争地生活着，消遣着阳光、消遣着新雨、消遣着朝露、消遣着落霞，打发着春夏秋冬的日子。

这时母亲的衣物已经清洗完了，正要呼唤我回家。村里一群年轻女人走来了，她们嘻嘻哈哈的，把花花绿绿的衣物丢在河边的岩石上，洗起衣服来。有几位十几岁的姑娘，在清清的河水中打起了水仗。清亮的水花四溅，飞到了年长的嫂子们头上，弄湿了她们的衣衫，嫂子们却是乐呵呵地笑着，全然没有责备她们的样子。我猛然觉得，她们也就跟石花鱼一样，在这山村小河里，悠闲自由地玩乐着，挥洒着这充满生机、金光灿烂的日子。

自从那次以后，村前的小河就住进了我的记忆里。后来虽然几次想再踏进同一条河，却也不可能了。不久我就转到镇上读书，上大学，参加工作，一晃几十年过去了，我再也没有走进那条小河。听说小河汇入的大河已经形成一个 20 千米长的河道水库，不知道何时才有机会去看看那些石花鱼，看看它们在那玫瑰蓝的河床中游弋，看村中少女们在水中嬉戏，再次饱览两岸的田园风光。

故乡的红叶

深秋的故乡，满山的枫叶红了。

秋天像一位油画大师，在故乡的画板上涂抹着他的激情，渲染着他的才华，施展着他的绘画绝技。从夏之绿色画板上隐隐地调出红晕来，由青泛黄，由黄泛红，继而转为深红，不断刷新着画面颜色的深浅和层次，抒写出秋天的绚丽和多彩。

故乡的红叶主要是枫叶。村西那片枫林，夏日里像一朵绿色的云。童年时我们几个小伙伴常到林子里乘凉。那笔直的有些泛白的树干，那有五个尖角的叶片，那喜欢到树上找食物的绿色甲虫，都是我们的最爱。有时候，我们抱着树干往上爬，看谁爬得快、爬得高；有时候，我们把树叶采回来，夹在书里，作为标本研究它的叶脉走向，或者当作书签；有时候，我们把绿色的甲虫捉住，用一根细线捆住它的一条腿，然后挽住线的一头，让它飞，看它绕着线打着圈子，听它那如飞机般的嗡嗡叫声，玩累了，就把甲虫放归山林。有一次放飞时，小胖的甲虫死了，小胖伤心地哭了。没想到甲虫突然飞起来，吓了我们一跳，转眼便飞向空中，快速划过树梢去了。没想到甲虫原来还会装死，它是多么想活下去啊！从此我们再也不玩甲虫了。

秋天来临时，在秋阳的催促下，故乡枫叶渐渐地幻化成红叶，无数的红叶形成红枫树，红枫树形成红枫林，像黄昏时节绯红的云霞。到了深秋，漫山遍野的枫树就会红透一片，远看像云，近看像霞，微风吹来，像红色的潮在涌动，发出沙沙的声响。红叶翩翩起舞，纷纷飘逸而下，像铺了一层红红的地毯，走在红叶上，是那么纯净、那么绵软，有时候我们还真躺在红叶上打几个滚。在夕阳西下的时候，我们还静静地在树下望着树上的红叶，望着红叶上面蓝色的天空，阳光照在红叶上，那是一幅多么清丽的画面啊！捡拾起一片红叶，细细品，默默地赏，它是绿色的叶子，怎么变红了呢？曾经有多少疑问在心头纠结，我问自己，却无从解答。我问母亲，母亲说到了秋天，枫叶就红了。就像玉米，到了秋天就成熟了。母亲没有文化，她只理解是一种自然现象吧。后来我把红叶放进嘴里，慢慢地咀嚼，我终于悟出了红叶的味道，那就是阳光的味道。阳光是红叶的酒，是水稻的酒，是玉米的酒。秋天到了，水稻醉了，耷拉着脑袋；玉米醉了，露出口中的金牙；枫叶也醉了，脸醉得红红的，像青春少女脸上羞涩的红云。秋天是收获的季节，也是红叶的季节。

红叶题诗的故事也是在童年里知道的。那时父亲给人写结婚对联，有一次写了"红叶题诗鸾配凤；蓝田种玉燕投怀"。我问父亲"红叶题诗"是什么意思。一向严厉的父亲笑了，说我爱思考，给我讲了红叶题诗的故事。

相传唐代玄宗时，杨贵妃独自受到玄宗宠爱，其他宫人受到冷落，被禁在深宫，心中不禁哀怨，就于红叶上题诗，抒发怨艾之情。题诗的红叶随御沟水流出宫外，有士人拾到，或和诗，或收藏。后来宣宗时，诗人卢渥到长安应举，一天偶然来到御沟旁，看见一片红叶，上面题有一首诗，就从水中取去，收藏在书箱内。后来，他娶了一位被遣出宫的姓韩宫女。一天，韩氏见到箱中的这片红叶上的诗："流水何太急，深宫尽日闲。殷勤谢红叶，好去到人间。"叹息道："当时偶然题诗叶上，随水流去，想不到收藏在这里。"这就是有名的"红叶题诗"的故事。后来，人们把红叶题诗与爱情的机缘巧合联系起来。遇到有人请父亲写结婚对联时，许多时候就会用到红叶题诗或诗题红叶的婚联。

一年一度枫叶红，枫叶如丹照嫩寒。故乡的红叶给了我美的滋润，启发了我的爱美之心。离开故乡二十多年后，在繁忙的工作之余，时不时想起故乡的红枫林，想起故乡如云的红叶，它成了我梦中挥之不去的一道风景。随着年龄的增加，这道风景在我的记忆中是越来越鲜明、越来越靓丽了。

我爱故乡的秋色，更爱故乡的红叶！

山野里,那蓬红杜鹃

四时最好是三月,一去不回唯少年。故乡的三月,往往晴雨相间,有些乍暖还寒,北方的寒潮时不时来溜一趟,一副难舍难离的样子。记得童年的我们,走出村寨,走进山野,嫩绿的小草、抽芽的树木、苍翠的晴峦、歌唱的鸟儿,还有山野里那蓬红杜鹃,像红色的火焰,它们都在告诉你,春天已悄悄地回来了。

童年的我,被那蓬红杜鹃吸引,曾懵懵懂懂地走近它的身边。那是春天的一个下午,斜阳恋恋不舍地沉下西山,东方已升起瑰丽的晚霞。那蓬红杜鹃就在山脚下,生长在小路旁。我和小妹走近那蓬红杜鹃,仔细地观察,它们集成一束,像新郎献给新娘的那束大花一样,真美。那艳丽的花朵像喇叭,喇叭里有几根红色的花蕊,几只蜜蜂在花朵间嗡嗡地闹着,它们正忙着采蜜呢。它们时而落在喇叭上,爬进喇叭深处吸食花蜜、时而又从花朵里爬出,弄得满身的芬芳。它们忙着采蜜,飞上飞下、爬进爬出,从这一朵花到那一朵花,从这一蓬到那一蓬,好像无暇欣赏这红花绿叶,欣赏这春的季节。它们是那么专注,是那么虔诚,一心一意地忙着它们的事业,我被蜜蜂的专注精神感动了。

同来的小妹站在我旁边,静静地瞪大眼睛看着那艳丽的花朵。我高兴地看到她被这花的艳丽吸引了,我心里是多么欣慰啊!我正想采一朵最漂亮的花扎在小妹的头上。想不到小妹突然问了一句:"哥,这花可以吃吗?"我吃了一惊,看着小妹。她的嘴轻轻地翕动了一下,分明地看到她做了一个吞咽的动作。看样子她饿极了,我心里感到一种莫名的痛苦,连忙说:"可以吃,可以吃,当然可以吃!"我摘下一朵娇嫩的大花朵,抽去里面的花蕊,递给小妹。小妹拿起就塞进嘴里,咀嚼起来,脸上露出憨厚天真的笑容:"哥,这花好甜,你尝尝吧!"我摘下一朵,抽去花蕊,含在嘴里,细细咀嚼,的确是有些酸甜味,还有淡淡的清香。我曾听奶奶说过,红杜鹃是不能随便摘的,花蕊是不能吃的。

那天本来母亲在灶上锅里给我们每人留有一个熟红薯的,但隔壁大嫂的两个孩子病了,两天没有吃东西了。孩子想吃熟红薯,母亲就把留给我们的那两个熟红薯送去了。我和小妹放学回到家,见锅里空空如也,我就哄小妹去看红杜鹃,想不到小妹那天却是饿极了,她无心欣赏那蓬红杜鹃的美,想到的却是"秀色可餐"啊!

小妹说那天她确实饿坏了,她也是第一次尝到杜鹃花甜美的味道。以至于在后来的学习和工作中,遇到困难时,也能勇敢地面对,也有勇气去克服。即使自己有困难,也要尽力去帮助别人。后来小妹长大,在外读书,大学学的绘画专业,她最爱画的就是红杜鹃。走进小妹的家里,墙上挂的画有红杜鹃,家中也有好几盆红杜鹃盆景,她的家几乎变成红杜鹃的展厅了。

二十多年过去了,山野中,那蓬红杜鹃已走进我的记忆深处,也走进了小妹的生活。虽然我和小妹工作的城市离故乡千里,但那蓬红杜鹃却在我的梦里生长着、绽放着,特别是在我怅望星空的月夜时,它显得更鲜艳、更美丽、更清晰了。

故乡的圆月糍粑

从懂事的时候起,我就对故乡的圆月糍粑颇有好感,以致后来情有独钟,越吃越想吃,越吃越爱吃,甚至沉醉在蒸糍粑、打糍粑的乐趣之中。

圆月糍粑是故乡独特的一种风味食品,也是过年时拜年必不可少的重要礼品。只有在过年的时候才会见到圆月糍粑。它大有径尺,圆如满月,洁白如玉,光滑细腻。作为礼品时,常常是成双成对地出现,含有好事成双、花好月圆、吉祥如意的寓意,真是又体面又好看。当地俗话说:"拜年拜年,粑粑上前;没有粑粑,两个大钱。"这里的粑粑就是指两个圆月大糍粑。想吃的时候,把圆月大糍粑拿出来,可以烤着吃,也可以煎着吃,还可以切成小颗粒放在甜酒里煮着吃。烤着吃是最简单的一种吃法,取出专用于烤糍粑的铁架,放到燃烧着木柴的火坑里架好,用菜刀切一块圆月糍粑,放到铁架上烤。铁架下面铺上柴火烧过后的红红火炭,一红一白,烤起糍粑来。在围着火坑边烤火的闲聊中,看着糍粑慢慢鼓胀起来。临烤的一面渐渐散发出诱人的清香,待一面烤好后,把糍粑翻过来,当另一面也烤得黄黄的、香香的,就可以吃了。将烤好的糍粑放在洁净的陶瓷碗中,放进少许的蜂蜜,蜂蜜受热融化,与糍粑相结合。这时端起碗闻一下,糍粑的清香混合着蜂蜜甜美的芬芳,早就让孩童的我馋涎欲滴了。母亲说吃糍粑要慢,因为太烫。我迫不及待地咬上一口,又脆又软又糯又甜,甜美怡人、芳香扑鼻,整个人都像通透了一般,整个身心便融化在甜蜜的芬芳中了。

圆月糍粑还可以煎着吃。在灶上生火,将锅中放上猪油,将油均匀分布在锅里。将一个圆月糍粑分成四份或六份,放进锅里煎,叫煎糍粑。一面煎好后,翻过来再煎第二面,两面煎好后舀起来放碗中,撒上白砂糖或者蜂蜜。吃起来软糯甜暖夹着油香,整个身心就像陶醉了一样。准确地说,圆月糍粑属于春节时期的拜年礼品,也是春节时的特有食品,一般人家是吃不上的,要上等的人家才能拿出来吃。那时候糯米少,有些人家就在其中加入糯米的替代品,如粘米粉或者玉米粉拌入糯米中,蒸熟后做成的圆月糍粑吃起来味道就大不一样了。

寒冬腊月年关将近，正是故乡打糍粑最热闹的时候，年轻的嫂子们忙着舂糯米、筛糯米、选糯米、泡糯米，还串门看哪家的糯米做得白净，交流做糍粑的经验，安排轮流打糍粑的顺序。打糍粑需要壮劳力，单独一家就人手不够，必须几家联合一起，轮流打糍粑。到了打糍粑那天，云嫂一早就先带着儿子把碓窝洗得干干净净。每当这时母亲就去帮忙，直到把碓窝洗干净为止，并用斗笠或锅盖盖好，以防鸡狗弄脏。

记得打糍粑的时候，我总是在家把灶火烧得红红的。母亲把锅里掺好水，调好甑子里甑桥与锅中水面之间的距离。待水开了，就把泡好沥干的糯米一层一层地铺到甑子里，然后用长竹筷插几个洞，以保证蒸气从下面能冲上来，再盖好盖子。几炉柴火之后，从甑子里飘出糯米饭的清香，吊得我的胃有些发慌。母亲像知道我心中的想法，总会把热气腾腾的糯米饭舀上一小坨，让我尝一尝。母亲说家中糯米不多，糯米饭虽香，但也只能尝一点，吃多了打糍粑就少了。在母亲的教导下，从小我就养成不贪吃、讲节俭的习惯。

开始打糍粑了。两个壮劳力扎好腰带，洗净双手，拿起粑槌，就开始打糍粑。故乡的粑槌很特别，它长约五尺，用小碗口粗的杂木做成，中间部分小，便于手握，两头做成木槌式样，一人一根。有用柳丝木做的，有用油茶木做的，有用枇杷树做的，还有用梨花木做的。总之要选木质坚硬细腻而又富有韧性的树木，才能作粑槌用。当蒸熟的滚热的糯米饭倒入碓窝后，打粑人便用粑槌在碓窝里，一人一下地擂揉，旁边站着一个人负责"解交"。擂揉好后便提起粑槌开始打，直到打到糍粑粘连在一起，拉出长长的丝之后，就请"解交人"把粑槌与糍粑分开。打糍粑是体力活，而且是重体力活。但人们都是想在打糍粑时露一手，显显自己的功夫。一般是两人一组，一人一槌，一先一后，打出节奏；有时是喊着号子，看谁的粑槌打得准、打得重、打得响。糍粑打好了，旁边站着的"解交人"便把糍粑与粑槌分开，然后"解交人"从碓窝里取出糍粑，双手捧着送到堂屋里，放在准备好的撒有白色粑粑粉的案板上。这时案板边早站有一人，是负责出糍粑坨子的。只见出坨子的顺手把糍粑撒上雪白的米粉，几个揉搓，三下五除二就下出几个圆圆的糍粑坨子来。嫂子们一人抢一个就开始抻糍粑，不一会儿，一个又圆又白又平整的大糍粑就出来了。如果剩下的不足一个大糍粑时，出坨子的人就出几个小坨子，嫂子们快速地捏出几个碟子样的小糍粑，给围观的孩子们一人一个。大家欢天喜地，一哄而散，拿起圆圆的小糍粑，高兴地跑进屋里烤糍粑去了！孩子们真是"不想糍粑吃，不在案边站"啊！

近年来糍粑走进了农贸市场，成了一年四季的常客。人们一年四季都可以买到白白的糍粑，都是碗大的小糍粑，圆月大糍粑在集市上不见踪影。过年时虽然有拜年的客人拿着成对圆月大糍粑到家里来拜年,但是也越来越少了。我也没有年轻时能吃一个圆月大糍粑的胃口了,但童年时打糍粑那乐趣、那氛围、那场面,至今仍记忆犹新,久久难忘。

红豆树的遐想

记得是一千二百年前的一天早上,我和几位红豆姐妹住在各自的房间,大家还在睡梦中,就被喜鹊喳喳的议论声惊醒。不久,我感到我连同房子一起飞起来,在空中飞行一段距离后,把我们横在一棵树上。一阵狂风袭来,我们连同房子从树上摔下来,房子跌破了,我同几个姐妹从房子里被抛出来,跌得鼻青脸肿的。眼尖的喜鹊气得从树上扑下来,狠狠地在我身上啄了一嘴,一下啄破了我的红色防水外衣。看着我这红衣被啄破了,姐妹们不但不同情,还发一阵刺耳的挖苦和嘲笑。喜鹊呢,兴奋得叽叽喳喳唱起歌来,然后自顾自地头也不回飞走了,像是忙着去报喜的样子。听人们说,这里叫相思谷,谷中小溪叫红豆溪,我们就落户在红豆溪南岸的小山包上。

我们决定在这里安下家,扎下根。周围的鸟儿见我们从天外飞来,对我们指指点点、议论纷纷。有的说:"你们是怎么来到这个山包上的?这可是我们不说的秘密。"有的说:"你们是喜鹊带来的吗?"我们都不作声。有的说:"是唐朝王维带来的红豆吗?"我们也不表态。有的说是风带来的吧,我们不置可否!有的鸟们对我们却是虎视眈眈,仿佛要吃掉我们的样子,不知为什么,它们终究没有下嘴。

想当初,我们来到这小山包上,一共有十姊妹。我最大,我们充满着青春活力,都想在这里干一番事业。那九位妹妹都是骄傲的公主,对周围的环境百般挑剔、千般抱怨。她们像花岗石头脑真的是针插不进、水泼不进。白天她们晒太阳,晚上赏月亮,把我甩在一边。我的防水衣衫破了,冰冷的露水渗透了我的肌肤,我的身体臃肿起来,慢慢地生出芽来,脚下也伸出根须,与泥土紧密地挨在一起,渐渐长成一棵小树。

白天阳光给我以温暖,晚上雨露给我以滋润,我孤独地生长着,坚强地生活着。其他的妹妹,因为身上有防水红衣,一直阻挡着风霜雨露的浸润,不久就渐渐干枯了,失去了生命的活力,渐渐消失在岁月的深处。我想:她们要是不把自己封闭在舒适的、狭小的、光鲜的小圈子里,而是像我一样扎根泥土,接住地气,长成生机勃勃的红豆树,那该多好啊!我也不会孤独地生活在这山包上。

我静静地生活在山包上,听红豆溪在山下潺潺流淌。我在岁月流逝中成长,

  仰观天地之大，看日月东升，星辰西落，感风云变幻，俯察万物之盛。读四季轮替，春观芳草地，鸟语花香蜂蝶舞；夏赏绿荷池，万绿丛中一点红；秋至满山多秀色，层林尽染红叶醉；冬吟白雪诗，雪花飘逸红梅开。惜山肥水瘦，听蛙鼓蝉鸣，斗雨雪冰霜，品岁月轮回，一路走来，不觉已过千年。有好几回啊，险被刀削斧砍；有好几次啊，险被狂风掀翻，差点误了卿卿性命！

  近千年过去了，我终于长高了，长成了一棵参天大树。我开出淡红色的小花，那是我献给大地的一份心意。我撑起如云的伞盖，为滋养我的土地撑起一片绿荫。秋天里，结出木质荚果，在秋阳的照耀下开裂。披着红衣衫的小可爱们，顽皮地跳跃着回到大地。他们身上防水的衣衫固执地把露水挡在外面，不让与生命的肌肤接触，终究成就不了长成大树的梦想。天长日久，小可爱们便淹没在尘封的岁月中。我总觉得自我封闭是一条走不通的路，生命的绽放需要打开自身固有的樊篱，只有拥抱世界才能孕育出新的生命啊。要不是这样，我也不会孤零零地生活在这座山包上了。

  历经千年的风霜雨雪，历经千年的寒冬酷暑，历经千年的痛苦磨炼，这其中的痛苦又有谁看到，有谁知道，向谁诉说呢？无论风云如何变幻，我只坚定一个信念："咬定青山不放松，立根原在破岩中。千磨万击还坚劲，任尔东西南北风。"（清·郑燮《竹石》）

  经过千年的感悟，我终于明白了根深才能叶茂的道理。我把根深深地扎进泥土的同时，还向周围伸展，以吸取养料和水分。可是家大了，需求多了，还是有捉襟见肘、供不应求的时候。怎么办呢？我打开身体里的遗传密码，原来是"物竞天择、适者生存"八个字，思之良久，我决定改变自己，因为我改变不了环境，可我能改变常绿树木不落叶的定制，打破四季轮回的顺序。在春天里我让某一枝丫的树叶休眠，把水分让给其他的枝丫，让他们先长出新鲜的叶子。夏天里，我把休眠枝丫上的叶子脱光，露出光秃秃的枝丫，伸向天空，形成一片秋风萧瑟的样子。秋冬里其他枝丫水分需求减少，我将水分提供给休眠的枝丫，使之在一两周内长出新绿的叶子。我的这一变化，周围村民们称我为"无固定落叶时间，无固定落叶部位"，把我称为"神树"，对我烧香跪拜。有人还拜寄我做儿子，有人还托我给他找媳妇儿呢，谁叫我是相思树呢。真是的，不改变自己不打破常规又怎么叫创新呢？我似乎成功了，我出名了，我成了人们顶礼膜拜的"神树"了。拜我的人多了，我也就难以得到安宁，真是人怕出名猪怕壮，连我这个普通的大树也深有同感啊！我成了游人们参观、拍照、品头论足的模特儿！

  有一天，几位头发花白的专家来到我的身边。他们仰起智慧的头颅，把我细细地观看，目光充满艳羡。他们说我太孤单了，要解决我的千年寂寞和孤单。

还是那些聪明的专家有办法。他们打破了红豆树家族自我封闭的传统习惯，从我身上开发出我们家族繁衍的新技术、新方法。在我的周围，栽植了他们培植的无数红豆树新苗。真想不到，我这孤独千年的红豆树，现在也是儿孙环绕，走进千年不遇的美好时光！

山中茶痴

小时候，老家堂屋对面住着一位老伯，名典，年逾八十，鹤发童颜，精神矍铄，行走如风，犹喜喝茶，人称茶痴。

典爱茶，与一般人不同。他不泡茶，而是用大茶罐煨茶。当时生产队农活忙，好多人没有时间，都是用一个竹筒泡茶喝，而他年龄大，不需上工，因此有时间在家煨茶。时常见他手持一茶壶，自斟自酌。很多时候坐在朝门旁半月形青石墩上眺望远方，看东方日出月升，观园中花开花落，听老树上喜鹊的鸣唱，悠闲自得。他有时逗我们："听，'喜鹊叫，客人到'。你家来客人啦……"有好几次我们听了老伯的话，回到家中真的来了客人。

老伯很爱我们。寒冬腊月时，我们放学回家，手脚冻得通红，他会叫我们到他家烤火取暖，我们总见他半边火炉里有一个茶罐，里面煎着自家揉制的宣恩茶，而满屋里充满浓浓的茶香。我们十分好奇，很想喝一口茶，可老伯不让我们喝，说小孩子应努力读书，喝了茶会催人老的。时间长了，他拗不过我们，有一次我们终于尝到了他煨的茶。他说："你们尝了我煨的茶，就成了大人啰！"我们齐声回答："好！"我小心地接过茶缸，轻轻地饮了一口，赶忙又吐掉了，其他的小朋友也吐了。我们咂咂嘴，伸伸舌头，心里想，这哪里是茶，分明就是黄连呀！他笑了笑，鼓励地望着我们："敢吃苦吗？再试一口？"我又慢慢地呷了一小口，这次没有吐出去，只是不敢让它在口腔里停留太长时间，马上就咽了下去。奇怪的是，一会儿，一股清甜温暖的味道从舌尖上缓缓溢出。我欣喜地叫道："这茶有股清甜温暖的味道呢！"其他几个小伙伴都照试了一遍，果然如此。老伯告诉我们："喝茶如做人，要先苦后甜。从小吃得苦的人，长大了才能有大作为。"想不到喝茶还有这么多道理，我们仿佛一下子长大了许多。

老伯最有特色的是他打的油茶汤。每当他要上山弄柴的时候，他便在早上打一小锅油茶汤。喝了油茶汤，就上山去弄柴了。他打油茶汤时，是很讲究的。先将锅烧热，放上茶叶，焙香，舀出，然后将锅刷干净。再将锅放到炉火上，放入油，将柴火烧到最旺，将油熬香，然后便把茶叶放进油锅里炸，炸成了金黄色的茶叶丝，迅速舀起，放在小花碗中。往锅里倒水，只见油锅中油星四溅，油香顿

时弥漫一室。油汤里有时打一个鸡蛋,大多时间是没有鸡蛋的。多是金黄的茶叶丝,间或有些炒米子。这可是上乘的佳肴啊!和着油香,和着茶香,和着炒米子的醇香,那醉人的芳香啊,在我幼小的心中留下了难忘的印象,至今我仍有喝油茶汤的习惯。

老伯活到九十有五,一日,无病而终。他去世那天,他的油锅也沿他打油茶汤的水平面齐刷刷地一圈断开,形成一个有耳的小锅圈和一个无耳的小锅,众人无不称奇,百思不得其解。

故乡的小溪

一

辗转奔波的游子,难得一见故乡的小溪。

或许是历经太多的磨难,或许是过分倾注于劳作的土地,你惊喜的表情总不免有几分憔悴,消瘦的身形也隐约可见些许疲惫。

没有骄人耀眼的名头,没有高人一等的倨傲,长年生活在山的怀抱,远离城市的喧嚣,少有音乐的美妙。不为名利而忙忙碌碌,不为地位而东奔西跑。顺天时之意,应自然之理,哲人般的目光里从来没有寂寞和单调。

二

风雨送春归,小溪迎春到。踏着春天的旋律,唱着那支悠远古老的山歌。怀揣金色的希望,捧着"一年之计在于春,一生之计在于勤"的千年古训,咀嚼着"春来不下种,苗从何处生"的朴素道理。用款款细流滋润着黄色的土地,在不屈不挠的耕耘中,黄土地上长出了五谷,同时也长成了一种不屈不挠的精神。

三

年轻的夏日里,红豆树下的溪畔,是谁在演奏青春般美丽的旋律。时而热情、时而奔放,时而低沉、时而高亢,时而激越、时而舒缓,时而掩面含羞、时而落落大方……是一曲古老而又年轻的音乐,还是一首永远的恋歌?

旱烟袋守望在小溪的眸子里,旱烟在一明一灭地闪烁,紧皱的眉头在苦苦思索。小溪为什么离不开脚下的土地?溪流中为什么有那么多诱人的旋涡?

四

拨开历史的帷幕，年轻的祖母站在小溪里，把油茶枯、毛蓝布和阴丹士林揉搓成一个遥远的传说。年迈的母亲，用满是老茧的手，在溪边石头上不停地将肥皂泡捶打成四溅的粉末。如今的姑娘们，总是喜欢把五彩缤纷、姹紫嫣红、奇形怪状的连衣裙牛仔裤扔进波轮卷起的旋涡……

故乡的小溪呵！在故乡的土地上走过。走在故乡人的心中，走在故乡人的梦里。

故乡的小溪是一首诗，它浸润着沉甸甸的历史；

故乡的小溪是一幅画，它浓缩着千古水墨；

故乡的小溪是一把琴，月儿在琴弦上演奏着阴晴圆缺、悲欢离合……

也许，你读不懂故乡的小溪就读不懂生活。

（原载《巴文化》2012年第3期）

守望中的母亲

母亲老了，时常一个人坐在屋门前的台阶上，透过庭院望着门外大路上过往的路人。不管是炎炎夏日，还是数九寒冬，都不时会看到她的身影。我感到奇怪，问母亲为什么这样，坐在室外不热吗，不冷吗？她说："我坐在这里好哇！我可以最早看到你们哪一位向我走来，我就会很高兴，也会很快乐啊！"对于一位历经沧桑、年近垂暮的老人，寂寞和单调的心境多么渴望儿女亲情的滋润啊！这不正是诗人"慈母倚门情，游子行路苦""爱子心无尽，归家喜及辰"中母亲守望的真实写照吗？

现在每当我从母亲住过的屋前走过，再也见不到母亲守望的身影，再也看不到母亲见到儿子时的喜悦表情。母亲走了，永远地离开了我们。她离开时九十七岁。

时间倒转到20世纪初，蓝蓝的贡水河自西飘然而来，一进入宣恩便与宋家沟河交汇一处，正是"两水护田将绿绕，一块平坝天外来"的山间坝子，叫坪地坝。在贡水与宋家沟河交汇的北岸，水田平坝山边有一个侗寨院落，住着一百多户人家，院落前面是一望无际的田园阡陌。母亲就出生在这个院落的一栋吊脚楼里。山间的小小平坝水田是武陵山区农耕时代的明珠。它玲珑剔透，稻熟丰稔，盛产鱼米，是农耕时代人们的美妙向往。母亲在这里生活了二十年，度过了她一

生中最美好的童年和少年时代。

那时候，按当地习俗，女孩是不进学堂读书的，也不下地干活。女孩子要想嫁个好人家，"必修课"就是做好针线活。譬如做鞋子、补衣服、绣花等，另外学习泡茶做饭、浆衣洗裳、支人待客等。最要紧是那时女孩流行裹脚，那时的女孩有一双尖尖的、小小的脚，穿上绣花鞋，被认为是最美的，也是最时尚、最令人羡慕的。母亲裹过脚，她深深知道裹脚的痛苦。每到晚上睡觉前，在大人们的督促和帮助下，将脚趾紧紧并拢、捏紧，然后用裹脚布一圈一圈地紧紧缠住，把脚裹得像端午的粽子一样，一头大，一头尖。晚上，由于血流不畅，脚开始发烧疼痛，无法入睡。母亲曾多次偷偷地将裹脚布解开，又多少次被父母知道后挨骂。正好当时五四运动的影响传到山里，提倡男女平等，反对裹脚。于是老人们也渐渐不过分要求，裹脚之风逐渐淡化并消除。幸亏这样，才使得母亲没有受到裹脚的完全摧残，为后来的劳动打下了基础。但母亲的脚还是因为裹的时间太长，终归有些变形。母亲有一个姨娘，三岁裹脚，到成年时，已经裹成了三寸金莲小脚，当时有很多人羡慕。母亲看到过姨娘的脚，没有脚掌，五个脚趾有四个在脚板心下，走路一拐一拐的，一蹚就会倒地，真叫人担心。母亲始终认为，裹脚是旧社会对女人的摧残。

母亲小时候没上过学，不识字。直到20世纪50年代才在扫盲班学习过，于是母亲便认识了一些字，会一些简单的运算。她深知没有文化知识的痛苦，深知读书的重要，时常鼓励我们要努力学习，好好工作，不靠天，不靠地，一切要靠自己。勤扒苦做，用自己的劳动去创造自己的幸福生活。

母亲外表温柔贤淑，但内心刚强坚定。外公去世得早，外婆独自一人将四个儿子三个女儿拉扯成人后，眼看家境逐渐好转，一家人都很高兴。不料，有一天三舅赶场回家路上被土匪绑架，威胁外婆家三天内要交三千吊钱才能赎人，否则撕票。外婆一听，如五雷轰顶，顿时昏了过去。母亲知道了这件事后，立即把家中的布匹、出嫁用的首饰等当了，将钱送到外婆家，同外婆一起筹划救三舅的事。外婆为了救三舅，狠心当了当家田，但钱还是不够。眼看期限已到，外婆彻底绝望了。母亲坚定地站出来，邀了几个好伙伴，连夜到四邻和亲戚家借钱。第二天，三千吊钱终于凑足了。母亲冒险带人挑着铜钱向土匪交了赎金，救回了三舅。经过了这件事，家境就大不如前了，但母亲对此事始终无怨无悔。

母亲常教导我们，做人要有良心，对人要有爱心，对集体要有公心，对财物不要贪心。母亲是这样说的，也是这样做的。母亲坚持与人为善，从没与人吵过架，邻居们很尊重她。族中侄儿侄媳甚至孙媳也很多，她们都非常尊敬母亲，有时比我这个当儿子的还体贴备至。母亲搬到集镇上后，我时常见到一些认识或不认识的人来看望母亲，来的人还都带上一点手信，如自家生产的红薯、土豆等，可见他们之间义重情深。每次有客人到来，母亲总要留他们吃饭，还要给他们打发钱，或回赠一点东西，不让他们空手而归，其价值总不比别人拿来的少。有一次，一位六十多岁的堂嫂在街上突然见到母亲，一下子拉住母亲的手，一声"婶娘啊！我见到你呀就像见到我的妈啊——"后，"呜"的一声大哭起来。母亲连忙把她接到屋里，安慰她，为她做饭。我看到，六十岁的堂嫂在八十多岁的母亲面前像一个温顺的孩子，显得那么亲切、那么依恋！母亲告诉我：堂嫂命苦。民国时期，堂嫂刚结婚不久，丈夫便被抓去当兵，一去杳无音讯。后来，改嫁给石头哥，石头诚实、肯干，但贫穷。母亲出资为他们操办了婚礼，让他们成了家。最近，石头病逝，堂嫂与儿媳们常有口角之争，想到自己的身世，不禁悲从中来，十分伤心。看着她实在可怜，令人同情。

母亲经常教我们说话要注意分寸，"紧闭言，慢开口"，想好了再说，不要用言语伤人，要学会尊重人、同情人、关心人。"利刀割体痕易合，恶语伤人恨不消。"但我们往往心里一急，便把母亲的话忘得一干二净，以致常受到母亲的训斥。后来才知道，要做到"紧闭言，慢开口"很不简单，要有宽阔的胸襟，要有容纳百川的气魄，容人所不容，就要控制好自己的情绪，才能做到不出语伤人。

岁月在母亲的守望中流逝。庭院的大门外来来往往的路人仍在编织着自己的生活。如雕塑般守望的母亲，虽认不出远处走来的人是谁，但常常当我们走到她面前喊她时，她是又惊又喜，连忙进屋，又要装烟，又要倒茶，非要亲自动手，否则她就感到难过。每当我看到母亲用颤巍巍的手将茶递给我时，我是又担心又无可奈何！

母亲常说，她活了这么大的年纪，没想到现在国家发展得这么快、这么好，彩电、电话、手机……从前连想都不敢想，所以现在她对国家的未来充满期望和信心。

我深爱我的母亲。她教给我宽厚仁慈的品德、乐观坚韧的生活态度，教给我做人的道理。她像千千万万母亲一样，永远深爱着她的儿女，不管儿女们对她怎样，她都无怨无悔。

"夕阳无限好，只是近黄昏。"母亲是一个平凡的人，却经历过不平凡的人生。从母亲的守望中，我不仅体会到中华民族的传统美德，也体会到人类社会永恒而伟大的母爱。

马桑花开

久居斗室,难得出门走走。阳光明媚,和风吹拂,春天的气息正迎面扑来,卸下一冬的蛰伏,尽情地享受春天的舒适和惬意。沿河移步前行,忽然眼前一亮,一簇紫红的马桑花正迎风开放,开得热热闹闹的。这马桑花勾起我儿时的记忆,我猛然想起与她在马桑花开时的约定,转眼几十年过去了,如今又逢马桑花盛开,可她又在哪里呢?

我与她是青梅竹马的小伙伴。家乡的马桑树很多,马桑树亦称"千年红""马鞍子",属落叶灌木。《尔雅》曰:"木旗(簇)生为灌,灌木:丛木也。"马桑树多枝丛生,一簇一簇的。每到春天马桑树便开出密集的花朵,花先于叶开放,苞片阔卵形,花呈玫瑰红色,花梗纤细,长约两厘米。一串串一簇簇的,孩童时候的我们感到惊奇而神秘。马桑树枝易脆,弯弯曲曲,长不高,可是,春风一吹,满山的马桑树就吐翠滴绿,显示出她强劲的生命力。到了秋天,马桑树就结出一串串的紫黑色浆果,叫马桑泡。饥饿时我们曾经摘下马桑泡放到嘴里,她说那味道甜甜的美极了。但我想起母亲的教导,马桑泡有毒,是不能吃的。我本能地告诉她,她说:"感谢你告诉了我,不然的话,我差点吞进肚里。"

有一天,我和几个小伙伴在山上放牛,大家实在太饿了,想找东西吃。一个年纪小的发现了马桑树上马桑泡,试着一尝,嘿,还有点甜甜的。他把这个发现告诉了几个大哥哥,他们跑来一尝,果真好吃。我连忙阻止,说:"马桑泡有毒,不能吃。"他们哪里肯听,其中一个最大、最霸道的就一个人独霸了一棵树的果子,其余的小伙伴只有流口水的份。可谁知道,没过多久,这位小霸王就惊叫一声,昏了过去,还不停地抽搐。这可吓坏了我们,赶紧喊来大人,把他送回家。因离医院太远,幸好村里有一位懂点医道的老人用粪水灌进催呕才脱险。这以后我们再也不敢吃马桑泡了。后来我突发奇想,上山砍柴时,就专砍清一色的树做柴。有一次专门砍的马桑树,背回家被母亲训了一顿,还被小伙伴们笑了几天。因为马桑树水分重,做柴不大燃烧,人们砍柴时都不选它。这一次只有她没有嘲笑我,还过来安慰我,使我的心暖暖的。

我长大了,才从有关书籍了解到,马桑泡果实内的有毒成分为马桑毒素,它通过刺激大脑皮层引起兴奋、痉挛、呕吐等一系列中毒症状。马桑果中毒一般在食用后三十分钟至三小时出现。轻者表现为头昏、乏力、面色苍白、出汗、流涎,但神志清楚,无抽搐。重型患者呈现神志恍惚、昏睡、瞳孔缩小或扩大,反复抽搐，抽搐时口唇出现紫红色；特别危重型患者呈现昏迷、呼吸衰竭，甚至死亡！

马桑树的果实有毒，但马桑树的皮却是活血行气、消肿止痛、祛瘀解毒之良药。据说将马桑树皮一层层剥开，取其皮最中间柔韧的网状物，烘干揉成粉末撒在伤处，顿觉凉爽怡然，奇特之处还在于伤好不留疤痕。

不管怎么说，马桑树还是算神奇的树。家乡有一个优美的传说，说是很早以前，马桑树长得又高又大，可算是树中之王。所以很多高楼大院，像家乡集镇上的禹王宫、万寿宫，都是用马桑树做落地柱头的。因马桑树用作建筑木材，其天生的特质是不惧虫蚁，至今百年经风历雨仍完好无损。我和她邀了几个小伙伴还专门到集镇的禹王宫去看过，那柱头果然很大，我们两个小伙伴都抱不过来，而且没有虫蛀，觉得非常神奇。

我和她对人们传说中马桑树曾经长得很高，高到竟然长上了南天门的故事也深信不疑。相传古时候，有一年天大旱，整年不下一滴雨。江河断流，庄稼干枯，人畜死亡无数。一天，孙悟空的子孙们渴急了，沿着马桑树爬上了天。雨神看见，问他们从哪儿上来的，他们说是从马桑树上来的。问他们来干啥，他们说天下大旱，人们派他上天取水。雨神听后，用手指在金盆里蘸了三点水洒向凡间，人间就下了三天大雨。江河湖泊有水了，大地也开始恢复生机。它们高兴了，马上回到了地上。

过了两年，天又大旱起来，猴子又从马桑树爬上了天。这天雨神到王母娘娘的瑶池赴宴去了。猴子见雨神不在家，就猴急地跑去抓着金盆的水往下一倒，这下可糟了，倾盆大雨下个不停，洪水把整个大地几乎全部淹没。雨神回来一看，天下一片汪洋，只有四大名山没有被淹没。就是因为孙猴子抓着金盆这一倒，后来才有了"倾盆大雨"这个词，凡间也有了洪水齐天的传说。

雨神见这些猴子惹了滔天大祸，气愤之极，抽出随身宝剑，挥剑就斩。猴子见势不妙，"哗"的一下，沿着马桑树逃回凡间。此事上报到玉帝那里，玉帝震怒，下令马桑树最高不过三尺三，再长树干就要弯。后来我们仔细观察过马桑树，它确实都长得不高，再往上长时树干就弯下来了。我们想玉帝也真是的，那雨神拿猴子没办法，却转过来对马桑树施威。有一天我们俩躺在蓝天白云下的草地上畅想，我说："古时的人多好啊，他们可以沿着马桑树爬到天上去。现在马桑树再也长不高了，从此杜绝了人们上天的道路，以致现代人上天不得不依靠自己造的宇宙飞船。"她天真地说："那我们长大了，当科学家，造宇宙飞船吧！"可是我们长大后却没有当科学家，而是做了教师。我们把全部心血倾注在培养下一代的工作上。令人欣慰的是，学生中也有人参加了神舟飞船的研制工

作。

马桑树也是平凡的树，它的生命力极强，无论在什么地方，它都能繁茂生长。它抽出长长的青苔，农人初夏时把青苔割下来，踩在水田里作为绿肥使用，名曰"打田青"。人们在栽红薯秧时，有时也采下马桑树的青苔摆放在红薯的土沟里，有时撒上菜枯粉，作为栽红薯的底肥使用，这样长出的红薯光滑可爱。马桑树就像佝偻着身躯劳作的农人，穿过春夏，走过秋冬，默默地生长着、生活着，编织着自己的故事。

忽然，一阵嗡嗡声从头顶传来，把我从沉思中唤醒。原来一架无人摄像机正从空中掠过，有人正在拍摄春天的风景。我望了一眼紫红的马桑花，不觉见景思人，感叹时光易逝，青春不再，我忽然想起一首歌的歌词：如今马桑花盛开，遥想故人踏春来！

奇怪的迷路

1976年秋天，我在大堰塘的大山上守玉米。

那年是大哥当队长，他带领村民到离村十多里的大堰塘山上砍火烟，其实就是刀耕火种，栽种了很多玉米，长势良好，到秋天时获得了大丰收。

那天天气晴朗，大哥带领大家一早就来到地里，妇女打玉米（就是掰玉米），男的挑玉米。玉米结满尖，籽粒很丰满，大家都感到很高兴，干劲十足，打下的玉米棒堆得像小山一样。我们那里打玉米是从山上往下边走边打，难免会遗漏一些玉米托的。在我们收过玉米托的玉米林里，有邻村的男女在找寻我们漏掉的玉米托，我们那里叫撵玉米。拾得的玉米归自己所有，在那粮食短缺的年代，这是十分宝贵的收入。由于搬运玉米往返路途较远，到了下午，大哥发现当天打下来的玉米托已经无法当天全部搬运回来时，就安排我在后面守玉米，防止撵玉米的人拿走堆在地上的没有挑完的玉米，我要等撵玉米的人离开以后再回来，以免堆在地里的玉米被人捡走。

夕阳把秋天的天空染得一片血红。我守在玉米堆边，用火镰生火，烧了两个玉米托充饥，这是队长临走时交代的。这里是大山，方圆七八里没有人家，在山上也没有窝棚，没有地方住。我坐那一方青石上，耐心地等撵玉米的人离开。

月亮渐渐升起来了，撵玉米的人终于走远了。我系好草鞋，戴好草帽，在月光的照耀下穿过玉米林，从一个叫猪圈门的地方踏上下山的小路，摸索着向山下走去。大约过了半小时，我来到贡水河与白岩溪交叉的三岔河边，忽然一阵冷风袭来，我感到背上一阵发麻，不禁打了个寒战。这时我看见前面三岔路口站着一个男人，他高声问我："你到哪里去？"我见前面有人，也正好有伴，就说："回家去。"那人说："我也回家去。"并且问我是往上河走还是往下河走，我想往上河走，回家的路就绕远了，便回答说往下河走。那人在前面说："那好，就往下河走。"这时我身后也走来一人，他催我快走。他们两人一前一后，我走在中间。我们很快来到渡口，前面那人又问："我们是过桥还是过船？"我说："从桥上走吧！"我想晚上不麻烦渡船的船老板，让他休息吧。我们从桥上过了河，沿着长沙坝出来的小河边的道路前行。

到了长沙坝与竹子坳路分路的地方，这里是一片稻田，有的稻谷在开始收了。前面那人又回头问我："你是走竹子坳还是走小桥边？"我说："走竹子坳近些，还是走竹子坳吧。"竹子坳无竹，是一个小山坳，左边是一座大山包，也叫老顶界；右边也是一座陡峭的大山包，南面叫坡坪，北面叫茶厂堡，与生产队的仓库邻近，离家不远了。

我们一路走得很快，我那时年轻，挑着一两百斤的担子走在山路上，如履平地，所以大哥才让我在后面守玉米。前面带路那人在上竹子坳时，却往右向陡峭的山上走去。前面那人喊"快来"，后面那人催快走，我们一起行走如飞。一丈多高岩坎我一步就上去了，感觉身体轻飘飘的。那岩坎也是种的玉米，我们穿过玉米林，来到坡坪，这里是村里茶厂的地方，我们在茶叶林中穿行，很快又来到苕土园子的茶厂堡上。仍然是前面在喊："快来！"后面那人在催："快走！"从苕土园子下来，一两丈的土坎，我一步就下来了，很快来到村里晒谷的岩院坝不远处一个叫裤裆田的田埂上，那院坝里有人在剥玉米。我想从岩院坝回家去，这时前面那人听到前面有人声，还有灯光，突然不去了，回头往一个叫老儿湾的方向走。前面那人喊"快来、快来"，后面那人催"快走、快走"，我也身不由己地跟着那人往老儿湾走了。快到老儿湾的田埂上，我被从后面追来的甜娃猛喊一声抱住了，前面那人和后面那人一眨眼就不见了。我像做梦一样猛然醒过来，感到浑身无力，一下瘫倒在地上。后来才知道，是甜娃听到我在喊"问个路、问个路"才急忙喊人飞奔而来把我追上的，也是甜娃等人把我背回来的。

后来才知道，当时我确已被迷住了。剥玉米的村民也听到有人不断地喊"问个路、问个路"，甜娃他们几个年轻人听出是我的声音，判断我是迷了路。救人要紧，他们几人立刻飞速追过来，想不到我走得太快，追了几段路才把我追上，救了我一命。至今想来还有些后怕，也百思不得其解。

第二天，当队长的大哥知道后赶来看我，显得很愧疚。

"要是昨天我多安排一个人就好了。"他说，"人生路上，陌生人很多。你千万别跟他们搭话啊！"

我的祖父
张姗姗

卜算子·初夏忆（中华通韵）
纤巧玉莲开，悦耳蝉鸣起。已是芭蕉初绿时，舞袖微风里。
长逝两重天，笔墨难书泣。待到蹉跎岁月空，心有千千忆。

  静谧的相思谷蝉鸣起时，野椒园村张家院子外池塘的莲花徐徐绽开，吊脚楼下芭蕉绿了，夏天来了。夏天的到来让我想起百年前在此诞生的祖父。祖父的生日在火热的农历六月。小时的我总有种莫名的优越感，只因我的生日和我们家族里最有文化的人——祖父同在农历六月。

  祖父是一名人民教师，教过语文和英语。早年间他还与志同道合的朋友一起办过学。祖父在我出生不久就退休了，我所见到的祖父是个略显清瘦但精神矍铄的老人。他戴着一副眼镜，总爱穿一身笔挺的中山装，胸前的口袋里插着一两支钢笔或圆珠笔。那个时代很多人都爱在中山装口袋插支笔，倒没见他们怎么取下笔来写字，祖父的笔的的确确是用来写字的。儿时去祖父家，常看到他正凝神看着一本书，一边看一边拿着笔写写画画，看到我们来了顺手把笔放进中山装口袋；或是手捧一张报纸在读，读到重要处便放下来取下中山装口袋里的笔做笔记，见我们来了，便将手里的笔收起来又插进中山装口袋。

  与祖父相处的时间虽谈不上很多，但祖父对我的影响甚远，说起来祖父才是我的启蒙老师。

  有一次我在祖父那里听到收录机在播放一种我从未听过的乐曲，那与我在学校听到的歌曲不一样。我问祖父那是什么乐曲，祖父告诉我那是二胡曲《赛马》，接着又听了《二泉映月》。这两首曲子都是二胡演奏但风格竟然可以如此迥异，令我大感惊奇。在祖父那还听过笛子演奏的乐曲，这与二胡截然不同，十分悠扬动听，祖父有时还会给我介绍一些与乐曲相关的知识。一次我跟祖父谈起学校要排练舞蹈节目，祖父推荐古典乐曲《春江花月夜》。但因当时经济条件限制没有找到乐曲的磁带，也就没有排练，不过这首曲子的名字一直留在我脑海。后来我才知道《春江花月夜》不仅是首曲子，还是一首意境非常美的唐诗。如果按照祖父的推荐把这首乐曲编排出舞蹈来，一定是美轮美奂。

  儿时常看到祖父写毛笔字，那时只知道祖父在写大字。祖父挥舞着毛笔，纸上便留下一行行字迹。他把写好的字放在地上以便晾干，地上放得多了只留一条很窄的通道。我走在窄窄的通道上，各处去看哪个字认识，哪个字漂亮，墨都干了没有。每次找到墨干的字就取出来交给祖父，问祖父是什么字，祖父总笑眯眯地告诉我。等我上了一年级，学校开了毛笔字课程，我特别喜欢。每上一节课，大家都跟着老师写一篇字上交，老师会把每个学生写得好的字打上红圈。我最爱干的事就是拿到本子后和同桌比谁的红圈多，大部分时间都是我的红圈多。

祖父的书多种多样，有时候他拿着放大镜看一本非常厚非常大的书，我很好奇，原来那是《辞海》和《辞源》。识字后我也跟着祖父看一两行文字。祖父的书我大多看不懂，有一些是英语书，书中用红色和蓝色的笔写满汉语和英语笔记，那英语字母之间没有一丝一毫连笔或潦草。那些字就像列队的战士，无论横看还是竖看都是笔直的一行。如果现在将祖父的笔记放到网络上，一定会成为激励他人的榜样。

当我开始学习英语已是初一的年纪。再去祖父家，发现祖父订阅了几种全英文报纸每天坚持读英语报。我翻看过祖父的英语书报，奈何水平低根本看不懂。祖父告诉我，他有词典，遇到不懂的单词可以查词典。祖父拿出一本《英汉词典》送给我，那是我第一次见到《英汉词典》。祖父的英语发音非常标准，英语里面最难发的音，祖父的发音都和磁带中的相差无几。我学习英语书写时才发现祖父的英语书写自成一绝：每个字母倾斜度完全一致，字母间无连笔，被我戏称为"英语瘦金体"。我后来有幸进入大学选择了英语专业学习，当我拿起一本全英文小说开始阅读时，回想起祖父的英语水平之高，其实他并没有系统学过英语，大部分都是他自学而成。

后来有一年，听说祖父应邀去宣恩县城参加编修《宣恩县志》，那时不懂什么是《宣恩县志》，只知道祖父去做一件非常大的事，这件事只有学问高的人才会被邀请去。

祖父常说"活到老学到老"，他也是这样做的。他用自己的一言一行影响着后辈，这种影响不仅仅体现在学习方面还体现在生活方面。

在生活上，祖父是一位十分讲究生活细节、真正精致生活的老人。

祖父有很多书和报纸，书报的放置都讲究分门别类，其他物品也是每样各有分类，各有各的归宿。祖父的服装夏天多是白色短袖衬衫，春夏多是深灰浅灰的中山装。

祖父铺床的方式可谓烦琐又精致。那次去祖父家，正好碰到祖父祖母在换床单。当时床单已换好，我准备帮忙把叠好的放在箱子上的被子放上床。祖父却拦住我，只见他拿起椅子上的衣架，用衣架当"熨斗"将床单再仔细"熨"了几

遍,让床单一丁点褶皱都没有之后才把叠好的被子轻轻放上去,再把被子最上层的被单也"熨一熨",整张床便无一丝不平整。

祖父就这样生活着:简单的家具,朴素的着装,讲究的细节,散发书香的灵魂。我想,这才是真正的精致生活。反观现在所谓流行的精致生活,那些用金钱堆砌起来的精致终究只浮于表面。

中考之后,我的成绩不太理想,只考取了师范学校,但曾经与我成绩相当的几位同学却考取了恩施州最好的高中。我与祖父谈起这件事,祖父听后停顿了几秒,对我说了一番我永远忘不掉的话,祖父说:"人这一辈子会遇到很多不如意的事,重要的是要把心态放好,有些东西不要过分在意。说起同学,我的那些同学呢,有的在北京,有的在武汉,还有的在美国定居了。那要在意的话,你说我怎么办?"我听了这些话惭愧不已。祖父当时年岁已大,因肺部不好,每说一句话前要先吸一口气,再慢慢说出来,可见其语重心长。祖父还说过这样一句话:"不管什么时候,无论外界如何,做好自己就可以了。"祖父的一生经历过很多时代的磨难,但这些都没有磨掉他对知识的渴求,对真理的热爱。

水能活跃是因源头有无尽的水流出,树能参天是因有根深入大地。祖父是一名人民教师,也是我的良师,我学习的源头。祖父对我的教育没有在课堂上也没有在口头上,而是渗透在生活中。祖父教我感受到民族文化的美,让我爱上祖国的民族文化。祖父教我懂得学习是无止境的,祖父教我懂得去发现生活中的美,去追寻自己的爱好,去迎难而上。

2009年,我在晓关中学教书。眼看祖父的身体日渐消瘦,肺部的病变越来越重,住进医院后愈发严重。可叹没能等到下一个农历六月,在四月与世长辞,享年八十八岁。

然而,敬爱的祖父并没有离开。祖父的音容笑貌、祖父的书箱、祖父的英语瘦金体、祖父的放大镜、祖父的叮咛……永远留在我心里。

今在祖父一百周年诞辰之际,谨记录下祖父与我的几件小事,以此作为孙女的纪念。

第三章　侗寨纵论

宣恩野椒园侗寨

田长英

在第三次全国文物普查中，宣恩县文物部门在该县晓关侗族乡野椒园村六组，发现了有两百余年"高龄"的张家大院。它位于巴石公路与贡水河之间的区域内，规模较大的院落及古墓群保存完好。因地处侗乡，建有简陋的"半边火炉"，与同乡省级文物保护单位张官铺侗寨的建筑格局相似，遂定名为"野椒园侗寨"。

侗寨源于"湖广填四川"的移民政策，又与"川盐古道"有着密切联系。该寨人文昌盛、民风浓郁。其文艺活动独具特色，有别于宣恩的土家、苗族，尤其是该院存在"双语"现象，张家人既讲汉语，又讲本族话，其语言归属有待考证。

完整的侗家院落

在晓关侗族乡境内，巴石公路和清江支流之一的贡水平行延伸。野椒园村位于路与河的平行线区域内，西北距巴石公路约4.6千米，东南距贡水约1千米。房屋的朝向与贡水流向一致，为西南向东北。以房屋为中心，顺"圈椅形"地势修建围墙，寨前山脚小溪横流汇入贡水。屋后过围墙叫"老坟边"，是墓葬区；右边山梁设苕窖，山梁延伸到寨前小溪时建庙宇。寨内古树参天，古井喷涌，私

塾、仓储、手工作坊一应俱全，种植有大片的家麻、竹林、棕树等。

三个四合天井院建于清嘉庆年间，建筑面积1780.8平方米，后部建正屋、天井、前部为吊脚楼，吊脚楼下有过道。房屋均为两到三层，屋内建有侗家特色建筑"半边火炉"，窗户、柱头、磉凳精雕细刻，天井岩石铺面。寨内九栋单体吊脚楼建于新中国成立前后，合围在天井院的四周，总面积约1000平方米。

张氏古墓群位于屋后西南部，相距约500米，共24座，其中14座有碑文，占地面积约100平方米。最高处是先祖张先耀墓，其子孙墓层级而下，尊卑有序，多有合葬墓。墓碑集中按同治、光绪、民国、新中国成立后四个时间点竖立，碑刻图案多样、工艺精湛，代表着当地侗家不同时期的墓葬特点。

侗寨现存一棵古枫树，直径1.2米，胸径3.6米。据当地人介绍，三十年前，该寨有四棵古树，右侧三棵，现仅存一棵；左侧古枫树砍伐后发的"芽"直径现已近40厘米。

独特的"双语"现象

沿袭宣恩侗家分家不"别居"的习俗，这里的张姓是合族而居。五十岁以上的老人讲"土语"和汉语两种语言，寨内自古有"新媳妇"进门三天就讲"土语"的习俗。现侗寨沿用的土语其间夹杂有大量汉语词汇，语调与普通话、宣恩方言有较大差别。如蚂蚁洞又名"麻柳洞"，野椒园又名"野鸡园"，在20世纪80年代土地普查中规范为现名，这两处"别名"均与张氏"土语"有关联。经相关部门调查，当地语言不同于宣恩小茅坡营苗寨的苗家语言，其语种有待专家深入研究。

野椒园侗寨非物质文化丰富，且传承有序，如打"花锣鼓"就与当地不同。寨民重视教育，人才辈出，名师张盛雅被载入地方史册。这里民风淳朴，寨民敬奉始祖神和祖先，世代沿袭农耕生活方式。后世兼营造草纸、做鞭炮等手工业。

"川盐古道"视野下的侗寨

有学者指出，"川盐古道"的历史几乎纵贯湘、鄂、川、黔交汇地人类的发展史。华中科技大学教授赵逵著作《川盐古道——文化线路视野中的聚落与建筑》，建立起以"川盐古道"为线索的时间和空间维度坐标。在这个坐标内，野椒园侗寨及交界地众多古街市、建筑、桥梁、墓群、庙宇等，在历史的尘埃中逐个明晰并不断诠释着古盐道。

侗寨始祖张先耀的第二个儿子张希链墓失考，墓葬区张母杜氏碑文记载，张希链生于道光二十四年，来自四川万县黄岭坪，万县正是川鄂古盐道的起始点之一。横切晓关侗乡全境的巴石公路是宣恩最早建成的公路，于民国年间在古道的基础上修建，侗寨建在古道边，在天井的右前角有一个石柱础，疑为拴马桩。诸多因素说明，古盐道催生了张氏侗寨，并长期哺育着张氏族人。

源起"湖广填四川"

众多学者对巴人和巴文化的不懈探索，夯实了土家族自身民族的独立性。但不可否认的是，在恩施地区生活着大量移民，其中清康熙十年至乾隆四十一年（1671—1776），历时105年的行政迁徙政策"湖广填四川"是重要的一次，促使川盐古道上增添了大量新的移民聚落。

张氏祖墓及族谱清楚地记载着张氏的迁移历程，湖南麻阳—湖北宣恩晓关蚂蚁洞—晓关野椒园。张氏族谱（嘉庆二十年仲秋撰）载，野椒园张氏祖籍湖南麻阳芷江坪麂子坑，如今芷江坪已是芷江侗族自治县境，张氏先祖迁到宣恩时，定居晓关侗族乡蚂蚁洞。在蚂蚁洞村四组有三座张氏古墓：张正夏与张应禄父子之墓、张应禄之次子张先贵墓，张应禄之三子张先耀这支迁到现野椒园。

从张氏古墓的碑文考证，侗寨天井院房屋建于1798年至1804年。张先耀墓于同治五年（1866）立碑，记载先耀生于"己丑年七月十五日蚂蚁洞"，有子四个：希贤、希琏、希珩、希瑶。希贤墓碑记载，墓主生于"嘉庆三年九月二十二日蚂蚁洞生长人氏"；希琏墓失考；希珩墓碑记载，其生于"嘉庆九年冬月初六日戌时，系本保生长人氏。"由此得出，侗寨房屋应是嘉庆三年到嘉庆九年（1798—1804）修建。

诗情画意和谐居

侗寨位于贡水北岸，与贡水河相距仅1千米，左为繁忙的巴石古道，房屋坐向与贡水流向一致，与巴石古道平行，后依大山，寨前视野开阔，峰峦层叠，达到天、地、人和谐统一的境界。侗寨布局讲究，符合传统的审美观念，并上升到天人合一的身心体验。在圈椅形的山湾内，寨前山脚小溪从北向南汇入贡水，房屋掩映在青山翠竹中，两旁古树护卫，终日炊烟缭绕，早中晚夜、阴晴雨雪、春夏秋冬，侗寨景致都如诗如画。无论俯视、平视、仰视，侗寨都呈现给人们不同的视图效果和内心感受。

  房屋构图为几何形,三个天井院一字排开,正方形、三角形、平面、坡面,交错重叠,环环相扣。墓葬依山顺势,集中层级分布,状如宝塔。建筑雕刻丰富,风格多样。侗寨房屋的柱头、椅筒、磉凳、窗户大多精雕细刻。墓葬采取透雕、浮雕等多种手法,有楷书、行书、草书,图案有梅兰竹菊、渔樵耕读、二十四孝等,风格上写意与写实兼备。

  侗寨作为完整的侗家聚落,是研究近两百年来鄂西山区侗家人生产生活、精神信仰及经济贸易的原始材料,是考证历史以来西南地区侗民迁移及追溯侗族史的引线。野椒园侗寨是湘、鄂、川、黔交汇区又一处保存完好的古村寨,为研究"川盐古道"文化线路和"湖广填四川"历史事件提供了极好的素材。保护好野椒园侗寨,对研究不同地域之间的民居演变、构筑方式、聚落成因以及文化的相互作用有着重要价值。

  (注:此文为宣恩野椒园侗寨历史文化旅游资源调查的第一篇文章,原发《恩施日报》。)

宣恩野椒园侗寨"五怪"
贺孝贵

  2010年6月4日至6日,恩施州古代文化线路及古村落(镇)文化研究课题组成员,考察了宣恩县晓关侗族乡野椒园侗寨。寨子由杨家院子与张家院子两个吊脚楼群落组成,乍一看,与恩施州众多的吊脚楼群落并无二致,但深入调查则发现诸多有特色的现象,我将其概括为"五怪"。

第一怪:千年"红豆"孑然一身

  这是指当地的自然环境。野椒园植被茂密,翠树修竹遍山皆是,最引人注目的是一棵红豆树,胸围数米,冠幅达100余平方米,每到秋天,结满被称为相思籽的鲜艳红豆。当地村民将其敬为神灵,认为其能预测祸福,不砍不伐,连枝叶也不乱动,经常顶礼膜拜。从林业部门在树上挂的古树名木保护牌可知,树龄1200多年。但让人奇怪的是,一千多年来,这棵红豆树却无子嗣,永远孤零零地伫立在那里,让人心生怜悯与感慨。

第二怪：院子大门朝旁开

中国传统民居建筑讲究对称，有院子或几进的屋宇，院门、前门与堂屋门必须在一个中轴线上，野椒园侗寨杨家院子却有例外。杨家院子是一个有35户人家的吊脚楼聚落，全部杨姓，其中一户人家的院子大门不在中轴线上，而是开在右边厢房前侧。这种现象在其他地方也有，原因与地势或风水朝向有关。但在野椒园侗寨几十户吊脚楼中，这户人家却是唯一，当你看到这道门躲开周边拥挤的楼群，将门前石板路延伸到翠竹掩映的清溪时，自然会感受到在怪异布局中独辟蹊径的合理性。

第三怪：天井坝里做买卖

张家院子由三栋四合水吊脚楼和九栋单体吊脚楼组成，居住96人，全部张姓。中间的四合水吊脚楼建筑时间最早也最大，天井坝石质地面上留有拴骡马的桩洞，这是过去在这里做过买卖的见证。当地老人说，野椒园没有街，却有场，场就在这个天井坝里。每逢场期，小小的天井坝里商贾云集，外来的川盐湘货，本地产的织布、火纸、鞭炮在这里交易，人们熙熙攘攘，讨价还价，十分热闹，成为远近百里十乡最奇特的一道风景。

第四怪：鼓楼当作庙宇盖

原建有八角庙，先建于杨家院子后面山上，后移至张家院子下面河坎上。八角为侗族鼓楼制式，侗家鼓楼过去供寨神、祖神，另外的作用是供全寨人聚会。早前野椒园侗族从湖南芷江、麻阳、保靖迁过来后，与其他民族融合，接受了较多汉文化元素，在保留侗族鼓楼部分形制的基础上，又将汉族庙宇内容融入其中，庙内多神杂祀，这正是侗族人民适应性、创造性特点的体现，从中可以窥见较深刻的移民文化烙印。

第五怪：媳妇进门公公忙躲开

中国传统婚俗，新媳妇到婆家，首先要举行拜堂仪式，在堂屋里拜天地、父母和夫妻对拜。在野椒园村，却是另外一番景象，新媳妇进入婆家门，是不可能

与新郎同拜高堂父母的,因为新郎的父亲——媳妇的公公早躲开了并且要躲得越远越好,一般要躲到听不到鞭炮声的地方,直到婚礼主要仪式结束,才回到家里。也许公公躲媳妇正是为了躲避人们开玩笑,但这只是猜测。这种奇怪的婚俗至今无人能做出令人满意的解释。

(原载《恩施晚报》)

宣恩县晓关侗族乡野椒园侗寨文化资源及保护利用调查报告

恩施州古代文化线路及古村落(镇)文化研究课题组

晓关侗族乡是恩施州三个侗族乡(芭蕉、晓关、长潭河)之一。位于宣恩县西南部,距宣恩县城25千米,距恩施州城60千米,全乡国土面积为429.8平方公里,耕地面积6.3万亩,林地34万亩。辖40个行政村,441个村民小组,1.2万户,总人口4.3万人,其中侗族人口约占75%,是全省12个民族乡镇中主体民族占比最高的民族乡。椒石省道和贡水河横贯其境,拟建的恩(施)黔(江)、恩(施)来(凤)高速穿乡而过,是连接川、渝、鄂三地的要冲地带,新建的桐子营电站库区蓄水位达坪地坝干溪渡口,水陆交通十分便捷。

晓关是恩(施)黔(江)古道上的重要关隘和铺递,古名石虎里,其和尚岩、仙人桥是宣恩县著名的"小八景"风景名胜。清雍(正)乾(隆)年间,张、唐、陆、钟、田、杨、陈、乾、姚、饶等侗民从湘西、黔东、江西等地区迁入落业,与当地土家族融合后形成了数十个侗族聚落,留存了十分丰富的侗乡文化遗产。1936年巴(东)石(黔江石门坎)公路修通,倒洞塘、晓关、张官铺等集镇得到发展,晓关的侗乡文化受各种文化浸润,成为武陵地区典型的土家、侗、苗族文化混融而又各自保留着民族记忆的文化社区。

晓关侗族乡野椒园村位于椒石公路上,距晓关集镇3千米,距宣恩县城和恩施州城分别为28千米和63千米,2008年被定为湖北省整体推进重点扶持贫困村。野椒园村张家院子、杨家院子隐于椒石省道旁,马鞍山群峰下的谷地,距椒石公路虽不足1千米,但却是一处很难被一般人发现的"人间秘境"。"秘"的含义有三,一是这里山水环抱,群山拱卫,小河流淌,曲径环绕,柳暗花明,人与自然和谐相依,人与建筑密切相处,极富天人合一理念。二是该村落虽离省道公路很近,却掩映在青山绿树丛中,很不容易被人发现。三是侗寨"四合水天井"式吊脚楼建筑楼群比肩接踵,"撮箕口"式(一正两厢房)吊脚楼、"钥匙头"式（一正一厢房）吊脚楼建筑依山而建。整个侗寨以姓氏群聚院落为主，散居次之。这里有保存完好的吊脚楼群、张家古墓群；有千年古红豆（中国之最）、古红枫树、野生大鲵，半边火楼、古代盐道、造纸作坊、炮火作坊、榨油作坊、纺织作坊等生态文化资源，加之山环水绕、民风淳朴，是一处典型的侗乡传统聚落。依托丰富的侗乡文化资源，良好的生态环境，便利的地理和交通优势，打造"人间秘境——野椒园侗寨"文化旅游名村，对完善恩施州"一个中心，两条走廊"旅游空间布局，实现散居少数民族文化空间的整体保护，实施恩施州古代民居保护工程具有重要的现实意义和学术研究价值。

一、调查考察情况

2009年7月23日至8月26日，宣恩县第三次全国文物普查工作专班段绪光等发现野椒园张家大院，张氏家族古墓群，蚂蚁洞张氏祖墓群，张氏、杨氏老族谱等。11月9日，宣恩县博物馆组织申报第七批全国重点文物保护单位，对野椒园古村寨进行复查。12月3日至5日，恩施州博物馆研究员朱世学、馆员刘欣到野椒园对张家院子进行考察和测量绘图。

2010年3月，恩施州政协组织部分专家、政协委员对全州民族乡镇进行调研，专家和领导对野椒园古村寨极为关注，强调要加强保护。4月24日，受晓关侗族乡党委、政府委托，恩施职院巴文化研究所组织湖北民族学院雷翔教授、史江洪教授，恩施职院巴文化研究所邓斌、谭庆虎副教授，恩施市文物管理所副所长刘清华，宣恩县民宗局副局长孙万心等对张家院子、杨家院子进行了考察。6月4日至6日，巴文化研究所副教授谭庆虎、恩施市文联副主席何智斌、恩施市政协贺孝贵、恩施市文物管理所副所长刘清华、宣恩县博物馆副馆长田长英等组成课题组对野椒园、蚂蚁洞、晓关老街等进行了文化资源调查。

2010年6月18日，课题组形成《宣恩县晓关侗族乡野椒园村侗寨文化资源及保护利用调查报告》，7月12日，由晓关侗族乡政府与课题组邀请湖北民族大学民社学院党委书记雷翔教授、宣恩县旅游局局长夏国兵、宣恩县民宗局副局长孙万心、宣恩县文体局副局长田词、宣恩县民间收藏家吴云梦等对调查报告进行了座谈讨论。

课题组认为：野椒园村整个生态、文化资源可概括为"二院二树一鱼"："二院"，即张家院子、杨家院子；"二树"，即一棵树龄1200年的古红豆树（树围3.5米），一棵树龄300余年的古枫香树；"一鱼"，即这里出产国家珍贵鱼种大鲵，有蚂蚁洞大鲵出产自然保护区（且家家养殖，并有蚂蚁洞村民田代

举、野椒园村民宋隆忠等建有大鲵养殖基地）。

专家指出：

（一）野椒园村是我州少见的一处距今两百余年的侗族传统聚落

两个大院子选址科学、布局合理、建筑工艺精湛，可以作为我州珍贵的古代民居典范加以保护。

（二）野椒园村移民文化特色鲜明

一是张氏先民与唐、陆、钟、田五姓结伴迁徙蚂蚁洞落业及发迹历史。

二是张氏族群保留至今的"麻阳古语"和原始族谱。

三是半边火铺、公共走廊（天井朝门）、公共活动场所（天井院坝、堂屋）、公共墓地、族谱族规、"过早年""打八巴""烤大火"等以及初一拜尊长等民俗事项。

四是以多神崇拜，特别是祖先崇拜（如神龛家先）、神树崇拜、神火崇拜，祭祖先、祭祖坟、祭菜园、祭田土、祭猪牛圈、祭果树为主的宗教意识等，是研究南方少数民族历史文化、民俗文化、族群文化、语言习俗的活化石。

（三）野椒园村生态环境优良

前有贡水河，后有马鞍山，左有青龙缠绕，右有白虎长啸，可谓依山临水、左右逢源；两个院子祖山如昂首奋蹄的骏马，少祖山则如深藏不露的卧虎藏龙，其水口跌宕密闭，敛气聚财，加之茂林修竹、千年神树、烟霞云霓，可谓风水宝地、人杰地灵。现又与桐子营库区连成一体，人们流连其间，如入隔世桃源，是一处极为难得的休闲旅游胜地。

二、野椒园侗寨现状

野椒园古侗寨由张家院子和杨家院子组成，两院落坐落在马鞍山下南北山麓，巴石公路与贡水河从东西两边绕村而过。两个院子有古道相连，相距约1000米，在椒石公路上两院进口相距800米。

（一）张家院子

张家院子地处相对独立的山峦间缓坡地，野椒园至蚂蚁洞旅游公路从院子后面经过，村头有一棵600年的枫香树傲然挺拔，院前是一条小溪，在不足2千米的地方汇入贡水河。张家院子现住有张氏族人96人，其中26人填报为侗族。院子为西南、东北向，由三个紧密相连的四合水天井式吊脚楼群和九个单体吊脚楼组成。四合水天井式吊脚楼群建于清嘉庆年间（1798），距今212年，建筑面积1780.8平方米，单体吊脚楼建于民国时期至20世纪五六十年代，面积约1000平方米。

四合水天井院落以两个台地为地基，后部建四合水正屋（即围绕院坝四面建房，东西两头为厢房，前有朝门，中有通道，形成两进，院坝又称为四合天井），房屋两到三层，屋内留存了大量的侗家特色建筑，如"半边火楼"，神龛、雕窗窗户、燕子楼、扫檐万字格、瓜瓜齐、鼓钉礤磋等，张氏有历史沿袭的建房规矩，不建虎座形，只建7柱4、5柱4、5柱2等风格的房屋，所建房屋均精雕细刻，古朴生动。二屋建吊脚楼，下为猪栏牛圈、过道和住户如厕地。天井为石板铺成，中间天井屋修建最早。原建有私塾、粮仓、造纸作坊、炮火作坊、造香作坊、榨油作坊、纺织作坊、庙宇以及古井和苕窖等，新中国成立前，顺东南山梁建有护墙。当地保留着一种"古语"，称为"麻阳话"。

野椒园张氏祖籍河北清河一带（故自称"清河堂"），元代迁湖南芷江，始迁祖张正夏出生于芷江，青年时定居湖南麻阳，清雍正年间随唐、陆、钟、田五姓迁晓关蚂蚁洞落业。张正夏，字久，生于康熙辛巳年（1701），即康熙四十年十二月三十日，系湖南沅州府芷江坪白麂坑人，殁于己丑年，即乾隆三十四年（1769）正月二十八，享寿六十九岁，葬于湖北施南府宣恩县施南里四甲三角塘（今蚂蚁洞）。蚂蚁洞还保存有完好的张家老院子，始迁祖张正夏墓、二世祖张应禄夫妇合葬墓等家族墓群。三世祖张先贵、张先耀居蚂蚁洞，张先耀于清嘉庆年间（约在1798年）与兄分家而迁野椒园。野椒园张氏古墓群位于院后西南约300米的山坡上，占地600平方米，有张氏墓24座，始迁祖张先耀夫妻合墓，碑文为："……父生于己丑年（1769）七月十五日子时蚂蚁洞生长人氏殁于己酉年（1849）七月初九……"

（二）杨家院子

杨家院子，小地名称马桑湖，院头有一棵1200多年树龄的红豆树。院落分布在一个由三个山峰组成的三岔河沟中，有如藏于茂林修竹中的仙界琼楼。始迁祖杨昌松（1643—1671）雍正年间从湖南保靖迁入，现有35户150多人，全部为杨姓，18个堂屋，堂屋内有神龛，供有家神，有始祖墓地。院落两旁有两条小溪绕过，在院落小溪边还有几个造纸作坊。

马桑湖杨氏家族还保留着一种古老的"侗族行俗——十二家训十七诫"，并有明确的条文规定。这些行为规范家喻户晓、世代相传、人人遵守，使杨氏家族始终保持着一种古朴之风。

三、周边文化资源

在野椒园村周边保存有丰富的历史民族文化资源，包含有古建筑、民居、名

人墓地、革命纪念地和著名人文景观。有始建于清雍正十三年（1735）的张官铺民居建筑群、将科龙家吊脚楼、将科双檐风雨桥，江西籍饶氏移民修建于清嘉庆七年（1802）的江西会馆，湖南移民于清嘉庆年间修建的禹王宫（贺龙元帅收编晓关神兵联英会旧址）、渣口洞陶瓷作坊遗址、恩施名人新疆巡抚饶应祺墓、土地革命时期堰塘坪战斗遗址，以及宣恩"小八景"之和尚岩、仙人桥等。

四、野椒园侗寨的文化价值暨保护开发优势条件

（一）野椒园古村寨具有十分重要和珍贵的文化价值

1. 完整的一姓一寨的侗乡群居形式

野椒园张家、杨家院子都是典型的一姓一寨全族而居的村落。开始落业时，依山傍水选择风水宝地，修建开间三间的房屋，前建院坝，随着人丁兴旺、子孙繁衍，就从左右两侧修建吊脚楼式厢房，形成撮箕口式，最后在正面修建横屋，使整个院子形成四合水天井式院落。随着时代发展，第二个、第三个院落就紧挨着第一个院落形成建筑群，一般中间的院落修建最早。由于兄弟分坐，又另选佳地形成院落。由于地势不能再挨着修，才从老院子搬出修建单栋吊脚楼。

如，张姓最开始落业在蚂蚁洞，形成院落，现还有张家老院子、正屋等建筑留存，厢房朝门和前面二屋部分因贡水河修电站，属淹没区而拆除。野椒园村有三个院子形成老院子，在左侧山边有一个叫新屋的院子，就是从老院子分出去另外建成的一个院落。

马桑湖杨家院子从最开始一个堂屋，后发展到三个，现在有十八个堂屋，都是依山傍水因地制宜而发展起来的，近代，在周围山腰上建有单栋房屋。

2. 高超的侗乡吊脚楼建筑工艺

野椒园侗寨是建筑工艺精湛的建筑群落。首先从建房选址上，这里天人合一、山水合一，既有群山护卫，又有小河环绕。野椒园村后面有两条山脉蜿蜒连绵，发源于马鞍山主峰，野椒园张家院子就坐落在一圈椅形地形内，左似青龙盘踞，右似白虎长啸，前有小河流水环绕，远处山峦起伏，犹如笔架。特别是张家落业的蚂蚁洞，更是风水宝地，山清水秀，前川贡水河盘山环绕，一片湖光山色，形成"U"字形水寨，后似青龙卧腹点水，龙嘴便是沿袭历史而名的蚂蚁洞。洞内景观独特，20世纪60年代曾有人在洞内上课讲学，是亟待开发的桐子营库区旅游景点。现在这里七十岁以上高龄的老人有六十多位，其中一位老人高达一百零七岁。

从院落的整体布局上更是达到了空间上的精妙。堂屋、神龛、院坝、火坑、卧室、厢房、猪栏牛圈的平面组成都非常合理，飞檐、瓦面、门窗、梁枋等建筑构件的水面坡度、雕饰都精细无比。院子内还保留有大量火塘，当地人称"半边火坑"，火坑里有"昌嘎"（麻阳语铁三角）、鼎罐，火炕上熏制腊肉、腊豆腐、腊干苔。在张家院子中间天井屋横屋左边放置有一个半边石墩，因曾作为打草鞋时捶草把用而称为捶草石，而主要作用可能还是供人休息及放置物品。这个石墩表面光滑锃亮，当地人说都是坐亮的。据说，坐在这块石头上可以看到早上太阳和傍晚月亮从对面山头升起。当地还曾有个习俗，就是每当有老人坐在这石头上，凡是院内当媳妇的都不能从前面经过，曾有一个白发老人在这石头上从早上坐到傍晚，左边院子的媳妇挑水只能从后面山上绕行。这就是张氏侗寨尊长的习俗。

3. 完备的侗寨文化要素

侗寨村落的特点是建在山间溪河边，在生产、生活空间上保存小桥流水、闺绣洗刷、造作方便的文明与发达。聚族而居，以共同的祖先崇拜凝聚族人，在院落内保留充分的公共活动空间。这里，每个院落的天井堂屋都是院落内的公共活动场所。兄弟分家，堂屋一般是不分的，即使分了，当同院落人有婚丧嫁娶时，堂屋都是共用的。在院落内的主交通要道上，有的吊脚楼被作为过道，有的在厢房外建一个朝门或通道，如杨家院子十分典型。

侗乡人以住地为中心，耕作在周围田地，除农业生产外，还发展一些工商业。如这里的手工造纸、炮火制作十分发达，现在还有多个造纸作坊。在距侗寨东南1千米的地方有一个山洞，就是过去制造炮火熬硝的地方，里面还有清代用松油烟熏成的销药出产数量的文字，还有几位老人曾在洞内熬过硝，知道洞内的布置和专业用语。蚂蚁洞还留存有造香的原址，叫"水车边"，这里也是盐业古道，张家院子曾有人挑盐贩运，他们往来于四川万县与湖北来凤之间。

此外，两个院子保存的侗民族稻作文明、小流域文明的文化特质十分突出。

4. 历代交通军事要地

这里很久以前就是巴盐古道，施黔古道，民国时期巴石公路经此，升级后的椒石公路从村前经过。拟建中的恩（施）黔（江）高速从村后通过。

5. 国家珍稀鱼种大鲵出产地

大鲵是我国特有的珍稀野生动物，是地球上最古老的两栖动物之一，早在三亿五千万年前就已经存在，是与恐龙同时代的生物。在晚泥盆纪时期，由于地球突然发生裂变，所有的生物生存环境遭到破坏，大型动物因找不到食物——灭绝，而大鲵却奇迹般地存活下来，故又被誉为"水中大熊猫""水中活化石"，现属国家二级保护动物。宣恩县晓关侗族乡是大鲵的原产地，20世纪90年代，

贡水河桐子营至平地坝大桥河段及支流蓝河即被宣恩县划为大鲵资源保护区。晓关侗族乡蚂蚁洞村是野生大鲵自然繁殖保护区，有100余养殖户，达一万余尾，最大的一户田代举达两千余尾。野椒园村是大鲵重要的人工养殖基地，现有十五六户养殖，共有五千余尾，每年产值达一千万元以上，其中，野椒园村青年农民宋隆忠人工驯养大鲵三年收入达250多万元。晓关侗族乡拟将大鲵产业作为富民兴乡支柱产业之一，全力打造"湖北大鲵第一乡"。

6. 珍贵的民间文化习俗

一是"家先崇拜"。直到现在无论是过年、结婚、住新屋都必须写家先，祈求保全家平安幸福、昌盛发达。

二是"神树崇拜"。崇拜神树是一种古老而奇特的社会文化现象，世界各地众多民族都有这一信仰民俗，它是自然崇拜（植物崇拜）的产物。野椒园侗寨的神树崇拜主要表现形式是与日常生活紧密相关的祈福消灾，把神树作为天（神）与人联系的桥梁，故有拜神树为"干爹"的行为。

三是侗乡行俗。如杨家院子的"二十家训十七诫"，即是一种族群约定的有成文的族规。

四是过赶年。蚂蚁洞、野椒园与其他民族有截然不同的过年方式，其他民族的习俗是腊月三十早上天不亮举族团年，而蚂蚁洞、野椒园为过早年，就是看谁家腊月三十下午团年早，团年后守岁、敬神、洗澡换新衣、拜早年。

五是结婚时公公躲媳妇（躲到听不到鞭炮声音的地方）。祈求家庭和睦的生活习俗。

六是团年敬神拜祖。首先在堂屋大门口用猪头、豆腐、粑粑、酒礼、刀头摆成八字形，再摆上白酒、香蜡纸草，敬家先、拜祖神；其次是在火炉屋摆菜饭酒礼，请祖人吃团年饭；再次是烤年火、坐通宵、守岁，子时再敬菩萨接年、洗澡洗脚、穿新衣。

七是团年后全院落中老年人一起到堂屋里用黑布蒙着眼睛"打八巴"（麻阳语，意味捉迷藏）。大年初一、二、三这三天，全院落青年男女在院坝里围成大圆圈"打bia健"（是一种团结和谐的娱乐活动）。此外，部分老人还穿长衫、包头帕等民族服饰；有吃肉笋（腊肉上生长的蛆）、蜂包、条扣肉、方扣肉、阴米子、阴苞谷、喝油茶汤等饮食习俗。

（二）野椒园侗寨保护开发的优势条件

1. 聚落现状难得完好

张家、杨家院子保存良好，是施（州）南侗乡文化区域内最具典型的侗民族聚落，在建筑选址、建筑规模、建筑技艺、人居环境等方面均可列入民间建筑范例。它与庆阳凉亭街共同占据了施南侗乡文化区域内的民居建筑优势地位，特别是四合水天井、撮箕口、钥匙头式建筑独具风格，张、杨两家院子是恩施州仅有的保存最完好的院落。

2. 文化内涵丰厚，为我州乡村聚落址中之罕见

有几大看点：吊脚楼群（含吊脚楼建筑工艺），现还有经过师傅传授并过职的吊脚楼建造掌墨师（晓关侗族乡党政办张永耀是掌墨师其中之一），炮火作坊、造纸作坊（这里以慈竹为原料用传统工艺制造的纸，早期用作卫生用纸、私烟捻纸、鞭炮捻纸、练习书法用纸、敬神火纸）、榨油作坊、纺织工艺（传统上这里是典型的男耕女织社会，妇女不下地，专工纺织）、特色饮食（有盖面肉、神豆腐等30余种）等。

3. 交通区位优势明显

地处椒石公路边，即将修建的恩黔、恩来两条高速公路在晓关建有出口位，到时，从恩施城到晓关仅二十分钟路程。

4. 地处恩施民俗风情游景区网络要径

野椒园侗寨位于恩施大峡谷、利川腾龙洞、咸丰坪坝营、来凤仙佛寺的中间地带，小区域内可建成"一水三库"的旅游区，且目前周边可供开发的民居群落、古集镇、古建筑等小景区开发众多，形成一个互补的乡村旅游景区。

五、野椒园侗寨现存主要问题

（一）院内环境较差，建筑毁损严重

由于工业化、城镇化和现代化的影响，传统农耕文明逐渐衰落。野椒园侗乡村寨内大部分年轻人都出去打工了，家里只剩下老人和小孩，大量房屋闲置，部分房屋比较破烂甚至毁损，缺乏维修和保护，一些猪栏牛圈也都闲弃了。从远处看，是一片非常优美的吊脚楼群，而当进入院内，使人感到脏乱差现象明显。此外，由于交通的改善，经济条件的好转，两个院子都开始出现砖混房子，与原木质吊脚楼群极不协调。

（二）族群记忆失真，民族认同感不强

族群记忆，是作为一个民族层次的群体，以自己的方式保存下来的关于自身过去的印象和历史记录，并且从中汲取文化传承和民族凝聚力，形成群体的亲和力。族群记忆本质上是一种集体性的文化积淀，是各民族在其历史发展过程中创造和发展起来的、具有本民族特点的文化，其核心是本民族认同的价值观，包括习俗、道德、法律、礼仪、制度、宗教等。

野椒园杨家属于典型的侗族，但大多数族人对自己的族属不清楚，甚至连一些初中学生也不知道自己是哪个民族。特别是张家院子现有96人，但填报侗族的仅有26人，其他有的填报土家族、苗族，也有部分填报的汉族。张盛雅先生在《湖北宣恩晓关蚂蚁洞张氏谱系前言》中则认为："我祖迁居蚂蚁洞、野椒园后，与当地侗族长期居住，通婚往来，逐步融合，形成侗族的风俗习惯，与苗族习俗相去甚远。"

（三）农耕文明衰落，缺乏产业支撑

晓关侗族乡的支柱产业是烟叶、茶叶和畜牧业，但野椒园村不适宜种植烤烟，茶叶和畜牧业规模很小，不足以支撑野椒园的新农村建设。过去这里曾以种养业为主，间以熬硝、造纸、制造炮火等传统手工业。随着产业结构调整，除部分农户养殖大鲵外，没有其他经济作物，土地里大量种植的还是玉米、水稻、红苕、洋芋等农作物。近年来发展茶叶、黄金梨、枇杷，但规模小，没形成支柱产业。

六、野椒园侗寨保护与开发建议

野椒园村一方面是保存完好的、侗乡文化鲜明的传统聚落，具有重要的保护价值；另一方面又因其缺乏现代产业支撑，经济相对落后，是在现代产业转型，新农村建设过程中举步维艰的古村落。我们认为，充分利用这里的生态文化资源，在保护古代民居的同时，打造以"人间密境——野椒园侗寨"为形象，以"千年相思树，亿年娃娃鱼，百年老侗寨，家族古墓群"为卖点，将其建设成为"施州南疆侗族文化风情旅游线路"上的旅游名村，是破解野椒园村文化遗产保护与解决推动新农村建设难题的唯一选择。为此，建议如下。

（一）加强野椒园村的生态文化资源保护

一是认真保护以两个大院子为主体的吊脚楼群，按新农村建设的"二十字方针"整治院内环境，修复毁损建筑，维修公共通道，使之成为我州及湖北省古民居保护的典范。

二是对其族源、迁徙、落业情况以及民风民俗进行深入调查，恢复族群记忆和民族成分以及麻阳古语。

三是要加强生态环境的保护，除了现有林木不得随意砍伐，野生动物不得随意猎取外，还要对两棵"神树"加强保护。特别是那棵珍贵的千年红豆树，应该恢复其冠幅下的林地，以涵养所需水分，实施生态保护。

四是要实行野椒园侗乡的文化空间保护，除野椒园造纸作坊、炮火作坊、榨油作坊、纺织作坊、熬硝等手工业和生产生活等习俗的整体保护外，其始迁地蚂蚁洞、麻阳古语、古墓群、古院落也应该纳入整体保护范围。

五是要落实防火措施，消除安全隐患。尽快安装防火设施，特别是对现有电线进行套管，对农户炕肉、做饭及节庆活动进行防火安全教育；成立村消防队，经常检查，并配备必要的防火设备。

六是积极申报国家重点文物保护单位和民族团结进步示范村，以争取更多的保护经费，加大保护力度，提高知名度和保护级别。

（二）建立野椒园野生动植物保护生态园

一是野生大鲵生态观光园。建立贡水流域大鲵资源库以及大鲵原种繁育基地，彻底解决大鲵苗种繁育的"种源"问题；加强大鲵人工繁养技术培训，提倡有条件的村民养殖大鲵，开办以特色餐饮为主的高档农家乐，并将其培育成野椒园村的支柱产业；利用大鲵珍贵、濒危、长寿吉祥等特征，加强大鲵的生态观光项目建设。

二是"千年相思树——红豆树"生态观光园。红豆树是国家二级重点保护野生植物，又名鄂西红豆树、江阴红豆树，为我国特有树种。唐代诗人王维《红豆》诗云："红豆生南国，春来发几枝，愿君多采撷，此物最相思。"后来人们把红豆唤作相思子。因此，红豆树具有较高的经济价值、观赏价值和旅游开发价值。野椒园村杨家院子对面小山包生长的红豆树树龄1200余年，冠幅达百余平方米，树形沧桑，枝繁叶茂，因此建议将这个山包整体退耕还林，建立一个红豆树观光园。除了对这棵古树进行生态保护和病虫害防治外，邀请林业专家研究繁殖技术，将整个山包建成一片供游客观光的"相思林"、树苗供给的经济林；同时开发红豆系列旅游产品，修建观光步道、侗乡标志性文化小品，将这个小山包建成野椒园古侗寨的一处多功能景观生态园。

（三）打造恩施州民族风情走廊及"施州南疆侗族文化风情旅游线路"上的旅游精品

晓关侗族乡既是恩施州民族风情走廊上的重要节点，也是打造"施州南疆侗族文化旅游线路"的资源富集地。如果以野椒园侗寨为重点，加强晓关古镇、倒洞塘古铺递、张关古民居的保护开发，加上桐子营至干家坝及蓝河、蚂蚁洞、野椒园的贡水风光走廊，则可以设想将晓关侗族乡建设成一个旅游名镇，并在州内形成一个以恩施盛家坝小溪胡家大院、恩施枫香坡侗寨、岸口侗乡、宣恩县长潭河侗乡、晓关野椒园侗寨为重点景区的民族民俗文化旅游环线。

一是宣恩县委、县政府将其列入全县乡村旅游的品牌进行保护开发，以"野椒园侗寨"为亮点串起晓关、长潭侗族乡、沙道彭家寨、高罗苗寨民族文化旅游区，积极融于施（州）南侗文化旅游线。

二是积极主动，以野椒园侗寨、蚂蚁洞水寨、庆阳古街、七姊妹山为组团，建成我州民族风情旅游品牌。

三是对张姓民族定位进行考察认定。专家认为张家院子保留的"麻阳古话"属湘西方言的一种，属"新湘语"。从张正复的墓碑看，蚂蚁洞原为"螞蟻峝"，是否与"蛮不出峝"的"峝"相关，值得研究。要与麻阳苗族自治县进行沟通和调研。

四是加大文化遗产的提炼与开发。如"麻阳话""纺织工艺""吊脚楼建筑工艺"（已公布为国家级非物质文化遗产，宣恩县作为我州吊脚楼群保存的重点区域，应在保护这一珍贵文化遗产上做更多工作）、排练"公公躲媳妇"婚俗及"打八巴""打bia健""敬菩萨"侗民婚俗等民间民俗文艺表演节目。

五是加大产业发展，因地制宜，发展茶叶、林果等产业。

（四）迅速编制野椒园侗寨保护与旅游开发规划

在保护的基础上进行文化旅游开发，委托专业人员对野椒园生态文化资源进行深入调查，制定保护与开发规划，并尽快将其纳入恩施州文化旅游专项规划，积极申报项目，将野椒园侗寨建成鄂西生态文化旅游圈的重点民俗文化旅游景区。

注：以上修改意见仅供参考。

执笔人：谭庆虎、刘清华、田长英
2010 年 7 月 16 日

附：

1. 考察专家名单

谭庆虎　恩施职业技术学院副教授，恩施州巴文化研究会秘书长

雷　翔　湖北民族大学民社学院教授

刘清华　恩施市文物管理所副所长

贺孝贵　中国人民政治协商会议恩施市委员会退休干部，文史专家

何智斌　恩施市文学艺术界联合会专职副主席

邓　斌　恩施职院巴文化研究所所长，知名作家

孙万心　宣恩县民族宗教事务局

田长英　宣恩县文物管理所副所长

2. 晓关侗族乡参与考察人员

姚金超　宣恩县晓关侗族乡常务副乡长

黄　祥　宣恩县晓关侗族乡文体中心主任

张良成　宣恩县晓关侗族乡野椒园村党支部书记
3.资料修改并参与考察人员
张永耀　宣恩县晓关侗族乡党政办公室常务副主任
张建平　宣恩县晓关侗族乡中心学校办公室主任、中学高级教师

宣恩野椒园古侗寨生态文化旅游资源多样性
张建平

摘　要：宣恩多民族聚居决定了民族文化的多样性。保护和发展优秀的民族文化是构建和谐社会的内在要求。丰富悠久的民族文化在整理传承弘扬中使新时代的宣恩多姿多彩。本文以野椒园古侗寨为例，从建筑艺术、民俗生态资源的保护，到怎样发展生态文化旅游等方面，对民族文化多样性做一个初步探讨。

关键词：宣恩；生态文化旅游资源；多样性

宣恩是恩施土家族苗族自治州南部一个多民族聚居的县，全县共有十三个民族，总人口35.56万人。汉族人口占33.6%，十二个少数民族人口占66.4%，土家族占41.9%，侗族占13.9%，苗族占10.2%。还有彝族、回族、白族、满族、壮族、蒙古族、畲族、朝鲜族、水族等。多民族聚居就有了民族文化的多样性，保护和发展民族文化多样性是构建和谐社会的内在要求，使宣恩的民族文化更加多姿多彩。

宣恩县晓关侗族乡野椒园村野椒园古侗寨由张氏侗寨和杨氏侗寨组成。这里被专家概括为七古：古侗寨、古作坊、古树、古鱼、古民俗、古墓群、古语等。即张、杨两个百年古侗寨；传统造纸、传统炮火制作、传统榨油等古作坊；张氏侗寨旁的百年古枫、杨氏侗寨旁的千年红豆树；被誉为"水中大熊猫"和"会游动的活化石"的娃娃鱼；"院子大门朝旁开，天井坝里做买卖，鼓楼当作庙宇盖，媳妇进门公公要躲开"的古民俗；按墓主辈分高低层级分布状如金字塔且墓碑书法、雕刻艺术精湛的张氏古墓群；张氏侗寨流传的麻阳古语等。

野椒园侗寨是恩施自治州迄今民居保存最为完整、生态环境好、民族文化资源丰富的侗族村落。

一、古侗寨建筑艺术的多样性

野椒园侗寨坐落在东西走向的马鞍山脉南麓，清江最主要支流贡水河北岸。由马鞍山主峰伸出的一条青龙山脉蜿蜒伏入贡水河，张氏侗寨就坐落在青龙山脉东坡台地上，杨氏侗寨则坐落在青龙山脉西面的相思谷中，两寨相距仅500米，直线距离200米，其中有栈道相连。野椒园侗寨被专家誉为"武陵第一古侗寨"，张氏侗寨被湖北省人民政府列为文物保护单位。

至今保存完整的张氏侗寨始建于清嘉庆年间（1798—1804），距今约220年，历经百年沧桑，仍保存相对完好。张氏始迁祖张正夏（1701—1769）携子张应禄（1729—1803）因避难，于1735年前后自湖南省沅州府麻阳县芷江坪小地名白麂坑迁入宣恩蚂蚁洞定居，经过数十年发展，其田地产业已遍布蚂蚁洞、野椒园、白沙溪等地。鉴于蚂蚁洞人多地窄，分家时，张正夏三个孙子中最小之孙张先耀（1769—1849）主动提出选择到野椒园居住，并于1780年后自蚂蚁洞迁野椒园定居。张先耀按三个儿子希贤、希珩、希璠的长幼顺序，从东头到西头一字排开修建正屋，逐渐发展成由三个紧密相连的四合水天井式吊脚楼群为中心的张氏侗寨聚落。四合水天井式吊脚楼，即围绕天井四面建房，东西两头为厢房，前有朝门，中有通道，形成两进，称为四合水天井。此外，还建有学堂、庙宇、鼓楼、粮仓及造纸、炮火作坊等。据专家考证，张氏侗寨的最大特色就是天井后面的堂屋为正屋，天井前面的建筑为二屋建成吊脚楼。这种建筑样式在恩施州甚至整个武陵地区几乎独一无二。张氏侗寨四合水天井式吊脚楼建筑楼群比肩接踵、布局紧密，走廊通道循环往复，排水沟通畅明暗相间；整个侗寨地处隐秘，不易被人发现。张家院子离省道1千米，地处一圈椅形台地上，掩映于青山绿树丛中，即使来到寨前，也是"千呼万唤始出来，犹抱琵琶半遮面"。走到跟前才能看见寨子。

杨氏侗寨坐落在相思谷中，最早的三个堂屋建于三山两溪之间的映山红山梁西南侧，东有青龙山脉，西有长湾山脉，左有青山沟，右有红豆溪，地势极为隐秘。始迁祖杨昌松（1643—1671）顺治年间从湖南宝庆（今即邵阳）迁入，全寨子为杨姓，有十八个堂屋，堂屋内有神龛，供有家神，有始祖墓地。相思谷周围山梁萦绕、漫林碧透、枝叶婆娑、翠竹森森，犹如藏在茂林修竹中的仙界琼楼。

二、生态文化旅游的多样性

野椒园古侗寨经省、州、县专家调查、踏勘，并按国家有关景区资源分类标准进行定量分析评估，野椒园古侗寨拥有 4A 级景区的资源。在国家《风景名胜区规划规范》风景资源分类的 2 个大类、8 个中类和 95 个小类中，野椒园古侗寨就具有 2 个大类、8 个中类和 20 个小类的特点，其中自然风景资源 62 处，人文资源 33 处。

野椒园古侗寨位于鄂西生态旅游文化圈恩施自治州南部生物多样性生态功能区，海拔 600—1200 米，处于马鞍山南麓，贡水河北岸。野生动植物种类繁多，具有生物的多样性和稀有性。动物主要有野猪、豹猫、獐、麂、狐狸、刺猬、锦鸡、野鸡、雉鸡、大鲵等；植物有阔叶林和针叶林，木本有马尾松、杉、红豆、红桧、银杏等；草本植物有七叶一枝花、头顶一颗珠、打死还阳草等。

侗寨最引人注目的还有两棵古树：千年红豆树和百年古枫树。

傲然屹立于杨氏侗寨旁的红豆树，树龄高达 1200 多年，当地人称为"神树"。它比福建莲花镇美埔村 426 年的红豆树树龄还多 900 多年，比宜昌市兴山县南阳镇石门村号称三峡区域树龄最大的千年红豆树的树龄还要多 300 多年。专家论证，野椒园侗寨红豆树属国家一级古树。它不仅是湖北省恩施州树龄最大的红豆树，更是我国在北纬 30 度地区生长的树龄最长的一棵红豆树。杨氏侗寨旁的红豆树别名鄂西红豆树，是国家重点二级保护野生植物、濒危（IUCN 标准），列入《中国生物多样性红色名录—高等植物卷》（2013 年 9 月 2 日）——濒危（EN）。

野椒园古侗寨红豆树为常绿乔木，但生长规律奇特。作为常绿乔木，确也四季常青，但又像落叶乔木。夏天，在满树碧绿里，它东边一大枝却叶子落光，光秃秃的枝丫伸向天空。在万木萧瑟的秋天里，它那光秃秃的枝头又发出春天般的新绿，完全不受春夏秋冬四季规律的限制。那特行独立的枝丫，真是无固定发叶、落叶季节，无固定发叶、落叶部位。该树一般年份不开花结籽，开花则开淡红色小花，结木质豆荚。

张氏侗寨旁，还有一棵树龄高达 600 多年的古枫树，是张氏族人敬奉的神树，称"许愿树"。

野椒园侗寨不仅生态环境良好，盛产大鲵，还有人工养殖大鲵的习俗，现建有大鲵驯养繁殖基地。大鲵具有很高的药用价值和经济价值，被誉为"水中人参"和"软黄金"。大诗人李白盛赞的秦州名肴"红烧娃娃鱼"和贵州名菜"八宝娃

娃鱼","此味只应天上有,人间难得几回尝"的美味在这里都能变为现实。

清江的主要支流贡水河经野椒园古侗寨,穿越宣恩县城后而缓缓汇入清江。贡水河上桐子营电站水库形成的蓝色湖泊,犹如一块九曲回环的绿色翡翠镶嵌在蜿蜒数十公里的黛青色群山之间,沿湖两岸以野椒园古侗寨为首的十八侗寨如同镶嵌在这块翡翠上的十八颗明珠。从野椒园古侗寨至长沙坝渡口上船至干家坝,可饱览蓝色湖泊两岸的石灰岩峡谷风光和沿岸的侗乡田园风情。

三、民俗生态文化资源的多样性

野椒园古侗寨民俗生态文化资源丰富多彩,颇具特色。侗寨的建筑艺术,宗教信仰、民风民俗、民歌民舞、作坊工艺,族群语言等资源都有进一步发掘的价值,是研究南方少数民族历史文化、民俗文化、族群文化、语言习俗的活化石。

野椒园侗寨在信仰和信念上,信奉儒释道三教,讲究忠孝廉学,崇敬飞山主公,秉承百忍家风,讲究清白传家。还宵愿还烛愿,敬奉傩头爷爷和傩头娘娘,传说他们成亲造人,才有世界。同时还有多神崇拜,如祖先崇拜(如神龛家先)、神树崇拜、神火崇拜、祭祖先、祭祖坟、祭菜园、祭田土、祭猪牛圈、祭果树为主的宗教意识等。

节令上,有二月赶社,四月姑娘节,山歌腔调高亢优美,独具特色。劳作之时,登山高唱或浅唱低吟,自娱自乐,聊以解困,也有男女对唱的情歌。赶社,过清明,四月姑娘节,五月端午,"六月六晒棉绸",敬祖尝新;七月月半节也称"亡人节",俗语说"年小月半大,阎王放亡魂转回家",老少姑娘都要回娘家参与祭祖活动。

生活中,有半边火炉禁忌,有公共走廊、朝门,有公共活动场所、天井坝、堂屋,有公共墓地,有族谱族规,有"过小年""过大年""六月六""尝新节"等民间民俗事项。

侗寨非物质文化丰富,有傩头爷爷和傩头娘娘造人的神话传说;有山歌、夜歌、礼俗歌、儿歌和薅草锣鼓歌、彩龙船歌、三棒鼓歌;打击乐有喜庆锣鼓、薅草锣鼓、龙灯锣鼓、彩龙船锣鼓;曲牌有红绣鞋、满堂红、迎宾调、牛擦痒、狗春碓、双龙抱柱;管乐有笛子、芦笙、葫芦笙等,但忌吹箫;丝乐有二胡、古筝、琵琶等;舞蹈有芦笙舞、龙灯舞、龙船舞、花灯舞、狮灯舞、肉连响、划干龙船、三棒鼓、秧歌舞、莲花落等;戏曲有南戏、傩戏等。玩龙灯时除舞狮外,擅长表演高空惊险的"拆桌杂技",由十余张八仙桌重叠而成高高的"宝塔",八仙桌由数十小伙拉手固定,舞者在塔尖上表演倒立、"鹤鹰散翅"等高空惊险动作。

工艺方面，建筑工艺有吊脚楼、四合水天井、花桥、走马转角楼等建筑工艺。手工艺制作有竹编、木工、石匠、雕刻、彩绘、剪纸等，传统加工工艺有造纸、炮火制作、榨油、纺织、酿酒、印染、熬制土硝等。

寨民历来重视教育，崇文尚武，人才辈出。野椒园侗寨至今还保留着一种神秘的语言，当地人称为"麻阳话"。据专家初步考证为"麻阳古语"，与当今的麻阳方言又相去很远。至今仍有部分上年纪的人在寨内交流使用，形成奇特的"双语现象"。

侗寨具有丰富独特的饮食文化。侗民喜食"酸、辣、酒、糯"。家家有酸罈，户户有酸菜，喜食麻辣，喜做腌鱼，喜做糯米甜酒、糯米大糍粑，喜食油茶汤等，曾有"腌鱼糯饭常留客，米酒油茶宴嘉宾"的佳话。辣味是侗家菜食上的一大特点，每菜必辣。特别是酸罈里泡的红辣子，人人爱吃。侗家不但好客，而且好酒。古时自制米酒，凡遇客人，必请饮酒。有"茶三酒四烟八杆"的说法。侗家喜好油茶汤、合渣、豆腐，如今油茶汤、张关合渣、晓关豆腐已成恩施州名吃。春节前或婚嫁之时，侗家都要打糍粑，糯米糍粑作为招待宾客的食品以及送礼的礼品，是必不可少的。糍粑为圆形，直径尺许，洁白如玉。送礼时以一对相赠，暗喻好事成双，象征纯洁、圆满、和睦、友好之意。

侗寨具有历史悠久的宴席叫"十大碗"，是侗族人招待尊贵客人的最高礼遇，是侗寨保存至今具有浓郁民族风情的烹饪技术。当地有"七抢八盗九江湖，十碗才是待贵客"的传说。侗家"十大碗"取十全十美之意。"十大碗"的五碗主菜：第一碗"墨鱼丝"，取年年有余之意；第二、三碗是"大肉"，取慷慨大方之意；第四碗名"肠汤"，取久长久远之意；第五碗叫"心肺"，切成三角形的油豆腐片，取客人费心、主人会意和相互心领神会之意。其余五碗为合（huo）菜。

除了"十大碗"之外，还挖掘出野椒园侗寨的三十七种特色美食，道道味美，具有侗乡饮食特色。

四、生态文化旅游资源保护与旅游开发前景

野椒园古侗寨有良好的生态文化旅游环境，属政府重点文物保护单位。近几年，通过实施保护式开发和开发式保护，逐步将野椒园古侗寨建成了野椒园古侗寨风景区。现在野椒园侗寨的"三通"工程及文物保护修复工作已全面完成，并投入使用。

  根据景区"两圈一路（即以野椒园侗寨为核心的外环圈、内环圈和水上旅游线路）"的设计部署，整合贡水河两岸生态旅游文化资源，制定出台了第三套《宣恩野椒园古侗寨风景区修建性详细规划》，涵盖了野椒园、贡桥、七眼泉和桐子营四个行政村，面积为15平方千米，人口为8326人。目前38千米的外环圈道路加宽硬化已全面完成，内环圈横跨贡水河桐子营水库的七眼泉大桥早已建成通车；内环圈野椒园到蚂蚁洞到七眼泉大桥北头的道路已完成硬化，但道路狭窄弯多，大巴车暂还无法进入，有待下一步将道路加宽改进。水上线路之张氏侗寨至长沙坝渡口码头的道路有待完工，长沙坝码头征地工作已经完成。蚂蚁洞、七眼泉两个码头的征地工作正在进行中。野椒园的古树得到有效保护，张氏侗寨与杨氏侗寨的木质栈道工程已经完成。位于张氏侗寨入口处的新建侗寨楼群已投入使用。总长113米、宽9米，有119根落地竖柱，目前恩施州最大木结构侗寨花桥（风雨桥）基本完成。总高34.3米，共19层的侗族鼓楼已基本完工。围绕鼓楼建筑的九佬十八匠建筑群、街市、四合水天井、寨门正在加紧建设中，进入张氏侗寨的公路加宽项目即将完成路面黑色化。干溪渡口至岩坳、干家坝至三两湾的铁索软桥工程也即将完成。

  野椒园风景区具有良好的区位优势和交通优势。区位上，它处于宣恩县旅游开发"一都五区"的晓关侗族风情区内。在空间上，恩施、宣恩、来凤、湖南龙山、咸丰、利川等六座城市沿东西南北形成一个城市圈，风景区位于这个城市圈的中心位置；风景区地处椒石省道，随着恩来、恩黔高速建成，经高速到恩施州首府50千米，到宣恩县城27千米，均位于恩施、宣恩、来凤、咸丰和湖南龙山等五城市半小时交通圈内，驱车瞬间即到。在此可品千年红豆，览百年古枫，赏农耕文化，探侗乡风情。此地有绿水青山、茂林修竹，似仙界的琼楼。届时，游人可登高览胜，临水荡舟，度假休闲。随着全球休闲旅游时代的到来，野椒园古侗寨及民俗旅游度假区具有十分广阔的发展前景。

宣恩野椒园侗寨特色美食
张建平

  宣恩"人间秘境野椒园侗寨"犹如一颗尘封百年的明珠。自2009年7月被发现以来，正逐渐放射出它夺目的异彩。作为研究南方少数民族历史文化、民俗文化、族群文化、语言习俗的活化石，其独特的饮食文化博大精深、内涵丰厚。

这里仅选取除野生动物和野生菌类之外的特色美食37种，略述于后，以飨读者。

1. 神豆腐

做法：采斑鸠柯树的鲜叶，洗净，用开水焯后，取汁，加草木灰水凝固成形。其色泽嫩绿，质地晶莹，加以辣椒、大蒜、生姜、胡椒等佐料凉拌而食。味美滑嫩，醇香扑鼻，为天然绿色保健食品。

2. 盖碗肉

做法：侗家崇尚"大碗喝酒，大块吃肉"的习俗。每逢喜庆筵席，便将猪肉切成大巴掌大一块一块的，经过精心烹制，质地晶莹透亮、嫩黄透香，香软可口，令人胃口大增。碗上最上一块，可覆盖全碗，俗称"盖碗肉"。

3. 阴米油茶汤

做法：先将阴米和砂放锅中炒成米花，去砂待用。将锅洗净，放菜油或猪油，将油加热，再放茶叶炸成金黄色，加水烧开，投入食盐、大蒜、胡椒、花椒等佐料，舀出，放阴米花，其味无比，香气四溢。

4. 罐罐茶

做法：旧时农家多喝自制白茶，用罐罐煨茶，茶浓而香。视茶罐质量优劣，茶分几等，用精制小茶罐煨的茶称净茶，主要用于年高尊长或贵客或敬祖先神灵；一般人多时，用大茶罐煨茶，或开水泡茶，奉茶为双手奉上，先敬来客，再与家人，长者优先。

5. 米豆腐

做法：选上好大米，用石磨磨细，置锅中加热煮熟，加石灰水搅拌冷却而成。吃时切成小方坨，加入辣椒等佐料凉拌而吃。芳醇可口，余味无穷，为农家所喜爱。

6. 苞谷酒

侗家人好客，有"无酒不成礼仪"之说。"怪酒不怪菜"为侗家劝客喝酒的常言。侗家喜用苞谷酿酒，俗称"苞谷酒"，酒味醇正，芳气袭人。

7. 荷包蛋

做法：有两种。一是油茶荷包蛋。即将鸡蛋打在油茶汤内，茶香、蛋香相融，别具风味。二是将鸡蛋打在开甜酒中，多为妇女坐月子食用，大补气血。

8. 烟熏腊肉

做法：将立冬至立春时段内杀的肥猪，通常按部位将猪肉切成 4—8 斤重的肉块，用炒盐加香料腌制两三日后，捞出晾干，然后用木柴熏成烟熏腊肉，可全年食用，色香味独特。

9. 肉笋

做法：令挂在炕上的肉长蛆后，在火坑的三角上架上锅，下烧柴火，蛆被烟熏后自肉中爬出，纷纷掉入锅内，焙干，加香油烹制，醇香扑鼻，为下酒佳品。

10. 神仙饭

做法：侗家人喜食糯米。每年腊月除夕，家家蒸或煮神仙饭。此饭用黏米与少量糯米制成。既有糯米的清香，又有黏米的醇正，松软宜人。

11. 蓑衣饭

做法：将大米煮半熟，捞起沥干，拌以苞谷粉，放入木甑蒸熟，做成苞谷粉夹米饭；俗称"蓑衣饭"。色金黄鲜亮，黄里透白，松软清香，营养丰富。

12. 社饭

做法：采社前蒿菜，加工后，与煮半熟沥干的糯米、黏米按比例搭配，加入红枣、猪肠及香料，拌和后用木甑蒸熟，清芬四溢，味美可口。由于社饭制作工艺烦琐，农家也多做馈赠佳品。

13. 甜酒

做法：选用上好糯米，苞谷或大米，加甜酒曲酿成，用坛贮藏备用。吃法有四：一是直接舀出食用，俗称"冷甜酒"；二是加水烧开食用，俗称"开甜酒"；三是冲山中清泉凉水食用，为消暑解渴的上品；四是去糟取汁食用，俗称"甜酒娘子"。妇女坐月子，多用开甜酒加荷包蛋食用，为大补佳品。

14. 榨辣子

做法：辣椒，又称广椒。选黄金亮色的苞谷，用石磨磨细过筛后，与红辣椒粉拌和，用倒扑罈或明水罈腌制数日甚至数月，做成榨辣子。其色红黄，辣里透酸，能长久存放，为侗家四时菜肴。侗家喜食酸味，榨辣子为侗家酸菜系列之一。

15. 烧烤苕

做法：分为两种。一是将长条光滑的苕放入火红草木灰中，过一段时间苕熟后即可食用，称烧苕；二是将洗净或削皮的苕用火烘烤而成，称烤苕。侗家烧烤苕淀粉较多，香甜可口，人人喜爱。

16. 嫩苞谷

做法：其一是取嫩苞谷托用火烤熟，香甜可口，外脆内软。其二是将嫩苞谷托煮熟后，再用火烤香，别有风味。

17. 苞谷粑

做法：一种是取嫩苞谷加入少量糯米用石磨磨细，用芭蕉叶或桐子树叶包好，蒸熟，其味清香无比。另一种是将红薯削皮洗净蒸熟揉细与苞谷粉拌和，稍发酵，用芭蕉叶包裹或直接做成粑粑蒸熟，即成苞谷粑，或不用红薯而用蒸熟的糯米等拌和，其风味独特。

18. 干洋芋片

做法：洋芋又叫土豆，有"蔬菜之王"之称。它可炖、可炒、可煎、可烤、可烧。将洋芋洗净、削皮、切片、晒干，贮藏备用。油炸酥脆可口，炖则别具风味。

19. 魔芋豆腐

做法：农家多用土法加工魔芋。将鲜魔芋洗净，放在粗糙的石板上用力摩擦，磨成糨糊状；放锅中煮熟，加上石灰水，凝结成形；即吃时切成细条，加味炒成菜肴。现多用竹签串起，放入加有卤水和麻辣调料的汤中炖煮，称"麻辣串"，风味独特。

20. 合渣

做法：将黄豆去除有虫、霉烂变质的，加水浸泡，用石磨磨细，带渣煮熟，加切细的菜叶，以韭菜为佳，做成"合渣"。是侗家的家常菜，终年食用。犹以侗家黄老太做的合渣最为著名。

21. 苦荞粑

做法：将苦荞用石磨磨成粉，加煮熟的红苕搅拌揉捏，发酵，做成苦荞粑，蒸熟食用，别有风味，为保健食品。

22. 粑菜粑

做法：于冬末春初采回野生粑粑菜，洗净切碎加工后，与糯米、粘米粉拌和，做成粑菜粑，蒸熟，其香无比。

23. 五香豆豉

做法：先将本地黄豆直接煮熟或粉碎煮熟后，用木桶装好，发酵数日，待豆豉香味溢出，即发酵成熟，就可开窝。若是做的水豆豉，则加茶、酒、辣椒等佐料浸泡存放备用。若是做成干豆豉，则须晾干，拌入辣椒、茴香等佐料，封存备用。久存其味不变，其香不衰。

24. 霉豆腐

做法：将豆腐切成正方形小块，令豆腐长霉后，加盐、辣椒、花椒等佐料拌匀，放罈中，加茶或酒浸泡，麻辣醇香，风味独特。

25. 白竹笋

做法：贡水河两岸遍生绿色白竹。春天竹笋特多。白竹笋洁白嫩滑，形如玉指，富有弹性。吃法很多，如炒、腌、炖均可，为山珍美食。

243

26. 葛粉

做法：贡水两岸遍山生葛，以砂坡地为佳。其块根肥大，富含淀粉，具食用和药用价值。过去，如遇灾荒年景，村民便上山挖葛度荒，名曰开地仓。将挖回的葛根洗净、切碎、舂烂，用水淘洗、过滤、沉淀后，即得葛粉。葛粉被誉为保健食品，经由精密包装多用作礼物和旅行纪念品。

27. 豆腐

做法：将黄豆精选用水浸泡后，用石磨磨细，用纱布包袱过滤取汁烧开，加石膏水搅拌均匀，待凝固后放豆腐箱中，沥干成形，即为豆腐。豆腐质地洁白、细腻、滑嫩，可炸、煎、炖，可做成油豆腐果、油豆腐丝、油豆腐片和白豆腐，其中以油豆腐所制作墨鱼丝最佳，犹以晓关豆腐最为著名。

28. 大糍粑

做法：将糯米精选浸泡蒸熟，放碓窝中用木粑槌打烂，捞起做成直径尺许的圆形大糍粑。大糍粑象征团圆、和睦、友好、吉祥。"拜年拜年，粑粑上前。"即指大糍粑，每家一对，有祝福、吉祥之意。吃法有烤、煎等，蘸糖或蜂蜜而食，其味清香甜蜜。

29. 蕨粑

做法：于秋冬上山挖蕨，蕨根深藏地下，一般须掘地三尺，取蕨根，洗净打烂，淘洗取汁沉淀，取蕨粉和少量水，放锅中煎熟，即为蕨粑。蕨粑熟时极具黏稠性，拉力极强。其色黑黄，其味糯软略涩，营养丰富，农家多用于炒回锅肉，别有一番风味。

30. 蕨苔

做法：蕨苔为山珍，食用历史极其悠久。《诗经·召南》："陟彼南山，言采其蕨。"春夏之间，采取嫩苔，用开水稍煮，去除黏液，晒干当菜吃。当代，蕨菜可煮、可烧、可煨、可炖、可炒，烹制方法甚多，菜肴品种不胜枚举。它以平淡的口味赢得人们的欢迎，又以清利爽朗而得到保健的赞誉。

31. 刺刺菜

做法：将刺刺菜采回洗净，放油锅中爆炒，加盐、辣椒、花椒等佐料，清香扑鼻，清脆、细腻、可口，为山珍美食。

32. 鸭脚板

做法：鸭脚板为一种野菜的名称。采回鸭脚板洗净，放油锅中爆炒，加盐、辣椒、花椒等佐料，吃时有鸭脚板的独特香味，为农家人所喜爱。

33. 田螺

做法：田螺主要吃汤，汤极鲜美。农家有"一个田螺打十二碗汤"之说。采回田螺去壳,留肉质,爆炒加汤,调味即成。

34. 蜂儿

做法:采山上黄蜂或米蜂的蜂巢,取出幼虫,焙干,油炒或油炸食,淡黄色,极香,为山珍美食,但不可多食。

35. 野葱

做法:野葱为百合科植物。初春正是野葱露头的季节,肥嫩、清香。此时采回用来炒蛋、调味、打合渣或做成野葱酸菜等,做法和吃法多样,香味独特。

36. 折耳根

做法:(1)凉拌折耳根。将折耳根洗净切成五分至寸许的段儿,盛入大碗,将盐、葱姜、花椒粉、胡椒粉、少量味精、酱油、醋调制成底汤浇到切好的折耳根上拌匀,加入香辣椒粉拌匀后食用。

(2)折耳根炒腊肉。也是折耳根洗净切成段儿备用,腊肉切成薄片,干辣椒一大把切碎,姜蒜拍碎。往锅里放适量的菜油或色拉油(不能太多,因为腊肉一般都带有肥肉),在油还没热时将适量花椒和切好的干辣椒一起下锅慢慢炒,这样炒出的辣椒吃起来特别香。待辣椒炒出香味后加入姜末爆一下,接着把腊肉片和蒜末下锅炒,待炒熟后加入折耳根快速翻炒几下(切忌完全炒熟),加一点点酱油炒匀就起锅盛盘。这样炒好的折耳根才又香又脆,还吸收了腊肉的精华。炒这道菜不要放盐,因为腊肉已经很咸了,如果再放盐就没法吃了。

37. 莼菜

做法:(1)莼菜白玉番茄汤。将莼菜放入碗底,香菜切段放入碗中,葱切成菱形小块,豆腐切块,坐锅点火倒入水,加少许盐,将豆腐放入焯一下取出;坐锅点火倒入油,放入葱花煸香,倒入清水,加盐、鸡精、胡椒粉调味,放入豆腐,水淀粉勾芡,烧好后浇在装有莼菜的碗中即可。三色艳美,口感咸鲜。

(2)莼菜羹。先将香菇、冬笋、榨菜分别切成丝,备用。香菇丝、冬笋丝、榨菜丝下清水锅同煮;煮开后,将漂净之莼菜倾之,再煮沸时,可加盐,出锅后淋上麻油即成。

38. 薇菜

做法:薇菜食用历史悠久。《诗经·召南·草虫》:"陟彼南山,言采其薇。"嫩茎叶焯水后可拌、炒、蒸、做汤、做馅。

加工后的薇菜干宜用温水泡发后食用,可制作成"凉拌薇菜""青炒薇菜""薇菜蒸肉"等。常食之有强身健体之功。

九佬十八匠的故事

相传，在很久以前，鲁班在黄土潭西河边为自己过八十寿辰生日大摆宴席，他各地的徒弟纷纷回来给师父拜寿。鲁班也很想念他最得意的二十七个徒弟。可是，头一天只回来了十八个。鲁班把最大的一个徒弟叫来说："我已经老了，你们要赶快把我的手艺都接过来。"大徒弟说："是呀，手艺的门路太多，我们学都学不赢。师父，你看怎么办？"鲁班一听很高兴地说："如今不比从前了，我也在想这个事。艺多不养家，你们要各精一行才好哩！"大徒弟说："师父，你给我们分个行当吧。"鲁班说："好，你把已经回来的徒弟开个名单我。"大徒弟写了十八个人的名册，正准备交给师父。鲁班的老伴听说要给徒弟分行当，生怕把织布的女儿和做篾货的女婿分掉了，便在名册上添了两个名字。鲁班想了一夜，想出了十八个行当，定为十八匠。可是把名册拿来一数，名单上又多了两个人。他老伴说："是我把女儿和女婿添上的，你也给他俩分个行当吧！"鲁班说："他们的手艺还没学好，怎么能分行当？"老伴说："以后总要给碗饭他们吃，还是先分个行当吧，等他俩学好艺再算'匠'好了。"鲁班又想了一夜，终于又想出了两个行当，一共分成二十个行当："金银铜铁锡，石木雕画皮；弹轧机篾瓦，垒鼓椅伞漆。"一个徒弟给一个，个个喜欢。鲁班的老伴看女儿女婿也分了行当，更是高兴。第三天，又回来九个徒弟，他们听说十八个师兄都有了行当，心里很着急。幺徒弟忙向鲁班请求说："师父，你给师兄们分了十八匠，我们也要分行当，艺才学得高。"鲁班想了一想说："匠分完了，我给你们再分个九佬吧！"幺徒弟说："好，怎么分呢？"鲁班说："就分成阉猪杀猪与骟牛，打墙打榨与剃头，补锅修脚吹鼓手。你们看怎么样？"其他八个都高兴，只有幺徒弟不满意地说："师父，你怎么把我排在后头——当老九呢？"鲁班笑着说："排在后头怎么不好！乡亲们栽秧、薅草要打锣鼓，红白喜事要迎宾客，都是先把你放在前头嘛！"说得幺徒弟也笑了起来，个个高兴。从此，"九佬十八匠"各立门户，手艺越做越精，各种东西越造越好，遍地开花，黄土潭的老百姓非常喜爱，无不称颂。

"九佬十八匠"这些艺人的手工技术与乡民的日常生活密切相关，从妇女戴的金银首饰到每个人都要用的锅碗瓢盆涉及生活的方方面面，他们不仅是我国民间的手艺人，更是我国几千年文化的积淀。在几千年的历史长河中，佬和匠都是指有专门技艺的手工艺人，手工艺人自持一技之长，独立营生。开店设铺者少，流动经营或帮工者居多。由于我国地域广大，各地的"九佬十八匠"所指的内容有所区别，因此不仅仅限于总数的二十七个行当。"九佬十八匠"是能工巧匠的俗称。

野椒园的"九佬十八匠"中"九佬"主要指劁猪佬、杀猪佬、修脚佬、榨油佬、剃头佬、补锅佬、渡船佬、吹鼓手。

"十八匠"指金匠、银匠、铜匠、铁匠、锡匠、石匠、木匠、画匠、雕匠、皮匠、弹匠、染匠、解匠、瓦匠、篾匠、漆匠、酿酒匠、造纸匠、炮火匠，远超十八个行当。

"九佬"中劁猪佬也称劁匠，专司阉猪、骟牛，对雌猪称劁，对公猪称割，对公牛称骟；称杀猪佬为屠夫；称榨油佬为榨坊油老板；渡船佬也称船老板；吹鼓手则指在某些仪式上吹奏乐器的人，现在的红白喜事上较多，薅草锣鼓也属于吹鼓手之列，往往带有热闹喜庆的色彩。

"十八匠"的金、银、铜、铁、锡"五匠"因本地为少数民族区，民族服饰、妇女首饰上用得较多，走村串户的工匠一度非常多，有"打金的识金，打银的识银"的谚语。石匠、木匠较多，有专司修造的，如掌墨师；有装屋、做家具的，有做圆桶类的。石匠、木匠也有会画的，会雕刻的，有的是综合的，有的是单项的。画匠、雕匠从成语"雕龙画凤"就可见不一般。弹匠指弹棉花的，染匠是染布的，解匠是将山上砍下的树分解成板材或枋的匠人，瓦匠是在屋上捡瓦或做瓦烧窑的匠人，篾匠加工竹制品的工匠，现在仍较多。漆匠现仍有走村串户的，主要是给家具、棺材等刷漆等。酿酒匠现在仍有，但造纸匠、炮火匠已经式微。唯吹鼓手行当从业者较多。

（张建平整理）

宣恩野椒园侗寨张氏源流考
张建平

2009 年 7 月至 8 月，宣恩县第三次全国文物普查组在晓关侗族乡野椒园村发现野椒园张氏古侗寨。2010 年 1 月，《恩施日报》刊发《宣恩野椒园侗寨》一文，该文对野椒园侗寨古院落、张氏家族古墓群、古树和历史文化等做了初步介绍。这引起省、州、县、乡党政领导和专家的极大关注。各级媒体纷至沓来，分别从不同角度进行采访报道，新华社、《湖北日报》《恩施日报》《恩施晚报》、恩施电视台、恩施州《巴文化》杂志、恩施新闻网、恩施传媒网、中国宣恩网、宣恩电视台等媒体都进行报道。华中科技大学、恩施州博物馆等还对野椒园张氏古侗寨进行测量绘图。

由州巴文化研究所所长谭庆虎等州县专家组成的"恩施州古代文化线路及古村落（镇）文化研究课题组"对野椒园侗寨进行文化资源调查，并写出《宣恩县晓关侗族乡野椒园侗寨文化资源及保护利用调查报告》；晓关侗族乡政府组织州县领导、专家对该调查报告举行座谈讨论，一致认定野椒园侗寨为我州珍贵的古代民居典范，是研究南方少数民族历史文化、民俗文化、族群文化、语言习俗的活化石。

古语云："参天之树，必有其根；怀山之水，必有其源。"面对省州县专家对野椒园古侗寨的极大关注，野椒园张氏一族源自何处？根在何方？这是一个需要解决的问题。本文试图就野椒园张氏家族历史源流演变做初步探讨，望方家指正。

野椒园张氏迁徙图

根据张氏族谱记载和张盛雅公等人对墓碑、口头相传的考证，野椒园侗寨始迁祖张先耀公生于蚂蚁洞，居于野椒园。野椒园地处贡水河上游，蚂蚁洞地处贡水河下游，两地相距约 15 千米。始迁祖张正夏携子张应禄自湖南沅州府芷江坪"移斯乐土"蚂蚁洞，后应禄公次子先贵一支居蚂蚁洞，第三子先耀一支徙居野椒园。而长子张先文虽婚配，但英年早逝子孙失传。两地张氏本为一家，分蚂蚁洞、野椒园两地居住。其共同始迁祖为张正夏与张应禄父子俩，有墓碑为证。

张正夏墓为其子张应禄修建，墓碑上刻有孝男张应禄及孝长孙媳（长孙张先文之妻）谭菊英、孙子张先贵、张先耀等名字。碑文中间为："皇恩待赠张公讳正夏字久老大人墓"；左侧为："……故父生于康熙辛巳年二月二十四日卯时，受生原系湖南沅州府芷江坪小地名白鹿坑生长人氏，阳年春光六十九岁，大限殁于己丑年正月二十八日寿终正寝，择期安厝于湖北施南府宣恩县施南里四甲小地名三角塘……"；右侧为："今上嗣皇……岁次庚申季春月中浣谷旦"。"康熙辛巳年"即为康熙四十年，公元 1701 年；"己丑年"应为乾隆三十四年，公元 1769 年；张正夏从出生到去世按人死后纪年虚岁计算，正好六十九岁。立碑时间因落款漫漶不清空缺两字，从"岁次庚申"推测，应释为"嗣皇五年"即嘉庆

248

五年，为农历庚申年，即公元 1800 年。因嘉庆继乾隆位不久，故碑文称其为嗣皇。张正夏死后三十年，其子张应禄为其立碑。

张正夏之子张应禄墓正碑镌刻以下文字，中间："皇清待赠故显考张公讳应禄字世高老大人之墓"；左侧："原命生于雍正七年岁次己酉五月廿十八日……湖南沅州府麻阳县人氏"；右侧："湖北施南府宣恩县居住，大限殁于嘉庆八年岁次癸亥正月十四日子时……"从碑文可知，张应禄 1729 年生于湖南沅州府麻阳县，随父张正夏迁移至蚂蚁洞，殁于 1803 年，寿阳七十五岁，安葬于湖北施南府宣恩县施南里四甲蚂蚁洞。

应禄公《墓志铭》曰："盖闻子孙乃亲继述之所赖，夫亲示子孙绵延之所托；故后人之盛而如瓜瓞，皆由亲德之所延也，可忘其本而息乎哉？遥想吾父自南而北，移斯乐土，兴家创业，宏基丕振，其德昊天罔极矣。为人子岂可以亲灭久远而遂忍于青松长夜漠然而无所修为者乎？是以纠匠经营，勒石刊碑而志其墓焉。虽不敢云佳城寿藏之美，翁仲守望之助，亦可稍尽人子之心，以为追远极本之道云耳。嘉庆十四年（1809）己巳仲春禁烟节（寒食节）立"。

应禄公夫人陆君出于雍正辛亥年，即雍正九年（1731）三月廿四日，系湖北省咸丰县太和里白泡塘人（今咸丰县龙坪陆家）。殁于丙辰年，即嘉庆元年（1796）六月初七，寿阳六十六岁，与应禄公合葬于蚂蚁洞。

至于张正夏与张应禄出生地不同，一为湖南沅州芷江坪，一为湖南沅州麻阳县，这是历史上地域区划的变更造成的。麻阳与芷江本为交界地，白鹿坑时在麻阳时在芷江不足为怪，芷江未成立县级政权之前，可能是属麻阳的一个地方。

应禄公生有子女六人，其中三男：先文、先贵、先耀；三女：月英、莲英、寿英。其简况如下：

张先文生于己卯年，即乾隆二十四年（1759）正月廿三日，殁于辛亥年，即乾隆五十六年（1791）八月三十日，终年三十三岁，葬于三角塘，其墓挨祖父坟前左边。文公娶谭氏女菊英为室，生子希舜，娶妻黄氏，亦生子光宗娶妻黄氏。至此可见文公已有子孙，大可衍庆绵延，但不知何故，却泯而不传！

张先贵生于乾隆三十二年（1767），丁亥年四月十五，殁于道光十三年（1833），即癸巳年四月十五，终年六十七岁。葬于蚂蚁洞。

贵公夫人有二：原配陆君，生于癸未年，即乾隆二十八年（1763）八月初四，殁于丁巳年，即嘉庆二年（1797）五月十七，终年三十四岁。生子希仁，有孙子四人，光明、光春、光晟、光皓等。继室曾君，生于乾隆三十二年（1767），即丁亥年三月十九，殁于道光二十八年（1848），即戊申十二月二十二，寿阳八十二岁。生子希义，有孙子七人，光昱、光暎、光晨、光显、光暄、光昭、光

星等。此后，贵公子孙由蚂蚁洞本宅有部分人向周边迁移至铜马湾、孙家坡、板村等地，有的还迁移到宣恩珠山镇、咸丰高乐山镇甚至江苏徐州、江西南昌等地。

张先耀生于乾隆己丑年，即乾隆三十四年（1769），殁于道光己酉年，即道光二十九年（1849），寿阳八十岁，葬于野椒园老坟边。

耀公夫人陆君生于辛卯年，即乾隆三十六年（1771）八月初七蚂蚁洞，殁于甲午年，即道光十四年（1834）三月十四，寿阳六十三岁。故后与耀公合冢。陆君育有四子：希贤、希璡、希珩、希璠。希贤公生光灿、光第、光远三子；希璡公生有光华、光庭二子；希珩公生有光有、光桃、光德、光藻四子；希璠公生有光俊、光富二子。

耀公后裔以野椒园为据点向周边白沙溪村、岩狮村金竹园、黄河村杨家沟（今窑罐厂）、高桥村水源头、宣恩珠山镇、咸丰高乐山镇、恩施州城甚至云南昆明等地发展。

蚂蚁洞与野椒园张氏在光字辈共有二十二弟兄，如今蚂蚁洞按光字辈分为十一房人，野椒园先耀公墓碑从希字辈分四大房人，由此可见先文公之孙光宗可能早逝未包括在内，而野椒园张希璡这支孙光华、光庭也已失传。

在这二十二个光字辈弟兄中，张光春中过秀才，出仕做过官，曾被委任为云南曲靖县知县。他办事公道、处事严厉、刚直不阿，人称三老爷。其坐骑有九个铃子，每到一地巡查，村民只要听到他的坐骑铃声，凡正打牌赌博者，闻其铃声，顷刻即作鸟兽散，逃得无影无踪。张光晟，国子监生，曾任过宣恩县区座。擅长书法。张光皓，武秀才，有顶子、宝剑等。蚂蚁洞、野椒园张氏自始迁祖张正夏父子大约在公元1729—1759年间从湖南麻阳迁居蚂蚁洞起，到2011年止，共约有250多年历史，已传正、自、先、希、光、祖、盛、嗣、永、发、吉、祥十二代，累计已繁衍生息2000余人。

张氏始祖沿革考

宣恩蚂蚁洞—野椒园张氏均来自麻阳。但在麻阳何地居住，两地百年前曾有过往来。属麻阳何支，并不清楚。为弄清张氏在麻阳的来龙去脉，2010年9月29日，笔者与族中堂兄张嗣勤二人专程赴湖南麻阳寻根问祖，实地考察。

据考证，中国是世界上最早使用姓氏的国家，姓氏是中华民族传统文化重要组成部分，是中华民族根的标志，是人类社会发展进化过程中留下的珍贵的文化遗产。作为百家姓中的张姓，是中国最古老的姓氏之一，距今约有四千七百多年的历史。

野椒园侗寨张氏最早出自公元前2697—2599年的人文始祖轩辕黄帝的姬姓。根据蚂蚁洞张氏所藏"龙飞嘉庆二十年仲秋中浣"（公元1815年农历八月中旬）族谱记载："考我张氏，出自姬姓。黄帝子少昊青阳氏第五子，号天禄，名挥，与颛顼同为黄帝之嫡孙。初为弓正，始制弓矢，张罗以取禽兽，主祀弧星，世掌其职，子孙赐姓张。"张挥为我国张氏始祖，也是野椒园侗寨张氏始祖。

挥公传至五十八世张仲，为周宣王时卿士，后封为文昌帝君。传至七十世张侯，事晋为大夫，合诸侯战于鞍，以必死制胜，官拜忠良大夫。后裔多事晋为大夫，或事韩为宰相。传到八十世张良，辅佐刘邦定天下，封为留侯。张良生辟疆、不疑，不疑一支传至南宋末张世杰，世杰公为挥公第一百二十五世，为南宋名将，民族英雄，与文天祥、陆秀夫并称为"宋亡三杰"，为南宋末年最重要的统帅。世杰公，宋朝范阳人（今河北定兴县）。其次子正心少从父军，宋亡而义不仕元，遂更名惟忠，遁居湖南邵州老鸦田。惟忠次子雄飞于元泰定三年（1326）辞官卜居辰溪县石马湾，再徙居麻阳羊牯脑。后裔分居龙岗湾、姚家庄、绿溪口、黄桑、岩门等地。

雄飞公于元朝泰定四年（1327）诰封五溪定远将军，蚂蚁洞张氏所藏族谱曾载为一世祖。雄飞公生于公元1260年，殁于公元1343年，享年八十三岁。逝后葬于湖南省麻阳县城旁羊牯脑村，其墓现为麻阳县级文物保护单位。雄飞公后裔现散居在湖南、贵州、湖北、重庆、四川、云南、江西、江苏及海外等地，且人数多达数十万。宣恩境内的晓关蚂蚁洞张氏、长潭河侗族乡洗马坪张氏和李家河乡青龙嘴张氏均为张雄飞的后裔。

北迁的移民聚落

"湖广填四川"的政策大背景助推北迁。专家指出：不可否认的是，在恩施地区生活着大量移民，其中清康熙十年至乾隆四十一年（1671—1776），历时105年的行政迁徙政策"湖广填四川"是重要的一次，促使川盐古道上增添大量新的移民聚落。"张氏祖墓及族谱清楚地记载着张氏的迁移历程，湖南麻阳—湖北宣恩晓关蚂蚁洞—晓关野椒园。"蚂蚁洞、野椒园张氏便是这样的移民聚落。

据《宣恩县志》（同治二年版）记载："《施南府志》：宣恩县土民二千一百六十九户，一万五千六百四十二口，客民三千七百四十六户，二万五千零

十三口。乾隆四十年查造，加增土民二万三千八百三十七户，客民（从其他地区迁移过来的居民，当地人称之为'客民'——笔者注）九千九百四十户，共一十五万零四百五十丁口。"乾隆四十年（1776），可见当时因"湖广填四川"引发移民潮尚未退尽，宣恩境内的移民仍在增加之中。

水患兵灾逼迫北迁。正夏公父子北迁蚂蚁洞时间，从应禄公1729年生于湖南沅州府麻阳县，到1759年其长子希文生于宣恩县施南里四甲蚂蚁洞。由此推知，张正夏公携子应禄迁徙至蚂蚁洞居住大致应在1729—1759年。由于麻阳地势平坦，锦江自凤凰境内南下，横贯全境，历来水患严重。据麻阳县志大事记记载："乾隆十年（1745）农历四月十九日大雨，洪水四溢，锦江沿岸稻禾淹浸殆尽。县城下东门外90余栋民舍被冲刷。"正夏公所居芷江坪白鹿坑紧临锦江岸边，极可能于此时北迁。且麻阳地处战略要地，历代战争频繁。民众难以生存，为避战乱，也会导致北迁。

先迁乡邻亲朋吸引北迁。据麻阳姚家庄《张氏族谱》记载：有正夏公之四叔张我玉之长子正廷已移居湖北施南府。由于该族谱上此时无应禄公（公元1729年生）之名，正廷公移居施南府当在正夏公父子移居蚂蚁洞之前。因有亲人已先迁施南府，尚能安居乐业，吸引后来者效仿之。由此推之，正夏公在青壮年时期由湖南芷江县北上至麻阳县，与人结婚，至二十九岁始得子应禄于该县，此时全家至少三人。之后，其家可能遭受水患兵灾变故，远走他乡谋求生计，这与应禄公墓志所述"自南而北，移斯乐土，兴家创业"相吻合。故蚂蚁洞无夏公夫人之坟茔，当在情理之中。

正夏公父子迁居蚂蚁洞后，坐乡从俗，与侗人通婚，接受侗文化，日久天长，即成为侗族的一分子。宣恩野椒园张氏根在濮阳，源流清河，南下麻阳，始迁蚂蚁洞，分居野椒园。

如今张姓已历经一百五十多代，为全国第三大姓，子孙遍及全国及海外。新加坡张氏总会会长、亚美集团董事长张允伏有诗赞曰："张姓源远兮，清河流长；始祖挥公兮，英武非常；清河之滨兮，滋润成长；主祀弧星兮，卫国安邦；用于战事兮，拓土开疆；挥公功德兮，万古流芳……"

野椒园马上湖杨氏家族溯源概述
杨继练

一、马上湖始迁祖由来

清朝顺治元年（1644），始迁祖杨昌松的父亲杨永逾担任湖南宝庆府大人，因参与了当朝一位千九郎公在湖南组织的反清复明运动而受到牵连，当朝官吏准备在腊月三十晚上捉拿府大人，并将其满门抄斩。闻此噩耗，府大人提前在腊月二十九全家团年。在团年时府大人交代三个儿子："你们带足盘缠，赶快逃走，我一人来抵杀。"团年后，三个儿子遵循父命，一起逃入湖北境内。一个逃到鹤峰的燕子溪，一个逃到恩施的头道水，杨昌松则来到宣恩晓关的马上湖，就是今天的野椒园杨氏侗寨。

始迁祖杨昌松系湖南宝庆府邵阳第十四代嗣孙，生于明崇祯十六年癸未年二月初三（1643），卒于康熙十年辛亥年（1671）十二月二十一，瓜瓞绵延至今已三百五十多年的历史。

二、"四知"堂号探源

据清道光十五年（1835）《杨氏族谱》记载，马上湖始迁祖杨昌松是杨震的后裔。东汉名臣杨震生有牧、里、让、秉、奉五子，马上湖杨氏族人属"秉"的后裔。东汉名臣杨震于东汉永初二年（108）春调任东莱太守时，路过昌邑县，时任昌邑县令王密是杨震在任荆州刺史时举荐的官员，听得杨震到来，晚上悄悄去拜访，并带黄金十斤作为礼物，一是对杨震过去的举荐表示感谢，二是想请这位上司以后继续多加关照。杨震当场拒绝了这份重礼，说："故人知君，君不知故人，何也？"王密以为杨震假装客气，便道："幕夜无知者。"杨震生气道："天知，地知，我知，你知，何谓不知？"王密这才明白过来，大感惭愧，只得带着礼金怏怏而回。杨震为官清廉，有老朋友、长辈劝他为子孙购置产业，杨震说："让以后的世人称他们是清官的子孙，我用这个留给他们，不是也很丰厚吗？"

于是"四知"祖训，清白家风，乃成千古美谈流传至今。"四知堂"或"清

白堂"便成了马上湖杨氏族人的堂号世代传承下来。

三、三大房的形成

马山湖杨氏家族三大房是在始迁祖杨昌松之后第三代形成的。杨昌松与郑氏生有三子：国弼、国族、国尹。国弼、国族再无子孙延续记载。国尹娶妻游氏，生有三子：佐文、佐武、佐章。

大房杨佐文娶妻罗氏，生有两子：定魁（坟地原在晓关堰塘，后迁张官），定昆（坤）（墓碑在漆树坪河坎上）；

二房杨佐武（廖氏、宋氏），无后；

三房杨佐漳（蒋氏）生有三子：定孝（过继二房杨佐武），定乾（三房），定鳌（咸丰牛栏界）。

三兄弟各自依序分居一个天井，大房一号天井，二房二号天井，幺房三号天井，就这样一代一代繁衍下来。小小院落已经容纳不下迅猛增长的人口，被迫走出小院，向院落四周山坡或者院外建房居住。有的迁居村外，迁向集镇，迁向县城、州城甚至省外定居。今天所看到的三个天井院落就是杨氏家族最早的古民居建筑，已有三百多年的历史。

四、与时俱进的族规族律

杨氏侗寨宗族始修《杨氏族谱》于乾隆戊辰年（1748），第二次续修于道光乙未年（1835）。侗寨现存《杨氏族谱》是第二次续修的版本，共四册。总编为湖南宝庆府邵阳第十八世嗣孙杨芬祖（字步礼，号守愚氏）。此谱由于经历时间太长，保存不善，已是千疮百孔，面目全非，些许内容无法复原。但它仍然让我们杨氏宗族感到骄傲和自豪，因为它是祖辈留给后代子孙的一笔宝贵遗产。其内容仍闪烁着现实主义的光辉。

如家训十二条（每条还有细则要求，这里省略）：

敬天祖　　凛国宪
爱亲长　　隆师友
课子孙　　睦族邻
勤耕读　　崇节俭
励廉耻　　修礼教
尚节义　　谨闺门

《杨氏家谱》十六诫（每一诫细则略）：

        诫不孝　　　诫不弟

        诫不忠信　　诫无礼义

        诫无廉耻　　诫游手好闲

        诫酗酒　　　诫赌博

        诫淫逆　　　诫盗贼

        诫嫁生妻　　诫择配

        诫忿争　　　诫损风水

        诫坏家乘　　诫去邪归正

还有《伦礼》"六个一"和礼仪等条文细则，这些内容即使过去了几百年，历经时代风雨的剥蚀仍合拍于时代主旋律。

五、杨姓图腾及其含义

"楊"是太阳的意思，由"木"和"昜"。这里的"昜"读音 yang，阳平调，不是大多数人误解的"易"。"木"在这里特指扶桑，在《山海经》等中国古籍中记载：扶桑树生长在东方大海上的汤谷（"汤"读音 yang，阳平调，在今连云港云合山），汤谷又称作"阳谷""温源谷"。昜、阳、羊、杨、扬、汤（读音均为 yang，阳平调）远古时为同义词，可以相互替代，所以"昜"是"日升汤谷"的形象描写。

相传，居住在汤谷的古老氏族采用扶桑纪历。扶桑纪历是观测太阳在扶桑树东西（阳阴）两侧的升落高度规律，这个规律东夷人确定为五阳五阴，合称"十日"，也就是"十天干"。观测时总是一个太阳一个太阳地位移，传作"一日居上枝，九日居下枝"；这就是扶桑汤谷十日的本义。

这种扶桑树也称杨树，其花实成熟时上面带有绒絮，花絮可乘风飞扬，远播四方。以此为图腾的始祖就是古老的杨氏族，由此产生了杨氏族徽，最终形成了姓氏。

图中有日、有月、有龙、有凤、有长寿鹤、有捕猎工具、有猎物、有吉祥物等。意为日月生辉、远播四方、龙凤呈祥、延年益寿、丰衣足食、吉祥如意！

坪地坝鞠氏侗寨源流初探
张建平

据炎黄鞠氏网载：关于鞠姓来源，最近发掘的《鞠氏高安族谱总世系》明确记载："鞠氏来源于鞠昇。"

鞠昇是东周北燕国公族后裔，原名姬昇。北燕国为西周召公奭之封地，从召公封燕开始，到公元前222年燕王喜被秦国攻灭，共传续国君四十三代。当传到第三十七代燕易王时，燕国发生了这样一段故事：燕易王生有三子，长子姬昇是庶妃亚夫人所出，次子姬哙是嫡妃元夫人所出，幼子姬晟是如夫人所出。姬昇的生母原本是正妃，按照《周礼》长子姬昇应是名正言顺的太子，可是出于苏秦合纵、秦燕联盟、远交近攻的政治需要，在燕文公主持下，当时还是太子的易王迎娶了秦惠王的女儿并册立为正妃，到易王即位后，又废长立幼剥夺了姬昇的太子名分，将姬哙立为太子，遂引起姬昇母子及其利益集团的不满。公元前321年燕易王病逝时，燕国宫廷发生了争夺王位之变。宰相姬子之早有窥测王位之心，看到姬哙年少幼稚可以利用，便从中竭力支持姬哙，姬昇夺位失败，被迫躲避到辽东东梁河北岸襄平隐姓埋名，重新以周朝先祖鞠陶的名字"鞠"命姓，弃姬改鞠为鞠昇。鞠昇以鞠命姓，开创了中华鞠姓的历史存在，他是天下鞠姓第一人，称鞠氏的太始祖。

鞠昇避难后，因相貌魁伟娶肃慎国凤翔公主为妻，入赘为肃慎驸马。传子期官授幽州尉；传子元厚官授挹娄太守。元厚传三子，长子文官授盛都长，次子武聘归燕国赐爵太子姬丹太傅，三子斌无记。

鞠氏是一个多民族、多源流的姓氏群体，在当今的姓氏排行榜上名列第二百八十四位，人口约二十四万六千余，占全国人口总数的0.015%左右。鞠姓望族居汝南郡（今河南省汝南县）。故鞠氏家先都为汝南堂上。

坪地坝鞠氏为侗族。洪武二年（1369），一世组鞠德华同妻向氏携时可、宾可、才可、良可、权可五子，自江西吉安府吉水县四十八洞鞠家村迁至四川忠州垫江县东大沙河西岸马鞍山瓦屋基，即现今的重庆垫江县沙河乡麻柳村打草湾居住。自重庆垫江落业以来，历经德华、才可、太阳公、颐吉、茂公、正辉、守圆、有文、九开至第十世元洪、泗洪迁到坪地坝，至今已繁衍二十代人了。始迁祖元洪、泗洪两兄弟最初在晓关乡的张官铺搭个棚子居住。他们发现宋家沟和坪地坝这一片没有人住，而且地势平坦，下雪天雪比张官铺融化得快，应该是个好地方，于是他们决定迁到坪坝来居住。

他们在坪坝坝红湾一棵大枞树旁修建一栋三柱冲天的房子，开始了他们开荒造田的创业生涯。此时坝中都是芦茅草，是沼泽地，周围都是大树。他们白天砍倒大树，推到低洼地方，铺上枝叶，上面再填上泥土，直接砍树填洼，运土造田。太阳炙烤，他们脱掉衣服，光着臂膀，脸朝黄土背朝天地苦干。背上、手臂都晒成了古铜色，下雨时雨水都不沾了。晚上，他们居住在那栋小木屋里，当时周围都是大森林，森林中的野兽很多，夜晚野兽们出来找吃的，豺狼、土豹等野兽围在他们的小屋周围大声号叫，使他们不得安宁。实在围得太紧了，他们就拿出用竹篼篼做的火枪从窗户向外打一枪，把野兽们吓走了再睡觉。他们利用河中石头垒砌堤岸，把沼泽、沙滩改造成良田。他们拦河筑坝，把河水引进田中，种植水稻。经过多年的努力，他们在坪地坝、宋家沟开出大片的良田。后来他们把冷家女婿接来，把宋家沟的田送给冷家女婿种，因此，就把那里叫作"送家沟"，后来就谐音为"宋家沟"，其实那里从来没有姓宋的人居住过。

现在有人用挖掘机在坝子里挖出"阴沉木"，有的已经碳化，形成"乌木"，有的因年代不太久远，还没有彻底碳化的被丢弃在田野里，当时原始森林之多之茂盛，可见一斑了。

鞠氏崇尚忠厚为本，勤劳为要，以孝为先，认为积善之家必有余庆。如坪地坝心早之子，皆取有忠信、忠孝、忠厚、忠良、忠心等名。据《鞠星垣传》记载："映奎鞠公，名德瑧，号星垣，国学也。"星垣"年十九失怙，奉母以孝闻。孤苦成立，崇俭好礼，家益隆隆起。每群居晏饮，辄引圣谕朱子家训等为长夜谈，娓娓无倦容。生平无折人短，族党无少见，见之肃然起敬。"星垣一生以《朱子家训》为家训，乐善好施。亲友借贷，必满意而归；邻里家贫，则常施舍，并告诉他们"这是我捡得的东西"。为出行方便，倡导集资修桥补路，所有经费一律公开，要做到大家满意。尊师重道，积极资助族中贫困学生，鼓励他们刻苦学习，早日成材。星垣一生积善积德，成为鞠氏的榜样。鞠氏生育八女三子，均长大成人。因星垣的倡导，谨遵朱子家训，鞠氏后人多以鞠氏以《朱子家训》作为家训，世代遵守。

朱子家训，字字珠玑，看懂去做的都是高人！全文共525字，从治家角度谈论了"整家、齐家、为人、处世、修身、读书、为官、纳税"等方方面面。

鞠氏还于清朝时制定家规，即宗祠协定章程十则，给贫困宗亲以帮扶，给恶劣欺凌以惩处，具体内容附后。

（一）族中嫁娶埋葬如无实力，协族量予帮助，万不得擅予擅取。

（二）族中贫者居多，春秋耕种如实无资，准其借贷，仍限日给还。

（三）族中遇有奇荒，米价昂至壹佰多零，议减春祭，酌照丁分润。

（四）族中读书子弟，应试上进，协族酌奖，量予宜厚，但毋得擅取。

（五）族中口角争端，谊祠礼说，不准恃强。擅与祠讼，该族众禀究。

（六）族中田地族人耕栽，已禀案饬还，以后永远不准耕佃。

（七）宗祠祭佃除春秋外，若有余积，培修祖墓祠宇，万不可挪借。

（八）宗祠经理二人，每秋祭算交，轮流更换，祭期宣讲圣谕格言：朱子家训甚好。

（九）族中被人欺凌等件，应协族悍御。有被欺凌者，或另议帮土款。

（十）宗祠园内竹木，灵阴所庇，只准培植，勿得戕折，及祖墓亦然。

光绪十六年（1890）庚寅冬十月上浣十四世裔孙松龄氏书于深柳读书处。

坪地坝鞠氏为侗族，世世代代遵守着祖训，以忠孝为本，勤劳为根，与人为善，过着和平而安宁的生活。

附：

被走访的人有：

鞠南山　84岁，坪地坝村民。

鞠奇松　65岁，坪地坝村民。

鞠清海　65岁，坪地坝村民。

下篇 野椒园拾遗

第一章 历史沿革

野椒园村古属廪君国，周属夔子国，春秋为巴国界，战国属巫郡地，后秦伐楚，改属黔中，汉属南郡，三国属新城。唐宋为羁縻地，元为土司属地，属施南土司辖，前明仍袭元旧制，清朝初仍袭明制。清雍正十三年（1735），施南土司等十五土司改土归流，设宣恩县，在原施南土司司衙始设县署，野椒园村属宣恩县石虎里。

民国三十年（1941），野椒园片区属宣恩县晓关乡第十一保；坪地坝、宋家沟、白沙溪片区属宣恩县晓关乡第十二保。1949年11月属晓关区，1953年3月野椒园片区属宣恩县第六区高桥乡；坪地坝、宋家沟、白沙溪片区属宣恩县第六区坪地坝乡。1961年野椒园片区属晓关区高桥公社，坪地坝、宋家沟、白沙溪片区属晓关区坪地坝公社。1984年野椒园片区属晓关区高桥乡，坪地坝、宋家沟、白沙溪片区属晓关区坪地坝乡。1975年，撤区并社，晓关区分为晓关公社和桐子营公社，野椒园村属晓关公社。1984年五月，撤社建区，建立晓关区，野椒园村属晓关镇。1986年7月12日（六月初六），经湖北省人民政府批准，晓关区的猫山、张官、晓关、桐子营、八台等5个侗族乡成立。野椒园村属晓关侗族乡。1987年6月，小乡并大乡，撤销大岩坝、坪地、高桥三个乡，并入晓关侗族镇，野椒园村属晓关侗族镇。

1996年12月2日，县政府决定撤销全部区公所、区辖乡、区辖镇，原区公所改为乡，撤区并乡，野椒园村属晓关侗族乡；1996年12月，省政府决定撤区建乡，分别撤销晓关区、桐子营区，建立晓关侗族乡、桐子营侗族乡；2001年3月，经省人民政府批准，撤销桐子营侗族乡，并入晓关侗族乡。2001年3月，晓关乡与桐子营合并为晓关侗族乡，野椒园村仍属晓关侗族乡。截至2021年

10月31日，宣恩县人民政府对全乡四十个行政村进行优化，野椒园村由原野椒园、坪地坝、白沙溪、宋家沟四个村组成新的野椒园村，至此晓关侗族乡下辖一个社区、二十一个行政村；乡人民政府驻晓关集镇黄河村。

第二章 人文地理

野椒园侗寨位于宣恩县晓关侗族乡东南部,地处马鞍山下,贡水河北岸,北接贡桥村,东接七眼泉村,南接咸丰县,西接张官村;有242国道与232省道重合段穿村而过,距晓关集镇恩黔高速出口6千米,交通十分便利。距恩施州城火车站50千米,村道与232省道和242国道相连,进入野椒园张氏侗寨仅1千米。

该村境内地质为黄壤和石灰石地质结构,西北为页岩型沙岩地质。海拔600—920米,平均海拔约720米,属中亚热带季风湿润型山地气候,年均气温约15.8℃,无霜期294天,年降水量1491.3毫米。四季分明,冬暖夏热,雨量充沛,植被葱绿,气候适宜居住,是冬季避寒的好地方。

野椒园村历史悠久,处于"川盐湘运"的古道之上。早在秦汉、唐宋时期就有人类在贡水流域繁衍生息。如古代原居民曾居住过的老屋场、邱家湾、孝宗屋场、龚家坳、田家坡、唐家沟、牛背上刘家坳、白地名遗迹,有待专家去考证。野椒园村的生产方式以农耕为主,主要农作物有水稻、玉米、马铃薯、红薯和豆类等;经济作物有茶叶、枇杷等;传统手工业有土法造纸、鞭炮制作、纺织、印染、榨油等;养殖业有养猪、大鲵养殖等。野椒园村国土面积20.82平方千米。全村现有三十个村民小组,819户2555人,村民以侗族为主,至今仍基本保留着传统农耕时代的经济文化特征。

该村为国家传统村落,有两百余年历史的"四合天井"古侗寨建筑群,其中张氏侗寨已被列为省级文物保护单位。有国家级非物质文化遗产薅草锣鼓代表性传承人冷浩然,坚守传承侗族文化。

野椒园村成功创办省级家风家训传承教育和廉政教育基地,村规民约完善,村风、民风、家风良好,综合治理有效,文化广场、旅游公厕等基础设施完善。2021年野椒园村被确定为晓关侗族乡乡村振兴文化传承保护示范区重点村。

第三章 人 物

一、革命先辈

据《宣恩革命遗址》记载:"1928年11月20日前后,贺龙收到中央关于军事策略的指示信后,鉴于工农革命军三起三落的教训,决定避开强敌,游击鄂西南。"1928年11月25日,贺龙率红军从鹤峰梅坪出发,经鹤峰太平进入宣恩雪落寨、沙道沟、高罗、蜡树园、铜锣坪,于11月28日到达卧西坪驻扎。11月29日贺龙率红军从卧西坪出发,经关口坳—落马洞—椅子垱—竹山垱—梯子坎—长沙坝—野椒园八角庙—野椒园张氏侗寨—青山湾—孝宗屋场—凉水井—杉木梁—大梁上—祝家沟—到达晓关禹王宫驻扎。其中的长沙坝—野椒园八角庙—野椒园张氏侗寨旁—青山湾—孝宗屋场—凉水一段路线在野椒园村境内。红军在经过野椒园侗寨时,寨民因受到国民政府的蛊惑而全部躲起来。但红军没有进寨,所经之地,秋毫无犯。

12月4日,贺龙在晓关禹王宫举行了隆重的收编神兵大会,将乾文统的联英会神兵40余人收编到红军游击大队,并任命乾文统为游击大队长,李保山为游击队队长。这支神兵的收编扩大了红军的力量。

野椒园村早年参加革命的有:

红军战士刘贵友,男,生于1914年2月,利川市文斗镇太阳坪四组(原三组)枞木梁子人。1934年4月参加贺龙红军,改编后任红二六军团18师53团警卫连战士。1935年6月在参加咸丰县忠堡战役中负伤,在宣恩县晓关乡大山坪村烂泥沟刘安兴家养伤失联。后改名为刘昌友,十年后又到白沙溪村六组刘文才家生活十一年,后落户宋家沟村(现为野椒园村)八组莫慌岩居住,于1997

年10月8日病故。生前享受红军失散人员优抚待遇。

田代荣，男，1919年生，晓关坪地坝人，1935年5月参加革命，红六军团战士，1935年8月在湖南茨岩塘战斗中牺牲。

李保山，男，1911年生，晓关茶园人，1928年1月参加革命，游击队队长，1935年在宣恩被敌杀害。

刘云德，男，1907年生，晓关白沙溪人，1935年3月参加革命，连长，1944年在桥口战斗中牺牲。

张嗣禹，男，1931年生，晓关野椒园人，通信员，1952年10月在朝鲜战场牺牲。

二、野椒园侗寨历史人物

张氏侗寨张先耀后裔以野椒园为中心向周边白沙溪、黑湾、晓关黄河村金竹园、窑罐场、贡桥村水源头、宣恩珠山镇、咸丰高乐山镇、恩施州城甚至云南昆明等地迁移发展。杨氏侗寨杨昌松后裔也向周边莫慌岩、白沙溪、晓关迁移发展。按照生不立传的原则，现将野椒园侗寨部分代表性乡贤达人、能工巧匠、道德模范分述如下。

张先耀（1769—1849），男，野椒园张氏侗寨始迁祖，其妻陆氏生四子，希贤、希琏、希珩、希璠，因次子希琏泯而不传，故得三子，建三个天井，长子希贤居东头，四子希璠居西对头，三子希珩居中，成了野椒园张氏侗寨三个天井的来源。

张希贤，男，先耀公之长子，大房天井始祖。

张希珩，男，先耀公之三子，中间天井始祖。

张希璠，男，先耀公之四子，幺房天井始祖。

张光春，男，清代秀才，出仕做过官，曾被委任为云南曲靖县知县。

张光晟，男，清国子监生，曾任宣恩县区座。擅长书法，墓碑有他笔迹。

张光皓，男，清武秀才，曾被赐有顶子、宝剑等。

张盛雅（1921—2009），男，1921年生，大学文化，曾任小学校长，中学教师；主要作品有参编著作《宣恩县志》（1995年版）、回忆录《求学记》、行草书法作品《岳阳楼记》等。

鞠玉芝（1915—2011），女，家有传统织布机，曾从事传统纺织和织布。

张嗣旺（1917—2011），男，又名益轩，正县级离休干部。参加过淮海战役，曾在咸丰县任过区长、区委书记、民政局局长等。

荣和芬（1934—2003），女，张嗣旺之妻，1951年在革干学习后参加工作，在咸丰先后任区妇联主任、县政协委员、县劳动模范、先进工作者。

张嗣让（1924—2000），男，党政干部，曾任坪地公社书记、县检察院检察员等职。

张嗣初（1936—1989），男，1961年华中师范大学物理系毕业。通晓俄语，擅长二胡、小提琴等。中学一级教师，曾在宣恩三中、晓关高中和宣恩师范工作。

张嗣厚（1941—2010），男，又名云清，宣恩县奶牛场技术员，擅长奶牛养殖、牛奶加工等。

张嗣升，男，曾在区乡教育系统任教和从事后勤管理工作。

张嗣藩（1930—2020），男，陶瓷工艺师。曾在县多个国有企业担任厂长等职。

张嗣回（1930—2020），男，退役军人，曾在县多个国有企业担任党支部书记、副厂长等职。

张永珍（1937—2008），男，宣恩县晓关粮管所职工，以勤劳朴实、忠厚本分传家，工作期间多次被评为县级先进工作者，1985年被评为宣恩县劳动模范。

张永忠（1940—2015），男，中师毕业，中学一级教师，曾在小学、中学和教育站工作，担任过区教育站教辅员、晓关农业高级中学校长、晓关区委学校校长等职。

张志成，男，退役军人，转业后为原恩施广兴厂职工。

张永植，男，曾任村干部，传统鞭炮制作师。

张盛松，男，传统鞭炮制作师。

张盛善，男，传统鞭炮制作师。

张嗣宣，男，传统鞭炮制作师。

张嗣宗，男，传统鞭炮制作师。

张嗣会，男，传统鞭炮制作师。

张嗣柏，男，传统鞭炮制作师。

张嗣书，男，传统鞭炮制作师，薅草锣鼓歌师。

张永学，男，传统鞭炮制作师。

张佑书，男，木匠，传统鞭炮制作师。

张嗣春，男，传统造纸师。

张嗣俭，男，传统造纸师。

张永前，男，传统造纸师。

李凤禄，男，木匠，薅草锣鼓歌师。

余庆笔，男，传统造纸师。

宋长青，男，传统榨油师。

余庆安，男，传统榨油师。

杨昌松（1643—1661），字廷秀，男，杨氏侗寨始迁祖，自湖南宝庆府邵阳迁入野椒园马上湖相思谷。育有三子：国弼、国族、国尹。

杨芳元、杨芳槐两弟兄，二人为杨氏家族造纸技术和毛竹引进人。1888年俩人从湖南宝庆府邵阳县老屋横板桥引进毛竹（又叫慈竹），种到马上湖的溪沟里。作为造纸的原材料，造纸作坊从此诞生，造纸技术代代传承。

杨芳才，男，传统鞭炮制作师。

杨芳栋，男，为杨昌松第六代后裔，曾为始迁祖杨昌松到他本人，打墓碑数十座，为研究杨氏家族史提供了坚实的证据。

杨诗兴（1885—1970），男，传统鞭炮制作师。

杨诗味，男，秀才。曾在民国时期在野椒园张氏侗寨的私塾学堂教书。

杨诗则（1896—1944），男，名典林，又名玉堂，杨氏家族族长，主持族中大小事务。精古文，懂风水，尤擅书法，曾在杨氏院落兴办私塾，教授学生。其书作多镌刻于宋、张、杨、陈等家族的墓碑上。

杨书籍，男，字献之，秀才，享年三十六岁。文笔好，口才好，记忆力超群，过目不忘，看一遍告示即能背诵。

杨诗学（1941—2019），男，中专学历，曾任晓关区供销合作社会计、野椒园村会计等。

杨书信（1928—1995），男，读过私塾，高中毕业，教过初中，担任过生产队队长。

杨书贵（1929—2004），男，曾在宣恩县椿木营区担任农机站站长、椿木营区区长。1962年自动离职回村。

周春桃（1938—2015），女，杨书贵之妻，曾担任椿木营区妇联主任，回村后曾担任野椒园村妇联主任。

杨书代（1937—2016），1954年毕业于恩施财经干校后分配到晓关区覃家坪供销合作社工作。1961年自动离职回村。

杨继强（1941—2017），男，小学毕业。1955年在李家河区供销合作社工作，1961年自动离职回村，1964年任高桥公社四大队大队长十年。

杨继忍（1952—1988），男，小学毕业，1969年参军入伍于陕西汽车连，转业后先后到宣恩县物资局、卫生局等单位工作。

杨书俭（1929—2008），男，传统鞭炮制作师和传统"十大碗"厨艺师。

杨书香，男，传统鞭炮制作师。

杨书龙（1933—1997），男，传统造纸师。曾在晓关供销合作社工作。曾参加兴办晓关区祝家沟造纸厂。

杨书第（1934—2020），男，传统造纸师。读过私塾。1958年至1962年在晓关供销合作社工作。曾参加兴办晓关区祝家沟造纸厂和桐子营兴办小溪造纸厂。

杨书孝（1931—2016），男，木匠，掌墨师，擅长修建吊脚楼。

杨书堂，男，传统造纸师。

杨书案，男，传统鞭炮制作师。

杨书明，男，解匠，传统造纸师。

杨书句，男，传统鞭炮制作师。

杨书顶，男，传统造纸师。

杨继树，男，传统造纸师。

杨书林，传统造纸师。

杨书凤，传统造纸师。

杨书万，传统造纸师。

杨继槐，传统造纸师。

第四章 诗词辞赋选录

第一节 诗　词

游野椒园景区（新韵）
迟　雨

小序：野椒园景区，即在建的宣恩晓关野椒园古侗寨文化休闲度假区，总面积15平方千米，辖野椒园、蚂蚁洞、干家坝、小溪肖家坪等。该景区以桐子营电站为依托，截贡水为几字形长湖，沿湖数十里，居有十八侗寨，犹以野椒园为"武陵第一古侗寨"。这里有"百年古侗寨，千年相思树，亿年娃娃鱼，家族古墓群，传统古作坊，清代古方言"。笔者曾与省、州、县专家学者对此历经三年畅游考察，颇有所感，作七绝十首，聊以为诗，予以记之。

九龙湖

人间秘境野椒园，疑是武陵世外天。
绿水回环如几字，水天一色好休闲。

大鲵湖

长峰如黛夏云垂，紧锁黑山贡水回。
卅里平湖如翡翠，落霞孤鹜共鱼飞。

古侗寨

百年侗寨众说奇，旁有丹枫生不息。
寻遍武陵得一寨，纵观今古亦觉稀。

古红豆

千年红豆焕青春，男女相呼外地音。
奇景世间谁可赏，相思树下意中人。

相思谷

红豆溪中戏大鲵，相思谷里百花奇。
人生有幸得相遇，衣带渐宽终不移。

葫芦岛

葫芦岛影水连山，小橹轻摇漫向前。
侧畔渔歌忽响起，惊飞白鹭上青天。

长沙渡

山村袅袅绕炊烟，谁在河边赶渡船。
西下夕阳随绿水，牧童嬉闹在山边。

蚂蚁洞

山色湖光蚂蚁洞，春光不与四邻同。
新舟画舫扬波去，来往游人花海中。

鼓楼台

日光初照鼓楼台，四野英红迎露开。
吊脚楼中新宿客，推窗画卷伴风来。

侗家宴

莫笑农家腊酒浑，农家情意最纯真。
那年腊肉清香味，惹与诗人说到今。

野椒园侗寨（外二首）
张建平

千秋红豆屹临风，拔地丹枫育物雄。
山护野村藏秘境，溪吟小瀑秀孩童。
暮归早起播希冀，坡岭田畴除世穷。
修竹频敲天井月，硁侗常盼稻收丰。

炮火作坊

村中炮火作坊稠，筒饼家家搁案头。
夏夜蚊咬忙酷暑，深秋霜早入寒秋。
严冬送走窗前月，院里迎来客满楼。
待到大年除夕至，声声喜炮闹神州。

红豆树王

傲然拔地立峰巅，缘为今生追梦圆。
穿过千秋风雨夜，撑开万里碧云天。
雪晴映照三冬月，山绿催春一杜鹃。
游客斜阳观美景，相思不尽到何年。

山　居（外五首）
杨继练

农家小院醉花丛，阵阵馨香漫碧穹。
溪涧堂前流逸韵，竹篁屋后舞柔风。
清晨散步莺歌伴，傍晚邀朋酒盏空。
尽享人间烟火气，一分静好守霞红。

野椒园红豆树

名与王维垂史册，生随岁月立苍烟。
鸳歌鹤唱天堂憩，女祷男祈腹底虔。
缕缕相思缘赤豆，番番初叶染新天。
等闲阅尽沧桑史，依旧悠然瞰大千。

相聚红豆树下

（一）

相思树下几骚家，踩点随携一朵花。
一路相机存瞬刻，离愁缕缕远天涯。

（二）

昂首山巅目远方，鞍峰崒嵂历沧桑。
山民壮志惊天地，呼唤春风入侗庄。

一丛花令·马上湖

横空出世马鞍山。春色驻人间。三山两涧相交地，始康熙、燃起炊烟。红豆挺拔，《相思》绝唱，铭岁月悲欢。

一方瑰宝隐荒原。三百六余年。绝尘净域喧嚣远，满眸绿、秀水蓝天。天地做傧，山河为侣，胜世外桃源。

江城子·马鞍山眺望

横空傲立彩云间。脉蜿蜒，翠堆烟。云淡风轻，百鸟掠长天。竞秀千峰奔眼底，幽壑纵，落霞燃。

江山万古色犹鲜。壮心欢，志超然。浩荡春风，缕缕染家园。振兴乡村谱画卷，谋远景，续新篇。

第二节　辞　赋

野椒园赋
蔡章武

武陵域内，湘鄂界边。地分八十北纬，日照七宝晓关。滔滔贡河浪，巍巍马鞍山。古寨璞蕴，今村玉涵。清悠一掬古朴地，吉祥四合野椒园。

姓启张杨，二十四节令，几辈人德源华夏；族分侗汉，十三个民族，一家亲

乳受堂萱。日出劭劳，化愚蒙而辟后；日落息养，揭恢宏以继前。女爱男欢，遂成百年之天作；老耕少耨，便有千亩之地蕃。

叠翠峦舒，高低莺裁燕剪；凝碧空远，遐迩虹飞霞牵。异草奇花，色染秋凉夏热；飞禽走兽，声敲春暖冬寒。生态自然，天阔云素之飘逸；乡土精湛，山高水长之斑斓。

古朴侗村，环视八围风中雨；张家院子，仰望四合井里天。穿廊别格，日走宾匆主缓；吊脚独势，夜伴男静女安。匀称栋雕，依稀孝儿慈母；和谐石刻，仿佛早炊晚烟。

饮食品类，洋洋大观。神豆腐味美滑嫩，酒酿子爽口甘甜。蒸扣肉香软含腻，炒锅麻辣带酸。集烹饪之特色，汇满汉之大全。

屹屹山环，携花窗同观鸟鹜；澹澹水抱，邀画檐共赏云闲。天地相达，便得时雨润葱亩；人兽互帅，自有金暾吻玉蟾。天人合一，乾坤自古连理树；阴阳分二，寰宇至今比翼鸢。

玩乎侗家，惊其民俗之雅；游于壮户，慕其风情之酣。夏阳当空，老妪晒被六月六；春风拂地，少姑赛歌三月三。打趣歌谣，飘荡村民之心口；薅草锣鼓，回响山乡之田间。各领风骚，族俗之异自乐，并享侗傥，乡风之同齐欢。

旅游特色彰显，九州嘉宾流连。境与鬼斧堪媲，韵和神工可攀。气壮四方，邀东秋西稔之共轨；声唤八表，随南通北畅之同圆。天地协春，一宵幽梦汇缱绻；山河谐美，万里东风舞翩跹。

吸先祖之灵气，荟繁世之雅贤。地润精华地利，天滋极品天缘。抒豪情以添壮志，饰粲景而开新篇。

2022 年 5 月于酉贡斋

枇杷赋
张建平

天生嘉木，地育山珍；贡嘎群落，枇杷原生；传至寰宇，滋惠亿民。倒时序之异；创花木之新。禀金秋之绚烂；纳冬阳之氤氲。枇杷晚翠，凌风霜而不变；红梅早绽，傲冰雪以迎春。备四时之华彩；集山水之神韵。仰松兰梅竹之高洁，四季常青；托司马相如之才华，载入上林。天下曾有绝对：枇杷树下弹琵琶，噼啪作响；桐岭峰头摇铜铃，咚叮飞音。

孟夏之时，漫步晴岚，清风徐徐，银露灿灿。登高台以远望，亭亭枇杷晨辉雾；立草庐而近观，株株绿树碧云天。大叶绿荫藏金果，满园芳气弥香甜。腾龙雨润，金果半遮枝叶秀；丹凤朝阳，山雀翘首蝴蝶翩。杨梅空有树团团，唯有枇杷解满盘；客来满廊放余香，蜂恋蝶舞意绵绵。品尝三日归家后，甜香还留皓齿间。

纵观历史，枇杷馥郁带清气，寓意才女少人知。今人只识枇杷露，古人多作枇杷诗。才子佳人，女怨男痴。枝迎南北鸟，叶送往来风。浣花溪畔，万里桥边女校书；工部草堂，枇杷花里闭门居。薛涛相约不会面，王建欣寄十离诗。宋祁赞，放翁种，东坡观，树繁碧玉叶，柯叠黄金丸。罗浮山下四时春，卢橘杨梅次第鲜。花开千枝，扶风腰软贵妃醉；蕾含百蕊，启齿羞答貂蝉欢。人有至性，轻风习习以吟唱；天有至情，白云飘飘任翩跹。

看今朝，数风流人物，敢想敢闯，改地换天。扬家国正气，图民族复兴。红袖添香枇杷树；枇杷园中笑语喧。挥手碧空，吟诗放歌抒胸臆；情满大地，信步花林著新篇。雄文妙韵，山清水秀钟灵慧；奇思妙想，渚清沙白毓蓝天。但愿人间常若此，举杯长饮共婵娟。

2018 年 6 月 4 日

野椒园红豆树赋
杨继练

红色基因质，豆粒日久鲜；相赠胜美玉，思念裂肠肝。深情倾南国，声誉满坤乾。《古今诗话》记载传奇掌故，《五言相思》流下脍炙诗篇。

斯树所处：武陵山余脉，恩施州西南。身栖马上湖地，根固水井堡巅。马鞍山峰西立碧霄宇，叱咤五脉，逶迤拱卫；相思溪水东奔贡水河，挟持三渎，聚流回环。远繁华之寂寞，处红尘而安然。茕茕伟岸孑立，无奴颜媚骨俗态；勃勃虬枝舒展，有钢筋铁骨鸿轩。卅米刺穹，任流云头顶飞渡；四人联手，伸双臂胸围难牵。远看，郁郁乎，似一颗硕大无比绿宝石，高炫群山顶；近仰，巍巍乎，犹一把遮天蔽日大伞冠，举托天地间。伴日月风华，蜚声扬名十万八千里；集天地灵气，栉风沐雨一千二百年。名载宣恩县地名志，姿摄湖北省纪录片。声誉"华中相思神树"称谓，名享"鄂西红豆树王"桂冠。

光绪年间，一民间传说，充满神奇色彩；施南府内，一康氏人家，出现罕见景观。一棵大树,倒影水缸;数只白鹤,翘首稍巅。主人惊诧,顿生喜悦;决心下定,欲睹尊颜。带上阴阳师,打听一年余;吃尽跋涉苦,来到大树前。面对杨氏族长,掏出铜钱八十吊:"请求莫砍!"笑辞来人厚礼,回敬对方一句话:"何须此言?"于是乎神树之名不胫而走,拜谒之人接踵比肩。

冬去春来,候鸟南迁。白鹭、野鸭,翔舞于绿叶之上;天鹅、白鹤,栖息于巨丫之间。翘首引颈,呼唤晨曦;抖翅振羽,以示春欢。涉足于青山绿水,觅食于湿地农田。修窝筑巢,孕育后代;迎晨送暮,续接明天。深秋来临,悄然远迁。

落叶无定律,发叶时序颠。预知未来时局更迭,总与祖国命运相连。某方叶落灾荒闹,全树尽落国危悬。一九四九前夕,光秃秃三年枝无片叶;新中国来临,齐刷刷一夜绿荫遮天。偶经旱灾,全树落尽一月发;历经磨难,半树萧条半树繁。佑翊杨氏一分枝,从未落叶;庇荫侗民数百载,素来舒安。

春开浅紫花朵,簇簇满枝垂;秋熟光亮荚豆,红红一地鲜。招徕四方来客,树下觅红豆;拾得一粒入手,欣喜溢心田。惜哉!新中国成立至今,已七十沧桑岁月余;山民盼来,仅四次开花结籽年。且夫形似心脏,色似血红;质似钻硬,稀似玉罕。珍藏久远,蛀腐不沾。赐福开运,风靡民间。赠恋人,寓示忠贞不渝,白头偕老;赠亲人,寓示显达富贵,幸福无边;赠朋友,寓示肝胆相照,友谊如磐;赠老人,寓示福如东海,寿比南山。

千年修行,已透天地灵气;一旦冒犯,将受神明萦缠。于是乎,人们崇拜神树,约定俗成,敬畏神树,煞是恭虔。不爬树,剔枝劈丫捅鸟窝;不焚烧,捡桠拾叶燃炊烟。

悲哉!几经劫难,几番熬煎。大办钢铁时,险入炼钢炉里化为燃料;十年浩劫中,避过突来厄运风刀霜剑;20世纪80年代初,惨遭木匠手截根装犁辕。痛哉!21世纪始,粗枝尽断地,哀毁骨立;一息生命存,主干注点滴,残喘苟延。幸哉!相思种子,已洒遍山野;茁壮幼苗,正沐浴春天。

古树之下,人间秘境;侗家之寨,世外桃源。有"小桥、流水、人家"之幽静;呈兴盛、安静、和谐之祥烟。遂而四知遗训,世代薪传。民风淳朴,家风森严。是以入选全国第三批传统村落名录,竞进湖北第一个数字博物馆名单。既而才跨全面小康之门槛,又谋乡村振兴之高瞻。

嗟夫,一树独秀,风光无限;三才共济,生态优先。真乃:人气、名气、生气蒸蒸日上;愿景、佳景、前景朗朗晴天。

野椒园漫游赋
张定田

宣恩野椒园，人文居头筹。疏疏木栅栏，悠悠吊脚楼。四水归堂天作美，青山环抱水东流。

巨枫耸立，虬首龙身，记载人文悠远；武陵古寨，翘檐青瓦，见证历史源流。张氏先祖，草创鸿基，修筑连三天井；宗族后裔，敬奉祖业，守候亘古名楼。

红豆溪畔，老侗寨，新侗寨，相映生辉；枇杷园中，左排楼，右排楼，互抱成簇。巍巍兮鼓楼穿天际，荡荡乎廊桥跨溪流。风雨桥，檐角飞翘，纵横山间；人行道，时弯时曲，万千步头。九佬十八匠，行行状元郎。金银铜铁锡，雕画木石泥，竹麻化土纸，熬硝在洞里。土榨出好油，菜籽当炒熟，蒸热慢慢榨，又香又黏稠。拦门酒，君当聚首；合拢宴，谁拔头筹？

红江峡谷，瀑布层层叠叠，山青水清人更亲；银江溶洞，钟乳林林总总，人图兽头百物突。潇潇水流激，呼呼风吹柔。求雨黑潭，古之神奇；红江电站，光怪陆离。峡谷三千米，险滩一百六。青峰逶迤去，危岩急探头；锦鸡鸿雁叫，狸猫猿猴愁。

二台坪，风景旖旎，盛产稻米好味道；宋家沟，神仙岩前，河包田畴水不淹。漆树坪外，弧拱腾空，山涧跨彩虹；干溪古渡，软桥飞架，险滩变通途。白沙溪，膏腴之地；坪地坝，富庶流油。自古生活称心称意，从来农耕自给自足。高速道，国道，省道，道道都通康庄道；伊甸园，花园，果园，园园均藏野椒园。贡水河，裂谷蜕变，暗藏生态之美。野椒园，香径漫步，尽享倜傥风流。

第五章 野椒园乡村建设方案

湖北省委军民融合办驻野椒园村乡村振兴工作队

野椒园村，是恩施土家族苗族自治州宣恩县晓关侗族乡下辖行政村。2021年6月，由原野椒园村、坪地坝村、白沙溪村、宋家沟村等四个行政村合并而成。

为做好后续乡村振兴工作，驻村工作队联合村"两委"同志开展入户走访和调查研究，立足村情村貌，研究提出了初步建设方案，旨在厘清工作思路和方向，搞清楚"有什么""干什么"的问题，为下一步"怎么干"打好基础。

一、现状特征

（一）区位及资源环境

1. 地理位置

现野椒园村位于马鞍山下，贡水河北岸，占地面积20.82平方千米，北接贡桥村，东接七眼泉村，南接咸丰县龙坪村，西接张官村，对外交通主要依托242国道。

2. 生态环境

野椒园村地处武陵山和齐岳山的交接部位，北纬30度黄金分割线横贯东西，村域内有几条东北至西南走向的山岭。山峰谷底间相对高度差在500米左右，形成了山峰、峡谷、岗地、平坝、河谷等不同地貌和温差，为不同物种提供了多样性的生长环境，自然景观千姿百态。

3. 人文资源

野椒园村历史文化深厚，地缘文化独特，特色文化鲜明。村内有至今仍保存较好的两百余年的"四合天井"古侗寨建筑群，传承有杨氏和张氏两个家族三百余年的"十二家训""十六诫"古家训，有国家级非物质文化遗产薅草锣鼓代表性传承人冷浩然，坚守传承侗族文化。

（二）人口情况

野椒园全村有30个村民小组，共819户，户籍人口2555人。其中0—15岁人口414人，16—59岁人口796人，60周岁以上人口406人。

（三）乡村建设情况

1. 基础设施

野椒园村水、电、路、网等基础设施建设较完善。"十三五"时期的乡村道路、水电管网、电信网络等乡村基础设施和人居环境建设、改造或升级，有效改善了村民的出行条件和生活质量。实施集中供水、分散供水等惠民项目，不断完善长效管护机制，实现一管清水进农家目标和小组与20户以上自然村通公路全覆盖。农村低电压和生产电卡口，使农户用电有保障，实施有线光纤进村入户工程，实现主要活动区网络全覆盖。

2. 公共服务设施

目前，全村共建有村卫生室3个、配备村医3名；配套建设文化广场6个，公共健身器材设施4处，但利用率较低，基本都处于闲置状态；现建有农家书屋4个，均位于原村委会办公楼内，几乎无人问津；新建改建公共厕所7个，管护状况不佳。

3. 农房建设及分布情况

全村农房自然分布在山腰及沟底，错落有致地分布在青山绿水之间。村内房屋建筑风格各异（木质房屋、砖混结构房屋等）、质量参差不齐（破旧荒废的木质房、富丽堂皇的小洋房等），建筑年代相差较大，各院落呈现较为明显的氏族聚集特征。2019年，新修建成原野椒园村易地扶贫搬迁安置点，28户贫困户集中入住，形成相对新的一片聚集院落。

（四）村集体经济及产业发展情况

野椒园村第一产业基础较好。就农产品来看，种植水稻等作物农田4743.91亩，茶叶2683.6亩，枇杷558.5亩，柑橘394亩，特别是有机茶叶获得欧盟绿色有机认证，具备出口优势。农产品价格相对稳定，但销售渠道价值链冗长，弱化了与终端消费者的供求关系。野椒园村第二产业经济贡献率极小。第三产业近年围绕古侗寨传统村落，进行了初期的投入和建设，但尚未带来实质性效益。

原白沙溪、宋家沟、坪地坝、野椒园等四个行政村，均注册有农业开发有限公司。截至2021年9月，账上现有资金分别为3.76万元、2.09万元、1.54万

元和 2.42 万元，集体经济收入薄弱，缺少源头活水。

（五）总体特征

1. 地广人稀。野椒园村村域面积 20.82 平方千米，30 个村民小组呈点状分布，人口居住分散，人口密度小，具有典型的地广人稀山区特征。

2. 底子薄弱。村集体经济收入来源渠道单一，目前主要是土地征收补偿，再加上新移民安置点门面租金，尚无村集体经营性收入。

3. 文化深厚。侗族文化：古侗寨，侗族大歌；非物质文化遗产：薅草锣鼓、古法造纸；家风家训文化：张氏、杨氏家风家训；民俗文化：手工纺织、炮火、榨油、编织等。

二、优势与问题

（一）发展的条件

1. 区位优势明显

野椒园村距恩施州城和宣恩县城分别为 50 千米和 25 千米，紧邻恩黔高速出口，242 国道横穿整村，村道与国道相连，交通便利，地理位置优越，交通区位优势突出。

2. 生态资源优越

野椒园村位于武陵山和齐岳山接合部的晓关侗族乡境内，山川连绵，物种繁多，森林覆盖面积达到 79.7%，空气优良率达 96% 以上。村域内，晨观云海的五爪岩巍然耸立，颇有神秘色彩的银江洞悬于山腰，山间高标准梯田错落有致，清澈见底的忠建河自西南向东北婉转盘旋、横穿全境，碧绿的茶园、千年的古树以及层峦叠嶂的山川等共同绘制出"天蓝、地绿、水清、气新"的绿色生态美丽乡村。

3. 人文资源富集

野椒园村 75% 以上村民为侗族，历史文化沉淀深厚。两百多年历史的侗族村寨被誉为"武陵第一古侗寨"，并于 2014 年被湖北省公布为第六批省级文物保护单位，同年被列入第三批中国传统村落名录。野椒园村的杨、张两族家风家训，侗族薅草锣鼓、三棒鼓、侗族大歌、宣恩耍耍等民族特色文化，特有的侗族油茶、酸食、合渣、油茶汤、神豆腐等 37 种美食，这些是文旅爱好者了解、感知、体验侗族文化内涵的优质资源。

（二）存在的问题

1. 缺乏系统规划

缺乏切实可行的规划，文化资源、生态资源等优势资源有机整合开发不够。

2. 文化保护不够、挖掘不足，价值转化不够

古侗寨远看是一片古韵悠悠的吊脚楼群，但进入院内感到脏乱差。两个院子周边都出现砖混房子，与原木质吊脚楼群极不协调。另外，作为民族特征的侗语、侗族服饰、侗族大歌等重要标志性文化日益流失，深厚的民族文化、民俗文化、家风文化尚未得到很好彰显，在特色文化内涵的创造性转化、创新性发展上存在短板。

3. 产业基础薄弱，核心产业带动不够

野椒园村生态优美，粮油、茶叶、药材、蔬果等农产品品质优良，由于规模化、标准化程度较低，尤其是缺乏具有精深开发能力的龙头企业牵引，高山有机茶叶、道地药材等绝大多数农产品都是以基本资源形态或粗加工半成品对外销售，品牌影响力不足。旅游产业起步晚，投入不足，三产融合度低，产业整体发展水平不高、带动力不强。

4. 基础设施和公共服务供给不足、标准偏低

基础设施和公共服务供给主要倾向于改善农民生活条件，社会发展基础和公共服务仍相对薄弱。部分基础设施质量不高，且建设标准偏低，长期处于"有建无管"的状态，既缺乏管护资金，也缺乏管护机制。公共服务设施方面，数量较少，设施实际使用体验较差，利用率不高。

5. 空心化、资源分配等问题凸显，基层治理现代化水平不高

大量人口外流，导致明显的人口空心化、耕地空心化、房屋空心化，传统文化生长的土壤出现荒漠化倾向，良风美俗逐渐消逝，家庭内部、邻里之间、氏族之间、村落之间等矛盾增多。另外，乡村治理制度建设中，乡村干群参与治理的主体性作用发挥不够，被动参与的较多，远不能适应治理体系和治理能力现代化的具体要求。再者，乡村干部工作压力大、任务重、待遇低，个人发展空间有限，影响和制约了工作的主动性和创造性。

三、机遇与挑战

（一）机遇

一是战略机遇。党的十九大提出实施乡村振兴战略。2021年，中央一号文件《中共中央国务院关于全面推进乡村振兴加快农业农村现代化的意见》出台，为发展乡村文旅产业、为推进乡村全面振兴提供了难得的战略机遇。

二是政策机遇。湖北"十四五"规划和2035年远景目标纲要（草案）提出，着力构建"一主引领、两翼驱动、全域协同"的区域发展布局，要求加快推

动"宜荆荆恩"城市群绿色联动发展；恩施州提出了厚植生态底色、加快绿色崛起的目标任务；宣恩县明确了建设成为全国山区最美县城、全国休闲康养示范区、湖北乡村振兴示范区、鄂西绿色发展示范区和武陵山地区综合交通枢纽等"一城三区一枢纽"的目标定位。下一步，围绕这些目标任务，各级政府都会出台相关政策措施予以重点推进，为推进乡村全面振兴发展提供难得的政策机遇。

三是市场机遇。当前，在生态文明和乡村振兴大背景下，人们的物质生活水平和精神追求同步提升，看得见山、望得见水、记得起乡愁正成为一种向往，远离喧嚣、亲近自然、寻味乡愁正成为一种时尚。如今国内游承接海外游，周末游、短途游、亲子游成为新风尚，将为乡村文化旅游提供难得的市场机遇。

（二）挑战

一是生态红线刚性约束下，处理好发展与保护的关系。做好生态红线划定与各类规划的有效衔接，确保生态红线保护工作既符合国家总体要求，又满足地方发展实际需要，为重大项目建设预留空间。

二是在同质化激烈竞争下，处理好特色与规模的关系。做到谋定而后动，坚持"人无我有""人有我优"的特色发展，注重特色文化的活化利用，不盲目追求规模做大，其中涉及商业化开发与原真性保护度的把握，以及产品和服务标准化等问题。

三是乡村全面振兴发展下，处理好合作与共赢的关系。一花独放不是春，百花齐放春满园。乡村振兴成果要惠及全体村民，实现全体村民共同富裕，其中涉及相对均衡的利益分配机制、激发农民主动性等实际问题。

四、目标与定位

（一）发展思路及目标

依托得天独厚的绿水青山、古村侗寨和乡土文化资源、民族文化、农业资源，秉持"方向比速度更重要""品质比规模更重要""共赢比独赢更重要"的理念，立足侗族文化传统村落的实际，以地方特色文化为切入点，以文化旅游产业带动一二三产业融合发展，吸引人才返乡创业就业，发展壮大集体经济，实现乡村全面振兴发展。

建设集党员教育培训、农耕研学体验、休闲观光旅游即"教、研、游"为一体的省级乡村文化振兴示范村，唱响"大美侗寨，时代家风"品牌。

（二）发展定位

一是依托深厚的侗族民俗文化，打造恩施州农耕研学体验区。以手工作坊为载体，展示和体验极富地方特色的手工技艺和农耕文化。

二是依托良好的生态文化资源，打造鄂西南乡村文旅休闲目的地。以古侗寨+新移民安置点为核心，以节庆活动为牵引，以民族风情表演为载体，以特色院落及民宿开发为重点，以观赏、体验为主要形式，擦亮"人间秘境——野椒园侗寨"招牌，成为宣恩旅游推介的重要名片。

三是依托野椒园家风家训教育基地（州级），打造省级党员教育培训基地。对标省级党员培训教育基地创建标准，补齐差距短板。

五、发展策略及行动计划

（一）立足生态优势，盘活特色资源——实施生态靓村工程

以微景观综合整治为抓手，以闲置民居为基础开发手工作坊和民宿，通过手工作坊+特色民宿+体验观赏，实现由点及线、由线及面，进而实现全域协同、整体推进、错位发展的新格局。

一是全域景观化。坚持农田整治和生态修复，打造全域生态大公园。以高标准农田建设为契机，建设千亩稻谷梯田。扩大有机茶种植面积，打造千亩有机茶园。挖掘四季景观，开展特色果木种植与观赏。

二是保护历史文化资源原真性。严格落实古村落保护管理相关规定，按照修旧如旧的原则，做好张氏侗寨和杨氏侗寨修缮工作。同步开展古侗寨周边环境综合整治，做好日常管理维护。

三是盘活存量，合理利用闲置民宅，改造功能。选择部分闲置民宅，进行民宿的设计开发。按照各院落特色，改建一批手工作坊，主要包括古法造纸坊、手工编织坊、手工鞋坊、手工碾坊、手工茶坊、酒坊等技艺体验场所。

四是开展微景观综合整治，提高空间品质。按照风格统一、特色鲜明、主题突出的原则，规划设计各片区、院落景观，实现各院落、片区之间既有共性（侗族文化特征和乡土气息）又有个性（特征和特色），打造各具特色的美丽乡村院落。

（二）挖掘文化潜力，彰显古村魅力——实施文化兴村工程

围绕侗族民族文化、古侗寨家风文化、地方民俗文化，深度挖掘其精神内涵，打造"野椒园"文化品牌，实现以文化振兴助推乡村全面振兴。

一是动静结合，主打动态体验+静态观赏。依托手工作坊主打体验牌。依托古侗寨和新移民安置点主打观赏牌。（古侗寨增加静态展示内容，新移民安置点安排文艺表演。）

二是古今结合，感受侗族文化＋家风文化。文化陈列馆集中展示涉及侗族相关服饰、建筑、劳作实物、故事与传说、语言等。古侗寨集中展示涉及家风文化相关内容，主要包括张氏与杨氏家族繁衍发展历程；张氏、杨氏家族古代名士、清官勤廉、传承古今的家风家训故事；部分实物。

三是生态与科技结合，展示现代高新技术＋原生态自然环境。拍摄3D高清数字影像，运用虚拟现实技术，让游客全方位感受生态之美。

形成"八个一"的行动计划。

1. 新建一个展馆。集中静态展示体现侗族民族文化、农耕文化、民俗文化特色的实物和场景；通过数字化影像动态展示相关内容，虚拟化体验深切感受生态之美。

2. 新编一本书。系统挖掘整理野椒园相关历史文化、民族文化、民俗文化等资料，编撰《人间秘境——野椒园》（暂定名）。

3. 新排一场演出。策划打造一场极具民族风情和特色的表演，包括薅草锣鼓、侗族大歌、三棒鼓、耍耍、八宝铜铃舞等。（以节庆活动为载体，带动非遗和传统文化挖掘，既能吸引游客深度体验感受侗族传统文化，又能带动地方经济发展，形成良性可持续的传统文化传承生态链。）

4. 新编一本宣传册。编撰印制文化宣传手册，包括文化导游地图、路线推荐、景点简介等。

5. 新建一面文化墙。集中展示涉及家风家训相关内涵（"四知"遗训、"清白家风"，十二家训、十六诫、伦理、礼仪等），党风廉政建设相关的名言警句、诗词歌赋、楹联等。

6. 新修一条文化长廊。在连接张氏侗寨和杨氏侗寨的清风路两旁制作摆放一批人物展板，主要包括古代先贤、近代榜样、地区道德模范、身边先进人物事迹等，时间上由古到今，人物上由历史名人到身边普通人。

7. 畅通一条文旅路。打通村域各片区、院落之间旅游交通断点，实现交通内循环畅通无阻。

8. 制作一个宣传片。拍摄3D高清数字影像，突出展示生态之美、人文之美。

（三）注重产业融合，强化造血功能——实施产业强村工程

以农业为基础，以文化旅游产业为龙头，促进一二三产业融合发展，发展壮大集体经济。逐步形成绿色农业、观光农业、康养休闲为一体的现代农业体系。

一是做强做大林茶产业，推进农业规模化发展。进一步扩大有机茶基地种植面积，实现有机茶种植规模化、标准化、品质化，做强做大有机茶产业。以旅游

观光、采摘为牵引，实现稻谷、枇杷、树莓等规模化连片种植。支持宣安茶厂购置先进设备，扩大生产规模，不断提升宣安有机茶品牌影响力和价值。

二是打造原生态侗族文化品牌，形成产业发展合力。发展文旅产业、民宿产业、休闲产业、康养产业等。开发文化创意产品，打造文创品牌（野椒园牌）。村集体以资源参股或入股方式，形成稳定的收入来源。

三是积极发展研学体验教育产业。围绕研学体验区建设，完善商业服务业、生活服务业、培训体验等产业。

四是大力发展农产品加工业。面向本地特色农产品、特色小吃，进行简单粗加工，同步推进品牌化进程。

（四）强化基础设施，补齐发展短板——实施服务立村工程

聚焦村民基本生活和旅游发展需要，以保障基本、契合发展为重点，以优化服务功能为主攻方向，坚持"软硬"基础设施一起抓，逐步建立全域覆盖、普惠共享、生态宜居的基础设施服务网络。

一是完善公共服务设施，提高村民生活品质。开展调查摸底，针对性地新建一批公共文化基础设施，为村民开展文体活动提供便利条件。新建基层综合治理中心，优化村委会办公楼办事大厅功能设置，让村民享受到更优质的基本公共服务。利用闲置村委会、文化广场等存量资源，注重发挥村文艺骨干作用，引导村民广泛开展形式多样的文体活动；定期聘请老师，开展专业培训，培育基层特色文化团队。

二是完善家风家训教育基地基础设施建设。新建大讲堂和宿舍（集中学习、住宿，规模100人），配备必要教学设备设施。设置"H"形分区，以中间过廊为界，分为正面典型和反面教材两部分，通过两个空间的穿越体验，进一步强化党员党性信念。

三是完善旅游服务设施。新建一批服务驿站、停车场、旅游厕所、绿道、旅游交通标示牌等。改扩建游客服务中心。

（五）加强组织建设，提升治理效能——实施党贤治村工程

充分发挥基层党组织的战斗堡垒作用、乡贤的积极作用，积极探索"村'两委'班子＋乡贤"乡村治理模式，以理事会为纽带，引导激励人人拥护、人人参与、人人尽力，实现党建统领、基层治理与乡村振兴有机融合。

一是注重村"两委"班子建设。以党建为引领，以主题党日活动为载体，建立常态化、制度化学习交流机制。一方面，加强政治理论学习，强化宗旨意识，坚定理想信念，切实履行党员义务，始终保持先进性；另一方面，加强乡村振兴相关理论和政策学习，不断提高"领头雁"把方向、抓大事、谋全局的能力和水

平。

二是注重发挥乡贤作用。依托村籍文化名人、领导干部、退休教师和干部、企业家等贤达人士，组建野椒园乡村振兴理事会，建立健全沟通联系和决策咨询机制，充分发挥乡贤在乡村产业发展、文化资源开发、招商引资推介、邻里矛盾调解、乡风文明引导等方面的主观能动性，激发参与乡村建设的积极性和创造性。

三是注重基层治理能力建设。完善基层矛盾调解机制和调解队伍建设，提高基层治理专业化、法治化水平。加强学习培训，提高村干部在宣传解读政策、调解矛盾纠纷、维护合法权益等方面的工作能力和水平，着力解决好村民的操心事、烦心事、揪心事，切实增强村民的获得感、幸福感、安全感，厚植党执政的群众基础。做好数字乡村平台试点工作，解决好"想用""能用""好用""会用"的问题。

四是注重推进村民自治。按照征集民意、拟定草案、提请审核、审议表决、备案公布的流程，制定务实管用村民公约；以正面引导为主，开展模范家庭评选、文明院落推选等活动，培育好家风、传承好家训，以家风带民风、以民风助村风、以村风促社风。

2021 年 9 月 18 日

第六章　野椒园侗寨文化展示馆展陈内容

壹

要想办好展示馆，就要大胆突破思维定式，敢于创新，善于谋变，秉持着"不比规模比特色，抓住本质搞创新"，必须找出吸引人的亮点，通过充分挖掘当地文化内涵和特色，合理利用新技术来点亮展示馆。还可以通过深度挖掘文物的丰富内涵，开发出一系列具有地方特色的文创产品，来带动展示馆文化产业的发展。

挖掘和保护旅游文化资源是一项学科门类多、知识涉及广、纵向历史久远、涉及高中低档产业的系统工程。办展示馆是旅游文化资源保护与应用的一个重要环节。必须谦虚谨慎，小心为之，扎实办之。

展陈目的：让各地游客和青少年儿童了解侗寨的民族文化、历史文化、农耕文化、生态文化等，从而获得知识、受到教育、开阔眼界、享受到审美愉悦。

展陈内容：展陈侗寨的民族文化、历史文化、农耕文化、独特工艺流程、生态文化等相关的独特展品或者图片。独特包括两层意思：一是纵向的、沉淀的历史文化展品；二是横向的、地域差异性的展品。

展陈特色：一是渔樵耕读、男耕女织等农耕文化特色；二是侗族文化特色；三是侗寨红色文化特色；四是生态文化特色。

展陈原则：实物为主，图片为辅。既重全面，更重独特。以古为重，兼具现代。

根据其他地方办展示馆的成功经验，办展示馆有两个核心环节要特别关注：

一是展品内容由调查研究的专家提供，设计公司确保按专家意图进行设计；二是由设计公司组织施工，确保设计理念的落实。

展陈形式：实物陈列展示，图文+场景展示，图文+模型展示，操作展演，操作体验，声光展示，图片文字展示，图文+多媒体视频展示。

展陈馆展品搜集途径：捐赠，购买，登记造册，妥善保存，按展品功能有序展陈。

按展品性质分类有：木质类、竹质类、陶瓷类、金属类、石质类、布质类、纸质类、声光类、场景类（制造工具和使用工具）等。

按展品功能分类有：生产工具类：稻田作物生产工具类，旱地作物生产工具类，加工工具类；作坊工艺类：传统造纸类，传统炮火制作类，传统榨油加工类（桐子油、油菜籽油、油茶籽油、漆子油、木梓油），传统棉纺类，传统印染类。狩猎类，打鱼类等。

生活工具类：饮食加工制作类，服饰类，婚嫁类，住宿类，交通类，祭祀类，音乐歌舞类，文化书画类等。

贰

野椒园文化展示馆展品序列清单（有蜡人像最好）。

（一）作坊加工工具类系列

1. 传统造纸流程展品清单

塑胶慈竹，成捆竹麻，榨麻池，洗麻，牛拉碾麻处（大碾子、碾槽、将军柱、木架、枷档纤绳、牛打脚等），碾好的麻样品，操纸处（青石纸槽、膏样品、拦膏池、造纸簾子、簾架、操纸工具、全套榨纸木榨等），起纸工具，榨干的纸垛子，晾晒形象，各种土纸规格及样品（包装纸、卫生纸、炮火纸、书写纸、小纸、大纸、祭祀用纸等），捆好的等待出售的纸挑子，打上印鉴的待出售的纸。

2. 传统炮火制作流程展品清单

传统土纸切割好的样品，圆月形切纸刀，切纸板，赶橉，赶橉桌，桌有赶的炮火筒子样品，赶橉椅，赶芯，捆好的六方形炮火筒子，切筒子的木槽，夹板，楔子，圆月切筒子刀，切开的六方形筒子样品（含小炮火筒子、二炮火筒子、小炮火筒子三种，以下样品一律三种都要有），称炮火饼。

引子制作工具，皮纸裁好的样品，打引子的形象，火药样品（不含硝，可加硫黄粉，增加重量），制作火药的工具（筲筛、碓、杉木炭、炭粉等样品），制作黄泥籽、黄泥粉的工具，干黄泥粉，干黄泥籽等。

三种抹好面的样饼，三种覆盖好皮纸的样饼，三种插好一半孔的样品，三种灌好火药的样饼，三种钉一半尾部黄泥的样品，三种锥引子孔样品，三种插引子的样品，三种钉引子的样品，三种钉好引子的成品样品。各种正在编的炮火样品，各种传统包装好、打好税务印鉴的小托、中托、大托的炮火成品样品（小炮夹大炮，每隔一段编三个大炮）。二炮样品用途，炸龙灯时用。

3. 传统榨油制作流程清单

采访原野椒园村四组宋长清家的后裔有没有物品，如木榨木油槽、各种大小木尖、撞杆、踩箍铁圈、各种油桶、蒸枯甑、灶、石碾子、石碾槽、将军柱、牵拉支架等。

4. 棉纺系列

纺车类，织布类，织布机展示等。

5. 工匠工具系列

木匠工具系列：斧头、墨斗、曲尺、直尺、五尺等，各种刨子，各种锉子，各种锯子，钉锤等。

解匠工具系列：解锯、撩锯、斧头、爪子，解料场景等。

篾匠工具系列：篾刀、刮刀、匀刀等。

石匠工具系列：手锤、圆钻、扁钻、小风箱、铁砧、修钻子场景。

其他工匠工具系列。

（二）农耕文化系列展品清单

1. 传统水稻生产类（非杂交稻）

春种清单：犁、耙、钉耙、锄口、枷档、犁楜、纤绳、牛打脚（打脚木）、犁扣子、牛鼻卷、牛索。草鞋。黄泥巴水选稻谷种，泡谷种，撒发芽谷种，分厢，施粪肥，打药，喷雾器。扯秧子、捆秧子、挑秧子、打秧子场景图片，栽秧子（纵四路对齐，横平）图片，栽秧子工具（挑秧子的撮箕、栽秧盆，船，灰等）。

夏管清单：各种薅秧拐棍，各种大小斗笠、草帽、棕帽、蓑衣等。扯秧草、割田坎草、打药、施肥、管田水的图片等。

秋收清单：各种铧镰，各种搭斗，各种围席，各种搬子，各种箩筐，各种背篓、围腰，各种竹木扁担，各种千担。

搭谷：笼稻草技巧、捆稻草、挑稻草、码稻草、草树场景图片。晒席、哈谷

耙、风车、谷堆图片，印盒，横板谷仓门，牛尾锁（做一面的样式）。

稻谷加工：木响碌、磨打钩全套、石碓窝、碓杆全套。风车、筛子、簸箕、箩筻、米筛、隔筛、撮瓢，稻米样品。

2. 旱地作物工具类

各种挖锄，各种薅锄，各大中小镰刀，桐油、石灰，拌有桐油石灰的玉米种子。播种玉米的笆篓；播种玉米的情景。

薅玉米（苞谷）草的场景（薅草锣鼓），收获玉米（打苞谷）的场景，掰玉米的特写，挑玉米的篓子、扁担。装满玉米篓子、箩筻、背篓的插花图片两种造型（如和尚头，全部插满，玉米尖一律朝下，也有周围插一圈的，同样是玉米尖一律朝下），包括带壳的和不带壳的（肉托）两种形式，可设计成体验形式。插花的好处，一是可以多装，二是体现出劳动之美，丰收之喜悦。挑玉米的场景，号子、山歌。

剥玉米场景。月下，一群男女老幼围着小山一样的玉米堆，愉快地剥开带壳玉米，将金灿灿的玉米往箩筻或背篓里丢，也有白天场景的。

扯黄豆、饭豆，晾黄豆、饭豆的场景图片。黄豆、饭豆样品图片。

夏日里，割小麦、割燕麦的图片，挑小麦、挑燕麦的图片，荞子开花的图片，春或秋收割荞子的图片，挑荞子的图片，打小麦、打荞子的图片。

3. 建筑类

再现侗寨建筑，模型两个，稍大一点，具体规格待定。

四水归堂天井式吊脚楼模型，一正两厢房四层吊脚楼模型（恩檐为象鼻舔水型）。

鼓楼模型、花桥模型各一。

4. 侗家生活系列

半边火炉，火炉四块青石围成的矩形，中架三脚，鼎罐，摆长凳及木椅，上挂木炕、挂腊肉等；三眼灶，留有灶神张单（发明灶的人）位孔（美观、省材，安放火柴），安大灶锅、三水锅和小耳锅，三水锅与小耳锅之间配热水鼎罐，石水缸，大小木瓢瓜，竹瓢瓜等。

木质用品：水桶、小桶等圆形类的木质盆桶等（如桐油桶、菜油桶、漆桶、米桶、扁缸、猫桶等）。

木质钩钩用具：长短板凳、方凳、圆凳，各种椅子等。各种木桌子、洗脸架等。

嫁妆：如木床、衣柜、柜子、抽屉、衣厢、圆炉、小桌子、八仙桌、高板凳、梳妆台、洗脸架、蚊帐、帐杆、帐钩等系列。

竹制用品：圆形竹筒类的用具。有盖的无盖的竹编用具。如竹瓢、竹桶、竹筒、竹篮、竹饭篓等方的圆的长方形的有盖的无盖的等。箩筐、箩篼、竹撮瓢、背篓、密背篓、花背篓、背小孩的背篓、皮篓子、孵野鸡的篓、炭篓等。筛子，如米筛、隔筛、粑粑筛、筛灰篮。麻篮，各种寮箕。大小簸箕，大小竹席、竹草索。竹制烟杆。

竹质烟杆、铜质烟杆。

灯具系列，如手提式桐油灯、立式桐油灯、灯盏碗、马灯、美壶灯、墨水瓶灯等。

陶瓷用品，坛坛罐罐，碗碗筷筷，调羹勺子，锅铲铁瓢等。

鞋子系列，皮革钉鞋、马鞍鞋，布鞋、棉鞋，草鞋、套草鞋。鞋样，布壳，鞋底等。

5. 捕鱼狩猎工具系列

三板船，传统旋网，大小闹兜，传统钓钩，大小鱼叉，各种渔卷卷、渔笆篓等。

狩猎（赶山）工具，牛角号、火枪、猎网、梭镖、马刀、镰刀、猎狗等。

6. 文物文化系列

侗族音乐歌舞及地方戏剧系列。

展陈侗族乐器：大中小侗族琵琶、侗族牛腿琴、侗族芦笙和侗笛。二胡、笛子、葫芦笙等民族乐器。

展陈侗族舞蹈服装实物、图片等。

展陈南剧服装：相关道具、图片等。

展陈侗族服饰系列：如长衫，多民族融合后的服饰，如大襟衣、大裤、腰带、丝帕等。纯侗族服饰系列。

家教家风系列。

展陈各种古家谱：张氏家谱、杨氏家谱、鞠氏家谱实物等。如古谱、家教、家风、家训、家规的复印件展示。

展陈各种古籍、古书，四十年前书籍、报刊等。

展陈各种书法、绘画、雕塑、文学作品等。

7. 印染系列

蓝靛样品，各种印花布匹。

8. 人物类

选择标准：以关注家乡、热爱家乡、为家乡做出牺牲的，为家乡做出奉献的，能够面向全国有榜样示范作用的本村侗寨的代表性人物。如口碑好的受到较

级别表彰者，有成就和作品的文化人，本科以上学历者，从事国家尖端科技工作者（保密工作者除外），道德模范、劳动模范、清廉榜样、红军烈士、退役军人等。

以上清单，根据资源情况可进行增补。

2022 年 11 月 29 日

第七章 野椒园侗寨景区保护与开发大事记

2009年

6月4日至6日，恩施州政协常委、恩施职业技术学院副教授、恩施州巴文化研究会秘书长谭庆虎和何智斌一行沿贡水河对野椒园侗寨、蚂蚁洞村及七眼泉、桐子营等地进行了实地调研和考察。

7月，宣恩县文物所所长段绪光、副所长田长英等考察村落文物时，发现了野椒园侗寨，随后恩施州巴文化研究会谭庆虎率州县专家对野椒园侗寨进行实地考察与踏勘。

9月，恩施州巴文化研究会秘书长、恩施职业技术学院巴文化研究所专家谭庆虎联合湖北民族大学、三峡大学的专家教授开始对野椒园侗寨进行旅游文化资源调查，县乡党委、政府高度重视，并安排张永耀、张建平、张良成等配合专家调查。

2010年

1月23日，田长英的《宣恩野椒园侗寨》一文在《恩施日报》发表，引起社会热烈反响。

6月18日，恩施职业技术学院谭庆虎、三峡大学赵大友、张建平、张永耀一行对野椒园、蚂蚁洞、七眼泉、桐子营一线等村进行了文化旅游资源的实地考察。

7月，由谭庆虎教授主持编写的《宣恩县晓关侗族乡野椒园侗寨文化旅游资

源调查报告》完成。

7月12日，晓关侗族乡党委、乡政府邀请州县专家学者对《宣恩县晓关侗族乡野椒园侗寨文化旅游资源调查报告》（以下简称《调查报告》）进行评审，鉴于有专家对野椒园侗寨开发存在不同看法，会上恩施州巴文化研究会的张建平提出依托野椒园侗寨和即将建成的桐子营电站水库的资源，建立野椒园生态文化旅游区的构想，受到与会者的肯定。"两圈"指外环圈和内环圈，"外环圈"由晓关堰塘坪—大岩坝—晓关—野椒园—平地坝大桥—白岩沟—梯子坎—郑家湾—干家坝—桐子营三个岩—堰塘坪的往返线路圈；"内环圈"由野椒园侗寨—蚂蚁洞—桥塘—七眼泉大桥—干家坝—郑家湾—梯子坎—白岩沟—平地坝大桥—野椒园的往返线路圈；"一路"指水上线路，即由野椒园侗寨至长沙坝码头上船—蚂蚁洞—桥塘—干家坝码头的水上往返线路。此次专家评审会议定开发野椒园侗寨为生态文化旅游区。会议由时任晓关乡党委副书记、常务副乡长姚金超主持。

7月20至23日，张建平、张永耀在乡政府办公室审读修改通过的《调查报告》。

7月30日，新华社新华网发表何光的《湖北宣恩的侗族古院落》，并发表七幅野椒园张氏侗寨古院落图片，野椒园张氏古侗寨第一次展现在全国乃至全世界人民面前。

2011年

10月26日，三峡大学教授赵大友一行来野椒园进行规划设计考察。

11月26至27日，恩施职业技术学院谭庆虎教授、湖北民族大学陶慧博士一行来野椒园，先后对景区内的野椒园、蚂蚁洞、七眼泉、干家坝、桐子营等规划景区进行实地规划设计的实地考察。

2012年

6月27至30日，宣恩县旅游局局长黄启紫率局领导孙弘、杨天德等，同恩施州电视台摄制组来晓关侗族乡野椒园村拍摄宣恩《幺妹儿带你耍》专题片，历时三天，由州电视台主持人杨宇客串，张建平、杨芳出演，着重对野椒园景区旅游文化资源进行介绍与展示。专题片制作完成后，于同年7月16日至20日在恩施州电视台分为三集进行了多次展播。

8月上旬，张建平受托对《宣恩县晓关侗族乡野椒园古侗寨民俗旅游度假区总体规划》进行校审。

10月,第一个《野椒园生态文化旅游区规划》完成。由恩施职业技术学院巴文化研究所、三峡大学旅游规划与发展研究中心编制的《宣恩县晓关侗族乡野椒园古侗寨民俗旅游度假区总体规划》在宣恩县旅游局评审通过。

2014年

7月,野椒园侗寨被湖北省人民政府公布为省级文物保护单位。

11月26日,野椒园村被国家住建部、文化部、国家文物局、财政部、国家旅游局等联合公布为第三批国家传统村落。

12月,第一个《野椒园生态文化旅游区规划》在宣恩县旅游局通过专家评审。

2015年

7月17日,野椒园旅游建设项目通过环境影响评价。

2016年

1月18日,野椒园旅游区修建性详细规划评审通过。

4月14日,宣恩野椒园旅游区项目开工仪式在晓关侗族乡野椒园村隆重举行。县政协主席、县旅游领导小组组长张频出席开工仪式宣布开工;县委常委、县政法委书记黄同元致辞;县领导郭晖、覃正彪、陈浩出席开工仪式。仪式由县委常委、副县长郭晖主持。旅游区规划面积为15平方千米,涉及四个村,整个景区布局为"一轴两翼三珠四区",主要有古侗寨、十八坊传统手工艺水街、树上宾馆、树上茶座、竹排漂流、户外拓展、汽车露营等项目。晓关侗族乡主要负责人,县财政局、旅游局、国土资源局等单位相关负责人参加开工仪式。

同日,由中共宣恩县晓关侗族乡党委主办、宣恩县摄影家协会承办的"人间秘境·水墨侗乡"摄影大赛结果揭晓,摄影师用102张精美摄影作品带你走进人间秘境·水墨侗乡,镜头记录了侗乡蓬勃发展的景象。

7月9日,农历六月初六,是晓关乡侗族成立三十周年的日子。野椒园侗寨张氏侗寨和杨氏侗寨均完成修复,正式对外开门迎客。野椒园侗寨景区38千米外环线被定为"维民杯"宣恩县第四届全国山地自行车邀请赛赛道,来自全国各

省的自行车选手参加了全程比赛；来自全国各地的游客聚焦野椒园侗寨景区，车如流，人如织，热闹非凡。

2017年

5月17日，晓关侗族乡野椒园侗族大歌艺术团成立。

6月6日，县政协主席黄同元一行来晓关侗族乡野椒园调研，听取乡党委政府关于野椒园侗族文化的挖掘、保护、传承的工作情况汇报，了解侗族大歌艺术团的培训情况，实地考察野椒园侗寨景区的开发进展情况。

6月7日，县委副书记、县长覃率县政府、人大、政协及县直相关单位负责人到野椒园调研，要求加快野椒园景区建设进度，并召开野椒园文化旅游建设调研会，听取晓关乡党委书记唐猛关于野椒园景区建设的情况汇报，县直相关单位对各自分配的任务做了表态发言。

6月8日上午，县林业局钟局长一行在副乡长陈帮立陪同下，实地踏勘研究千年红豆树的抢救保护措施，拟请专家提出可行方案。下午，县住建局熊副局长率省住建厅推荐的空中数字博物馆策划拍摄人员一行四人，在副乡长陈帮立陪同下，对野椒园侗寨进行实地拍摄制作等工作。

6月20日，野椒园整个传统村落数字博物馆的拍摄、制作、录入和纸质材料完成并上传省住建厅。

7月27日，野椒园停车场公厕征地完成。

12月13日，原野椒园文化旅游区的开发公司因资金问题撤出。

12月26日，陈帮立、汤智兴、张永耀等对野椒园公厕进行项目验收。

2018年

3月23日，由重庆九问创意策划咨询有限公司规划制作的《宣恩县晓关乡野椒园村旅游总体规划及节点详细规划》在晓关乡政府进行初审。

5月，野椒园侗寨被载入《宣恩印象1234567》一书。

7月6日，湖北省民委主任马萍在县委书记刘智勇陪同下来野椒园侗寨进行民族文化的保护、传承的调研。

7月9日，《宣恩县晓关乡野椒园村旅游总体规划及节点详细规划》制作完成。

11月1日，野椒园侗寨寨民张建平应湖南省麻阳县委、县政府邀请，以外迁专家学者身份参加麻阳苗族自治县成立三十周年庆典。

2019年

2月25日，省民委、省人大主任委员王永高一行在州县乡领导陪同下来野椒园侗寨进行调研。

2021年

7月28日，省委军民融合办副主任邓明忠到野椒园村调研，并送驻村工作队全体队员正式进驻野椒园村。

7月29日，省委军民融合办副主任杨峰到野椒园村开展专题调研。

8月10日，宣恩县晓关侗族乡野椒园村游步道建设项目合同正式签订。

8月24日，驻村工作队联合村"两委"组织召开野椒园村发展与建设规划座谈会，邀请村文化名人、非遗传承人、退休干部、退休老师等二十余人参加会议。

8月31日，张建平的《人间秘境野椒园》一文（新华记者何峰配图）在《恩施日报》整版推出发表。

9月28日，张建平、张永耀与省工作队罗金钢队长，成员李志恒、祝宝辉等一行五人对野椒园景区第三次详规范围内的野椒园、贡桥、七眼泉、桐子营及小溪、官千大坝景区内进行实地考察。

11月，野椒园侗寨入选华中科技大学出版社出版的《恩施州传统村落历史文化丛书·宣恩县传统村落》一书。

12月2日，省委军民融合办副主任袁善谋到野椒园村调研乡村振兴相关工作。

12月14日，关于编辑出版《人间秘境野椒园》项目经省委军民融合办领导审批同意，正式进入实质性操作阶段。

12月20日，野椒园张氏侗寨与杨氏侗寨之间木质连接步道建成，投入使用。

12月27日，宣恩县野椒园传统村落集中连片保护利用建设项目（含花桥、鼓楼、十八坊等）合同正式签订。

12月28日，省委军民融合办常务副主任冯仲凯到野椒园村调研指导乡村振兴和驻村帮扶工作。恩施州委常委、州委统战部部长、副州长田金培，宣恩县委

书记习覃陪同调研并出席座谈会。

2022 年

1 月 25 日，恩施州人民政府副州长杨盛僚一行到野椒园村调研并慰问困难群众，县人民政府副县长孙涛陪同调研。

3 月 9 日，恩施州副州长杨盛僚到野椒园村调研州级乡村振兴示范村建设情况。

3 月 15 日，省委军民融合办与恩施州巴文化研究会秘书处进行接洽和资质验证。

3 月 31 日，《人间秘境野椒园》项目合同签订，由恩施州巴文化研究会承接该书编撰出版工作并组织实施。

4 月 5 日，由湖北省作家协会会员、恩施州巴文化研究会理事、中学高级教师张建平牵头，在宣恩县博物馆召开《人间秘境野椒园》一书的第一次编撰工作会议。

4 月 7 日，编辑组一行五人率先对野椒园白岩沟大裂谷和长沙坝古渡口及古桥梁处进行田野调查。

4 月 20 日，编撰组一行五人赴野椒园村宋家沟片区先后对银江洞、祈雨黑潭、红江瀑布、红军李保山烈士墓、宋家沟河漂流的可行性、大湾侗寨等文化旅游资源进行实地调研考察。

4 月 21 日，编辑组一行五人赴野椒园村对白沙溪片区赵家院子、夏家院子、白沙溪院子、黑山及泡木垱等地文化旅游资源进行实地调研考察。

4 月 22 日，编辑组一行五人赴野椒园村对坪地坝片区干溪杨家院子、干溪渡口和坪地坝的文化旅游资源进行实地调研考察。

5 月 20 日，编撰组一行进入红江大峡谷实地考察，走访上莫慌岩黑潭和洞穴资源等进行详细调研。

6 月 8 日，宣恩县晓关乡野椒园村通村道路黑色化建设项目合同正式签订。

6 月 16 日，编撰组一行对著名的红江大堰、老鹰洞、二台坪优质稻米基地、白果树钟家院子、白沙溪、坪地坝等进行实地调查。

7 月 22 日，省委军民融合办副主任周峰到野椒园村开展专题调研。

8 月 9 日，张建平的《白岩沟大裂谷》图文（吴明清、张永耀配图）在《恩施日报》整版推出发表。

8 月 30 日，张建平的《野椒园云海》图文（张永耀、吴明清配图）在《恩施日报》整版推出发表。

9月15日，编撰组一行先后来到野椒园村宋家沟河源头的龙桥湾龙口、红江一级电站、红江二级电站、红江三级电站、神仙岩、河包田、红江峡谷龙彊谷口实地调查和测算。

9月29日，宣恩县政协副主席李明然带领县政协新闻出版界别委员，围绕"侗族文化挖掘、传承与利用"主题，来到野椒园侗寨调研侗族文化，推动实施"文化+"相关产业工程，促进农文旅融合发展。

11月22日，湖北省委军民融合办常务副主任杜海洋到野椒园村调研野椒园侗寨风雨桥、九佬十八匠侗族特色建筑群和传统村落保护与开发利用项目建设情况并指导乡村振兴工作。恩施州委常委、副州长王磊，宣恩县委书记习覃参加调研。

12月13日，张建平的《红江大峡谷：大自然雕琢出的人间胜境》图文在《恩施日报》整版推出发表。

2023年

3月17日，编撰组一行到野椒园村搜集整理野椒园侗寨保护与开发大事记等有关资料。

2024年

3月，《人间秘境野椒园》一书由哈尔滨出版社正式出版发行。

附 录

野椒园古侗寨休闲度假旅游区资源评价

根据中华人民共和国标准 GB/T18972—2003《旅游资源分类、调查与评价》，经过恩施职业技术学院巴文化研究所组织专家调查，野椒园古侗寨旅游区旅游资源分属八个主类，十五个亚类，计有二十五个基本类型。经旅游资源评价赋分标准估算，该景区综合得分为 79 分，为四级旅游资源，具有重要的文物保护价值与旅游开发价值。具体资源禀赋与资源评价赋值如下表。

表 1　野椒园古侗寨旅游资源分类表

主类	亚类	基本类型
A 地文景观	AA 综合自然旅游地	AAA 山丘型旅游地　AAB 谷地型旅游地　AAC 沙砾石地型旅游地　AAD 滩地型旅游地　AAE 奇异自然现象　AAF 自然标志地　AAG 垂直自然地带
	AB 沉积与构造	ABA 断层景观　ABB 褶曲景观　ABC 节理景观　ABD 地层剖面　ABE 钙华与泉华　ABF 矿点矿脉与矿石积聚地　ABG 生物化石点
	AC 地质地貌过程形迹	ACA 凸峰　ACB 独峰　ACC 峰丛　ACD 石（土）林　ACE 奇特与象形山石　ACF 岩壁与岩缝　ACG 峡谷段落　ACH 沟壑地　ACI 丹霞　ACJ 雅丹　ACK 堆石洞　ACL 岩石洞与岩穴　ACM 沙丘地　ACN 岸滩
	AD 自然变动遗迹	ADA 重力堆积体　ADB 泥石流堆积　ADC 地震遗迹　ADD 陷落地　ADE 火山与熔岩　ADF 冰川堆积体　ADG 冰川侵蚀遗迹
	AE 岛礁	AEA 岛区　AEB 岩礁
B 水域风光	BA 河段	BAA 观光游憩河段　BAB 暗河河段　BAC 古河道段落
	BB 天然湖泊与池沼	BBA 观光游憩湖区　BBB 沼泽与湿地　BBC 潭池

300

续表

主类	亚类	基本类型
B 水域风光	BC 瀑布	BCA 悬瀑　BCB 跌水
	BD 泉	BDA 冷泉　BDB 地热与温泉
	BE 河口与海面	BEA 观光游憩海域　BEB 涌潮现象　BEC 击浪现象
	BF 冰雪地	BFA 冰川观光地　BFB 常年积雪地
C 生物景观	CA 树木	CAA 林地　CAB 丛树　CAC 独树
	CB 草原与草地	CBA 草地　CBB 疏林草地
	CC 花卉地	CCA 草场花卉地　CCB 林间花卉地
	CD 野生动物栖息地	CDA 水生动物栖息地　CDB 陆地动物栖息地　CDC 鸟类栖息地　CDE 蝶类栖息地
D 天象与气候景观	DA 光现象	DAA 日月星辰观察地　DAB 光环现象观察地　DAC 海市蜃楼现象多发地
	DB 天气与气候现象	DBA 云雾多发区　DBB 避暑气候地　DBC 避寒气候地　DBD 极端与特殊气候显示地　DBE 物候景观
E 遗址遗迹	EA 史前人类活动场所	EAA 人类活动遗址　EAB 文化层　EAC 文物散落地　EAD 原始聚落
	EB 社会经济文化活动遗址遗迹	EBA 历史事件发生地　EBB 军事遗址与古战场　EBC 废弃寺庙　EBD 废弃生产地　EBE 交通遗迹　EBF 废城与聚落遗迹　EBG 长城遗迹　EBH 烽燧
F 建筑与设施	FA 综合人文旅游地	FAA 教学科研实验场所　FAB 康体游乐休闲度假地　FAC 宗教与祭祀活动场所　FAD 园林游憩区域　FAE 文化活动场所　FAF 建设工程与生产地　FAG 社会与商贸活动场所　FAH 动物与植物展示地　FAI 军事观光地　FAJ 边境口岸　FAK 景物观赏点
	FB 单体活动场馆	FBA 聚会接待厅堂（室）　FBB 祭拜场馆　FBC 展示演示场馆　FBD 体育健身馆场　FBE 歌舞游乐场馆
	FC 景观建筑与附属型建筑	FCA 佛塔　FCB 塔形建筑物　FCC 楼阁　FCD 石窟　FCE 长城段落　FCF 城（堡）　FCG 摩崖字画　FCH 碑碣（林）　FCI 广场　FCJ 人工洞穴　FCK 建筑小品
	FD 居住地与社区	FDA 传统与乡土建筑　FDB 特色街巷　FDC 特色社区　FDD 名人故居与历史纪念建筑　FDE 书院　FDF 会馆　FDG 特色店铺　FDH 特色市场
	FE 归葬地	FEA 陵区陵园　FEB 墓（群）　FEC 悬棺

续表

主类	亚类	基本类型
F 建筑与设施	FF 交通建筑	FFA 桥　FFB 车站　FFC 港口渡口与码头　FFD 航空港　FFE 栈道
	FG 水工建筑	FGA 水库观光游憩区段　FGB 水井　FGC 运河与渠道段落　FGD 堤坝段落　FGE 灌区　FGF 提水设施
G 旅游商品	GA 地方旅游商品	GAA 菜品饮食　GAB 农林畜产品与制品　GAC 水产品与制品　GAD 中草药材及制品　GAE 传统手工产品与工艺品　GAF 日用工业品　GAG 其他物品
H 人文活动	HA 人事记录	HAA 人物　HAB 事件
	HB 艺术	HBA 文艺团体　HBB 文学艺术作品
	HC 民间习俗	HCA 地方风俗与民间礼仪　HCB 民间节庆　HCC 民间演艺　HCD 民间健身活动与赛事　HCE 宗教活动　HCF 庙会与民间集会　HCG 饮食习俗　HCH 特色服饰
	HD 现代节庆	HDA 旅游节　HDB 文化节　HDC 商贸农事节　HDD 体育节
数量统计		
8 主类	31 亚类	155 基本类型

[注] 如果发现有本分类没有包括的基本类型时，使用者可自行增加。增加的基本类型可归入相应亚类，置于最后，最多可增加 2 个。编号方式为：增加第 1 个基本类型时，该亚类 2 位汉语拼音字母 + Z、增加第 2 个基本类型时，该亚类 2 位汉语拼音字母 + Y。

表 2　野椒园古侗寨旅游资源评价赋分表

评价项目	评价因子	评价依据	赋值
资源要素价值（85 分）	观赏游憩使用价值（30 分）	全部或其中一项具有极高的观赏价值、游憩价值、使用价值。	30—22
		全部或其中一项具有很高的观赏价值、游憩价值、使用价值。	21—13
		全部或其中一项具有较高的观赏价值、游憩价值、使用价值。	12—6
		全部或其中一项具有一般观赏价值、游憩价值、使用价值。	5—1

续表

评价项目	评价因子	评价依据	赋值
资源要素价值（85分）	历史文化科学艺术价值（25分）	同时或其中一项具有世界意义的历史价值、文化价值、科学价值、艺术价值。	25—20
		同时或其中一项具有全国意义的历史价值、文化价值、科学价值、艺术价值。	19—13
		同时或其中一项具有省级意义的历史价值、文化价值、科学价值、艺术价值。	12—6
		历史价值，或文化价值，或科学价值，或艺术价值具有地区意义。	5—1
	珍稀奇特程度（15分）	有大量珍稀物种，或景观异常奇特，或此类现象在其他地区罕见。	15—13
		有较多珍稀物种，或景观奇特，或此类现象在其他地区很少见。	12—9
		有少量珍稀物种，或景观突出，或此类现象在其他地区少见。	8—4
		有个别珍稀物种，或景观比较突出，或此类现象在其他地区较多见。	3—1
	规模、丰度与概率（10分）	独立型旅游资源单体规模、体量巨大；集合型旅游资源单体结构完美、疏密度优良级；自然景象和人文活动周期性发生或频率极高。	10—8
		独立型旅游资源单体规模、体量较大；集合型旅游资源单体结构很和谐、疏密度良好；自然景象和人文活动周期性发生或频率很高。	7—5
		独立型旅游资源单体规模、体量中等；集合型旅游资源单体结构和谐、疏密度较好；自然景象和人文活动周期性发生或频率较高。	4—3
		独立型旅游资源单体规模、体量较小；集合型旅游资源单体结构较和谐、疏密度一般；自然景象和人文活动周期性发生或频率较小。	2—1
	完整性（5分）	形态与结构保持完整。	5—4
		形态与结构有少量变化，但不明显。	3
		形态与结构有明显变化。	2
		形态与结构有重大变化。	1

续表

评价项目	评价因子	评价依据	赋值
资源影响力（15分）	知名度和影响力（10分）	在世界范围内知名，或构成世界承认的名牌。	10—8
		在全国范围内知名，或构成全国性的名牌。	7—5
		在本省范围内知名，或构成省内的名牌。	4—3
		在本地区范围内知名，或构成本地区名牌。	2—1
	适游期或使用范围（5分）	适宜游览的日期每年超过300天，或适宜于所有游客使用和参与。	5—4
		适宜游览的日期每年超过250天，或适宜于80%左右游客使用和参与。	3
		适宜游览的日期超过150天，或适宜于60%左右游客使用和参与。	2
		适宜游览的日期每年超过100天，或适宜于40%左右游客使用和参与。	1
附加值	环境保护与环境安全	已受到严重污染，或存在严重安全隐患。	-5
		已受到中度污染，或存在明显安全隐患。	-4
		已受到轻度污染，或存在一定安全隐患。	-3
		已有工程保护措施，环境安全得到保障。	3

附：计分与等级划分

五级旅游资源，得分值域 ≥ 90 分。

四级旅游资源，得分值域 ≥ 75—89 分。

三级旅游资源，得分值域 ≥ 60—74 分。

二级旅游资源，得分值域 ≥ 45—59 分。

一级旅游资源，得分值域 ≥ 30—44 分。

参考文献

1. 清同治二年版《宣恩县志》。
2. 宣恩县志编纂委员会编著.《宣恩县志》[M].武汉工业大学出版社，1995.
3. 宣恩县志编纂委员会编著.《宣恩县志》[M].方志出版社，2011年10月第1版.
4. 宣恩县地名志办公室编.《宣恩县地名志》[M].1988.
5. 政协宣恩县委员会编著.《宣恩印象1234567》[M].2018.12.
6. 政协恩施州委员会，政协宣恩县委员会编著.《宣恩县传统村落》[M].华中科技大学出版社，2021.11.
7. 张良皋.《匠学七说》[M].北京：中国建筑工业出版社，2002.
8. 张良皋.《巴史别观》[M].北京：中国建筑工业出版社，2006.
9. 何兆兴主编，张良皋撰文.《老门楼》[M].北京：人民美术出版社，2003.
10. 张良皋，李玉祥.《乡土中国·武陵土家》北京：生活·读书·新知三联书店，2001.
11. 田长英.《宣恩民间建筑》[M].湖北人民出版社，2006.
12. 李正生.《湖北侗族研究论文集》[M].中华文辞出版社，2021.11.
13. 宣恩县侗族概况编写组.《宣恩县侗族概况》，1986.1.
14. 黄可兴著.《宣恩往事》，2021.7.
15. 李培芝，段绪光主编.《宣恩县非物质文化遗产名录》，长江出版社2013.1.
16. 张建平主编.《张氏族谱》，2012.12.
17. 杨天桂，杨顺竹主编.《宣恩杨氏族谱》，2008.10.
18. 鞠清明主编.《鞠氏族谱》，2019.1.

后　记

邓　斌

　　野椒园，是湖北省恩施土家族苗族自治州宣恩县晓关侗族乡的一个行政村，并入选第三批中国传统村落名录，野椒园张氏侗寨现已属于湖北省第六批省级文物保护单位。野椒园的村民，多为清康熙、乾隆年间由湖南、黔东等地迁入的侗家子民，后形成张氏侗寨、杨氏侗寨等十余个侗族聚落。境内峰谷交错、溪泉透迤、植被葱郁、人文荟萃，传统建筑、民间工艺与风情习俗等极具民族特色。2021 年，张建平先生向恩施州巴文化研究会提交课题，承诺组建专班，从自然生态、民族聚落、文化建筑、风情风物、乡村治理等方面，系统展示野椒园的幽邃神秘与磅礴大气。经过编撰者两年多时间的踏勘采访、调查研究、爬剔梳理与文本撰写，终于结晶成这部名叫《人间秘境野椒园》的电子书稿，从而为响应习近平总书记"举全党全社会之力推动乡村振兴，促进农业高质高效、乡村宜居宜业、农民富裕富足"的号召，铺展成一方少数民族地域的实验蓝图，勾勒出一道美轮美奂的生态人文风景线。

　　野椒园，是中国乡村肌体的一个细胞。这个细胞，潜藏在鄂西南武陵大山的峰谷丛莽间，属于典型的老（革命老区）、少（少数民族聚居）、边（远离都市，边远偏僻）、山（山大山多）、穷（物资匮乏）村落。但大自然的原始生态保存完好，古木参天，空气清新，花卉争艳，阡陌纵横，侗族聚落的古寨庭院瓦接椽连，雍容素雅。石板路、吊脚楼、燕子楼、祖庙神龛及其雕花窗棱、扫檐万字格、鼓钉磉礅等物质文化经岁月的洗礼，亦显得传承悠久，古色古香；"薅草锣鼓"、"侗族大歌"、"竹筒舞"、"芦笙舞"等非物质文化幽渺哀怨，古朴清新。侗家人的歌声与器乐，犹如清泉般地波光闪亮，年年月月随山风一道掠过村民古梦的边缘。

　　进入新世纪以来，生活在这里的侗族以及土家族、苗族人民，一方面坚持绿色、生态、有机的思路，在荒芜的坡地播种阳春，在迂回的溪河打捞岁月，植树

/ 后 记 /

造林，栽花育草，大力发展枇杷产业与茶叶种植，兴办乡村农家乐；另一方面着力发掘传统民族工艺，保护民族特色建筑，弘扬歌舞、器乐、诗赋、楹联与传说故事等民族性、地域性的风情文化，极大地促进了乡村两个文明的建设。走进野椒园，不仅可以体察到绿水青山屋舍俨然，良田美池茶果飘香，村容整洁，百姓安康，而且能够观赏到美诗美画富丽堂皇，金歌劲舞潇洒浪漫，还有竹木器具花样翻新，挑花绣朵五彩斑斓。

《人间秘境野椒园》分为上、中、下三篇。上篇"野椒园揭秘"，用诗化、散文化的精美语言，分别介绍这个"乡村细胞"的神奇风光、侗寨建筑、物产、传统工艺、民风民俗、主要节庆、音乐歌舞与传说故事，各章节夹叙夹议，有理有据，选材精当，层次分明，行文流畅，风格清新，系统展示作为"人间秘境、水墨侗乡"村落美不胜收的自然生态与人文习俗，为进一步研究多民族融合的人居文化提供了鲜活范本。中篇"野椒园写意"，收编现今多名文学作者、新闻记者、文化学者关于野椒园的诗歌、散文、通讯特写以及文化学术论文等，通过他们不同的视觉感受和理性思考，全方位摄取了野椒园的村居图景与文化积淀。下篇"野椒园拾遗"，主要从历史沿革、人文地理、人物、诗赋等方面以及乡村建设方案、文化展示内容等层面，将野椒园置入特定时空，回味保护与开发的具体进程并预示其发展前景，所录文字资料，是对前两篇揭秘、写意的恰当补充与完善。

总之，农业高质高效、乡村宜居宜业、农民富裕富足，离不开科学合理的人文关怀。只有尊重传统文化，弘扬民族精神，激活"民善于治"的内生力，强化"以治成善"的硬实力，增强"良善治理"的软实力，真正让物质与精神两个文明齐头并进，方能为乡村的全面振兴提供广阔的空间平台。张建平先生等人对《人间秘境野椒园》一书的编撰和提交出版，我以为，对野椒园以及整个恩施土家族苗族自治州推动广大乡村文旅、农旅、康旅融合的不断深入，显然具有一定的示范和引领作用。

对本书的编撰者与出版单位，对所有关心与支持恩施州巴文化研究会推出本课题的单位与个人，对本书面世后的所有热心读者和评论者，我们均表示由衷的感谢和崇高的敬意！

2024 年 3 月 10 日

（作者为中国作家协会会员、中国文艺评论家协会会员、湖北省中学特级教师、恩施职业技术学院教授、恩施土家族苗族自治州巴文化研究会副会长。系第八届全国少数民族文学骏马奖获得者。）